L'AUTRICE

Lili Wilkinson est une autrice australienne qui écrit principalement pour les adolescents et les jeunes adultes. Elle a déjà publié une quinzaine de romans en langue anglaise.

Retrouvez tout l'univers de
LILI WILKINSON
Sur TikTok et sur Instagram :
@liliwilkinsonauthor
sur les réseaux de la collection R

COLLECTION R

Lili Wilkinson

vivre

laisser mourir

PROJET AMNESiA

Traduit de l'anglais (Australie)
par Frédérique Le Boucher

R

Éditrice : Elsa Whyte

Loi n° 49-956 du 16 juillet 1949 sur les publications
destinées à la jeunesse et aux jeunes adultes

Titre original : *The Erasure Initiative*

First published in 2020 by Allen & Unwin

ISBN : 978-2-221-26439-3
ISSN : 2258-2932
Dépôt légal : juin 2024

Éditions Robert Laffont – 92, avenue de France, 75013 Paris
serviceclients@lisez.com

Je voulais écrire un livre complètement différent
mais Jodie Webster – mon excellente éditrice,
mentor et amie – m'a poussée à écrire celui-ci.
Je le lui dédie en lui adressant tous mes remerciements.

La Fée Bleue : Tu dois apprendre à choisir entre le bien et le mal.

Pinocchio : Le bien et le mal ? Mais comment savoir ?

1

JOUR 1

09 : 00

Je me réveille et, le temps de quelques précieuses secondes, je ne me rends compte de rien.

Peu à peu, je prends conscience des bruits : un grondement de pneus sur le bitume, le chuintement de la clim… Une odeur de transpiration et de désodorisant flotte dans l'air. Je sens la vibration du verre froid contre mon front.

J'ouvre les yeux. Trop de lumière. Je les referme. Mais pas avant d'avoir capté les horribles motifs géométriques du tissu et le vert qui défile derrière la vitre. Je risque un regard entre mes cils : jungle touffue d'un côté, océan azur de l'autre.

Je suis dans un bus.

J'ai la tête qui cogne et la bouche sèche, comme si j'avais la gueule de bois. Peut-être qu'on m'a droguée ? Il y a une petite bouteille dans le filet du dossier devant moi. Je dévisse le bouchon et je bois avec avidité. L'eau est tiède, mais je vais faire avec.

Je sens quelque chose qui remue à l'intérieur : un mouvement de panique, comme un papillon de nuit qui s'affole dans le noir.

C'est un de ces cars longue distance avec deux sièges grand confort de part et d'autre d'un couloir central. Je remets la bouteille d'eau à sa place. Il n'y a rien d'autre dans la poche du dossier. Je ne sais pas trop à quoi je m'attendais, au juste. À un itinéraire ? Une fiche d'instructions ?

J'ai froid et je me sens poisseuse, comme si j'avais la grippe. Mes mains tremblent. Je prends une profonde inspiration et la sens se coincer dans ma gorge. Le truc qui se débat dans ma poitrine a encore grossi. Il enfle, cherche à s'échapper. Je déglutis.

Mes mains frémissantes sont plutôt agréables à regarder. Fines. Blanches. Féminines. Jeunes. Mes ongles sont propres et soignés. Je ne m'arrache pas les cuticules. J'ai un ruban de silicone blanc autour du poignet, style bracelet de fitness connecté, avec un écran LED et des chiffres lumineux bien visibles sur la surface lisse.

09 : 02

Le bracelet, sans attache, me presse le poignet. Je tente de le faire glisser sur ma main, mais il est trop serré. Je n'ai aucune idée de la façon dont il est arrivé là. Tout ce que je sais, c'est que je ne peux pas le retirer.

Je ferme les yeux et je commence à compter. À dix, je me lève et jette un regard circulaire sur les autres passagers. Six au total. Quelques rangs derrière moi, il y a une femme entre deux âges, et une autre, beaucoup plus vieille, toutes les deux endormies.

Derrière elles, un type dans la vingtaine, peau blanche, cheveux courts roux, avec des tatouages dans le cou. Il dort aussi, la tête contre la vitre. De l'autre côté du couloir, un petit Asiatique à lunettes, environ quatorze ans, a les yeux rivés sur ses mains qu'il tord dans tous les sens. Il se parle à lui-même, marmonnant toujours les mêmes mots qu'il répète en boucle sans s'arrêter. Peut-être est-il en train de prier ? Derrière lui, un mec à la mâchoire carrée se réveille tout juste en clignant des yeux, puis regarde autour de lui, l'air un peu désorienté. Ses yeux croisent les miens et il sourit comme s'il me reconnaissait. Je lui rends son sourire par réflexe, même si je n'ai pas la moindre idée de qui il s'agit.

Juste devant moi, un crâne rasé… qui se retourne. Je découvre une fille à la peau caramel avec des pommettes à tomber. L'air aux abois. Exactement comme ce truc qui s'affole dans ma poitrine. Je détourne les yeux et je tâche de garder un visage impassible.

Surtout ne pas céder à la panique.

Chacun d'entre nous porte le même T-shirt basique en version bleue ou rouge. Nous arborons tous une étiquette collée en haut du torse, côté droit, comme un de ces badges de séminaire qui annoncent : « BONJOUR, JE M'APPELLE… »

En baissant le regard, je constate que j'ai un T-shirt bleu. Les caractères écrits au feutre noir sur mon autocollant flottent devant mes yeux, mélange de lignes et de courbes incompréhensibles.

Est-ce que ce sont même des lettres ? C'est moi ou ça ne veut rien dire ?

Est-ce que je sais lire, au moins ?

Je me force à ciller et, brusquement, les lettres s'alignent. Je déchiffre à l'envers le prénom CECILY. L'effet produit n'est pas aussi rassurant qu'attendu.

Je ferme les yeux et je chuchote « Cecily » en espérant que ça provoque une réaction, un déclic. Mais non, mon esprit reste vide. Et, dans ma tête, rien que du noir et du brouillard.

Peut-être que je dors encore.

Ou peut-être que c'est une caméra cachée.

Je m'avance dans le couloir et je remonte en tête du bus pour voir s'il y a un chauffeur. Au même moment, le car négocie un super long virage et je me cramponne aux dossiers des sièges pour garder l'équilibre.

Il n'y a pas de chauffeur. Pas de siège conducteur. Pas de volant. Pas de pédales. Seulement un grand tableau de bord tout lisse, tout vide, et, directement derrière, le pare-brise.

Les bus sans chauffeur, ça existe. Au moins une chose que je sais. Mais, bizarrement, l'absence de conducteur m'emplit d'un malaise indéfinissable.

Finalement, la panique me semble être une option de plus en plus intéressante.

La route s'annonce sinueuse et dans un piteux état, défoncée par endroits et jonchée de nids-de-poule. S'il y a eu un jour des lignes blanches, elles sont complètement effacées. Je me laisse brièvement distraire par l'apparition d'une plage sur ma droite : un sable fin comme du sucre glace et une mer d'un bleu à couper le souffle. La plage immaculée, parfaite, spectacle idyllique seulement dissimulé, de temps à autre, par une frange de palmiers ou un rocher pittoresque.

La chose dans ma poitrine tente de se frayer à coups de griffes un chemin dans ma gorge. Je ne peux pas la laisser sortir. Si je le fais, je vais me mettre à hurler, et ce n'est pas ça qui va m'aider.

Je m'enfonce les ongles dans les paumes jusqu'à ce que je recouvre mon calme. Je ne dois pas laisser les autres voir à quel point je suis paniquée. Si c'est une caméra cachée, hors de question de donner cette satisfaction à ceux qui me regardent.

Je jette un coup d'œil au bracelet de silicone.

09 : 06

Au moment où je me retourne pour regagner ma place, la femme entre deux âges bondit de son siège, droite comme un « i ». Elle agrippe son dossier, menton volontaire en avant. Elle a les mêmes yeux incroyablement bleus que le beau gosse, et je me demande s'ils ne seraient pas de la même famille. Elle fait partie de ces gens qui inspirent confiance. La quarantaine, blanche, et rien qu'à sa coupe de cheveux, on sait tout de suite à quoi s'en tenir : bon sens et professionnalisme. Elle porte un T-shirt bleu (le même que le mien) et, d'après son autocollant, elle s'appelle « SANDRA ».

À la voir, on se dit que Sandra est là pour prendre les choses en main. Je marche dans sa direction, sûre qu'elle va nous expliquer ce qui se passe et ce qu'elle a l'intention de faire pour régler la situation.

Mais Sandra ne prend rien du tout en main. Elle ne me décroche pas un mot. Elle ne s'adresse pas aux autres passagers, pas plus qu'elle ne sort son portable pour passer un coup de fil important. Elle se contente de me faire un signe de tête, poliment mais sans vraiment me voir, et retombe sur son siège.

Je suis tellement sidérée que je me trompe de place et me retrouve assise à côté de la fille au crâne rasé.

Vue de près, elle est d'une beauté proprement stupéfiante. La ligne parfaite de ses hautes pommettes se retrouve dans celle, résolue, de sa mâchoire. Elle a des petits trous dans les oreilles et dans la lèvre, là où devaient se trouver des anneaux ou des piercings. Des cils super épais ourlent ses yeux noirs qui me fusillent avec une animosité non dissimulée.

L'autocollant sur son T-shirt rouge affiche trois lettres : « NIA ». Je comprends vite que Nia est en colère et qu'elle a décidé de passer ses nerfs sur moi.

Elle se penche tout près et me chuchote agressivement :

— T'es qui ? Qu'est-ce que tu m'as fait ?

Je la dévisage en me demandant comment lui répondre. Dans son dos, de l'autre côté de la vitre, la jungle n'est qu'une traînée floue et je surprends un vague aperçu de mon reflet : celui d'un spectre, avec des cheveux pâles aux épaules et un visage ovale. Le spectre n'a pas de traits. Je ne parviens pas à voir la forme de son nez, la courbe de sa bouche, la couleur de ses yeux. Je lève la main pour me toucher la joue et le spectre lève la sienne. Je m'approche pour essayer de mieux le voir, en espérant qu'il pourrait être la clef de l'énigme.

Nia ne me quitte pas des yeux. Elle serre les dents, les muscles de ses mâchoires si crispés qu'on dirait celles-ci soudées. Tout son corps vibre, en proie à une agitation qu'elle peine à réprimer. Elle est si près que je peux sentir des odeurs fraîches et standardisées de lessive et de déo bon marché, qui ne réussissent pas tout à fait à masquer celles, plus animales, de la sueur et de la peur. Elle attend. Elle attend de moi ce que j'attendais de Sandra. De l'assurance. Des certitudes. Des réponses.

Je suis flattée qu'elle me voie comme le genre de personne capable de lui procurer tous ces trucs-là. J'ai envie d'être à la hauteur, de ne pas la décevoir. Mais je n'ai rien à lui offrir, rien que les coups de griffes et les cris de cette terreur qui hurle dans ma poitrine.

Je n'ai aucun souvenir d'être montée dans ce bus.

Je n'ai aucun souvenir de qui je suis.

Je n'ai aucun souvenir.

De : [redacted]
À : La Fée Bleue
Je sais qui tu es. Il faut qu'on parle.

2

JOUR 1

09 : 17

— Je sais pas *qui* je suis !

En entendant Nia, le soulagement me submerge. Au moins, je ne suis pas la seule. Mais il est de courte durée et la peur reprend le dessus.

Le brouillard dans ma tête est si épais… impénétrable. Quand j'essaie d'y retrouver les informations qui me concernent (mon nom, mon âge, les souvenirs qui font que je suis moi), il n'y a rien. Que du brouillard. Pourtant, je sais des choses : je sais lire, parler, je connais mes tables de multiplication et la capitale de la Bolivie (Sucre). C'est juste que je ne sais pas comment je le sais.

Nia est toujours en train de vider son sac :

— Je me souviens de rien. Ni de mon nom de famille, ni de la manière dont j'ai atterri ici, et encore moins de comment ce *truc* est arrivé là.

Elle se penche et retrousse la jambe gauche de son jean. Au lieu d'un bout de peau brune, je découvre ce qui ressemble à de la porcelaine blanche et lisse recouverte de dessins bleu foncé : des pagodes à toit pointu nichées au milieu d'arbres et de buissons graciles ; un sentier bleu qui suit la courbe du mollet de Nia pour passer sous un pont à trois arches où un saule s'incline vers un ruisseau. Juste sous son genou s'étend un vaste plan d'eau, des jonques avec des petites cabines, et, survolant le tout, un couple d'hirondelles, leurs becs tournés l'un vers l'autre comme si elles allaient s'embrasser.

Porcelaine de Chine. Les mots flottent dans ma tête à travers le brouillard, et la sensation familière du souvenir qui refait surface est si intense que j'en pleurerais.

Une fissure court au beau milieu de ce décor peint, partant du genou de Nia jusqu'à sa cheville. Fine ligne scintillante, elle est remplie d'or. À son extrémité, des anglaises dorées forment le mot « *UNBREAKABLE* ». *Incassable.*

— Ouah ! C'est magnifique !

C'est la première fois que je parle, et ma propre voix me surprend. Féminine. Plus grave que je ne m'y attendais. Et nettement plus posée que celle qui résonne dans ma tête.

Nia tape sur sa jambe. Ça sonne creux et ça produit un bruit de plastique.

— Je crois que c'est un genre de résine, ou peut-être de la fibre de carbone.

Elle rabat son jean d'un coup sec.

— Est-ce que tu peux…

J'esquisse un geste vague.

— Marcher ? Je sais pas. J'étais trop… J'avais pas envie d'essayer.

— Tu n'as qu'à le faire maintenant.

Elle me lance un regard noir.

— Tu n'as pas à me donner d'ordres.

— OK. Reste assise ici sans savoir, alors.

Je me laisse aller contre mon dossier en haussant les épaules.

Son regard noir se charge d'une lueur mauvaise. Et puis elle respire à fond et se lève. Je replie mes jambes pour la laisser passer et je la regarde se diriger vers le haut du couloir au pas de charge. De là où je suis, sa démarche a l'air fluide et régulière : si je ne le savais pas, je serais incapable de dire que l'une de ses jambes est artificielle. Elle tourne les talons au niveau de la porte des toilettes et revient. Elle m'enjambe pour se laisser tomber sur son siège.

— Donc tu marches.

Elle acquiesce.

— Ça paraît… naturel. Je dois être… « comme ça » depuis longtemps.

— Et ça ne fait pas mal ? Ça ne te gêne pas ?

Elle secoue la tête.

— Ce qui me gêne, c'est plutôt ce qui se passe dans mon cerveau.

Ce serait le bon moment pour lui dire que je n'ai aucun souvenir non plus. Pourtant, quelque chose m'en empêche.

— C'est quoi, la dernière chose dont tu te souviennes ?

Nia fronce les sourcils, réfléchit.

— Je… je me souviens de rien, en fait. Je *sais* des trucs, genre que c'est un bus, et comment on s'y prend pour marcher, parler, lire. Mais je me *souviens* de rien sur moi, sur qui je suis. (Elle baisse les yeux sur son badge autocollant.) Je sais même pas si c'est mon vrai nom.

Je cligne des yeux, troublée. Mais elle a raison : peut-être que je ne m'appelle pas Cecily, moi non plus. Cette idée me tétanise, parce que ce prénom, Cecily, c'est tout ce que j'ai.

Je repasse à l'attaque.

— Donc tu ne sais pas comment tu es arrivée ici. Il ne te reste vraiment rien ?

Je reconnais le vide de son expression. Comme si elle se creusait la tête en quête d'indices, de petits bouts d'elle, sans rien trouver.

— Je sais même pas où c'est, « ici ».

Sur le dernier mot, sa voix monte dans les aigus, et elle se tourne pour regarder obstinément par la vitre. Je suis son regard en espérant capter un peu de ce reflet fantomatique qui est le mien ; mais le bus traverse un endroit éclaboussé de soleil et tout ce que je vois, c'est une image floue de la jungle au-dehors. En me passant les mains sur le visage, je suis soulagée de pouvoir confirmer que j'ai bien un nez, une bouche, des yeux. Ce qui ne m'avance pas à grand-chose.

On a dû nous droguer. Peut-être que c'est une espèce de caméra cachée, ou peut-être que nous sommes les victimes d'un enlèvement hyper sophistiqué et qu'on nous retient en otage pour obtenir une rançon. J'examine le bus, à la recherche de caméras ou de matériel d'enregistrement, mais, hormis l'absence de chauffeur, c'est un bus tout ce qu'il y a de plus ordinaire.

Nia tourne brusquement la tête et me regarde en plissant le nez.

— Et toi ?

— Quoi, moi ?

— Tu poses beaucoup de questions, mais tu donnes pas beaucoup de réponses. Comment tu es arrivée ici, toi ? Tu te rappelles ?

J'hésite. Je jette un regard circulaire pour voir si quelqu'un d'autre, dans le bus, nous écoute.

— Cecily. C'est bien ton prénom, hein ? Cecily ?

Je ne lui réponds pas. Si je lui dis la vérité, Nia se sentira mieux. Elle saura qu'elle n'est pas la seule. Voilà ce qu'il faudrait que je fasse. Mais je ne peux pas. Si je lui avoue mon ignorance, je reconnais que je ne contrôle rien. Et je dois garder le contrôle, parce que sinon je vais m'effondrer.

Je regarde une fois encore dans la vitre, mais je ne parviens pas à me voir. Si j'aperçois mon visage, peut-être que la mémoire me reviendra.

— Dis-moi que je suis pas la seule.

Il y a un accent de désespoir dans la voix de Nia.

Il faut que je sache à quoi je ressemble. Je regarde Nia dans les yeux en quête de mon propre reflet. Et puis je repense aux toilettes au fond du bus et je me lève sans prévenir pour remonter le couloir en titubant.

— Va te faire foutre ! me lance Nia.

Personne ne tourne la tête vers moi quand je passe. La vieille dame et le tatoué dorment toujours. Le petit Asiatique reluque encore ses mains. Sandra a refermé les yeux, et le mec canon l'observe. Un pli creuse le milieu de son front – par ailleurs parfait.

Les toilettes sont bien dégueu. Elles sont minuscules, exiguës et sentent l'urine fermentée, avec un sol en plastique, des W.-C. spartiates en métal et un petit lavabo sous un robinet à détecteur de mouvements.

Il n'y a pas de miroir. Juste des parois en plastique noir.

La vasque de métal ne me renvoie qu'une image déformée à la peau blême, une tache beige sans traits distincts. Je m'assieds sur le siège des toilettes pour m'accorder un moment de panique silencieuse, le corps secoué de sanglots étouffés. Je me fourre le poing dans la bouche et me mords les doigts pour ne pas crier.

Je veux rentrer chez moi.

Où que ça puisse être.

Je me lève et la chasse d'eau se déclenche automatiquement avec un effet de trombe et de succion, comme dans les toilettes d'avion. Je ne sais pas comment je peux savoir ça : ce n'est associé à aucun souvenir particulier. Me laver les mains est aussi un réflexe, une habitude si profondément ancrée que je le fais sans même y penser. Je croise les doigts, puis les écarte pour me frotter le dos de la main gauche, puis de la droite.

Est-ce que je me lave toujours les mains de cette façon-là ?

L'eau est tiède et empeste le chlore. Je regarde devant moi, là où devrait se trouver mon visage s'il y avait un miroir, et je me passe un savon.

Garde la tête haute. Ne trahis aucune faiblesse. Bats-toi !

Voyons, qu'est-ce que je sais ? Je soulève mon T-shirt et je m'examine. Je porte un soutien-gorge blanc classique. Je suis mince, et le fait que ce soit un soulagement me pousse à me demander si je ne serais pas légèrement superficielle.

Un fil pend à l'ourlet de mon T-shirt. Je l'enroule autour de mon index et l'arrache d'un coup sec. Je le noue – encore un geste machinal, comme si c'était quelque chose que je faisais tout le temps. Et puis je le glisse dans la poche arrière de mon jean, j'inspire à fond, et je sors des toilettes.

De retour dans le couloir, j'observe les autres passagers. J'ai besoin d'aide. Le mec canon et Sandra-l'adulte-responsable représentent des options tentantes. Mais il faudrait que je leur avoue que j'ai perdu la mémoire, et je veux garder cette information pour moi. Et s'ils n'étaient pas dans le même cas ?

Je redescends le couloir en chaloupant et m'affale à côté de Nia. Elle est absorbée dans l'examen de son bracelet en silicone.

— Dis-moi à quoi je ressemble.

Elle ne m'accorde même pas un regard.

— Je t'emmerde.

— Je suis désolée. J'ai flippé. Je… Moi aussi, j'ai perdu la mémoire.

— Sans blague.

Mais je perçois un trémolo de soulagement dans sa voix.

— Allez ! S'il te plaît. Je crois que, si tu me dis à quoi je ressemble, ça pourrait provoquer un déclic. Je me rappellerai peut-être des trucs ?

Nia lève les yeux au ciel et se tourne vers moi.

— Bon, d'accord. Tu es blanche. Tu as l'air d'avoir, je sais pas, seize ans ? Dix-huit ans ? Tu as les yeux gris et les cheveux blonds.

Elle détourne la tête et se met à regarder par la vitre.

— C'est tout ?

Nia ne bouge pas.

— Tu veux que je te dise quoi ? Que tu es jolie ? OK, tu es jolie. Toutes mes félicitations.

Ce n'est pas ce que je cherche, et elle le sait pertinemment.

— Fais les choses bien. Comme ça, regarde.

Je tends le bras pour accrocher son menton du doigt et tire légèrement jusqu'à ce qu'elle se tourne vers moi.

Et, là, je l'observe. Je l'observe *vraiment.*

— Tu as la peau mate, mais, ça, tu le savais déjà en voyant tes mains et tes bras. Je ne sais pas de quelle origine tu es. Tu pourrais être polynésienne, ou latino, ou même venir d'Asie du Sud-Est. Tu es métisse, peut-être ? Tu as les yeux marron foncé, presque noirs, et des cils incroyables. Je tuerais *littéralement* pour avoir tes pommettes. Tu portes habituellement des piercings : dans le nez, la lèvre et plusieurs dans les oreilles. Tu as les cheveux brun foncé et tu t'es fait raser le crâne il n'y a pas très longtemps. Tu as des petites oreilles légèrement pointues, comme une elfe. Tu as des lèvres pleines et une grande bouche. Si tu faisais un sourire, je suis sûre qu'il serait dément, mais tu n'as pas l'air du genre à sourire beaucoup parce que tu es bien trop occupée à faire la gueule. Tu es belle, et tu as l'air coriace et terrifiante.

Peut-être que c'est moi qui me fais des idées, pourtant il me semble bien que les joues de Nia ont pris des couleurs.

— À ton tour, maintenant.

Elle hésite, mais je l'ai eue à la flatterie.

— OK. (Elle se mord la lèvre en me regardant fixement pendant un moment.) Tu te teins les cheveux en blond – ta couleur naturelle, c'est plutôt le châtain. Vu les racines, ta dernière teinture date d'il y a bien trois semaines. Tu as un menton pointu et un front haut. Ton nez… (Elle marque une pause, comme si elle avait du mal à le dire.) Tu as un nez un peu à la retroussette. C'est mignon.

Je sens comme une bouffée de chaleur.

— Merci.

Elle recommence à me fusiller du regard.

— Et tu es friquée.

— Comment tu peux le savoir ?

— Tu as les dents trop droites et trop blanches. Tu as vraiment une super peau pour une ado, ce qui veut dire que tu te nourris bien et que tu claques sans doute une fortune en produits de beauté. Tu es mince sans être maigre. On voit que tu es en bonne santé. Tu as un accent snob. Tu as l'air de sortir tout droit d'une pub pour une école privée réservée à l'élite et tu te comportes comme si c'était le cas. Tu te crois tout permis et tu es exigeante, du genre à mettre la pression. Tu pues la gosse de riches à plein nez.

Je n'en reviens pas.

Nia m'adresse un sourire forcé.

— Ça y est ? Le tour de magie a marché : t'as retrouvé la mémoire ? Non ? Alors, tu pourrais peut-être me foutre la paix, maintenant.

Je laisse tomber avec Nia. Je ferais peut-être mieux d'aller m'asseoir à côté de Sandra. Ou du beau gosse. Mais...

— Tu crois qu'ils sont comme nous ? (Je jette un coup d'œil aux autres passagers par-dessus mon épaule.) Tu crois que nous avons tous perdu la mémoire ?

— Sans doute.

« Sans doute », ce n'est pas « sûrement ». Il nous faut plus d'informations. Si c'est seulement Nia et moi, les autres auront un avantage sur nous, et je ne vais certainement pas lâcher ne serait-ce qu'une once du peu de pouvoir que je détiens. Ce pouvoir, c'est la seule chose qui se dresse entre moi et la panique totale.

— On ferait mieux de vérifier. Mais en douce, au cas où ce serait juste nous. Genre mission de reconnaissance...

— J'ai aucune envie de jouer les espionnes. Je veux juste me sortir de là.

— Et comment tu comptes t'y prendre ? On ne sait même pas où on est, ni où on va.

Je reporte les yeux vers la vitre. À travers la traînée verte, je repère un bâtiment en béton gris, à moitié mangé par la végétation. C'est la première chose que je vois prouvant que l'endroit où nous sommes est habité, ou qu'il l'a été un jour. Je me penche devant Nia pour me rapprocher de la vitre et j'aperçois un vieux panneau routier décoloré et tout crasseux ; la peinture de la moitié des lettres s'est écaillée.

CAM D ÉLÉ S
A RO RO E 18

Dans un sursaut de lucidité, je comprends que, d'où que je vienne, ce n'est certainement pas d'ici. Je n'ai vu aucune autre voiture sur la route. Pas âme qui vive. Je ne sais pas qui nous a fourrés dans ce bus, mais on cherche à nous isoler.

Nia me repousse.

— Je vais être claire avec toi, princesse : je t'aime pas.

— Tu ne me connais même pas.

— Je te connais suffisamment. Je t'ai demandé de m'aider et tu t'es barrée. T'es qu'une sale gosse de riches pourrie gâtée, et j'ai pas de temps à perdre avec ce genre de pétasse.

— Pour quelqu'un qui ne sait rien de sa propre histoire, tu ne perds pas de temps pour juger les autres. Qu'est-ce qui te dit que tu n'es pas quelqu'un d'horrible ? Tu pourrais être une meurtrière. Ou une amie de merde. Tu pourrais te curer les dents en public.

Je perçois l'ébauche d'un soupçon d'amusement au coin de sa bouche.

— Je me cure *pas* les dents en public.

— Tu ne te laves sans doute pas les dents du tout.

Elle se détourne pour cacher un sourire. Ce petit jeu calme l'affolement qui s'agite dans ma poitrine. Je décide de profiter qu'elle ne soit plus aussi ouvertement hostile pour changer de sujet.

— C'est quoi, ça, à ton avis ?

Je lève le poignet pour lui montrer le ruban en silicone blanc.

— Je te garantis que ce n'est pas une simple montre, en tout cas. À mon avis, ils contrôlent nos constantes biométriques : fréquence cardiaque, température corporelle… ce genre de trucs. Et peut-être notre géolocalisation ?

Je fronce les sourcils.

— « Ils » ?

— Ceux qui nous ont mis là, qui qu'ils soient.

Elle a raison, bien sûr. Il y a forcément des « ils ». Nous n'avons pas atterri ici par hasard. Le truc dans ma poitrine se réveille en sursaut, et je jette un nouveau coup d'œil à mon bracelet.

09 : 37

Il *leur* donne un paquet d'infos sur moi. Alors que, tout ce que j'y gagne, moi, c'est d'avoir l'heure. Qui qu'*ils* soient, pour le moment, ce sont eux qui ont toutes les informations. Or détenir les informations, c'est détenir le pouvoir. Je n'aime pas ça. Il faut que j'en sache davantage.

— Pourquoi ils t'ont filé un T-shirt rouge et à moi, un bleu, à ton avis ?

Elle hausse les épaules.

— Le rouge me va bien.

— Non, sérieusement.

— C'est pas évident ? Tous les bleus sont blancs.

Je me lève pour jeter un regard circulaire au reste du bus. Le beau gosse, Sandra-l'adulte-responsable, la vieille dame et moi, nous sommes en bleu. Le tatoué, Nia et l'ado à lunettes sont en rouge.

— Tu as des a priori. Et, de toute façon, le type au fond est blanc et il porte un T-shirt rouge.

— La différence de classe, alors. Les aristos de sang bleu par opposition au petit peuple.

Je n'en reviens pas de la vitesse à laquelle elle nous catalogue.

— Peut-être que ton regard est faussé. Ça pourrait vouloir dire n'importe quoi. Vaccinés ou non vaccinés. Véganes ou omnivores. Croyants ou athées. Hétéros ou gays. Peut-être que tous les bleus aiment les donuts et que les rouges préfèrent les cupcakes. Peut-être que les bleus ont des noms de famille qui commencent tous par les lettres de la première moitié de l'alphabet.

Avant que Nia puisse me lancer la vanne sarcastique qu'elle a déjà sur le bout de la langue, des cris s'élèvent derrière nous. Nous nous retournons en chœur. Le tatoué s'est levé. Son visage n'est plus qu'un masque d'agressivité. Il est terrifiant avec ses balafres et sa peau tannée. Ce type a clairement eu plus que son lot d'emmerdes.

— Il se passe quoi, là, putain ? (La panique fait monter sa voix dans les aigus.) Y en a un qui m'a drogué, ici, ou quoi ? C'est quoi, ce bordel ?

Je me penche vers Nia.

— Peut-être que tous les rouges sont coupables des pires crimes et que les bleus sont innocents.

Elle me lance un regard noir.

— Calmez-vous, je vous en prie, Monsieur.

Sandra fait un geste apaisant d'une main tremblante. Le type fonce droit sur elle, les yeux si exorbités qu'on voit le blanc au-dessus de ses prunelles.

— Vous êtes qui, vous ? C'est vous qui gérez ça ?

Il serre les poings.

— Riley… (Sandra est mal assurée.) C'est bien votre prénom, n'est-ce pas ? Riley ?

Il la regarde fixement. Ses poings tremblent.

— Je... j'en sais rien. (Il a une toute petite voix, subitement.) Je sais pas qui je suis. Comment vous pouvez connaître mon nom ?

Sandra déglutit bruyamment, manifestement terrifiée, mais pointe l'autocollant sur le T-shirt rouge. Riley baisse les yeux et secoue la tête.

— Nan, putain. Je me tire d'ici.

Il remonte le couloir au pas de charge jusqu'à l'avant du bus. Je l'entends jurer de plus belle en constatant qu'il n'y a pas de chauffeur. Il se met à chercher partout, un bouton, un levier sans doute, un truc pour ouvrir la portière. Puis il abat ses poings sur la vitre en hurlant des obscénités. Sandra n'essaie pas de le calmer, cette fois.

Voilà à quoi je vais finir par ressembler, si je ne garde pas mon sang-froid : à Riley. Je vois la panique dans ses yeux et je comprends qu'il se bat avec ce même brouillard envahissant qui a englouti tout ce que je savais sur moi. Et si ce n'était que le début ? Et si je perdais encore plus ? La parole ? La vue ?

Je retombe sur mon siège et regarde entre les fauteuils de devant. Riley tente d'arracher un accoudoir – pour en faire un gourdin, j'imagine. J'aperçois un éclat de bleu et de jean quand le beau gosse me dépasse pour s'approcher de Riley, qui pivote d'un bloc et brandit les poings comme un boxeur. Ses articulations sont déjà écorchées et il saigne, résultat de son assaut contre la portière du bus. Je déchiffre les lettres « C-A-L-M » tatouées sur les jointures de sa main droite et « D-O-W-N » sur sa main gauche.

— Hé, cool, mec, dit le beau gosse (Paxton, d'après son badge). On est tous dans la même galère, là. Personne ne se souvient de rien.

Je suis persuadée que Paxton va se faire frapper. Mais il y a quelque chose chez lui… une assurance de mâle alpha. Comme s'il savait que les choses allaient se passer à sa guise, parce qu'il n'en va jamais autrement.

Riley abaisse les poings, sa colère se dégonfle tel un ballon de baudruche crevé.

— Vraiment ?

Paxton nous embrasse tous du regard.

— Eh bien, moi, déjà. Et je suppose qu'aucun de vous ne se rappelle quoi que ce soit non plus.

Sa franchise me stupéfie. Il y a un moment de flottement.

— Je n'ai aucune mémoire autobiographique, déclare l'ado du fond (Edwin, d'après son autocollant).

— Moi non plus.

Sandra nous interroge du regard, Nia et moi.

— Rien, répond Nia.

J'hésite. Nia me donne un coup de coude dans les côtes. Bon d'accord.

— Moi non plus.

C'est comme si un énorme poids venait de quitter mes épaules.

On est tous aussi mal barrés les uns que les autres.

Il y a un silence de soulagement collectif, et puis tout le monde se met à parler en même temps.

— … réveillée, et, dans ma tête, plus rien…

— … un bus comme ça…

— … sur moi, j'entends, parce que je me rappelle très bien qui est Mickey et qui est Dolly Parton…

— … a l'air familier…

Riley s'écroule sur le siège le plus proche et j'éprouve un grand moment de soulagement fébrile. Sandra parcourt le couloir d'un pas décidé en direction de l'avant du bus et adopte un ton d'autorité naturelle. Tout le monde se tait, rassuré que quelqu'un prenne enfin les choses en main. Paxton se cale nonchalamment contre la portière.

— Bien, dit Sandra. Nous savons, désormais, que nous sommes tous dans le même bateau. Nous pouvons donc commencer à chercher comment sortir de là. Quelqu'un se souvient-il de quelque chose ? Le moindre détail compte : comment nous sommes arrivés ici ; où nous étions avant ; où nous allons…

Silence. Riley se gratte le bras. Sa jambe tressaute en rythme.

— Est-ce que le moindre élément de ce qui nous entoure paraît familier à l'un d'entre vous ? insiste Sandra.

— Oui, vous.

C'est Paxton.

Sandra cille.

— Moi ?

Peut-être qu'ils *sont* de la même famille, finalement.

Edwin acquiesce.

— Moi aussi, votre visage ne m'est pas inconnu. Mais je ne sais pas d'où.

— Ouais, pareil, dit Riley.

Tout le monde se tourne vers Nia et moi. Je fais « non » de la tête. Je n'ai jamais vu Sandra de ma vie, j'en suis convaincue.

Sandra sourit, visiblement mal à l'aise.

— Peu importe. Je ne doute pas que notre mémoire finira par nous revenir au bout d'un moment, et que nous allons tirer cette affaire au clair. Il s'agit manifestement d'une mauvaise plaisanterie ou de quelque malentendu.

— Elle aussi. (Riley pointe sur moi un index à l'ongle laminé.) Je l'ai déjà vue quelque part.

J'ai du mal à ravaler la nausée qui me submerge. Comment quelqu'un comme Riley peut-il connaître quelqu'un comme moi ?

Edwin hoche la tête. Paxton fait de même.

Ça ne va pas du tout. Je ne veux pas que les gens me reconnaissent, alors que je ne me reconnais pas moi-même. La peur recommence à sortir ses griffes et à s'agiter dans ma poitrine. Et je recommence à planter mes ongles dans mes paumes pour m'empêcher de crier.

— Sérieux ? (Nia me regarde en fronçant les sourcils.) Nan. Moi, rien. Tous autant que vous êtes, là, j'en reconnais pas un.

— Moi non plus, affirme Sandra.

— Houhou ? (La vieille dame s'est réveillée et nous regarde, puis regarde par la vitre, les yeux rivés sur l'océan couleur saphir.) Nous partons en vacances ?

Elle a une voix fêlée et chevrotante.

Sandra s'accroupit à côté d'elle.

— Bonjour ! Vous vous appelez... Catherine. Ne vous inquiétez pas, Catherine, tout va bien se passer. Nous allons nous occuper de vous.

Catherine cligne des yeux comme une chouette.

— Pourriez-vous me servir une tasse de thé, mon petit ? demande-t-elle, en tapotant la main de Sandra. Sans sucre, mais avec un nuage de lait.

Riley secoue la tête comme un chien qui aurait de l'eau dans les oreilles.

— Faut que j'aille aux chiottes, annonce-t-il, avant de remonter le couloir pour disparaître dans les toilettes.

Sandra débouche une bouteille d'eau pour Catherine qui la prend d'une main tremblante. Elle a un air évaporé, mais pas du tout alarmé. Je me demande si elle ne serait pas sénile, et donc habituée aux passages à vide et aux pertes de mémoire. Elle en a, de la chance !

— Pourquoi nous ? (Sandra fronce les sourcils.) Qu'avons-nous en commun ?

Je jette un coup d'œil autour de moi. À part que nous parlons tous la même langue, je ne vois pas trop ce que nous avons en commun.

— Peut-être rien, justement. (Nia réfléchit manifestement à haute voix.) Peut-être qu'on était vraiment dans un bus, de parfaits étrangers qui voyageaient chacun de son côté, et qu'on a été frappés par un genre de… de pulsar… qui nous aurait effacé la mémoire.

Edwin y va aussi de sa proposition :

— Peut-être qu'on a été enlevés par des extraterrestres ? On peut-être qu'on subit une sorte de quarantaine.

Sandra exprime son incrédulité d'un son inarticulé.

— Non, rien d'aussi tiré par les cheveux.

— Peut-être que nous sommes morts, avance Paxton, et qu'ici, c'est le purgatoire.

— Ah ! Ce serait bien vu, ricane Nia. L'enfer, c'est de se retrouver coincés dans un bus avec une bande de losers à regarder le paradis te passer sous le nez par la fenêtre.

J'évalue deux secondes cette possibilité. Non. Nous ne sommes pas morts. Quand on est mort, tout s'arrête. On crame et on finit en cendres ou on pourrit sous terre. Plus de cerveau, plus de conscience. Plus rien.

Je ne cache pas mes doutes.

— Mouais. Je crois que je ne suis pas très portée sur la religion.

Riley émerge des toilettes, l'air pas frais.

— On n'est pas morts. Pas possible qu'un mort chie un truc pareil.

Il s'affale à sa place dans le fond, mais pas avant que je n'aie eu le temps de voir nettement ses tatouages. Les traits sont épais et manquent de netteté, avec l'encre qui bave, comme s'ils n'avaient pas été faits dans un salon professionnel. Je repère un éclair, des scorpions et un serpent sinueux avec des diamants à la place des yeux. Une carte à jouer : l'as de trèfle. Plein d'initiales bancales. La peau blafarde de son cou disparaît sous un crâne ricanant qui porte une couronne à neuf pointes entourée d'une guirlande de plumes. Je ne sais pas si je suis une experte en matière de gangs, de prison et de tatouages, ou si j'ai trop regardé de docus sordides à la télé, mais, pour moi, ce type a le mot « CRIMINEL » écrit sur la figure.

Il surprend mon regard et m'adresse un sourire goguenard.

— Plutôt chargé, hein ? (Il se reluque les bras.) On dirait un *Où est Charlie ?*

Je lui adresse un sourire poli et je détourne le regard pour le reporter sur l'ado, Edwin. Il est petit et maigrichon, avec les cheveux qui lui tombent dans les yeux et des lunettes à monture de plastique noir. Je dirais qu'il est d'origine chinoise. Il a toujours les doigts noués et les mains crispées sur les genoux. Il n'a pas l'air d'un criminel, lui, mais on ne sait jamais. Je me penche dans le couloir.

— Hé ! Ça va ?

Il se tortille et cligne plusieurs fois des paupières, mais évite mon regard.

— Je n'irais pas jusque-là, ce serait abusif, me répond-il, d'une voix plus grave que ce que j'aurais imaginé.

Je le dévisage de plus près. Il n'est pas aussi jeune que je le pensais. Seulement petit, avec une tête de victime.

Il doit avoir à peu près mon âge, en fait. Je ressens une drôle d'envie de le protéger.

— Tu veux venir t'asseoir à côté de moi ?

Il m'examine comme s'il me prêtait de mauvaises intentions.

— Pour être tout à fait franc, je préférerais rester seul. C'est un peu lourd, tout ça. Et puis ce serait sans doute prématuré de nouer des alliances maintenant. Et si c'était toi, l'assassin ?

— L'assassin ?

Edwin écarte les bras avec un geste fataliste.

— Il est encore trop tôt pour que je cerne vraiment le scénario dans lequel nous sommes censés jouer, évidemment. Mais on dirait bien qu'il *pourrait* y avoir un assassin, tu ne crois pas ?

— Euh, ce n'est pas impossible…

Il hoche la tête et cligne des yeux de plus belle.

— J'aimerais prendre le temps de cogiter un peu avant de m'engager.

— Ça se défend. Hum… tu disais que tu… que tu me reconnaissais ?

Il relève les yeux. Tout juste s'il ne louche pas à force de me détailler.

— Ton visage ne m'est pas inconnu. Mais je ne le remets pas. Je suis quasi sûr que je ne te connais pas personnellement. Peut-être que j'ai vu ta photo quelque part ? T'es peut-être célèbre ?

Quelque chose au fond de moi se réjouit qu'il puisse penser ça : que je pourrais être une célébrité. Mais cet excès de vanité laisse vite place à un accès de terreur : et si c'était vrai ? Et si on faisait vraiment partie d'une téléréalité, un truc bien pervers que des millions de gens sont en train de regarder ?

— Tu parais déstabilisée, observe Edwin. Excuse-moi si j'ai dit quelque chose qui t'a perturbée.

— Pas de souci.

Je tends la main pour lui tapoter le genou. Il a un léger mouvement de recul. OK, pas très sociable, le garçon.

Peut-être que c'est lui, l'assassin. Il pense beaucoup plus au meurtre que nécessaire, en tout cas.

Des criminels et des victimes. Ça fait tellement cliché. Comme si je tombais dans les préjugés que je suis censée détester. En même temps... peut-être que ce ne sont pas des clichés pour rien.

Edwin a sans doute besoin qu'on le laisse tranquille, mais, moi, j'ai besoin de commencer à travailler mon relationnel : il me faut des alliés. C'était bien sympa de charrier Nia, cependant c'est une rouge et moi, une bleue. Des rapports de force sont déjà en train de s'établir, et j'ai intérêt à faire ce qu'il faut pour me trouver dans le bon camp.

Je marche vers l'avant du bus, là où le beau gosse (Paxton) est resté planté à regarder par le pare-brise. Il me déshabille des yeux, en s'attardant sur mes seins et ma taille. Je sens mon corps se repositionner automatiquement : épaules en arrière, poitrine en avant, tête légèrement penchée de côté.

Le spectacle doit lui plaire parce que j'ai droit au sourire qui tue.

— Quoi de neuf ?

Je hausse les épaules et adopte le même ton léger que lui.

— Tout est vieux.

— Tu as fait des trucs cool récemment ?

— Rien qui m'ait laissé un souvenir impérissable.

Son sourire s'élargit. Le bus négocie un virage, et il profite du roulis pour se pencher vers moi, encore plus près. Je me rapproche aussi. Flirter n'a rien d'une nouveauté, apparemment. Je sais comment m'y prendre. Je ne sais pas quel genre de fille j'étais dans mon ancienne vie, mais je savais draguer.

— Tu t'es bien débrouillé, quand tu es intervenu pour calmer Riley. On dirait que tu as déjà fait ça avant.

— Possible. Il n'était pas vraiment dangereux, en fait : il flippait, c'est tout. Je peux comprendre : c'est complètement dingue, cette histoire.

Il joue les modestes, et ça lui va bien. Je passe en revue son teint légèrement hâlé, ses dents bien blanches, ses cheveux châtain clair, et je me remémore ce que Nia a dit sur les gosses de riches. Si j'en suis une, alors Paxton aussi. Sans parler de son assurance, qui frise l'arrogance. C'est le style de mec qu'on n'a jamais rembarré. Auquel personne n'oserait refuser quoi que ce soit. Il ferait un bon allié.

Je me laisse distraire par la vision fugitive de quelque chose sur la plage : une carcasse de métal rouillé, incrustée de sel et de balanes. On dirait le squelette d'un gros engin : un avion, peut-être, ou un autre bus exactement comme celui-ci, abandonné, et qui se désagrège comme une baleine mécanique échouée sur le rivage.

Paxton pointe mon T-shirt bleu du menton.

— Ça ne veut pas dire qu'on est de la même famille, j'espère, commente-t-il d'un ton éloquent.

Je n'avais pas pensé à ça. Me revient la ressemblance entre Sandra et lui.

— Hé, c'est toi qui racontes que tu me connais : à toi de me dire si on est de la même famille.

Il se marre.

— Je ne crois pas. Je ne me souviens de rien de précis à ton sujet. Mais je t'ai déjà vue quelque part, c'est clair. Comment j'aurais pu oublier un aussi beau visage ?

Je lui souris en espérant que flirter un peu puisse calmer la panique qui se remet à cogner dans ma poitrine.

— Alors, comment tu expliques ça, toi ? me demande-t-il. Le truc des T-shirts, je veux dire.

Je sors la première chose qui me vient à l'esprit.

— Je me disais que les rouges seraient peut-être les coupables... et que nous... nous serions les innocents : les gentils et les méchants, tu vois ?

Les yeux de Paxton s'illuminent.

— Pas bête... pas bête du tout, répond-il d'une voix songeuse. Toi et moi, Sandra et la vieille dame, nous sommes tous en bleu et nous n'avons pas des têtes de criminels. Mais les autres... Tu n'as qu'à voir la fille au crâne rasé. Et le mec avec ses tatouages : une vraie gueule de tueur.

Nia n'est pas la seule à pratiquer les jugements à l'emporte-pièce, on dirait.

— Oui, enfin... C'était seulement une théorie. Qu'est-ce que tu fais d'Edwin ? Il n'a pas franchement l'air d'un baron de la pègre.

Paxton me lance un clin d'œil.

— Les plus malins n'ont jamais la gueule de l'emploi. Quoi qu'il en soit, il vaudrait mieux rester soudés, toi et moi.

Ses prunelles recommencent à pétiller et je me prélasse dans ce regard approbateur. Je caresse des yeux son corps musclé. Il doit pratiquer la natation ou l'aviron à haut niveau. J'imagine ces bras-là en train de m'enlacer, ces pectoraux-là collés contre mon dos. Je me vois bien dormir avec lui en cuillère. Le désir constitue une bonne diversion à cette impression persistante de brouillard et de néant, et à cette terreur obsessionnelle de *ne pas savoir.*

— Blague à part, reprend-il, en me regardant d'un air sérieux, je suis vraiment content que tu sois là. Je sais qu'on vient juste de se rencontrer – enfin, j'imagine, du moins –, mais je me sens bien avec toi.

Je pourrais me noyer dans le bleu de ces yeux-là.

— Moi aussi, je me sens bien avec toi.

Et je suis sincère. Le charme de Paxton, son assurance me donnent un sentiment de sécurité. C'est comme si rien ne pouvait m'atteindre parce que rien ne peut l'atteindre, lui.

— Ce ne serait pas… (Nouveau sourire en coin.) Ce ne serait pas à ce moment-là qu'on est censés s'enlacer ?

Ça me fait rire. Il écarte largement les bras.

— Allez, viens là.

Je m'abandonne à son étreinte, incapable de retenir un petit soupir quand ses bras se referment sur moi. Il me donne une sensation de solidité, de réalité, et je me rapproche encore pour me blottir contre son large torse, prolongeant le moment un peu plus que nécessaire.

Ce câlin est réconfortant en soi, mais il me semble aussi… familier. Même *l'odeur* de Paxton me semble habituelle – une odeur de noix de muscade et de cèdre : de l'eau de Cologne ?

Tout devient flou dans le bus autour de moi et je ferme les yeux, soudain assaillie par un souvenir.

Une penderie. J'ai le visage écrasé contre des manteaux et des vestes. Une odeur de laine, de cuir, un parfum de lilas, et, plus près, des effluves de noix de muscade et de cèdre.

Quelqu'un derrière moi, un corps collé au mien, un torse contre mon dos. Des bras qui m'enserrent, m'empêchent de bouger.

Une main sur ma bouche.

Une haleine chaude dans ma nuque.

— Pas un bruit surtout !

J'ai envie de hurler.

Je recule brusquement.

Je suis dans un bus.

Il y a un garçon à côté de moi, les sourcils froncés. Il me regarde comme s'il me connaissait. Je suis censée le connaître ?

J'inspire profondément, une respiration saccadée. Je reviens à moi petit à petit, mais c'est trop parcellaire.

Paxton. Il s'appelle Paxton.

Je suis dans un bus.

Je ne me souviens de rien.

— Tu ne te sens pas bien ? (Paxton plisse le front.) J'espère que je n'ai pas… que je ne suis pas allé trop loin.

— Non, non.

C'est juste un murmure. Je cligne des yeux en essayant de rassembler les pièces insaisissables de ce puzzle que je suis.

— Ça va. Seulement un drôle de… un effet de déjà-vu.

— Tu es sûre ?

Paxton me regarde toujours. Son inquiétude se lit clairement sur son beau visage – si beau que c'en devient absurde. Peut-être que je le reconnais, en fait. Ou peut-être que c'est mon cerveau qui me joue des tours. Peut-être que ce souvenir n'en était même pas un. Peut-être que ce n'était qu'un rêve.

Je lève la tête vers Paxton pour lui sourire. Ses yeux, si bleus, sont aussi apaisants que l'océan. Je plonge dedans avec délice et je sens les battements de mon cœur ralentir. Il se passe vraiment un truc quand on se regarde, tous les deux, une attirance mutuelle. Je me laisse aller parce que je n'ai aucune idée de ce que je suis censée faire d'autre.

— Viens t'asseoir à côté de moi. La clim est plutôt forte, dans ce bus, et il se pourrait bien que j'aie besoin de quelqu'un pour me réchauffer.

Son visage se fend d'un large sourire et je l'entraîne derrière moi pour remonter le couloir. Nia jette un coup d'œil par-dessus son épaule et lève les yeux au ciel d'un air dégoûté. Je lui réponds par un sourire on ne peut plus aimable et m'affale sur le siège derrière elle. Paxton s'assied à côté de moi.

Je me pelotonne contre lui, la tête posée contre son épaule. Sa présence est comme une ancre qui me retient à la réalité. Nous sommes tout de suite à l'aise l'un avec l'autre, comme si je savais exactement comment son corps fonctionnait et comment le mien trouvait sa place contre lui.

On dirait presque que nous nous connaissons déjà…

Bébé… désolé d'avoir pété les plombs.

C'était vraiment flippant

Ça n'arrivera plus.

OK. Tant mieux. Mais tu m'inquiètes.

Il ne faut pas. Je vais bien… C'est juste…
Promets-moi que tu ne diras rien
à personne sur ce que tu as entendu.

Promis.

Je t'aime.

Prends soin de toi.

3

JOUR 1

13 : 51

Je meurs de faim.

Je ne me rappelle même pas ce que ça fait de manger. Quel genre de nourriture je préfère. J'ai des visions de hamburgers, de glaces et de sushis. Des choses que j'aime, peut-être. Je n'ai le souvenir d'aucune saveur. J'ignore ce que sucré, acide ou fade veulent dire.

J'avale ma dernière gorgée d'eau. Elle a un goût de chlore. Est-ce que l'eau a toujours ce goût-là ?

Est-ce qu'on… Est-ce qu'*ils*… vont nous donner à manger ?

Combien de temps ça va encore durer, cette histoire ?

Est-on bientôt arrivés à destination – quelle que cette destination puisse être ?

Combien de temps faut-il avant que les gens envisagent le cannibalisme ?

Je jette un coup d'œil autour de moi. Sandra a les doigts sur les tempes et les yeux fermés, comme si elle avait la migraine. Nia regarde par la vitre. Riley fait les cent pas dans le couloir.

Il a l'air nerveux, on dirait qu'il est incapable de rester en place. Il a les mains qui tremblent et ne cesse de fouiller dans ses poches comme s'il cherchait quelque chose. Je me demande s'il fume, ou même s'il est dépendant à je ne sais quoi de plus dur. Il est visiblement hyper tendu.

Edwin est recroquevillé sur son siège, le front contre les genoux.

Personne ne parle. Ce n'est pas évident de faire la conversation quand on ne sait pas qui on est.

Je n'arrête pas de fouiller dans ma mémoire, en espérant qu'un souvenir va émerger. Je lance mentalement des mots-clefs dans le brouillard, mais il n'en sort rien.

Mère.

Père.

Maison.

Erreur.

Paxton dort à côté de moi. Sa poitrine se soulève et s'abaisse au rythme de sa respiration forte et sonore, à la limite du ronflement. Il a la bouche entrouverte, une expression paisible et contente. Je l'envie : comment peut-il se sentir assez à l'aise, assez tranquille pour réussir à s'endormir ? Moi, j'ai bien trop peur, si je ferme les yeux, que le brouillard engloutisse tout pour ne laisser de moi qu'une enveloppe vide.

Je tâche de me rappeler les détails de ce qui s'est passé quand j'étais dans ses bras. Ça avait à voir avec une penderie. L'odeur de noix de muscade et de bois de cèdre. Une main sur ma bouche.

Se pourrait-il que ce soit Paxton ? Est-ce que nous nous connaissions vraiment avant cette histoire ? Ce n'est pas exclu : il y a vraiment entre nous une connexion qui, à mon avis, va au-delà de la simple attirance physique. En tout cas, celui qui était dans cette penderie avec moi… je ne pense pas qu'il me portait dans son cœur. Je me souviens du hurlement qui montait dans ma gorge et des larmes sur mes joues. Je ferme les yeux, et ce n'est pas tout : il y a aussi cette grande main qui me serre les poignets. Bien trop fort. Je lève les mains. Est-ce que j'ai des marques sur les poignets ? J'ai beau plisser les yeux, je ne peux pas l'affirmer. Possible. À moins que ce ne soit seulement la lumière qui me joue des tours.

Je tourne la tête pour regarder les mains de Paxton, inertes, paumes ouvertes, sur ses genoux. Je lui effleure les doigts. Il soulève les paupières, m'adresse un sourire ensommeillé et se rendort.

Non, ça ne peut pas être lui.

Si ça se trouve, ce n'est même pas un souvenir. Si ça se trouve, c'est un truc que j'ai vu à la télé ou lu dans un roman.

Je me retourne vers la vitre. De la jungle, encore de la jungle, toujours de la jungle. Des lianes, des arbres et du vert perroquet, dans une traînée visuelle produite par la vitesse.

Presque sans y penser, je tire de ma poche arrière le fil bleu arraché à mon T-shirt et je commence à faire des nœuds. Le geste est répétitif, apaisant. Je l'ai déjà fait souvent, je le sais.

Quelqu'un fredonne non loin de moi. C'est la vieille dame, Catherine. Je ne reconnais pas la chanson, mais l'air me dit quelque chose, bizarrement. Sa voix tremble un peu : un effet de son âge canonique. Qu'est-ce qu'elle fiche ici, elle ? C'est cruel de faire subir ça à une vieillarde, non ? Et si elle avait une crise cardiaque ?

Une horrible petite voix en moi se demande ce qu'il adviendrait si ça lui arrivait. Est-ce que tout le truc serait annulé ? Est-ce que le bus serait envahi par les pompiers qui se rueraient pour la sauver ? Est-ce qu'on nous transférerait tous dans le club de vacances du coin pour qu'on prenne une bonne douche chaude avant la séance d'interviews face caméra ? Qu'est-ce qu'il faudrait pour flanquer une attaque à une vieille dame ?

Je secoue la tête. Suis-je vraiment du genre à m'imaginer pousser une vieille dame à la crise cardiaque juste pour échapper à une situation compliquée ?

Non. Non, je ne suis pas comme ça. On gamberge, quand on n'a aucun souvenir auquel se raccrocher, ni rien pour s'occuper les neurones. Après tout, ce n'est pas ce qu'on pense qui compte, mais ce qu'on fait.

Je pose la tête contre l'épaule de Paxton. Le soulèvement cadencé de sa poitrine, ses petits ronflements réguliers me calment.

Catherine fredonne toujours sa chanson. Mes paupières deviennent de plus en plus lourdes et je sens que je ne suis pas loin de m'endormir à mon tour.

Néanmoins, je lutte. Je lutte contre les brumes du sommeil. Les brumes de l'oubli.

Je recommence à faire des nœuds.

Il faut que je pense à autre chose.

Je me lève en prenant garde à ne pas réveiller Paxton et regarde autour de moi. Nia a de nouveau relevé la jambe de son jean pour examiner sa prothèse.

Je me penche par-dessus le dossier de devant.

— Qu'est-ce que tu fiches ?

J'ai chuchoté, pourtant Nia sursaute et rabat son jean sur son mollet, avant de me fusiller du regard.

— Ça te regarde pas.

C'est pratiquement une invitation. Alors je me faufile dans le couloir pour venir me glisser à côté d'elle. Sa mine renfrognée vire à la franche hostilité.

Je ne sais pas pourquoi elle me hait à ce point : je suis plutôt sympa avec elle, non ?

Il y a un truc qui m'attire chez elle. J'aime son mordant et son attitude rentre-dedans. Je vois bien qu'elle stresse et qu'elle est aussi terrorisée que moi. Mais elle essaie de cacher ses failles, et, ça, j'admire.

Je lui adresse mon plus beau sourire de super bonne copine.

— Allez, raconte.

— Y a rien à raconter.

Je prends un air dubitatif.

— Pourquoi tu retournes pas flirter avec ton Ken, sa mâchoire bien carrée et son fute bien rempli ?

Ah ! j'en souris jusqu'aux oreilles. Trop jouissif.

— Serais-tu *jalouse* ?

Nia ricane.

— De toi ou de lui ?

— L'un ou l'autre ? Les deux ? Passons. Dis-moi ton secret.

Elle hésite.

— Tu peux me le dire, tu sais. (Je m'efforce de mettre autant de sincérité que possible dans mon ton.) Tu peux *tout* me dire.

— Je… (Elle fronce les sourcils.) Laisse tomber.

Je pose la main sur son genou. À travers le jean, je peux sentir l'endroit où la prothèse finit et où sa jambe, sa vraie jambe de chair et d'os, commence.

— Allez, raconte.

Nia repousse ma main, mais gentiment. Ses doigts sont froids sur les miens. Et puis elle se penche et roule une nouvelle fois la jambe de son jean pour révéler le motif en bleu et blanc façon porcelaine de Chine ainsi que la fissure dorée.

— Regarde.

Elle suit de l'index la fissure du genou jusqu'à la cheville, puis trace les lettres du mot « UNBREAKABLE ». La fissure dorée se met aussitôt à scintiller, comme éclairée de l'intérieur. Des petites lumières apparaissent aux fenêtres des pagodes bleu nuit et des jonques.

— Ouah !

— Oui, hein ? Des vraies LED. Avec capteur tactile.

Elle fait remonter son doigt le long des lettres dorées et les lumières s'éteignent.

Sans réfléchir, je tends la main. Au dernier moment, je retiens mon geste.

— Je peux ?

Cette fois encore, Nia hésite. Elle finit par hocher la tête.

Je touche la résine, toute douce au niveau de son genou, puis fais courir mon index le long de la fissure dorée. J'ai bizarrement l'impression de pénétrer dans son intimité. Nia frissonne. Je suis les lettres dorées du doigt et les lumières se rallument.

— Elle est carrément cool, ta jambe.

— Je sais.

J'accomplis le chemin inverse et les lumières s'éteignent. Je lève les yeux. Pour une fois, Nia ne me regarde pas comme si elle voulait me tuer. Elle a l'air… calme. Détendue. Soudain, son attention est attirée par quelque chose. En suivant son regard, je vois des lettres blanches apparaître sur le dossier en face de moi, bien nettes sur le plastique gris uni. Je me redresse, raide comme un piquet.

**Veuillez garder votre calme
et attendre les prochaines instructions.**

Nia tend les mains et se met à taper sur le dossier devant elle. Je me lève pour jeter un regard à la ronde. Seuls les sièges avec des passagers derrière eux affichent du texte. Il doit y avoir des détecteurs quelconques, j'imagine. La plupart des autres ont remarqué le message : ils tripotent vainement le dossier en face d'eux. Mais les gestes de Nia n'ont rien de tâtonnements : ils sont étudiés ; elle tente plusieurs associations.

— Tu cherches quelque chose.

Simple constat de ma part.

Elle acquiesce d'un air distrait.

— Il est peut-être tactile. Dans ce cas, il doit y avoir un menu caché quelque part. Il faut juste que je trouve la bonne combinaison, les bons gestes. Si j'y arrive, on pourrait bien obtenir des réponses…

— Comment tu sais ce qu'il faut faire ? Tu t'en souviens ?

Un sillon se creuse sur le front de Nia.

— Je sais pas.

Donc Nia est douée en informatique. Ça doit être sympa de se découvrir ce genre de talent. Quelque chose d'aussi concret, quelque chose qui prouve que tu avais une vie avant d'être dans ce bus. Et moi ? Je suis douée pour quoi ?

Soudain, le texte sur le dossier devant elle disparaît et l'écran tout entier s'illumine. Et puis des caractères verts s'inscrivent sur le fond blanc.

```
181.125.159.142@>
```

Un clavier virtuel apparaît. Nia émet un murmure satisfait et commence à pianoter, tellement vite qu'on ne voit même plus ses doigts bouger.

— Qu'est-ce que tu fais ?

— Je cherche à qui on a affaire, me répond-elle en tapant le mot « probe ».

```
Last login Wed Mar 21 13 : 08  :  13 on ttys000
[Bell-Server-ProjetAmnesiaInitiative-Node03] $
[Bell-Server-ProjetAmnesia-Node03] $ pwd
/Home/me
[Bell-Server-ProjetAmnesia-Node03] $ ls
Desktop          Xrootenv. 0       belluxcmd
GNUstep    bin                  nedit. rpm
GUILG00. GZ      hitnil134. jpg     nsmail
```

Nia ricane.

— Pas de sécurité ? Sérieux ? Soit la personne qui est derrière tout ça est vraiment sûre de son coup, soit elle est vraiment débile.

— Ou peut-être qu'elle sait que nous sommes dans un bus au milieu de nulle part, et que, par conséquent, nous n'avons aucun moyen de pirater son système informatique.

Nia se tourne vers moi et plisse les yeux.

— Bien vu, commente-t-elle, ce qui est vraiment la dernière chose à laquelle je m'attendais de sa part.

Elle se retourne vers le dossier du siège et tape « scan ».

```
[Bell-Server-ProjetAmnesia-Node01]
[Bell-Server-ProjetAmnesia-Node02]
[Bell-Server-ProjetAmnesia-Node03]
[Bell-Server-ProjetAmnesia-Node04]
[Bell-Server-ProjetAmnesia-Node05]
[Bell-Server-ProjetAmnesia-Node06]
[Bell-Server-ProjetAmnesia-Node07]
[Bell-Server-ProjetAmnesia-Master]
```

— Tu as raison, c'est un intranet, murmure-t-elle.

— Bien sûr que j'ai raison. Même si je n'ai pas la moindre idée de ce que tu es en train de me dire.

— Ce réseau n'est pas en ligne. Je ne peux pas accéder à d'autres serveurs et les autres serveurs ne peuvent pas communiquer avec nous. Il est inaccessible de l'extérieur. C'est pour ça qu'il n'a pas besoin d'un niveau de sécurité élevé. (Elle pointe l'écran du doigt.) C'est la liste de tous les *nodes*, les « nœuds » sur ce réseau. Il y a les sept qui sont dans ce bus, et un de plus. Je suppose qu'il est ailleurs, là où *ils* sont.

```
[Bell-Server-ProjetAmnesia-Node03] $ ls-1
```

— Qu'est-ce que tu fais ?

— Je lui demande la liste de tous les fichiers et dossiers qu'il contient, répond machinalement Nia, tout en faisant courir ses doigts sur le clavier virtuel. Là.

Elle pointe une ligne du doigt.

```
D_ _ x _ _ _ _ _ _ _1 cb cbjp 276480
Mar 19 02 : 01 : 55 passengerdata. fol
```

— C'est quoi ?

— « *Passenger Data* ». Ça doit être un dossier sur nous. Mais il est en accès restreint.

Elle recommence à pianoter.

« *Passenger Data* », *Données Passagers.* Les voilà, les réponses. Cet écran peut me dire qui je suis. Si Nia réussit à le piéger pour qu'il nous livre ses secrets.

— Je peux faire quelque chose ? Tu veux de l'eau ? Je pourrais aller remplir ta bouteille au robinet des toilettes.

Nia ne répond pas.

```
$ chmod g = rx Documents
$ chmod o = rx Documents
```

L'écran crache deux lignes de plus et mes espoirs s'envolent.

```
Bash : chmod g = rx Documents : Command not found
Bash : chmod o = rx Documents : Command not found
Error : access denied
```

— Merde, marmonne Nia.

Même moi, je sais ce que « *access denied* » veut dire.

— Pourquoi *accès refusé* ? Qu'est-ce que tu peux faire pour que ce soit autorisé ?

— Chuuut.

Nia continue à taper au kilomètre, mais le même message d'erreur s'affiche obstinément, encore et encore.

Nia grogne de frustration.

— Si j'avais un minimum de matos, je pourrais sans doute le pirater. Un… (Elle s'interrompt et remue les doigts comme si elle avait un mot sur le bout de la langue.) Je parviens pas à me rappeler comment ça s'appelle. De toute façon, c'est pas comme si ce bus allait se garer devant un magasin pour pirates informatiques. (Elle s'affale dans son siège.) Je crois que ça s'arrête là. On n'a rien appris.

— On a appris deux choses.

— Mais encore ?

— Primo, que tu laisses tomber trop vite. Secundo, que tu es une *hackeuse.*

Nia est, certainement, le genre de pirate informatique qui rêve de couler les vilaines grosses multinationales et croit qu'elle construit un monde meilleur.

« Les gentils et les méchants ». Alors, ce serait vrai ?

— Qu'est-ce qui te prouve que je suis une pirate ? Tu sais juste que je m'y connais en informatique, c'est pas pour autant que je suis un genre d'expert en cybercriminalité. Je pourrais être programmeuse. Ou responsable d'un service d'assistance informatique. Si je sais pirater, alors je suis pas très douée.

— Cf. le primo susmentionné. (Je lui donne un coup de coude dans les côtes.) Qu'est-ce que tu as fait de ton âme de guerrière ? De ton ardeur ? De ton excitation ?

— Beurk…

— Ça signifie quoi, ça ?

Je pointe du doigt la ligne qui dit « Bell-Server-Projet-Amnesia-Node03 ».

— C'est le nom du nœud du serveur, répond Nia. C'est le mien. Le tien aurait un autre chiffre à la fin.

— C'est déjà ça. « *Bell Server* » ? Qu'est-ce que ça peut bien vouloir dire ?

Nia lève les yeux au ciel.

— Que ce serveur a été installé par le plus gros éditeur de logiciels au monde ?

Je la regarde sans comprendre.

— Le groupe Bell ?

— Jamais entendu parler.

Nia secoue la tête, incrédule.

— Peu importe. « Projet Amnesia », alors. C'est un indice, ça. Parce que notre mémoire a bel et bien été effacée.

Nia étudie un moment l'écran blanc, l'air concentré.

— Tu parles d'un indice !

J'hésite. Je n'ai pas envie de me la remettre à dos.

— Tu te souviens, quand je disais que les T-shirts rouges étaient potentiellement les méchants ? Peut-être que c'est un genre d'expérience. Une de ces émissions télé censées nous pousser à réfléchir à notre façon de nous conduire, à revoir notre comportement, ou à prouver une théorie pseudo-scientifique style « ce qui est inné/ce qui est acquis ».

Nia plisse les yeux.

— Donc tu penses que je fais partie des méchants.

— Tu as littéralement piraté un ordinateur. Là, tout de suite. Devant moi.

Elle m'ignore et tape une nouvelle commande.

```
echo$$ kill -9processid
```

Le dossier en face d'elle redevient d'un blanc phosphorescent, puis le texte de départ, affiché sur tous les autres écrans, réapparaît.

— Et maintenant ?

Nia hausse les épaules.

— Maintenant, on se conforme à ce qui est écrit, je suppose. On attend les instructions.

Je n'aime pas attendre. C'est un truc que je sais sur la personne que je suis, qui qu'elle soit. Attendre, c'est nul.

— Tu n'as pas faim ? Moi, j'ai faim.

— J'y pensais pas jusqu'à ce que tu en parles, maugrée Nia. Pourquoi tu retournes pas auprès de ton Monsieur Muscles ? (Elle désigne Paxton d'un mouvement de tête.) C'est pas la viande qui manque, là-derrière.

J'en bats des mains tellement je jubile.

— Mais tu es vraiment *jalouse* !

Et je ne rêve pas : il y a bien un soupçon de rose sur sa joue, là.

— Dans tes rêves ! C'est juste que j'ai aucune envie de vous voir, toi et Monsieur-Tout-le-monde-m'aime, en train de vous rouler des pelles. Franchement dégueu.

À vous deux, vous représentez le cliché du conformisme hétéro blanc dans ce qu'il a de plus répugnant. Tellement mignon-tout-plein que ça me donne presque envie de gerber.

— Tu kiffes, en fait.

— Tu sais ce que je kiffe ? Le silence. La solitude.

Je pense à un truc.

— Nia ?

— ... Une absence totale de bruit. Le vide, même.

Ça m'étonne qu'elle n'ait pas constamment la migraine à force de lever ainsi les yeux au ciel.

— Arrête de vouloir jouer les malignes. J'ai une question pour toi : tu as bien dit que la plupart des écrans tactiles sont activés par une série de manips secrètes, non ? Pour accéder aux menus cachés.

— Ouais. Mais j'ai déjà trouvé le chemin d'accès. Ce qui bloque, c'est que j'arrive pas à décrypter le code.

— Je ne parlais pas de ton écran.

Nia me regarde, troublée.

— De quoi, alors ?

Je baisse les yeux vers ses genoux.

— Et si les trucs cool que peut faire ta prothèse ne se limitaient pas à jouer les sapins de Noël...

Elle continue à me dévisager une minute, et puis elle roule de nouveau la jambe de son jean, plus haut cette fois, révélant un genre de manchon de Néoprène qui remonte sur sa cuisse et, au-dessus, sa peau nue. Elle passe les mains sur le motif bleu, tentant plusieurs associations de doigts, exactement comme avec l'écran du siège plus tôt. J'aperçois un minuscule tatouage à l'intérieur de sa cuisse : une fée en robe bleue avec des ailes bleues et des cheveux blonds.

— Hé ! Tu savais que tu avais...

— Regardez !

C'est Sandra.

Je reporte mon attention sur l'écran devant moi.

Vous êtes dans un véhicule en mouvement. Devant vous, la route se divise en deux. Tout droit se trouvent cinq piétons. Sur la route secondaire se trouve un piéton. Vous pouvez appuyer sur un bouton et le bus s'engagera sur la route secondaire. Le bus ne s'arrêtera pas.

Appuyez-vous sur le bouton ?

OUI NON

0/7 réponses enregistrées.

J'ai les yeux scotchés sur ces mots. Je les ai déjà vus, même si je ne me rappelle ni où ni quand.

Un courant d'adrénaline passe dans le bus. Tous se lèvent pour vérifier que chacun a le même message que son voisin ! C'est le cas.

— C'est un genre d'énigme ?

Paxton s'étire en bâillant. Quand il lève les bras, son T-shirt remonte et j'ai comme un moment d'absence en apercevant une bande de ventre tonique et bronzé.

— C'est le Dilemme du tramway, annonce Edwin. Un test éthique et psychologique qui pousse le cobaye à se projeter dans certaines situations.

— Comment tu sais ça ? s'étonne Riley.

Bien que le ton de Riley n'ait rien d'agressif, Edwin se ratatine sur son siège.

— Avec ma mémoire autobiographique défaillante, je ne peux pas me remémorer d'où je tiens ces informations. Mais je me souviens parfaitement que le dilemme du tramway a été largement rejeté par les psychologues parce que jugé trop extrême, trop éloigné de tout processus de décision morale concret. La critique veut que, les gens n'étant jamais réellement confrontés à une situation aussi dramatique et artificielle que celle-ci, dans laquelle les options sont si restreintes et le nombre de facteurs en jeu, si limités, il ne constitue pas un outil très utile ni très pédagogique.

Cette tirade est accueillie par une surprise quasi générale. Edwin n'avait encore jamais aligné plus de trois mots depuis notre réveil collectif.

— T'es un vrai dico ambulant, mec, commente Riley.

Le Dilemme du tramway. Ça aussi, j'ai l'impression de l'avoir déjà entendu quelque part.

— Et alors ? C'est quoi, la réponse ? demande Paxton.

— C'est pas évident ? lui rétorque Nia. Tu fais tourner le bus : un seul mort au lieu de cinq.

Et elle appuie sur « OUI » avec une assurance confondante. Je la dévisage, bouche bée.

Riley hoche la tête et en fait autant.

De grosses rides se creusent sur le front d'Edwin. Mais, après avoir hésité dix secondes, il suit leur exemple.

5/7 réponses enregistrées.

— C'est un jeu ? (Je reconnais la voix chevrotante de Catherine.) Comme le bingo ?

6/7 réponses enregistrées.

Je secoue la tête et croise les bras.

— Qu'est-ce que tu attends pour appuyer sur le bouton ? me demande Nia.

— Je suis objecteur de conscience. Tant qu'on ne m'explique pas ce qui se passe, je refuse de participer.

— Soit, dit Sandra. Tu n'es pas obligée de voter.

Long moment de flottement. Rien ne se produit sur l'écran.

— L'expérience nécessite probablement la participation de tout le groupe, avance Edwin.

— Et si je ne participe pas ? Il n'arrivera rien du tout ?

— Peut-être que le bus continue sa route et écrase les cinq piétons ? suggère Paxton.

— Mais il n'y a pas vraiment de gens. C'est juste un cas d'école. Alors qu'est-ce que ça change ?

— Oh, alleeez ! s'impatiente Nia. Appuie, qu'on en finisse. Peut-être qu'on nous donnera un sandwich pour nous récompenser.

— T'es sérieuse, là ? On nous traite comme des rats de laboratoire, et toi, tu vas te laisser faire comme ça ? Il est passé où, ton esprit d'indépendance ?

L'expression de Nia vacille.

— Eh ! (C'est Paxton qui se penche vers moi par-dessus le dossier du siège. Il me fait les yeux doux.) Je comprends. Je ressens la même chose que toi. Mais… il est possible que si on joue le jeu, on va pouvoir glaner des infos. Pour nous aider à comprendre qui on est et comment nous sortir de là.

L'argument paraît sensé. Mais j'ai pris ma décision, et, tout comme je suis douée pour flirter, mais pas pour attendre, il se trouve que je suis aussi très butée.

— Nan.

Nia en remet une couche :

— On a plus besoin de bouffe que de réponses.

Disant cela, elle se penche vers moi et tape sur mon écran pour appuyer à ma place.

Je m'insurge.

— Eh !

Mais rien ne se produit. Elle appuie plusieurs fois sur l'écran, de plus en plus fort. Toujours pas de résultat.

— T'es un petit malin, toi, marmonne-t-elle alors en jetant à son bracelet de silicone blanc un regard meurtrier.

— Cecily. (C'est Sandra qui revient à l'attaque, l'air super autoritaire.) Paxton a raison. Nous avons besoin de plus d'informations, et il semble que ce soit le seul moyen d'en obtenir. Nous devons jouer collectif et je fais appel à ton esprit d'équipe.

Mes convictions vacillent.

— Regardez !

Nia pointe le pare-brise. Il y a des gens devant nous, au milieu de la route. Entre nous et ces gens apparaît un embranchement avec une voie plus étroite qui grimpe à flanc de colline et s'enfonce dans la jungle. À mi-chemin de la colline se tient une silhouette solitaire, en plein milieu de la chaussée, elle aussi.

— Mais c'est des *vrais* ! s'exclame Riley.

— Non.

Edwin a l'air étrangement calme.

Ils semblent bel et bien réels, pourtant. Je suis tellement soulagée de les voir : de voir qu'il y a d'autres êtres humains en ce monde. Ça prouve que nous ne sommes pas les seuls dans ce drôle d'endroit. Au fond de moi, une toute petite voix bizarre redoutait que nous soyons les derniers survivants sur terre.

Ils nous tournent le dos. On dirait une famille : les parents, un ado et deux jeunes enfants qui se tiennent par la main. Ils ne semblent pas avoir remarqué le bus qui fonce sur eux – ce qui paraît quand même louche.

L'embranchement se rapproche. Si je dois prendre une décision, je ferais mieux de la prendre maintenant. Non, le bus ne va sûrement pas les écraser. Il va s'arrêter au dernier moment. Et peut-être qu'ils peuvent nous aider. Ou, au moins, nous expliquer ce qui se passe. Peut-être que je devrais appuyer sur le bouton. J'ai horreur de ça : avoir l'impression que je suis une marionnette dont on tire sur les ficelles. Ceux qui nous ont parachutés au beau milieu de cette expérience tordue *veulent* que j'appuie sur ce bouton. C'est évident. Appuyer sur le bouton, c'est ce que tout le monde ferait, non ? Tuer une personne pour en sauver cinq ? Qui ne le ferait dans ces conditions ?

Le bus va s'arrêter, c'est certain.

Il va s'arrêter. Non ?

— Cecily. (Sandra revient à la charge. Sa voix est calme ; son ton, impérieux.) Fais tourner ce bus.

J'ai obéi avant même de m'en rendre compte. *La vache, elle est douée !*

7/7 réponses enregistrées

Dans un crissement de pneus, le bus bifurque vers la petite route, chargeant vers le sommet pour foncer sur la silhouette isolée, qui se tourne vers nous.

Le bus va s'arrêter avant de l'écraser. On ne va tout de même pas tuer quelqu'un comme ça, au hasard, c'est impossible. La situation est sous contrôle. Tout le monde est en sécurité.

C'est une femme. Dans la trentaine. À la peau couleur café. Elle porte une robe dos nu jaune toute simple. Elle nous regarde fixement, sans bouger, alors même qu'on déboule droit sur elle.

— Dégage ! braille Riley, en se ruant à l'avant du bus pour frapper du poing sur le pare-brise, les veines si saillantes dans son cou qu'on dirait des cordes.

— Elle n'existe pas, insiste Edwin. C'est juste une simulation.

Les autres crient aussi. Tous, sauf moi, Edwin et Catherine, qui semble à peine avoir capté ce qui se joue.

Plus on approche, plus la femme devient nette. Son visage est calme.

Le bus ne va pas s'arrêter. Ce n'est pas un test. Il y a une femme, là, dehors, une personne réelle, et nous allons lui rouler dessus. Et j'ai appuyé sur le bouton qui en a donné l'ordre.

Nia hurle.

Je me prépare au choc alors que, déjà, nous heurtons la jeune femme de plein fouet. Mais il ne se produit rien. Pas d'impact. Pas de sang ni de matière organique volant dans tous les sens. Non, c'est plutôt comme si elle… elle se disloquait dans une explosion de pixels lumineux et s'évanouissait dans les airs.

QUELLES SONT LES 20 MEILLEURES ÉCOLES DU MONDE ?

14. L'Académie de Westbridge

Westbridge est l'une des pensions privées les plus prestigieuses du monde, avec des frais de scolarité à l'avenant.

Des enfants de politiciens, de célébrités et de milliardaires se côtoient au sein de ses remarquables infrastructures sportives et culturelles, sa plateforme d'enseignement en réalité virtuelle, son centre équestre, ou son espace bien-être flambant neuf à 120 millions de dollars qui, de même que son Spa et ses caissons d'isolation sensorielle, offre ce qui se fait de mieux en matière de contrôle biométrique pour veiller à l'équilibre physique et psychologique de chaque élève en temps réel.

Les logements étudiants offrent un luxueux décor et un ameublement sur mesure, un balcon avec vue panoramique et toutes les dernières innovations en matière de domotique pour optimiser chaque aspect de la vie quotidienne, du divertissement le plus immersif jusqu'au tutorat virtuel, en passant par les menus adaptés au microbiome intestinal spécifique à chaque élève.

Les élèves de Westbridge ont la réputation d'avoir un féroce esprit de compétition, la devise de l'école étant « *Omnia vincit* », qu'on pourrait traduire par : *Le gagnant rafle la mise*. Les anciens élèves de Westbridge figurent en tête de tous les palmarès des riches et des puissants de ce monde.

Récemment, Westbridge a fait l'objet d'une attention croissante de la part des médias, l'école étant réputée héberger une star d'Internet : « la Fée Bleue », la bonne fée qui exauce anonymement tous vos vœux (et, accessoirement, une arnaqueuse de haut vol).

4

JOUR 1

14 : 36

— Comment pouvais-tu le savoir ?

Sandra se tourne vers Edwin avec un froncement de sourcils qui creuse un peu plus les rides sur son front.

— Il n'y a pas d'ombre, répond-il en clignant trois fois des yeux, avant de pointer le ciel du menton à travers la vitre. On est en plein après-midi. Regardez l'ombre des cocotiers. Si une personne réelle s'était trouvée sur cette route, son ombre apparaîtrait sur la chaussée.

Il a raison. Le soleil est bas, une grosse boule orange au-dessus de la jungle, et l'ombre des arbres s'étire sur la route.

— Donc c'était juste une…

Sandra agite les mains.

— Une simulation, répète Edwin. Projetée sur le pare-brise et sur les vitres latérales. Plutôt convaincante, au demeurant.

— Ils avaient l'air si réels, souffle Nia d'une toute petite voix.

Nous restons assis un moment en silence. Les battements affolés de mon cœur ralentissent. Nous n'avons tué personne, c'est un soulagement. Un maigre soulagement.

Je ferme les yeux et fouille dans les brumes de mon cerveau en quête d'un peu de réconfort. Mais tout ce que je vois, en boucle, c'est l'explosion de cette femme en milliers de pixels. J'ai comme l'étrange impression que je suis déjà passée par là.

— Putain ! C'est grave barré, ce truc, grommelle Riley – qui exprime plutôt bien le fond de ma pensée.

— Et alors, c'est tout ? (Paxton regarde la portière comme s'il s'attendait à la voir s'ouvrir.) C'est fini ?

Personne ne répond.

Nous savons tous pertinemment que ce n'est pas fini.

Le bus poursuit son ascension, façon char blindé à l'assaut du sommet. À travers l'enchevêtrement des feuillages, j'aperçois le coucher du soleil sur l'océan, qui s'étend à perte de vue dans toutes les directions. Pas la moindre jetée, le moindre bateau, ni le moindre port : je ne sais pas où on va, mais on n'est pas près d'y arriver. Je frissonne, en proie à un sentiment croissant de solitude. Je ne parviens pas à me défaire de cette impression de déjà-vu.

Et si ce n'était pas la première fois ? Et si tout ça nous était déjà arrivé ?

La route décrit un virage en épingle et nous entamons une descente à travers la végétation pour rejoindre la côte.

— Il nous faut des réponses, s'impatiente Sandra. Il doit bien y avoir quelque chose, un indice, une piste, qui nous permettra de savoir où nous nous trouvons.

Je jette un coup d'œil à Nia – qui est, une fois de plus, penchée sur sa jambe. Ses doigts courent du haut au bas de la surface lisse imitant la porcelaine.

— Sandra a raison, approuve Paxton. Il faut passer chaque centimètre carré de ce bus au peigne fin. Il y a forcément quelque chose.

J'abandonne Nia à son exploration et retourne dans le couloir.

Tout y passe : les vitres, le revêtement des sièges, les éléments en plastique moulé... Nous scrutons les grilles de la clim et même les lumières.

Rien. Pas même un malheureux logo.

Je me dirige vers l'avant du bus. Les panneaux en plastique sur le tableau de bord semblent pouvoir s'ouvrir. Je tâtonne dans tous les sens, mais il n'y a pas de poignée ni de clapet, aucune serrure. Les vitres n'ont rien de spécial à première vue : je ne comprends pas comment la simulation a pu y être projetée. Bon, en même temps, je n'ai pas l'air d'être une experte en la matière. Nia saurait peut-être comment ça marche, elle.

Et si tout ça dehors n'était qu'une projection, en fait ? Et si nous n'étions même pas dehors ? Et si ce n'était qu'une de ces animations virtuelles où on est enfermés dans une pièce avec le sol qui vibre pour donner l'illusion d'un véhicule en mouvement ?

Mon malaise monte encore d'un cran et le truc dans ma poitrine se remet à griffer et à s'agiter. Et si ce brouillard m'avait déjà engloutie avant ? Et s'il recommençait à m'engloutir ?

Je prends une profonde inspiration et rejoins Paxton qui est en train d'examiner la portière du bus. Je lui tourne le dos.

— Regarde dans mon T-shirt pour voir s'il n'y a pas une marque.

J'espère que le contact de sa main va m'arracher à cette spirale de panique.

— Bonne idée.

Paxton retourne l'encolure de mon T-shirt pour chercher une étiquette. Rien. Je vérifie la couture sur le côté et aussi la ceinture de mon jean. Je voudrais bien examiner mon soutien-gorge et ma culotte, mais pas devant tout le monde. J'hésite en repensant au tatouage de fée sur la cuisse de Nia.

— Et sur nos propres corps ? Des cicatrices, des marques de coups de soleil, des tatouages… Peut-être que ça peut nous apprendre des choses sur nous ou sur comment nous sommes arrivés là ?

Paxton retrouve son sourire en coin.

— Je veux bien me dévouer pour la mission d'inspection.

Je secoue la tête.

— Je ne crois pas qu'on rentrerait à deux dans les toilettes, et je n'ai pas particulièrement envie de me déshabiller ici.

— Ça se conçoit.

— Excellente suggestion, Cecily, applaudit Sandra. Nous devrions nous rendre chacun à notre tour dans les toilettes pour voir ce que nous pouvons découvrir sur nous-mêmes.

Paxton passe en premier. Penchés sur le haut des sièges, nous attendons tous qu'il émerge. Tous sauf Nia, toujours courbée sur sa jambe, et Catherine qui a repiqué un petit somme.

— Rien d'intéressant, nous annonce Paxton, en sortant des toilettes. Pas de logo, ni d'étiquette sur mes fringues. Pas de cicatrices ni de tatouages. Tout semble à sa place et en parfait état de marche. (Il me fait un clin d'œil.) À toi.

Je m'exécute et me déshabille. Pas d'étiquettes, pas de logos, ni sur mon soutien-gorge, ni sur mon slip. Ils sont blancs, tout ce qu'il y a de plus basique. Le soutien-gorge est élastique, un modèle de sport, sans armatures.

Je ne peux toujours pas enlever mon bracelet.

14 : 48

Je me fiche de l'heure qu'il est. Je veux juste qu'il me livre ses secrets.

Mes jambes sont lisses – le laser, je présume. Au niveau du maillot, c'est le strict minimum, et aussi net qu'un jardin à la française. Je n'ai pas de poils sous les aisselles non plus. Pas de marques de bronzage. Quelques taches de rousseur sur les bras et sur les épaules. Du vernis rose corail sur les orteils – du travail de professionnel, on dirait.

Je regrette qu'il n'y ait pas de miroir.

Je passe les doigts dans mes cheveux, sur mon corps, à la recherche d'éventuelles bosses ou d'irrégularités quelconques. Je l'effleure juste, et, pendant deux secondes, j'imagine que ce sont les doigts de Paxton. L'excitation monte. Mais ce n'est pas le moment.

Pendant que je me rhabille, j'ai une subite illumination. Je tire le fil bleu noué de la poche arrière de mon jean. Ça ne vaut pas un stylo, mais peut-être que je peux quand même laisser une trace de mon passage, une preuve de mon existence. Si ce que je vis là s'est déjà produit, alors ça peut se reproduire. Je veux laisser un message à la Cecily du futur.

J'examine le réduit. Je ne peux pas placer le fil trop en évidence. Il faut qu'il soit caché. Je m'accroupis et glisse la main derrière la cuvette.

Mes doigts entrent alors en contact avec quelque chose qui se trouve déjà coincé là. Je tire dessus.

Un fil bleu. Avec des nœuds.

Je le laisse pendre à côté du fil que je viens d'arracher à mon T-shirt. Ce n'est pas exactement le même : mon fil est plus long. Mais les nœuds sont identiques, petits, nets et espacés à intervalles réguliers.

Un des autres aurait-il eu la même idée que moi ?

Ou… est-ce que c'est moi qui l'ai mis là ?

***

Quand je sors, Nia attend déjà. Elle entre à son tour dans les toilettes, se contorsionnant comme une gymnaste pour s'assurer que son corps ne risque surtout pas de frôler le mien.

Sandra vient aussitôt aux nouvelles.

— As-tu découvert quelque chose ?

Je secoue la tête. Je ne leur parle pas du fil noué.

Au bout d'une minute ou deux, Nia émerge des toilettes. Personne ne pourra me faire croire qu'elle a réussi à se déshabiller et à se rhabiller en si peu de temps.

— Alors ? lui demande Paxton.

Elle lui balance un regard noir.

— *Alors*, j'ai une prothèse de jambe.

Elle soulève un peu son jean pour que tout le monde puisse voir. Mais elle ne leur en montre qu'une infime partie. Ils ne peuvent donc pas apprécier la beauté du truc. Elle ne leur dévoile pas les LED non plus.

— C'est insoupçonnable, commente une Sandra manifestement impressionnée. Je ne doute pas que ton histoire soit des plus inspirantes.

Nia émet un grognement de dégoût.

— Mais je veux pas, moi, que mon « histoire » soit « inspirante ». Je suis pas là pour que vous vous sentiez mieux dans votre peau.

Elle retourne à sa place en martelant le sol et se rassied.

Elle n'a pas parlé de son tatouage. Peut-être qu'elle ne l'a pas remarqué ? Je louche vers elle. Elle est encore penchée sur sa prothèse. J'imagine qu'elle avait hâte de s'y recoller pour percer à jour ses secrets.

Sandra se faufile dans les toilettes, et je m'avachis sur le dossier de mon siège : brusquement, je tombe de fatigue. La faim me donne des vertiges, et j'ai l'impression de flotter au-dessus de mon corps, de rebondir comme un ballon.

Catherine se réveille et regarde autour d'elle.

— Où a donc disparu cette gentille fille ? demande-t-elle. Celle qui devait aller me chercher une tasse de thé ?

Paxton s'accroupit à côté d'elle.

— Elle revient dans une minute.

Catherine le dévisage en plissant les yeux.

— Jeune homme, dit-elle d'un ton impérieux, allez s'il vous plaît rappeler à votre mère que j'aime mon thé avec du lait, mais sans sucre.

Paxton fronce les sourcils.

— Ma m…

Au même moment, la porte des toilettes s'ouvre et Sandra apparaît. Mon regard passe de l'un à l'autre. Ce sont les yeux, surtout. Sandra a les cheveux noir corbeau, méchés de gris, et Paxton, entre le blond et le châtain clair. Mais ils ont tous les deux des yeux d'un bleu inimaginable.

— Elle n'a pas tort : vous vous ressemblez. Et tu as bien dit que tu avais l'impression de la reconnaître.

Paxton fixe sur Sandra des yeux écarquillés.

Sandra lui rend son regard.

— Qu'est-ce qu'il y a ?

Vu que Paxton semble incapable d'émettre le moindre son, je me dévoue.

— Catherine vous prend pour la mère de Paxton. Et, à vrai dire, je ne suis pas sûre qu'elle ait tout à fait tort.

Edwin les examine avec attention.

— Naturellement, la couleur des yeux n'est pas un simple caractère récessif, comme chacun le croit. En réalité, toutes les combinaisons de couleurs d'yeux parents-enfant sont possibles. Donc le fait que vous ayez tous les deux les yeux bleus pourrait n'être qu'un exemple de plus du principe abusif des doubles récessifs. Ils ne sont pas réellement bleus, de toute façon. Il n'y a aucun pigment bleu dans l'iris ou dans le fluide oculaire. Ce n'est qu'une question de longueurs d'onde...

Il se plaque les mains sur la bouche, les joues en feu.

— Un vrai geek, le morveux, commente Riley.

Le regard de Paxton est rivé à Sandra.

— Je vous connais, c'est absolument certain. Votre visage... Je l'ai déjà vu. Et vous ? Vous me reconnaissez ?

Sandra déglutit et détourne les yeux.

— Hum... Non. Je ne reconnais aucune des personnes présentes. (Elle toussote.) Qui est le prochain pour le passage aux toilettes ? Riley ? Allez-y, alors.

Riley s'exécute. Catherine soupire et s'assoupit de nouveau.

J'interroge à mon tour Sandra, en désignant les toilettes du menton :

— Avez-vous trouvé quelque chose, quand vous étiez là-dedans ? Des indices ?

— Je... (Sandra pique un fard.) Peu importe.

— Mais si. C'est quoi ?

Je n'aime pas les secrets. Sauf les miens.

Le fard de Sandra s'accentue.

— Non, non, c'est sans intérêt.

— Le moindre détail peut être utile, intervient Edwin.

Sandra se remet à toussoter.

— Je, euh… reçois une visite importune.

Edwin cligne des yeux, cherchant vainement le visiteur en question.

— Je suis indisposée, précise Sandra avec un coup d'œil éloquent.

— Elle veut dire qu'elle a ses règles, traduit Nia en haussant la voix, sans bouger de son siège. Et elle arrive même pas à en parler parce que ça fait des millénaires qu'on dit aux femmes d'avoir honte de leur corps. (Elle se lève pour venir nous rejoindre.) Et des indices sur… C'était quoi, déjà, une serviette ou un tampon ?

— Une serviette. Pas de marque. Le modèle générique. Mais je n'en ai pas d'autre. Alors, j'espère que nous allons bientôt descendre de ce bus.

Riley émerge à son tour des toilettes, rayonnant.

— On est dans l'hémisphère nord, annonce-t-il triomphalement.

— Comment tu sais ça ? s'enquiert Nia.

— J'ai ouvert le robinet et, au fond, l'eau a tourné dans le sens inverse des aiguilles d'une montre. Ça veut dire qu'on est dans l'hémisphère nord. Dans l'hémisphère sud, c'est le contraire.

Edwin proteste.

— Faux.

Riley se raidit.

— C'est pas faux. C'est scien-ti-fique.

— Je crois que tu penses à la force de Coriolis, poursuit Edwin, en remontant ses lunettes sur son nez. Tu as raison, dans le sens où elle peut produire une rotation de l'eau dans une direction différente selon l'hémisphère dans lequel on se trouve. Sauf que, premièrement, l'eau tourne en sens inverse des aiguilles d'une montre dans l'hémisphère sud, et non nord, et, deuxièmement, la force de Coriolis est bien trop faible pour avoir un effet sur quelque chose d'aussi petit qu'un lavabo. Il faut une masse d'eau significative, comme un ouragan ou un cyclone. (Il se retourne vers la vitre du bus.) Ce qui n'est pas exclu, puisque nous nous trouvons sans aucun doute sous les tropiques.

— Euh, mec, espérons surtout qu'il n'y aura *pas* d'ouragan, dit Paxton. Je peux très bien vivre sans savoir dans quel hémisphère je me trouve, personnellement.

Riley fronce le nez.

— T'as l'air de te rappeler d'un max de trucs, lance-t-il d'un ton soupçonneux à Edwin. Tu es *sûr* de pas te souvenir de qui tu es ?

Edwin soupire, comme si être obligé de donner des explications à Riley était d'un ennui abyssal.

— Il y a deux sortes de mémoire à long terme. La première est « implicite » : les choses que tu sais sans y penser, comme marcher, parler, faire du vélo ou craquer une allumette. La seconde est « explicite » : ce que tu peux appeler habituellement « les souvenirs ». Certains de ces souvenirs sont sémantiques : tes connaissances générales, ce qui te permet de reconnaître Mickey ou Albert Einstein. Les autres sont épisodiques : quand tu te remémores des expériences ou des événements autobiographiques. C'est cette mémoire qui nous fait à tous défaut.

— D'aaac-cord, répond Riley, le front plissé, comme si ses neurones pédalaient en accéléré pour essayer de suivre.

— Et avec les étoiles ? lance Nia. On pourrait sans doute savoir dans quel hémisphère on est d'après les étoiles, non ?

Sandra hoche la tête.

— Excellente idée, Nia.

Vu sa mine renfrognée, Nia se serait bien passée de son approbation.

— Edwin, aurais-tu des connaissances en astronomie ? poursuit Sandra. Serais-tu à même de nous dire où nous nous situons d'après la position des étoiles ?

— Je pourrais probablement déterminer dans quel hémisphère nous sommes, répond Edwin. Et situer le nord. Mais, en toute franchise, je ne vois pas en quoi ces informations nous aideraient.

— Bon, conclut Riley avec un soupir. Ben, on est foutus.

Je m'affale sur mon siège, à côté de Paxton. Il y a eu du nouveau, pourtant. Le fil bleu avec mes nœuds. Nia qui n'a pas mentionné son tatouage. Paxton et Sandra.

Les écrans des dossiers ne nous donnent aucune autre info. Au bout d'un moment, nous recommençons nos missions de reconnaissance dans le couloir, repassons tout en revue. La faim nous rend nerveux et agressifs. Riley ne cesse de remuer le genou et je me retiens pour ne pas lui hurler d'arrêter – enfin, c'est surtout parce qu'il me fait peur avec ses tatouages de bagnard et ses balafres. Je sens la panique galoper dans ma poitrine et, quand je regarde les autres, je sais qu'ils ressentent la même chose : cette même terreur qui menace de nous submerger d'un instant à l'autre. Nous gardons tout ça bien caché au fond de nous, pourtant. Parce que, si un seul d'entre nous ouvre les vannes, les autres pourraient suivre. Et qui sait ce qui en découlerait ?

Les heures se succèdent, défilant inutilement sur nos bracelets comme pour nous narguer.

— Est-ce qu'on s'est plantés ? demande soudain Riley. Vous croyez qu'il y avait une bonne réponse pour qu'ils nous laissent sortir ? Ou pour qu'ils nous filent à bouffer ?

Personne ne dit rien.

La nuit tombe et les phares du bus s'allument, éclairant la route devant nous et transformant le reste du monde en un grand gouffre noir. La panique se mue en un désespoir aussi poisseux et impénétrable que le brouillard qui envahit nos esprits. Rien à manger. Plus rien à voir. Pas de réponses. Pas d'échappatoire.

Il ne faut pas que je plonge : je ne sais pas si je referai surface. Je me rassieds à côté de Paxton, qui enroule son bras autour de mes épaules. Je me blottis contre son torse. Il me caresse le bras du pouce. Ça fait du bien d'être dans les bras de quelqu'un. Je ferme les yeux en soupirant.

Je me retrouve dans la penderie, noix de muscade et cèdre.

On me tient les poignets en tenaille.

Un crissement de pneus sur le bitume, suivi d'un choc, un impact mou.

La Fée Bleue sur un écran.

Il y a tellement de sang !

— Psst !

Je me réveille en sursaut.

Je suis dans un bus.

Une inconnue au crâne rasé est penchée vers moi, par-dessus le dossier du siège. Je la regarde avec de grands yeux, sans ciller, la gorge soudain nouée sous le coup de la panique.

— Nia.

Son nom m'est sorti de la bouche avant même que je me souvienne d'elle. Nia, la fille avec la jambe artificielle. Nia, avec ses super pommettes. Nia, la pirate.

Je suis dans un bus.

— Quelle heure est-il ?

— Minuit passé, me répond-elle. Mais baisse d'un ton, s'il te plaît.

Je jette un coup d'œil autour de moi. Tout le monde dort. Paxton marmonne dans son sommeil.

— J'ai trouvé ! s'enthousiasme Nia. Tu avais raison.

— Bien sûr que j'avais raison.

Elle émet un grognement dégoûté et disparaît. Je me soustrais avec mille précautions à l'étreinte de Paxton et grimpe par-dessus le dossier de devant pour me glisser à côté d'elle.

— J'avais raison sur quoi, au fait ?

— Regarde !

Le jean de Nia est remonté. Elle fait courir son index le long de la fissure dorée, puis suit le tracé des lettres « *UNBREAKABLE* » sur sa cheville. Les LED s'allument, halo doré dans l'obscurité du bus.

— Sympa pour animer une soirée. Mais c'est du déjà-vu, en ce qui me concerne.

— Ferme-la et regarde.

Elle appuie un doigt sur le « K », sur le « E », et enchaîne avec « R-N-E-L ».

Je fouille dans ma mémoire.

— *Kernel* ? Ça veut dire quoi, déjà ? « Noyau » en anglais ?

Le halo doré se met à briller plus fort, puis la prothèse de Nia s'ouvre en deux le long de la fissure, chaque moitié s'écartant automatiquement pour révéler une fente sur toute la longueur. Au creux de la fente se trouve un minuscule compartiment, pas plus grand qu'une noix.

— Le noyau est aussi le programme qui se trouve au cœur même d'un ordinateur, m'explique Nia dans un murmure. C'est lui qui gère tout le système d'exploitation.

Elle glisse deux doigts dans l'encoche et en sort un petit carré de plastique noir avec deux antennes rabattues sur le dessus.

— Qu'est-ce que c'est ?

Nia passe de nouveau le doigt sur les lettres dorées, en ordre inverse cette fois. Sa prothèse se referme et les LED s'éteignent.

— C'est un petit bijou de technologie qui va nous faire entrer dans ce foutu dossier verrouillé.

Elle déplie les antennes de l'espèce de puce et active l'écran au dos du siège devant elle.

— Et maintenant, il se passe quoi ?

Elle m'ignore royalement, trop occupée à pianoter comme une folle sur l'écran, pendant que les lignes de code se succèdent. Je la regarde agir un moment. Mais mes paupières redeviennent lourdes et, avant de m'en rendre compte, je suis déjà retombée dans le sommeil.

Un impact mou.
Tellement de sang !
« Tu l'aimes encore ? »
Un bébé qui pleure.

Je suis dans un bus, et une sonnerie retentit. Un son électronique répétitif qui me ramène brusquement à la réalité.

Je me redresse sur mon siège et essuie discrètement la bave au coin de ma bouche.

Il y a autour de moi des gens qui clignent des yeux et se frottent les paupières pour en chasser le sommeil.

— On est arrivés ? lance une voix.

Je suis dans un bus. Je m'appelle Cecily.

Il fait encore noir dehors, mais la légère décoloration du ciel me laisse penser que l'aube n'est pas loin. Je jette un coup d'œil à mon poignet.

05 : 00

J'ai un sale goût dans la bouche. Si seulement je pouvais me brosser les dents !

Je crève de faim.

Le bip s'arrête et des lettres réapparaissent sur le dossier de nos sièges.

Vous êtes dans un véhicule en mouvement.
Devant vous, la route se divise en deux. Tout droit
se trouvent trois criminels. Sur la route secondaire
se trouve une personne innocente.
Vous pouvez appuyer sur un bouton
et le bus s'engagera sur la route secondaire.
Le bus ne s'arrêtera pas.

Appuyez-vous sur le bouton ?

OUI NON

0/7 réponses enregistrées.

— Ouah ! lâche Riley. C'est chaud.

— Qu'est-ce que ça peut faire ? maugrée Nia. Ils n'existent pas. C'est une simulation, t'as oublié ?

— Et si c'était un test ? s'interroge Sandra. Et si nous étions récompensés ou punis en fonction de nos réponses ?

Paxton hoche la tête.

— Et alors ? Quelle est la bonne réponse ?

— On tue les criminels, répond Riley, sans hésitation. Ils ont enfreint la loi. Ça se paie.

Non mais, il a *vu* ses tatouages, lui ?

Paxton approuve.

— Je suis d'accord. Les criminels ont tous mal agi en connaissance de cause. C'était leur choix. Ce n'est pas juste de tuer un parfait innocent.

— Donc, tu vas tuer trois personnes pour en sauver une ? Et tu trouves ça juste ? lui rétorque Nia.

— Le problème ne se limite pas à ces gens, intervient Sandra. En débarrassant la société de trois criminels, nous allégeons la charge de travail des forces de police et évitons la surpopulation des prisons. C'est une économie non négligeable pour le gouvernement – et pour le contribuable.

Sandra serait-elle une femme politique ? Il n'y a que les politiciens pour utiliser le mot « contribuable » à toutes les sauces.

Edwin fait un signe de dénégation.

— Pure conjecture que tout cela, commente-t-il. Et si l'innocent devait commettre un crime dans le futur ? Et si les trois criminels s'achetaient une conduite et participaient de façon productive à la société ? Et si l'un d'eux devait découvrir un jour le remède contre le cancer ?

— Et si c'était la personne innocente qui allait trouver le remède contre le cancer ? lui réplique Paxton.

— C'est vrai qu'il y a plus de chances pour que ce soient les criminels qui fassent peut-être quelque chose de bien de leur vie, reconnaît Riley. À trois contre un. Peut-être qu'on devrait vraiment tuer celui qui est innocent.

— Le fait est qu'on ne peut pas *savoir*, objecte Edwin. On ne peut pas deviner quels êtres humains vont apporter une plus grande contribution à la société. Et si l'un d'entre eux avait un secret caché dans son génome, qui ne devait se révéler que dans des dizaines de générations ? Et si l'un d'entre eux devenait porteur d'un genre de mégavirus tueur ? Et si la petite-fille de la personne innocente devenait la prochaine Hitler ? C'est là l'incommensurabilité de la vie humaine. Il est impossible d'en estimer la valeur.

— Qu'est-ce que tu vas faire, alors ? lui demande Riley.

— Rien. Je ne peux pas prendre part à cette aberration.

— Mais, en refusant de participer, tu tues effectivement les trois criminels, lui fait remarquer Sandra.

— Qui peut l'affirmer ? Peut-être que l'expérience va s'arrêter là.

Edwin déglutit bruyamment, subitement déstabilisé dans ses convictions. Il recommence à se tordre les doigts comme s'il exécutait une tresse complexe.

— La route va bien finir quelque part. Et si nous ne faisions rien en attendant d'arriver là ?

— Là où ? rétorque Paxton. Et s'il n'y avait pas de « là » ?

— Qu'est-ce qui se passe ? demande soudain Catherine, en jetant un regard flou autour d'elle. Pourquoi tout le monde est-il réveillé au beau milieu de la nuit ?

— Un autre sondage, lui explique Sandra.

Catherine papillote des yeux devant l'écran du dossier devant elle.

— Pourriez-vous me le lire, mon petit ? J'ai un peu de mal à voir la nuit.

Sandra lit tout haut le texte et Catherine acquiesce.

— Les criminels, tranche-t-elle. Et, moi, je dis : « Bon débarras ! »

1/7 réponses enregistrées.

Je bous intérieurement, c'est plus fort que moi.

— Qui nous force à participer à ce truc, pour commencer ? Le voilà, celui que j'aimerais bien écraser avec ce bus, moi. On nous enlève, on efface notre mémoire, et puis on nous force à choisir entre deux options complètement merdiques. Où est-il, l'esprit d'initiative, là-dedans ? Ce n'est pas ce que j'appelle du libre arbitre, moi. Ce n'est pas avoir le choix.

Sandra soupire.

— Non, on ne va pas recommencer ! Cecily, ne peux-tu pas tout simplement admettre la situation et accepter de jouer le jeu ? Nous savons pertinemment qu'il s'agit d'une simulation. Personne ne tue personne, en réalité.

— Cecily a raison. (C'est Nia.) Qu'on appuie ou non sur ce foutu bouton, c'est bien le dernier truc sur lequel on devrait se prendre la tête. On ferait mieux de parler du genre de système qui a produit ces criminels. Qu'est-ce qui les a poussés vers le crime ? Est-ce que c'était l'inégalité crasse de cette société, une éducation chaotique, des problèmes psychologiques ? Qu'est-ce qui nous dit que c'est vraiment des criminels, d'abord, et pas juste des victimes de la brutalité policière et d'un système de justice pénale pourri jusqu'à la moelle ?

Ce n'est pas du tout ce dont je parlais, mais bon.

Je croise les bras.

— Je refuse de coopérer.

— Pareil, déclare Nia.

Edwin nous adresse un hochement de tête solidaire.

— Moi aussi.

Le visage de Sandra se ferme. Sa désapprobation est flagrante. Catherine me regarde en plissant les yeux, comme si elle pouvait me percer à jour, voir sur moi des trucs que je ne sais pas. Je lui jette un regard noir.

Un nouveau message apparaît soudain à l'écran, dans une fenêtre qui s'affiche devant le premier texte.

L'exécution complète de cet exercice sera récompensée par un petit-déjeuner.

Paxton laisse échapper une exclamation de triomphe et tape dans la main de Riley.

— J'espère qu'ils font des burritos au petit-déj, dit-il en tambourinant sur son dossier.

Riley fronce les sourcils.

— Je sais même plus quel goût ça a, un burrito.

— Moi non plus. Mais j'ai hâte de le savoir. (Paxton appuie sur « NON », puis tourne vers moi un regard suppliant.) Allez ! Fais-le, ne serait-ce que pour les burritos.

Nia appuie sur la touche virtuelle.

— Je saiiiiis, avoue-t-elle d'un air consterné. Je trahis mes idéaux pour un burrito. Je me déteste.

— Cecily. Edwin. (Sandra adopte un ton sévère.) J'entends et je comprends bien vos protestations. C'est indubitablement injuste. Nous ne devrions pas nous retrouver dans une telle situation. Mais c'est le cas, et je ne vois pas en quoi résister va nous avancer. En outre (elle baisse la voix), vous êtes tous les deux jeunes et en parfaite santé : vous pouvez vous passer sans souci de nourriture. Mais pensez à cette pauvre Catherine !

Edwin réfléchit tout haut au problème.

— Catherine est bien réelle et les autres ne sont que des simulations. Si je refuse de choisir, nous privant ainsi de nourriture, et si elle en souffre, alors je serai responsable.

Il appuie sur l'écran.

Le bus sort d'un virage et je les aperçois, illuminés par les faisceaux aveuglants des phares. Deux hommes : un Blanc, un Noir. Et une Asiatique. Ils portent tous un jean et un T-shirt noirs. L'un d'entre eux est armé. Ils ont l'air cruels, des têtes de multirécidivistes.

Le bus fonce sur eux. L'embranchement se rapproche. Dans la pénombre du crépuscule, je distingue une vague silhouette debout au milieu de la petite route transversale.

— Cecily ! s'impatiente Paxton d'une voix pressante.

Je pousse un soupir excédé et appuie sur « NON ». Puis je me lève pour aller à l'avant du bus voir ce qui se passe. Et parce que je n'aime pas qu'on me force la main.

Comme le bus dépasse l'embranchement en trombe, un des criminels se tourne pour me regarder fixement. Il a une barbe de trois jours et des yeux froids et durs comme du silex. Je lui rends son regard. Ses sourcils montent alors légèrement sur son front et, le temps d'un éclair, un sourire illumine son visage. Juste avant que le bus ne le heurte de plein fouet et qu'il n'explose en une myriade de pixels lumineux.

Un déclic se fait alors entendre sur le tableau de bord et un des panneaux lisses, que j'avais vainement examinés, glisse sans bruit pour révéler une barquette remplie de trucs enveloppés dans un film plastique : des clubs-sandwichs préemballés. Il y a aussi des petites bouteilles d'eau et une serviette hygiénique pour Sandra.

Pas de burritos. Riley manifeste sa déception d'un grognement sonore, mais déchire l'emballage de son sandwich quand même et n'en fait que deux bouchées.

Les sandwichs sont caoutchouteux, tartinés d'un genre de pâté. Quant à savoir de quoi ? Mystère.

Nia fait la grimace.

— J'espère que je suis pas végétarienne. En même temps, après ça, y a de grandes chances que je le devienne.

Elle *est* végétarienne, c'est clair. Végane même, probablement. Et je parie qu'elle défend constamment la cause animale et milite pour une alimentation frugivore « bien meilleure pour la planète ».

Je mordille vaguement un coin de mon sandwich. J'ai l'appétit coupé. Est-ce que manger, c'est toujours ingurgiter des trucs aussi secs et fades ?

Je ne peux m'empêcher de repenser aux yeux froids du criminel et à ce... ce truc sur son visage, quand on lui est rentrés dedans. Qu'est-ce que c'était ? Comme s'il me reconnaissait... ou qu'il reconnaissait quelque chose *en* moi. Comme s'il pouvait voir à travers le brouillard jusqu'au fond de moi. Et je ne parviens pas à supporter l'idée qu'il sache, qu'il savait, quelque chose sur moi que je ne sais pas. Et que c'est ce quelque chose qui l'a fait, lui, un criminel, sourire.

Sauf qu'il n'a jamais fait ça. Il ne peut pas l'avoir fait, pour la bonne raison qu'il n'existe pas. C'est juste moi qui me monte la tête.

Je me force à avaler le reste de mon sandwich, parce que qui sait quand ils nous donneront de nouveau à manger. Nous remettons les ordures dans la barquette avant de regagner nos places. Je me demande combien de temps ça va encore durer. Nous ne devons plus être très loin, à présent. De toute façon, le bus sera bien obligé de s'arrêter pour faire le plein.

Le soleil est levé, maintenant, paillettes d'or sur l'océan.

— Je me demande s'il y a des bons spots de surf dans le coin, monologue Paxton d'une voix songeuse.

Une vraie caricature, ce mec : tout dans les muscles, rien dans la tête. Mais une caricature canon. Je lui tapote affectueusement le genou. J'adorerais lézarder sur une plage pendant que Paxton surferait. Je pourrais bouquiner et le reluquer quand il sortirait de l'eau, son large torse sculpté scintillant de gouttelettes salées.

— Putain ! jure Nia, m'arrachant à mon fantasme.

Je me lève pour me pencher par-dessus son siège. Sur l'écran du dossier devant elle, c'est une véritable avalanche de lignes de code qui déferlent, les unes après les autres, indéfiniment.

— Qu'est-ce qu'il y a ?

Nia ne quitte pas l'écran des yeux.

— J'ai cracké le système.

Qui est la Fée Bleue ?

À moins d'être restés dix ans dans une grotte, vous savez déjà tout sur la Fée Bleue.

Vous connaissez l'Académie de Westbridge, non ? La boîte blindée de fils et filles à papa riches-et-célébrissimes avec ses équipements à 20 milliards de dollars pièce. Eh bien, comme si ces petits veinards n'étaient pas encore assez chanceux de fréquenter l'école la plus classe du monde, ils ont maintenant, en prime, une bonne fée pour veiller sur eux. Littéralement.

On vous explique : un élève de Westbridge envoie un e-mail sur une messagerie anonyme. Il fait un vœu, paie une participation, et abracadabra ! Son vœu est exaucé. Vous voulez faire virer un prof ? Connaître le corrigé d'un prochain exam ? Vous venger d'un ou d'une ex ? Vous ravitailler en substances plus ou moins licites pour une soirée ? Vous faire envoyer un bulletin de notes amélioré ? La Fée Bleue peut vous arranger ça. Westbridge est en état d'alerte maximale. L'administration offre une récompense pour toute information sur l'identité de la Fée Bleue. Mais, jusqu'alors, personne ne s'est manifesté. Nous savons de source anonyme que Hanabi, la proviseure de Westbridge, est hors d'elle. Les parents se plaignent parce que Westbridge fait la une des médias, et pas vraiment en raison de son prestige.

Les rumeurs quant à la véritable identité de la Fée Bleue vont bon train. Aucune n'a toutefois jamais été confirmée. Elle est futée et ne laisse jamais aucune trace, ni physique ni digitale. Des comptes à son nom fleurissent un peu partout d'un bout à l'autre de la planète : de pâles copies, qui ne sont jamais parvenues à susciter la panique générale provoquée par l'originale. Ah ! et, au cas où vous vous poseriez la question : les vœux ne sont exaucés que s'ils émanent d'un élève de Westbridge. Croyez-moi, on a bien essayé d'en envoyer quelques-uns de notre cru. Peine perdue !

5

JOUR 2

07 : 32

— Qu'est-ce que c'est ?

Je suis littéralement cramponnée à mon siège.

— Il faut pas mal de temps pour décrypter certains fichiers, me répond Nia. Mais ça va venir.

Je me penche pour mieux voir son écran.

```
Projet_Amnesia_log.tx                89% decrypted
20.1.25.11.txt                       77% decrypted
Éléos_planning-livraisons.txt        52% decrypted
WG_FéeBleue.pdf                      46% decrypted
Meilleures-écoles_p14.html           41% decrypted
CATCLOUD.pdf                         28% decrypted
Error_log.txt                        17% decrypted
Criminalité_Données.pdf               6% decrypted
Consentement_Form.pdf                 0% decrypted
[voir plus]
```

Les chiffres de la première ligne progressent lentement et vont bientôt atteindre les cent pour cent. Mais, avant qu'ils n'en aient le temps, l'écran du siège devant moi se rallume pour afficher un autre de ces maudits sondages.

Vous êtes dans un véhicule en mouvement. Devant vous, la route se divise en deux. Tout droit se trouve un être humain. Sur la route secondaire se trouvent dix chats. Vous pouvez appuyer sur un bouton et le bus s'engagera sur la route secondaire. Le bus ne s'arrêtera pas.

Appuyez-vous sur le bouton ?

OUI NON

0/7 réponses enregistrées.

Paxton ricane.

— Des chats ? Ça commence à devenir ridicule.

— « Commence » ? marmonne Sandra.

— Alors, qu'est-ce qu'on fait ? demande Riley.

— On sauve les chats, affirme Nia, en manipulant son écran pour qu'il ressemble aux nôtres. On a bien décidé, dès le départ, que plusieurs vies, c'était plus important qu'une seule.

— Nous avons également établi que certaines vies valaient mieux que d'autres, lui rappelle Sandra. Et les chats sont un véritable fléau. Ils massacrent la faune indigène. S'ils se répandent à l'extérieur, ils peuvent décimer des espèces entières d'oiseaux ou de petits mammifères.

Catherine pousse un soupir d'extase.

— Ah ! j'adore les chats !
Et elle appuie sur son écran.

1/7 réponses enregistrées.

Nia fronce les sourcils. L'argument de Sandra sur les espèces autochtones a touché un point sensible.

— Mais ils sont pas réels, réplique-t-elle. Alors, ils peuvent pas faire de mal aux oiseaux ni aux autres animaux locaux.

— Rien de tout ça n'est réel. On-s'en-fiche ! m'exclamé-je.

Et comme je ne veux pas me prendre un sermon de Sandra, je plante mon index sur « NON », juste parce que c'est ce que j'ai fait les deux dernières fois et que « NON » représente le mieux ce que je ressens à propos de toute cette affaire.

Nia fusille Sandra du regard et appuie sur « NON » aussi.

3/7 réponses enregistrées.

Paxton, Sandra et Riley appuient tous sur « OUI ».

6/7 réponses enregistrées.

Paxton se tourne vers Edwin.

— À toi de nous départager, mec.

L'« être humain » apparaît sur la route devant nous. C'est encore la femme à la peau couleur café avec sa robe d'été jaune. Elle se retourne pour nous regarder. Ses lèvres remuent, mais nous ne pouvons pas entendre ce qu'elle dit. En tournant les yeux vers la colline, j'aperçois la petite route secondaire avec un tas de chats emmêlés en train de se dorer au soleil sur le bitume fissuré.

Edwin devient vert.

— Incommensurabilité ! couine-t-il.

— Tu as dit quoi, mec ? demande Riley.

— On ne peut pas comparer ces deux éléments ! s'insurge Edwin. Je ne peux pas décider si la vie d'un chat vaut mieux ou moins qu'un dixième de vie humaine. Un chat n'a jamais déclaré une guerre. Les chats ne contribuent pas au réchauffement climatique. Ils procurent une compagnie bienvenue aux humains qui souffrent de solitude. D'un autre côté, les chats sont des prédateurs. Leur empathie est discutable : existe-t-il seulement un moyen d'affirmer qu'ils sont capables d'empathie ? Je ne sais pas. Je ne suis pas en mesure de prendre ce genre de décision. Personne ne l'est. Dix chats et un humain, c'est incommensurable.

Je lève les yeux au ciel.

— Contente-toi d'appuyer sur « OUI » ou « NON », c'est tout.

Edwin se lève et se retourne pour faire face à son siège. Il ferme les yeux en serrant les paupières très fort et fait courir son index sur le revêtement de tissu en marmonnant dans son coin.

— Qu'est-ce qu'il fabrique ? me demande Nia.

Je hausse les épaules.

L'index d'Edwin s'arrête sur une tache particulièrement criarde rose fluo. Il hoche la tête, se retourne et appuie sur « OUI ».

7/7 réponses enregistrées.

— Ça servait à quoi, ce cinéma, morveux ? s'enquiert Riley.

— Rien ne me donne le droit de faire un choix pareil, lui répond Edwin. Alors la seule méthode qui me semblait juste, c'était de choisir au hasard. Si mon doigt atterrissait sur turquoise ou vert citron, je choisissais « NON ». Si c'était moutarde ou rose fuchsia, je choisissais « OUI ». Ce n'est pas vraiment un système aléatoire, mais c'est le mieux que je pouvais faire, étant donné les circonstances.

Le bus accélère et s'engage dans la route secondaire. Nous nous rapprochons des chats. Ils sont de toutes les couleurs. Deux adorables chatons font des culbutes l'un sur l'autre : trop mignon ! Un chat a la patte en l'air et fait sa toilette.

— Pauvres minous ! soupire Catherine, quand nous les écrasons et qu'ils explosent en milliers de pixels.

— Cecily !

C'est Nia qui m'appelle à voix basse pour que les autres n'entendent pas. Je reluque son écran et vois « 100 % » s'afficher au bout de la première ligne.

Nia tape une instruction et une nouvelle avalanche de caractères envahit l'écran. C'est un simple fichier texte, juste quelques lignes. Je le parcours deux fois pour être bien sûre de ne rien rater.

```
PROJET AMNESIA : COMPTE RENDU TESTS
TEST UN, PHASE UN : RÉINITIALISÉ AU BOUT
DE 6 HEURES 11 MINUTES
TEST DEUX, PHASE UN : FINALISÉ EN 28 HEURES
TEST DEUX, PHASE DEUX : RÉINITIALISÉ AU
BOUT DE 22 MINUTES
TEST TROIS, PHASE UN : FINALISÉ EN 28 HEURES
TEST TROIS, PHASE DEUX : RÉINITIALISÉ AU
BOUT DE 18 HEURES 6 MINUTES
TEST QUATRE, PHASE UN : EN COURS
```

— Ça voudrait dire que… ?

Nia me regarde. J'acquiesce.

— Je ne sais pas à quel jeu on joue, mais nous n'en sommes pas à la première partie.

— Tu crois que… (Nia déglutit.) Les autres fois, les autres tests… C'étaient d'autres gens ou c'étaient nous ?

C'étaient nous. Je sais que c'étaient nous. À cause du fil bleu dans les toilettes : c'est moi qui ai fait ça. L'idée que je sois déjà passée par là, que j'aie pris les mêmes décisions, que je me sois assise sur ce même siège… C'est tout bonnement terrifiant. Comme si je n'avais aucun choix. Aucun esprit d'initiative. Aucun libre arbitre. Aucune chance d'apprendre de mes erreurs.

— Si seulement je pouvais avoir accès au serveur, marmonne Nia. Je parie que c'est là que résident tous les trucs intéressants.

— Et tu ne peux pas ?

— Il est protégé. SSH et proxies.

— Ah ouais, lâché-je, comme si j'avais la moindre idée de ce que ça pouvait vouloir dire.

Nous restons assises côte à côte, plantées devant la liste de fichiers, à regarder les chiffres s'égrener jusqu'à ce que le décodage soit complet. C'est une vraie torture de passer du temps qui s'affiche sur nos bracelets aux chiffres sur l'écran et inversement, encore et encore et encore, pendant que les minutes et les pourcentages avancent un… à… un.

Quand le deuxième fichier s'ouvre enfin, ce n'est qu'une suite incompréhensible de nombres et de lettres mélangés. Il y a de quoi se sentir flouée après avoir attendu si longtemps !

Le fichier suivant est une liste de dates et d'heures.

— « Planning des livraisons », lit Nia. À ton avis, qu'est-ce qui est livré tous les jeudis à onze heures du matin ?

— Pas des burritos, en tout cas.

Nous passons devant une épave d'avion sur la plage, squelette rouillé d'un autre âge, presque identique à la précédente. Derrière, j'aperçois les restes d'une ancienne jetée incrustés de balanes.

Je glisse un regard vers mon poignet.

10 : 33

J'espère qu'on nous donnera un vrai repas au déjeuner, aujourd'hui.

La route côtière commence à grimper pour longer une falaise. La vue est époustouflante. Celui qui bâtirait un hôtel ici pourrait se faire une fortune. Ou peut-être tout un complexe balnéaire avec villas en front de mer ? Nous passons devant un large promontoire verdoyant qui surplombe l'océan. Un restaurant installé ici, ce serait parfait, avec des baies vitrées du sol au plafond pour pleinement profiter du panorama.

Je soupire en m'imaginant assise là, dans un fourreau sexy, à siroter une coupe de champagne en picorant un dessert à se damner. La présence de Nia dans ce tableau idyllique ne me dérangerait même pas, pour peu qu'elle sache se tenir. Je tente de me la représenter bien sapée : maquillage professionnel et robe de cocktail. Non, elle n'est pas vraiment du genre à porter une robe. Un smoking peut-être ? Taillé sur mesure pour épouser ses courbes ? Une vraie bombe.

Je me demande quel goût ça a, le champagne.

— Qu'est-ce que tu regardes ? me lance-t-elle en fronçant les sourcils.

— Rien.

Nia me dévisage d'un air soupçonneux.

— Menteuse.

— Bon, d'accord. Je me disais qu'il faudrait installer un restaurant sur ce joli coin d'herbe, là-bas, au bout de la pointe.

Nia jette un coup d'œil à l'herbe, puis à la vue.

— Sérieux ? On s'est fait enlever ; on nous retient contre notre volonté, et, toi, tu fais du repérage pour ton futur empire immobilier ?

Je hausse les épaules.

— Faut bien commencer un jour.

— Quand je disais que t'étais friquée…

— Tu pourrais venir dîner, tu sais. C'est moi qui t'invite.

— T'es vraiment grave, toi.

Je crois bien qu'il y a un petit sourire caché quelque part sous son air furibard.

— C'est pour ça que tu m'aimes.

Nia pique un fard monumental, comme si je venais de sortir une obscénité. Oh, scandale ! Nos regards se croisent et il se passe quelque chose de bizarre, brusquement. Un truc entre nous. Un truc qui me paraît étrangement familier.

Maintenant que j'y pense… Comment se fait-il que j'imaginais un tête-à-tête romantique avec Nia, et pas avec Paxton ?

Nia tousse et se détourne pour regarder de nouveau par la vitre du bus. Le charme est rompu.

— Euh… on devrait pas le dire aux autres ? me demande-t-elle, en me jetant un coup d'œil par-dessus son épaule.

Sur le moment, je crois qu'elle parle du truc bizarre qui vient de se produire entre nous.

— Non.

J'ai répondu machinalement et c'est seulement en le disant que je comprends : elle parle des fichiers.

— Dire quoi aux autres ?

C'est Paxton qui se penche par-dessus le dossier de mon siège.

Merde.

— Nia a réussi à trouver le moyen de pirater le système.

J'ai haussé la voix pour que tout le monde entende.

Sandra se lève et se dirige vers nous pour examiner l'écran devant Nia.

— As-tu trouvé quelque chose d'intéressant ? s'enquiert-elle.

— Pas encore.

J'ai voulu doubler Nia, mais elle répond en même temps que moi :

— Pas grand-chose.

Sandra hausse les sourcils. Son regard fait l'aller-retour entre nous.

Je m'explique, histoire de noyer mon mensonge sous les détails :

— Les fichiers sont toujours en cours de décryptage. Tout ce que nous avons réussi à découvrir, jusqu'à présent, c'est la preuve que nous sommes déjà passés par là. Que ce n'est pas la première fois que nous nous réveillons dans ce bus, complètement amnésiques.

— Les questions, intervient Edwin, en hochant la tête. Qui qu'ils soient, ils nous posent chaque fois les mêmes questions. En ajustant le milieu, les conditions. En comparant nos réponses pour voir si elles changent. En fait, nous sommes notre propre groupe témoin. (Il enlève ses lunettes et se frotte les yeux.) C'est plutôt bien pensé, conclut-il, non sans une certaine admiration.

Comme en réponse, les écrans se rallument. Je ne peux pas m'empêcher de grogner.

Vous êtes dans un véhicule en mouvement.
Devant vous, la route se divise en deux. Tout droit
se trouve une personne atteinte d'une maladie incurable.
Il lui reste six mois à vivre. Sur la route secondaire

se trouvent dix chats en parfaite santé.
Vous pouvez appuyer sur un bouton
et le bus s'engagera sur la route secondaire.
Le bus ne s'arrêtera pas.

Appuyez-vous sur le bouton ?

OUI **NON**

0/7 réponses enregistrées.

Tout le monde fait le même choix que la fois précédente, et, avec son système de décision aléatoire, Edwin fait pencher la balance en faveur des chats. La femme en robe jaune explose en milliers de pixels, et nous poursuivons notre chemin.

Nia et moi regardons les pourcentages à côté des noms de fichier monter petit à petit sur son écran. Leur progression est atrocement lente.

Catherine s'est rendormie. Riley, Paxton et Edwin jouent à Cherche et Trouve. Mais ça ne se déroule pas très bien parce que Edwin appelle les objets par leur nom savant, et Riley et Paxton commencent à s'en agacer.

Sandra va et vient dans le couloir, en balançant haut les bras pour se dénouer les muscles.

— C'est juste moi, murmure Nia en la voyant passer, ou les seins de Sandra ont enflé depuis hier ?

— Je n'ai pas vraiment prêté attention à ses seins. Mais, maintenant que tu me le dis…

Le T-shirt de Sandra est tendu à mort sur sa poitrine. C'était pareil avant et c'est simplement que je n'ai pas remarqué ou… ? Sans doute. Les seins, ça ne gonfle pas subitement.

— Drôle de journée. (Je me penche vers Nia.) Tu ne trouves pas ? Des tests psychologiques. Des seins magiques. Des compartiments secrets dans des jambes en porcelaine de Chine. Ce n'est pas moi, là, hein ? Il se passe vraiment quelque chose de bizarre.

Nia pousse un de ces soupirs typiques des râleurs chroniques. Je sens comme un délicieux frisson de plaisir : la mettre en rogne me procure curieusement une indubitable satisfaction.

— Et mes seins, à moi, ils sont magiques aussi, tu crois ? (Je lorgne ma poitrine.) Tu en penses quoi ? Ils font des trucs chelous ? Oh, peut-être que les miens ont d'autres pouvoirs. Peut-être qu'ils vont se mettre à parler. Ou à chanter ! Mes seins magiques à musique.

— Arrête d'essayer de me pousser à reluquer ta poitrine. C'est ni marrant ni mignon.

— Sans vouloir me vanter, tu te rendras vite compte que je suis *et* marrante *et* mignonne.

Nia grogne.

— Lâche-moi, y a un nouveau fichier de déchiffré.

Il est baptisé « GW_FéeBleue.pdf » et il m'a tapé dans l'œil dès que j'ai vu la liste, la première fois. J'ai failli parler de son tatouage à Nia à plusieurs reprises déjà, mais quelque chose m'a retenue.

Le fichier n'est en réalité qu'un banal article d'un truc appelé *La Gazette de Westbridge.* Et le titre de l'article ? « Qui est la Fée Bleue ? »

— Je capte pas, commente Nia. Que fait un vague article d'un journal de lycée dans des données cryptées ?

Soudain, le fichier disparaît pour laisser place à un pavé de texte devenu familier.

**Vous êtes dans un véhicule en mouvement.
Devant vous, la route se divise en deux.
Tout droit se trouve une personne qui a déjà tué
un chat pour s'amuser. Sur la route secondaire se trouvent
dix chats en pleine santé. Vous pouvez appuyer sur un
bouton et le bus s'engagera sur la route secondaire.
Le bus ne s'arrêtera pas.**

Appuyez-vous sur le bouton ?

OUI NON

0/7 réponses enregistrées.

Cette fois, seule Sandra décide de sauver l'être humain. Je choisis « NON », parce que, si Edwin a raison et que le connard qui est derrière tout ça essaie de comparer nos réponses, je vais le balader en choisissant toujours « NON ».

— Tu peux pas tuer un chat « pour t'amuser », s'offusque Riley. C'est pas cool.

Paxton hoche la tête.

— Carrément, mec.

Le tueur de chat (un Blanc à tête de fouine avec une moustache d'acteur porno) explose en milliers de pixels, et un nouveau problème apparaît immédiatement sur l'écran. Cette fois, ce sont trois chats contre trois chiens. Pendant que tout le monde débat des mérites de chaque catégorie, Nia ouvre le dernier fichier à avoir été décrypté.

C'est une page web en cache (un de ces stupides listicles sur les meilleures écoles du monde). Le nom me saute tout de suite aux yeux : l'Académie de Westbridge. Et ça parle encore de la Fée Bleue.

— Ouah ! ça, c'est ce qui s'appelle une boîte huppée ! s'exclame Nia. Des caissons d'isolation sensorielle ? Un centre équestre ?

— Mais qu'est-ce que ça fait là ?

Nia hausse les épaules.

— Ça doit être ton bahut. Et peut-être celui de Ken Musclor Mac Surf, là-derrière. (Elle désigne Paxton d'un mouvement de tête, puis glousse toute seule.) Eh ! Peut-être que *c'est toi*, la Fée Bleue, la petite marrante de l'article ?

Je ris aussi.

Mais ce n'est pas moi, celle qui peux pirater un intranet crypté. Or c'est le genre de trucs qu'il faut savoir faire, quand on joue les vengeurs-masqués-à-la-demande-chelous du lycée. Surtout pour rafler le sujet d'un exam, gonfler les notes et dénoncer les mecs infidèles.

Ce n'est pas moi qui ai l'attitude de la rebelle antisystème.

Et ce n'est pas moi qui ai la Fée Bleue tatouée sur la cuisse.

Je choisis « NON » une fois de plus, ce qui veut dire que je sauve les chiens. Nia choisit les chats, comme Catherine. Les chats passent de vie à trépas.

Si seulement j'avais un bouquin ou un truc pour me changer les idées ! Pourquoi les écrans des sièges n'ont pas de programme de divertissement comme dans les avions ?

Ah ! Un nouveau fichier décrypté.

— C'est juste un PDF rempli de photos de chats, annonce Nia, perplexe.

Je jette un coup d'œil par-dessus son épaule. Elle fait défiler une bonne vingtaine de pages de photos de chats.

— C'est peut-être les avis de décès pour tous ceux qu'on a écrabouillés aujourd'hui ?

Elle ne m'écoute pas.

— Oooooh ! Regarde-moi ce petit minou coincé dans un bocal de bretzels.

C'est une adepte des chats, forcément.

— Pourquoi coller des photos de chats dans un fichier crypté ?

— Je sais pas. Peut-être que le psychopathe qui est derrière cette histoire adore les chats ?

Elle se remet à glousser en s'arrêtant sur l'image d'un chat qui prend son bain.

Je n'aime pas du tout les chats.

Le cliché suivant est celui d'un chat avec un nœud papillon violet. Nia penche la tête de côté pour le regarder avec une drôle d'expression.

— Pas fan des chats affublés d'accessoires ?

— Non… répond-elle d'un ton absorbé. Je connais cette photo. Je l'ai déjà vue.

— Tu t'en souviens ?

Elle opine du chef.

— Et pas seulement parce que c'est une pub ou un truc que tout le monde connaît. Elle… elle me parle.

— Tu crois que ça pourrait être ton chat ?

— Peut-être ? Je sais pas.

Je scrute l'écran. Il y a des lettres blanches imprimées sur le nœud papillon violet.

— « CATCLOUD ». C'est le nom du fichier. Tu sais ce que ça veut dire ?

Nia secoue la tête.

— Aucune idée.

Et revoilà une question qui s'affiche :

Vous êtes dans un véhicule en mouvement.
Devant vous, la route se divise en deux. Tout droit
se trouve un être humain. Sur la route secondaire
se trouve le dernier rhinocéros blanc du monde.
Vous pouvez appuyer sur un bouton
et le bus s'engagera sur la route transversale.
Le bus ne s'arrêtera pas.

Appuyez-vous sur le bouton ?

OUI NON

0/7 réponses enregistrées.

— Je ne veux pas être responsable de la disparition d'une espèce, déclare Paxton en appuyant sur « NON ».

— À quoi peut bien servir le dernier représentant de son espèce ? s'interroge Sandra. Ce n'est pas comme s'il pouvait se reproduire. L'espèce est déjà éteinte.

— Comment ils peuvent être sûrs que c'est le dernier ? Y en a peut-être d'autres et on le sait pas, objecte Nia.

Sandra hausse les épaules et appuie sur « OUI ».

Le regard de Riley hésite entre Paxton et Sandra comme s'il réfléchissait vraiment au problème. Il prend toute cette affaire beaucoup trop au sérieux, à mon avis. Il finit par choisir « OUI ».

J'appuie sur « NON », parce que je m'en tape toujours autant.

Catherine opte pour « OUI » aussi, laissant, une fois de plus, à Edwin la charge de nous départager. Il repasse par son système de choix aléatoire et une tache couleur citron vert décide du sort de la femme à la robe jaune. Le rhino blanc a un jour de plus pour lutter contre le sien sur la liste rouge des espèces menacées d'extinction.

Nia et moi passons en revue d'autres fichiers. Mais ce sont encore des données sans intérêt. Des chiffres et des statistiques. Il y en a bien un qui s'annonce prometteur avec son titre « Criminalité_Données.pdf », mais c'est juste un rapport plutôt aride sur les pourcentages en augmentation du taux de récidive.

Je devrais parler à Nia de son tatouage. Je sais que je le devrais.

Mais je ne le fais pas.

Parce que, si Nia est bel et bien la Fée Bleue, alors je ne sais pas si je peux lui faire confiance.

***

L'affichage de l'écran change encore.

— Les cent derniers rhinos blancs contre un humain, lit Nia à haute voix. Trop facile !

Tout le monde choisit de sauver les rhinos, cette fois. Sauf moi, parce que je suis butée et que j'ai un sale caractère.

La projection d'une centaine de rhinos blancs tassés sur la petite route secondaire est plutôt impressionnante. Je peux presque sentir leur odeur de purin, les entendre frapper du pied et renâcler. Et s'ils chargeaient le bus pour le réduire en miettes avec leurs cornes pointues ? Rien que d'y penser, j'en ai la chair de poule.

Mais comme ils n'existent pas… Pas plus que la femme à la robe jaune qui explose, alors que les rhinos, eux, papillotent et s'évanouissent.

Un autre texte s'affiche aussitôt sur les écrans et tout le monde râle.

— C'est le même que la dernière fois, grommelle Nia.

— Non, réplique Paxton. La dernière fois, c'étaient les cent derniers rhinos blancs. Là, ce sont les cent dernières « petites mites à taches orange, espèce locale unique au monde ».

— Dans le fond, ça revient au même.

Nia appuie sur « OUI ».

— Les mites, c'est pas pareil que les rhinos, fait remarquer Riley. Les rhinos, c'est cool. Les mites, c'est crade.

Catherine est d'accord.

— Tous ces trous dans mes chandails, bougonne-t-elle, avant d'appuyer sur « NON ».

J'ajoute mon « NON » aux deux autres, tandis que Paxton, Edwin et Sandra votent « OUI ». Les mites s'envolent pour venir sur le pare-brise en un gros nuage orange grisâtre, puis se fondent dans le néant.

Aussitôt, une autre question apparaît. Les mites (encore !) contre les trois criminels d'hier soir. Je jure en frappant le dossier devant moi du plat de la main.

— OK, ça suffit ! J'ai eu ma dose : je lâche l'affaire. Fini, les réponses. Je me mets en grève.

— Mais j'ai faim ! proteste Riley. Et si c'était avec la prochaine question qu'ils nous filaient à bouffer ?

Il est presque quatre heures de l'après-midi : je ne crois pas que nous déjeunerons aujourd'hui. J'ai la tête qui tourne, mais, maintenant, ça m'est égal.

— Lançons une grève de la faim ! Manifestons jusqu'à ce qu'on nous donne des explications !

Je me tourne vers Nia, en quête de soutien. La grève, ça devrait être son truc. Mais elle ne m'écoute pas. Elle est penchée vers le dossier face à elle pour scruter son écran.

— Allons, Cecily, tente de me calmer Sandra. Personne ne va faire de grève de la faim. Nous allons continuer à répondre à ces questions et, sous peu, nous serons tous sortis d'ici.

— Qu'est-ce que vous en savez ? (Je me lève, prête à haranguer les foules.) Qui nous dit que nous allons un jour sortir d'ici ? Ça peut durer des semaines, ou des mois, ce cinéma, à rouler indéfiniment sur cette route, à regarder des humains et des mites imaginaires se faire écrabouiller. J'en ai assez ! Je ne joue plus. Je n'ai rien demandé, moi ! Je n'ai aucune envie d'être ici. Je n'ai jamais accepté un truc pareil.

— Si.

C'est Nia. Elle regarde fixement son écran.

Silence dans les rangs.

— Quoi ?

— Tu *as* accepté. On a tous accepté.

Elle pointe l'écran du doigt, et je m'approche pour lire le fichier. C'est un formulaire de consentement. Mais presque tout le texte a été caviardé. Le peu qui reste lisible se limite quasiment au nom en bas de la page.

Mon nom.

« CECILY CARTWRIGHT » est imprimé sous les arabesques d'une signature stylisée. De *ma* signature.

— Cecily Cartwright...

Voilà donc mon nom de famille.

— Ça te rappelle quelque chose ? me demande Nia.

— Je ne sais pas.

Je suis de l'index les courbes sinueuses de la signature. Ça ne m'évoque rien du tout. Aucun souvenir.

Il y a un bébé qui pleure, mais je ne parviens pas à le trouver. J'ouvre une porte après l'autre. Je le cherche.

Je suis dans une penderie, mais le bébé n'est pas là.

J'ai mal aux poignets.

La lumière se reflète dans ses lunettes quand elle me tend le stylo.

Le bébé pleure toujours.

— Sommes-nous tous dedans ? demande une femme, en s'écartant brusquement du bébé en pleurs.

Je suis dans un bus.

Je regarde la femme un moment, avant de remarquer son étiquette.

Sandra. Elle s'appelle Sandra. Elle est raisonnable et elle a des seins magiques.

Je suis dans un bus.

Ce désespoir qui m'envahit, chaque fois qu'une nouvelle bribe de souvenir me revient ! C'est presque insupportable. J'en veux plus. Ces trente dernières heures ne me suffisent pas. Je veux davantage de passé, davantage de mémoire. Mais je ne vois que la même scène encore et encore.

— Je crois, répond Nia. Mais il y en a d'autres aussi. Plein d'autres.

Je lis « NIA ONGOCO » imprimé sous une signature anguleuse et rageuse. Un gribouillage enfantin au-dessus de « RILEY LEE MARTIN ». Et puis un tas d'autres noms que je ne reconnais pas.

RAFAL AKEMI GAJOS
JEREMY CHIANG
JARETH EVERLY
LI ZHONG YOH
KORE LAAKKONEN
QUINN PAGET

— C'est qui, tous ceux-là ? demande Riley, en jetant un coup d'œil autour de lui, comme s'il s'attendait à voir de nouveaux passagers surgir de sous les sièges.

— Peut-être d'autres participants à ce mystérieux Projet Amnesia… quoi que ce puisse être, répond Sandra. Si nous sommes réellement déjà passés par là, rien ne prouve que ce ne soit pas avec d'autres personnes.

Nia fait défiler les formulaires.

— Vous voilà, Sandra, annonce-t-elle, en désignant une signature très adulte au-dessus du nom « SANDRA YATES ».

Je lance aussitôt :

— Et Paxton ? Est-ce qu'il a le même nom que Sandra ? Catherine avait-elle raison ?

Nia se concentre.

— C'est le dernier, celui-là, et j'ai pas vu Paxton. (Elle revient en arrière.) Non, pas de Paxton. Pas d'Edwin non plus. Ni de Catherine.

— Ne pourraient-ils pas être dans un autre fichier ? hasarde Edwin. Nous les avons peut-être envoyés en retard.

— Ça me ressemblerait assez, renchérit Paxton.

— Peut-être, concède Nia.

— Hé ! s'exclame Riley. C'est moi ou on ralentit ?

Il a raison. Le bus a rétrogradé.

— Peut-être qu'il est à court de carburant, dis-je d'un ton plein d'espoir.

Le bus s'arrête dans un bruit de freins pneumatiques.

FORMULAIRE DE CONSENTEMENT

PROJET AMNESIA

Directeur de recherche : [redacted]
~~Chercheurs auxiliaires :~~

Je déclare accepter de participer librement comme sujet à cette étude, dont les détails m'ont été clairement expliqués par [redacted]

Je comprends que l'objectif de cette recherche est d'étudier [redacted]

Je comprends que ma participation à ce projet se fait exclusivement à des fins de recherche.

Je reconnais que les effets possibles de ma participation à ce projet de recherche m'ont été parfaitement expliqués.

Dans cette étude, je serai amené(e) à [redacted]

Au cas où [redacted]

J'ai bien compris qu'en échange de ma participation à cette étude, je bénéficierai de [redacted]

J'ai bien compris que les données de cette recherche seront stockées à [redacted] et seront détruites au bout de 5 (cinq) ans.

Je déclare accepter le partage des données recueillies au cours de cette étude avec tout ou partie des instances compétentes, qu'elles soient légales, commerciales, gouvernementales, scientifiques ou médiatiques.

J'ai bien compris qu'une fois signé et retourné, ce formulaire de consentement sera conservé par le chercheur.

J'ai également signé la clause de confidentialité ci-jointe.

CECILY CARTWRIGHT

Cecily Cartwright

6

2^E JOUR

16 : 00

— C'est fini ? s'étonne Sandra, des trémolos dans la voix. Nous sommes arrivés ?

Une tension palpable envahit soudain le bus. Nous nous dévissons le cou pour voir si quelqu'un approche : un humain ou un autre véhicule peut-être ?

Non, rien.

Le site ne semble pas particulièrement remarquable, pourtant. D'après ce que je peux en voir, l'endroit se limite au truc habituel : même plage, même jungle.

Ça fait un drôle d'effet de ne plus bouger. Je ressens encore les vibrations dans mes cuisses et sous la plante de mes pieds.

Riley chaloupe jusqu'à la portière à l'avant du bus.

— Bon, elle va s'ouvrir, au moins ?

— Regardez !

Nia pointe son écran du doigt.

**Vous êtes dans un véhicule en mouvement.
Devant vous, la route se divise en deux. Tout droit
se trouve un homme portant un T-shirt rouge.
Sur la route secondaire se trouve une femme portant
un T-shirt bleu. Vous pouvez appuyer sur un bouton
et le bus s'engagera sur la route secondaire.
Le bus ne s'arrêtera pas.**

Appuyez-vous sur le bouton ?

OUI NON

0/7 réponses enregistrées.

— Cette question paraît… un peu trop simple, commente Paxton, en regardant fixement son écran. Où sont les rhinos menacés d'extinction ou les chercheurs contre le cancer tueurs de chiots ?

— Nous ferions mieux d'utiliser la méthode aléatoire d'Edwin pour cette fois, affirme Sandra.

— Vous peut-être, mais pas moi, lui rétorque Nia. Je liquide le mec. Le pourcentage d'hommes susceptibles d'être des criminels et de commettre un homicide est significativement plus élevé. Sans même parler des violences conjugales. Pas de quartier ! C'est lui que j'élimine.

— Et que fais-tu de la couleur des T-shirts ? lui fait remarquer Paxton. Un rouge, un bleu.

— Ça va pas recommencer, maugrée Nia. « Les T-shirts rouges sont les coupables, les bleus sont les innocents », hein ? Tu en es encore là ?

— C'est une théorie qui se tient, lui réplique Paxton.

— Forcément ! grommelle Nia. Venant de toi, ça m'étonne pas.

— En même temps, il a raison. (De profonds sillons creusent le front de Riley.) Bon, je me souviens de rien de ma vie, mais regarde-moi, quoi. Je suis couvert de tatouages chelous. J'ai carrément la tronche du mec qu'a fait de la taule. Et, maintenant, regarde-la, elle. (Il désigne Sandra d'un coup de menton.) Elle a la tête de la parfaite mère de famille des émissions télé. Tu l'imagines commettre un crime, sérieux ?

— Et alors ? Edwin non plus n'a pas du tout une tête de criminel, et il porte un T-shirt rouge, pourtant.

Je ne le sens tellement pas que j'en ai le ventre qui gargouille. Il y a quelque chose qui cloche. Le problème limite simpliste. Le bus qui s'arrête… Machinalement, je tire sur un autre fil de l'ourlet de mon T-shirt et recommence à faire des nœuds.

Edwin s'en remet une nouvelle fois au hasard et décide de sauver le rouge. Pour finir, tous les rouges ont choisi le rouge et Paxton, Sandra et moi optons pour la bleue.

— À vous, Catherine, dit Sandra d'une voix douce.

Catherine est à moitié endormie. Elle redresse brusquement la tête et jette un regard autour d'elle, complètement désorientée.

— Où est ma tasse de thé ? demande-t-elle.

Paxton se penche pour poser la main sur son bras.

— Tout va bien, la rassure-t-il, d'un ton qui provoque immédiatement chez moi un sentiment irrationnel de jalousie. Il vous suffit d'en choisir un.

Catherine lève un index tremblotant et tape sur son écran. Je ne crois même pas qu'elle ait seulement regardé ce qu'elle faisait.

— Qu'est-ce qu'elle a choisi ? demande Edwin.

Paxton secoue la tête.

— Je n'ai pas eu le temps de voir.

Catherine replonge dans sa petite sieste, et nous nous retournons tous vers nos écrans.

7/7 réponses enregistrées.

Il ne se passe rien. Le bus ne bouge pas. Il n'y a personne sur la route. Nous sommes pile au niveau de la bifurcation : je peux voir, à la fois, la route devant nous et la route secondaire. Et, là non plus, il n'y a personne.

— C'est détraqué ? s'interroge Riley.

Je me tourne vers Edwin. La tête qu'il fait me glace le sang. Il a l'air absolument terrifié. Quelque chose, dans cette version du Dilemme du tramway, a changé, et j'ai bien peur de savoir comment le jeu va tourner. Je fourre mon fil noué dans la poche arrière de mon jean.

Le texte à l'écran change encore, et trois tonnes de plomb me tombent au creux de l'estomac.

Riley et Cecily, veuillez descendre et vous positionner sur vos marques respectives, s'il vous plaît.
Riley, votre marque est rouge.
Cecily, votre marque est bleue.
Aucun autre passager n'est autorisé à sortir du bus pour l'instant.

La portière du bus s'ouvre.

De grosses bouffées d'air s'engouffrent à l'intérieur, chargées de lourdes odeurs d'humus montant du sol en décomposition de la forêt, auxquelles se mêle celle, plus âpre, de la mer.

J'inspire à pleins poumons. L'air est humide, mais c'est mille fois mieux que ce truc réfrigéré puant le renfermé que nous respirons depuis ces trente dernières heures.

— Venez ! braille Paxton, en se ruant vers la portière ouverte, qui se referme aussitôt.

— Riley et Cecily, seulement, lui rappelle Sandra.

Paxton recule d'un pas, et la portière s'ouvre de nouveau.

Riley dévale les marches, saute sur la route.

— Tu suis ? me lance-t-il par-dessus son épaule.

J'hésite. Au fond de moi, j'ai envie de me ruer hors de ce bus pour respirer l'air frais et courir vers la mer. Mais tout ça ne me dit rien qui vaille.

Je sais comment marche le Dilemme du tramway. C'est une chose de lancer un bus à toute allure sur un tas de pixels, mais sont-ils vraiment prêts à passer de la simulation à la réalité ?

Est-ce que je vais me faire écraser par un bus dans trois minutes ?

— Vas-y, me presse Sandra. Tout ira bien, j'en suis persuadée.

Je regarde Nia qui fronce les sourcils.

Je reporte mon regard sur la route.

Qu'est-ce qu'elle me réserve ? La liberté ? La mort ? D'autres sandwichs au pâté mystère ?

Ils ne se donneraient certainement pas tout ce mal juste pour se débarrasser de moi. C'est simplement une autre étape du test. Ça fait sûrement partie de l'expérience.

Sûrement.

Quand mes pieds touchent le bitume craquelé, mon attention est momentanément happée par ces nouvelles sensations : c'est la première fois que je me retrouve dehors. L'humidité est dense, comme si je pouvais essorer l'air ambiant. Pas la moindre brise. Tout est figé dans une atmosphère torride, lourde et tropicale. On a l'impression de patauger dans de la soupe. Après la clim du bus, ce n'est pas franchement désagréable. Enfin, pendant trente secondes. Autrement dit, le temps qu'il me faut pour commencer à me sentir poisseuse et incommodée par la chaleur.

Pour la première fois, je peux voir le bus de l'extérieur. Il est blanc, profilé, sans aucun logo ni aucune inscription nulle part. Avec ses lignes pures et ses courbes, il ressemble plus à un vaisseau spatial qu'à un bus. Pas vraiment ce à quoi je m'attendais d'après le revêtement criard des sièges et la puanteur des toilettes.

Devant nous, un gros X rouge a été peint à la bombe sur la chaussée.

Je lève les yeux vers l'océan, d'un bleu miroitant parfait. La mer est calme et les vaguelettes caressent le rivage. Pas de rochers, pas d'algues. C'est comme si quelqu'un avait imaginé la plage idéale, puis l'avait fait apparaître par magie, rien que pour moi. Je meurs d'envie de franchir cette frange de cocotiers, de courir pieds nus sur ce sable blanc, fin comme du sucre glace, et de piquer une tête. Tout juste si je ne sens pas déjà la fraîcheur de l'eau sur ma peau. Je m'imagine plongeant et bondissant comme un dauphin.

Je veux un super bikini, un drap de bain, une glacière remplie de boissons fraîches et de petites choses délicieuses à grignoter. Je veux d'énormes lunettes de soleil et un kaftan vaporeux. Je veux m'alanguir sur cette plage avec un look de star et m'offrir de temps à autre de petites baignades rafraîchissantes.

Pur fantasme de ma part ou je l'ai déjà fait ?

Est-ce que je sais nager, même ?

Les portières se referment derrière moi et le bus repart immédiatement en marche arrière et finit par disparaître derrière un virage.

Riley semble hypnotisé par l'enchevêtrement de branches et de lianes de l'autre côté de la chaussée.

— Qu'est-ce que tu crois qu'il se passerait, si j'allais juste pisser vite fait dans la jungle ?

Je suis son regard. La végétation est dense et apparemment impénétrable : des lianes couvertes de lichen tels des boas constricteurs étranglant des troncs d'arbres immenses s'étirant tout droit vers le soleil, plus haut que je ne l'aurais cru possible. Le sous-bois est inextricable et d'un vert hallucinant. Des feuilles géantes, plus larges que l'envergure de mes bras, jaillissent en gerbes de faisceaux de tiges serrés. Fougères, piquants et palmes se disputent l'espace et le peu de lumière diffuse. À quelques mètres à peine de la route, tout disparaît, englouti par d'insondables ténèbres de vert et de brun

La nature tisse son piège labyrinthique, décourageant toute tentative d'évasion. On se ferait crucifier par les épines ou mortellement piquer par des serpents ou des scorpions.

— Tu crois qu'ils lanceraient quelqu'un à mes trousses ? insiste Riley. Que je me ferais courser ?

Je tripote machinalement mon bracelet. Il n'irait pas assez loin pour ça, à mon avis. Ma panique revient à tire-d'aile et j'inspire à fond pour tenter de me calmer.

— Eh ! (Riley pose la main sur mon épaule.) Ça va aller, OK ?

Je m'entends alors lui demander :

— Et sinon ?

Ma voix me paraît toute petite, aiguë comme celle d'une enfant.

Riley me fait un sourire en coin.

— D'un sens comme de l'autre, j'imagine qu'on en voit le bout, me répond-il. T'inquiète. Je parie que la vieille a voté bleu. Jamais elle ne choisirait de sauver quelqu'un comme moi.

Il m'adresse un salut désinvolte et, de sa démarche chaloupée, va se positionner sur le X rouge peint sur la chaussée.

Le bus va s'arrêter. Bien sûr qu'il va s'arrêter. Même si ce délire est l'œuvre d'un psychopathe sadique, l'objectif ne peut être de m'aplatir comme une crêpe sur le bitume. Ça ne rimerait à rien. Si quelqu'un veut vraiment me supprimer, il existe bien des manières, et beaucoup plus simples, d'y parvenir.

Je ferme les yeux, j'inspire à pleins poumons. Air salin et riches effluves d'humus. J'entends le chant des oiseaux et l'alternance régulière des rugissements et des soupirs de l'océan.

— OK. (Je me motive à voix basse.) C'est parti.

Je remonte la petite route secondaire en direction d'un gros X peint en bleu. Ce brusque effort physique, après être restée assise si longtemps, me fait battre le cœur à cent à l'heure. Et ça fait un bien fou. J'ai les idées plus claires, soudainement.

Je regarde par-dessus mon épaule. Mais la jungle me cache maintenant la route côtière et je ne peux plus voir Riley.

Je suis toute seule.

J'atteins mon X bleu et, dès que je pose le pied dessus, mon bracelet s'allume et se met à vibrer. J'entends alors un son suraigu, si strident que j'en ai les larmes aux yeux. Quand j'essaie de lever la main pour les essuyer, je me rends compte que je ne peux pas bouger. Je ne peux même pas tourner la tête.

Je suis pétrifiée.

Le bracelet me paralyse de la tête aux pieds.

Les battements de mon cœur accélèrent encore et ma panique s'accentue.

Je ne peux pas *bouger* !

Ma gorge se serre, tant et si bien que je ne peux plus respirer. Je sens mes poumons pomper l'air en vain, comme si des mains m'étranglaient, cherchant à m'asphyxier. Le sang cogne à mes tympans et la bile me brûle la trachée.

Un crissement de pneus.

Un impact mou.

L'air revient d'un coup et je m'entends prendre une brusque inspiration sifflante.

Je peux respirer.

Je peux respirer, et je suis encore debout. Mais je ne peux toujours pas bouger. Le signal, électrique ou autre, que mon cerveau envoie à mon corps, ne passe pas. Je suis rivée sur place.

J'entends un mouvement dans les broussailles sur ma droite et sens monter en moi un inconfortable mélange d'espoir et d'appréhension.

— Ohé ? Y a quelqu'un ?

La voix qui sort de ma gorge est tendue et mes mots, déformés par des lèvres qui ne peuvent pas remuer normalement.

Encore un bruissement. Du coin de l'œil, j'aperçois une ombre et mon sang se glace dans mes veines. Je ne sais pas ce que c'est, mais ce n'est pas humain.

Je suis prise de tremblements, mais je ne peux toujours pas bouger. Je vois une longue patte brune articulée sortir de la jungle. Je frémis en en voyant une autre suivre le même chemin. J'ignore ce qu'est cette créature, mais elle est de la taille d'un chien. On dirait une araignée, sauf que, si c'en est une, elle est le résultat de quelque monstrueuse manipulation génétique. Parce que, à ce que je sache, les araignées ne sont pas censées avoir la taille de chiens. Peut-être qu'on est vraiment sur une autre planète, finalement.

La créature avance furtivement, de côté, et finit par apparaître en entier. C'est un crabe. La vache ! C'est le plus gros crabe que j'aie jamais vu : un mètre de large au bas mot. Il se déplace lentement, par à-coups, mais avec détermination.

Il s'arrête devant moi dans un moulinet d'antennes. J'espère vraiment, mais alors vraiment vraiment, qu'il n'a pas faim.

— Casse-toi ! je bredouille entre mes lèvres engourdies. Je suis drôlement plus balèze que toi. Je pourrais te mettre une raclée, si je voulais. Si je ne bouge pas, c'est que tu n'en vaux pas la peine.

Le crabe n'est manifestement pas impressionné par mes manœuvres d'intimidation.

— J'ai déjà mangé des crabes plus gros que toi. Avec de la sauce tartare et un filet de citron.

Il se cabre, révélant un ventre bleu violacé. Deux paires d'énormes pattes se dressent à l'avant, comme des armes prêtes à frapper, chacune pourvue d'une pince terriblement impressionnante.

— Et j'en suis affreusement désolée, m'empressé-je d'ajouter. Je vous prie d'accepter mes plus plates excuses, en mon nom et au nom de tous ceux de mon espèce. Par pitié, ne me tuez pas.

Le crabe abaisse ses pattes et, dans un dernier moulinet d'antennes, poursuit son chemin pour traverser la route.

Je lâche un gros soupir haletant et un profond soulagement m'envahit. Sur le moment. Et puis j'entends un bruit de pneus sur le bitume : le bus s'est lancé à l'assaut de la côte.

De ma position dominante, sur la colline, je peux voir son toit. Il est recouvert de cellules photoélectriques. Voilà pourquoi nous ne nous sommes pas arrêtés pour faire le plein. Dommage, j'aurais vraiment aimé qu'il tombe en panne sèche, genre là, maintenant.

Le bus se rapproche, et il n'a pas du tout l'air de ralentir.

Les autres sont tous collés au pare-brise. Paxton hurle en tapant du poing sur la vitre. Nia écarquille des yeux terrifiés.

J'ai déjà vu cette expression sur son visage.

À ce moment précis, je suis sûre, cent pour cent sûre, que je connais Nia. Et je ne l'ai pas connue dans ce bus, ni au cours d'aucune des versions précédentes de ces foutus tests, mais avant avant, dans la vraie vie.

Je vais mourir.

Je ne vais pas finir en une explosion de pixels lumineux. Je vais exploser en une émulsion de purée rouge et d'os pulvérisés. Je vais éclabousser tout l'avant du bus, en petits bouts, tapisser le pare-brise, simple obstacle de verre entre mon corps atomisé et les visages horrifiés des autres passagers.

Je ferme les yeux. Ce sera plus facile si je ne regarde pas.

Un bébé qui pleure.

Le bracelet est chaud contre ma peau. Le bruit du bus devient de plus en plus fort, se rapproche encore. La tentation d'ouvrir les yeux est presque irrésistible. Je n'en serre que plus les paupières. Un hurlement monte dans ma poitrine, mais je le retiens.

Un bébé qui pleure.

J'ouvre la porte et il est là.

À brailler et à s'égosiller dans son berceau, tout rouge et tout chiffonné.

J'avance d'un pas.

Comment je peux consoler un bébé, moi qui déteste les bébés ?

La porte s'ouvre derrière moi.

« Mon Dieu ! Mais que fais-tu encore ici ? » siffle une voix masculine.

Et, avant que je ne comprenne ce qui m'arrive, je suis attirée dans la penderie, où vestes de cuir et jupes de laine me frôlent comme des doigts de zombie affamé.

Le bébé pleure toujours.

J'ouvre les yeux.

Je ne suis pas dans un bus. Je suis sur une route, avec un bus qui fonce droit sur moi.

Il n'est plus qu'à quelques mètres.

Il ne va pas s'arrêter.

Une fille a les yeux rivés sur moi. Nia. Elle s'appelle Nia, et je la connais. Nos regards se soudent. Elle a les mains plaquées sur le pare-brise, paumes écrasées, doigts écartés.

J'aurais dû lui dire pour le tatouage.

Tous les muscles de mon corps me hurlent de bouger, de me jeter de côté pour éviter une mort certaine. Dans mon cerveau, les instincts primaires prennent le dessus, et je n'ai plus qu'une seule pensée en tête : « SAUVE-TOI ! SAUVE-TOI ! SAUVE-TOI ! SAUVE-TOI » et « MORT MORT MORT MORT MORT »…

Un crissement de pneus.

Un impact mou.

Des lumières fluorescentes qui repeignent une chambre de motel en bleu et rouge.

Tout ce sang !

Des courants d'air chaud sur mon visage, poussés par le bus qui n'est plus qu'à quelques centimètres.

Et il s'arrête.

Les pneus ne crissent pas. Le bus ne dérape pas, ne fait pas de tête-à-queue. Il s'arrête, c'est tout.

Il s'arrête et je ne meurs pas et je ne suis pas morte et je suis toujours vivante.

Je vois les autres, projetés contre la vitre par le coup de freins.

Je prends une profonde inspiration, presque un sanglot.

Le sifflement strident du bracelet s'arrête, et je récupère la maîtrise de mon corps. Je sens mes jambes commencer à se dérober, mais je me rattrape au pare-chocs avant constellé d'insectes.

J'entends un martèlement de pas tout proche et Riley apparaît derrière le bus.

— Putain ! T'as rien ? s'exclame-t-il en tendant la main vers moi.

Ma voix claque comme un fouet :

— Ne me touche pas !

La portière du bus s'ouvre. Je monte les marches en chancelant et Nia se précipite pour m'empoigner par les épaules.

— T'as rien ? Il t'est rentré dedans ? T'as mal quelque part ?

Je secoue la tête. Mes genoux recommencent à flageoler, et je lui tombe pratiquement dans les bras. Elle est solide,

Nia, et réconfortante, et réelle, et vivante, et je suis vivante et je me fiche qu'elle soit vraiment la Fée Bleue ou pas. Je suis juste heureuse de ne pas être morte.

Deux copines qui se prennent dans les bras, c'est banal. Sauf que, là, ça dure un peu plus longtemps que nécessaire… Au moment où je m'écarte, la joue de Nia frôle la mienne et elle penche la tête comme si elle allait m'embrasser. Je ne m'y attends tellement pas que j'ai un mouvement de recul. Sur son visage se succèdent alors une série d'émotions : l'incompréhension, la peine, la colère, comme si elle faisait un rêve et se réveillait brusquement dans le dernier endroit où elle avait envie de se trouver.

Je la regarde fixement. Je suis toujours en pleine montée d'adrénaline, la terreur se mêlant au vertigineux soulagement de ne pas être morte.

Le bus repart.

— J'ai pas… (Nia porte la main à ses lèvres.) J'allais pas… (Elle secoue la tête, se tourne vers Riley.) Qu'est-ce qui s'est passé, là-dehors, bordel ?

— Ce machin-là, explique Riley en levant le poignet. Il te fait des trucs. Il s'est mis à brailler et je pouvais carrément plus bouger.

— Je pense qu'il doit recourir à la neuromodulation, intervient Edwin.

— La neuro quoi ? demande Riley.

— C'est une technologie expérimentale, lui explique Edwin. Une méthode non invasive pour modifier l'activité neuronale en concentrant des ondes d'ultrasons sur des zones spécifiques du cerveau.

Riley a l'air perdu.

— Désolé, mon petit gars, mais j'ai rien capté, là.

— Ce qu'il veut dire, c'est que ce truc se sert des sons pour changer le fonctionnement de ton cerveau, lui traduit Nia en plissant le front. (À la voir, impossible d'imaginer qu'il ait pu régner le moindre malaise entre nous.) Est-ce que ce bracelet peut vraiment faire un truc pareil ? Produire un son qui te paralyse ?

— C'est exactement ce qui vient de se passer, lui rappelle Riley.

— Je n'aurais pas cru que cette technologie était déjà si avancée, s'étonne Edwin. Mais qui sait ? Rien ne nous dit que nous n'avons pas été maintenus dans une stase plus de mille ans avant de nous réveiller. À moins que quelqu'un n'y ait travaillé en secret. Cato Bell en serait bien capable, je parie.

— C'est qui, Cato Bell ?

Tous se retournent pour me regarder avec des yeux ronds.

— Cato Bell, me répond Sandra. La milliardaire très controversée qui s'est enrichie grâce aux nouvelles technologies ?

— C'est un pur génie ! la défend aussitôt Edwin.

Je secoue la tête.

— Jamais entendu parler.

— Vraiment ? insiste Paxton. Comment peux-tu ne pas en avoir entendu parler ? Tout le monde sait qui est Cato Bell. Elle est aussi célèbre que Beyonce, qu'Alexandria Ocasio-Cortez ou Harry Potter !

Nia se renfrogne.

— Cato Bell est une ordure de capitaliste, crache-t-elle avec mépris. Qu'est-ce que vous faites de son plan pour résoudre la crise du logement en collant des pubs numériques sur toutes les HLM ?

Je me sens exclue, bizarrement. Mais, après tout, peut-être que je fais partie des gens qui ne s'intéressent pas aux milliardaires ? J'ai aussi cette drôle d'impression d'étrangeté, d'être comme survoltée : une vraie pile électrique. J'ai envie de… je ne sais pas. De me battre avec Nia. Ou qu'elle essaie encore de m'embrasser.

Mais Nia ne peut pas me donner ce dont j'ai besoin.

Je ne réussis plus à garder en moi tout cet afflux d'adrénaline, de peur et de soulagement. Il faut que je crie ou que je pleure ou que j'explose en mille morceaux.

À défaut de quoi, je me tourne vers Paxton, brûlant de me prouver que je suis toujours vivante. Lorsque je me plaque contre lui, écrasant mes lèvres sur les siennes, je sens cette énergie qui court dans mes veines. C'est un vrai baiser, à pleine bouche, à couper le souffle. Je sens mon corps s'ouvrir à lui, s'embraser de désir, et, après un premier moment de stupeur, Paxton répond avec ardeur. Je peux éprouver l'attirance que j'exerce sur lui dans ses mains, dans la façon dont son corps épouse le mien, dans sa respiration de plus en plus rauque. J'adore ça ! Il me désire et je suis vivante.

J'entends Catherine marmonner sa désapprobation, et ça ne fait qu'attiser le feu qui me dévore. Tout le monde regarde. *Nia* regarde. Je laisse échapper un gémissement et sens le corps de Paxton répondre en conséquence. Je veux continuer. Je veux qu'il m'arrache mes fringues et touche chaque centimètre de mon corps. Je veux enfoncer mes ongles dans son dos jusqu'à ce qu'il crie. Pendant deux secondes, je pense bien à l'entraîner dans les toilettes, mais c'est trop petit, trop répugnant.

Je me dégage de son étreinte, haletante, les joues en feu. Paxton me dévisage un moment, les yeux hagards, les pupilles dilatées. Et puis un petit sourire ironique étire ses lèvres humides.

— J'imagine que c'est vrai, ce qu'on dit sur les expériences de mort imminente, commente-t-il, d'une voix éraillée.

Je pose ma main bien à plat sur son large torse et sens les battements profonds de son cœur.

C'est *moi* qui ai fait ça. C'est pour *moi* que son pouls s'affole de la sorte.

— Désolée d'interrompre ces charmantes retrouvailles, lance alors Nia sans quitter sa place, une expression de totale révulsion sur le visage. Mais il y a un truc qu'il faut que vous voyiez, là.

Du Nia tout craché. Elle est carrément jalouse. Elle déteste Paxton parce qu'il me désire. Tout le monde me désire parce que je suis belle et *puissante.*

— Y a un nouveau fichier, dit-elle d'une voix tendue.

C'est plus fort que moi. Je m'approche de son siège et me penche pour regarder.

De : Mimi Pajalic
À : La Fée Bleue
J'aimerais que M. Green se fasse virer.

De : Madeline Bardsley
À : La Fée Bleue
J'aimerais que Jenna Ng arrête un peu de se la jouer pour changer.

De : Marcus Tagiuri
À : La Fée Bleue
J'aimerais qu'ils rétablissent les Mercredis Mexicains au réfectoire.

De : Malachi Edwards
À : La Fée Bleue
J'aimerais avoir 10 g de coke pour la soirée chez Pax la semaine prochaine.

De : Libby Armstrong
À : La Fée Bleue
J'aimerais que les garçons sachent ce que ça fait d'être traitée comme un bout de viande.

De : Nicola Santilli
À : La Fée Bleue
J'aimerais avoir un petit chien.

De : David Marquez
À : La Fée Bleue
J'aimerais que Warner Garrett se chope une gastro le jour des sélections de waterpolo.

De : Jock Petersen
À : La Fée Bleue
J'aimerais savoir si j'ai mes chances avec Malachi Edwards.

De : Jenna Ng
À : La Fée Bleue
J'aimerais qu'Edwin Chen n'ait pas le rôle principal dans la comédie musicale.

7

JOUR 2

16 : 48

— Wouaaaah ! lâche Nia, toujours scotchée sur le fichier affiché à l'écran, « 10 g de coke pour la soirée chez Pax » ! Tu crois que…

— Ouep. Idem pour Edwin Chen.

— Ils doivent se connaître, alors. Et, si on se plante pas et qu'il y a vraiment une relation entre Sandra et Paxton, alors elle est dans le même bateau. Tu crois qu'on y est tous, qu'on se connaissait tous avant ? C'est possible, ça ?

J'en suis persuadée. Je connais Nia. Je la connais même très bien. Et Paxton aussi. Quelle que soit notre véritable identité, on ne nous a pas réunis ici par hasard.

— Je sais pas qui a organisé tout ce bordel, mais… (Nia secoue la tête.) Respect ! Je n'ai pas la moindre idée de ce qui se passe ici. Une chose est sûre : c'est tordu de chez tordu.

Il y a soudain comme un déclic dans mon cerveau, et je n'arrive pas à comprendre comment je n'y ai pas pensé plus tôt. C'est Nia qui a été la première à admettre qu'elle ne se souvenait de rien. Et c'est bien elle qui a piraté le système informatique du bus en utilisant un truc qu'elle a, comme par miracle, découvert dans un compartiment secret de sa prothèse.

Mon sang se glace.

Et si Nia mentait en prétendant avoir perdu la mémoire ?

Elle me surprend à la dévisager et fronce les sourcils.

— Quoi ?

Je ne peux pas lui faire confiance. Je ne peux faire confiance à personne. Je me retourne vers Paxton, mais il n'est plus là. Il discute à voix basse avec Sandra.

Alors, je vais m'asseoir à côté d'Edwin.

— Comment ça va ?

Il me regarde de travers.

— Pourquoi tu demandes ça ?

Parce que je n'ai rien de mieux à faire et que Paxton parle avec quelqu'un d'autre.

— Simple politesse.

Edwin recommence à examiner ses mains.

— Je ne suis pas très doué pour les banalités.

J'hésite. Et puis je lui parle des vœux adressés à la Fée Bleue, et je lui dis pour celui de Jenna Ng : « Qu'Edwin Chen n'ait pas le rôle-titre dans la comédie musicale. »

— Et tu crois que c'est moi ? Edwin Chen ?

— Ça paraît probable.

Je le vois tourner et retourner cette idée dans sa tête.

— Je ne me vois pas jouer dans une comédie musicale, conclut-il.

Moi non plus. Quelqu'un d'aussi introverti ? Ne serait-ce qu'essayer de me le représenter sur une *scène*, chantant et dansant devant un *public*… ça dépasse l'imagination.

— Tu sais chanter ?

— Je n'en ai pas la moindre idée.

— Essaye. Un extrait d'une comédie musicale, par exemple.

— Je ne crois pas connaître la moindre chanson de la moindre comédie musicale. Il n'y a rien qui me vienne à l'esprit.

— *Ah ! vous dirai-je, maman* ? *Au clair de la lune* ?

Edwin tente de se motiver, s'éclaircit la voix. Il entonne la seconde, mais la prend trop bas. Le résultat manque de souffle et sonne faux. Il réussit à massacrer la moitié du premier couplet, puis s'arrête avec une grimace navrée.

— Je ne sais pas chanter. Or chanter devrait faire partie de la mémoire implicite.

Je lui parle alors des autres vœux.

— Cette Fée Bleue joue un rôle important, murmure-t-il, d'une voix absorbée. Cependant, je ne sais pas trop à quel niveau.

Je glisse un coup d'œil vers Nia, mais garde mes soupçons pour moi.

— Je suis absolument certain que nous sommes sur une île, annonce-t-il alors brusquement.

— Ah bon ?

Il opine du chef.

— L'océan est toujours resté à la droite du bus, explique-t-il. Et la jungle, toujours à gauche. Et la route tourne toujours sur la gauche. J'ai suivi la trajectoire du soleil, les panneaux devant lesquels nous sommes passés et les bouts d'épave sur la plage : nous tournons en rond.

Une île. Donc le bus ne se dirige vers aucune destination. Ce qui réduit probablement à néant nos éventuelles chances de tomber par hasard sur un agent de police secourable.

— OK. Et tu crois qu'on est les seuls êtres humains ici ? Sur l'île tout entière ?

— Il y a un centre de contrôle quelque part, je suppose. Une base pour ceux qui dirigent cette expérience. Ils nous observent à distance, mais je n'imagine pas que ce puisse être trop loin.

Je lorgne Nia.

À moins qu'ils ne soient ici, avec nous, dans ce bus.

— Et ce serait qui, à ton avis ? « Ceux qui conduisent cette expérience » ?

Edwin réfléchit à la question.

— Au début, j'ai subodoré que c'était une équipe de recherche. Une université, peut-être, qui mènerait une étude. Les formulaires de consentement semblaient confirmer l'hypothèse. Mais le mode opératoire n'est pas assez rigoureux. Même s'ils l'ont déjà fait avec nous, quand nous n'avions pas encore perdu la mémoire, comme groupe témoin, il reste tout de même trop de variables. Scientifiquement parlant, c'est dramatique. Si tu veux faire les choses correctement, il ne faut tester qu'une personne à la fois. Et pourquoi recourir au Dilemme du tramway ? En tant qu'expérience de pensée, ça n'a aucun intérêt.

— Mais alors, c'est quoi ?

— Il ne peut s'agir que de vulgarisation pseudo-scientifique, me répond-il d'un ton dégoulinant de mépris. Comme une de ces « expérimentations » télévisées qui n'ont aucune rigueur, mais font exploser l'audimat et croire aux gens qu'ils comprennent quelque chose à la nature humaine.

— Tu n'as pas envisagé d'autres possibilités ? Et si c'était un genre de délire de vengeance ? Ou un dingue qui cherche à nous pourrir la vie ?

— Je ne peux pas penser à un truc pareil. J'ai besoin de croire que les gens qui sont derrière tout ça se portent garants de notre sécurité. Sinon…

Il secoue la tête. Ses narines se dilatent. Il noue ses doigts, les tord d'un bord et de l'autre, en les considérant, les sourcils froncés.

— Excusez-moi, jeune homme. (C'est Catherine qui jette un coup d'œil entre nos deux sièges.) Ne vous ai-je pas entendu dire que nous étions sur une île ?

— Si. Enfin, c'est ce que je crois, du moins.

Elle pousse un soupir d'aise.

— Ahhh ! J'espère que ce sont les Fidji. J'ai toujours rêvé d'aller aux Fidji. Mon amie Janice s'y est rendue pour sa lune de miel. Elle m'a rapporté un bol fait dans une noix de coco sculptée en forme de tortue.

Je regarde Edwin en levant les yeux au ciel et je quitte mon siège. Sandra a regagné sa place. De sorte que je peux rejoindre Paxton et m'asseoir à côté de lui. Et si je lui faisais part de mes soupçons à propos de Nia ? J'ai vraiment besoin de quelqu'un à qui parler. Non, il ne vaut mieux pas. Par sécurité. Je ne crois pas que Paxton soit de mèche avec Nia, mais je ne peux être sûre de rien.

Quant à moi, j'aimerais bien savoir quel rôle je jouais dans l'histoire.

— Pourriez-vous me préparer une tasse de thé, mon petit ? me demande Catherine. Avec un nuage de lait. Pas de sucre.

Edwin m'adresse un regard plein de compassion.

— Essaie de lui faire plaisir, me murmure-t-il.

La colère me gagne. Pourquoi je lui ferais plaisir ? Je viens de subir une expérience de mort imminente et, maintenant, je suis censée honorer les commandes de Madame ?

Elle joue probablement le rôle de la pauvre-vieille-dame-fragile pour qu'on soit tous sympas avec elle, de toute façon.

On ne peut faire confiance à personne, ici.

En voyant le regard noir que je lui balance, elle a l'air interloquée.

Je sais, je sais : je suis méchante, mesquine et très vilaine. Mais j'ai failli mourir, là-dehors. Alors je mérite bien mon petit moment de mesquinerie, non ?

Je lui réplique sèchement :

— Il n'y a *pas* de thé.

Edwin lève les yeux vers moi et je n'apprécie pas la déception que je lis sur son visage.

Catherine pince les lèvres avec une moue réprobatrice.

— Vous êtes bien impolie, jeune demoiselle, s'offusque-t-elle avec froideur.

— Et vous, vous m'emmerdez.

Sur ces bonnes paroles, je tourne les talons.

Quand je me glisse à côté de lui, Paxton arque un sourcil.

— Pas très sympa, commente-t-il. C'est juste une vieille dame.

— Ah non, tu ne vas pas t'y mettre, toi aussi !

Mais je sens la honte me nouer la gorge.

Paxton hausse les épaules et lève le bras pour que je vienne me blottir contre lui. Je m'exécute avec un soupir satisfait.

— C'est quoi, les dernières nouvelles de Nia ? demande-t-il.

Je lui parle de la liste des vœux. De son nom qui est mentionné, tout comme celui d'Edwin.

— Il existe donc bien un lien entre nous tous, déduit-il, en hochant la tête. C'est logique.

— Ah oui ?

Même haussement d'épaules flegmatique.

— Pour peu qu'on puisse trouver la moindre logique à tout ça.

J'hésite. Et si je parlais à Paxton de mes soupçons ? Du tatouage de Nia ?

Non. Je l'aime bien, mais je dois rester fidèle à ma ligne de conduite : ne faire confiance à personne.

Les écrans au dos des sièges recommencent à s'animer.

Vous êtes dans un véhicule en mouvement.
Devant vous, la route se divise en deux. Tout droit se trouve une femme en T-shirt rouge. Sur la route secondaire se trouve un homme en T-shirt bleu.
Vous pouvez appuyer sur un bouton et le bus s'engagera sur la route secondaire.
Le bus ne s'arrêtera pas.

Appuyez-vous sur le bouton ?

OUI NON

0/7 réponses enregistrées.

— C'est la même question que tout à l'heure.

— Non, me répond Sandra. Avant, c'était une femme en T-shirt bleu et un homme, en rouge. À présent, c'est l'inverse.

— Nia, dit Edwin. C'est Nia et Paxton.

Pour la première fois, j'hésite devant l'écran. Nia ou Paxton ? Ils sont tous les deux plutôt coriaces. Ils me sont tous les deux utiles : Nia, pour ses dons en matière de piratage, et Paxton… Eh bien, Paxton, pour ses abdos, surtout. Il y a plus de chances que ce soit Nia qui découvre les réponses dont nous avons besoin. Mais il y a aussi plus de risques que je me fasse avoir, avec elle.

Et, même si je ne veux pas l'admettre, je suis attirée par les deux.

Nia me tape sur le système, mais elle est sublime, et je n'arrête pas de penser au moment où elle a failli m'embrasser. Mais je ne peux pas avoir confiance en elle. Paxton n'est pas compliqué, en revanche. Le mec tranquille. Toujours là quand j'ai besoin de lui. Et, à ma connaissance, il n'a pas de tatouages douteux, lui.

Quelle importance, de toute façon ? Le bus va encore s'arrêter.

— Ça sert à quoi, tout ça ? demande Riley, en plissant si profondément le front que le serpent qu'il a tatoué sur la peau joue les accordéons. C'est vraiment une expérience scienti-truc, je veux dire ? Ou est-ce qu'on serait pas en train de se foutre de notre gueule ?

— Réponse B, dit Paxton. Il n'y a rien de scientifique là-dedans.

Riley se tourne vers Edwin.

— T'en dis quoi, petit gars ? Toi, qui t'y connais.

— Je ne peux rien affirmer, répond Edwin. Le Dilemme du tramway est une expérience de pensée théorique. Il n'était pas destiné à être mis en pratique. Il est utilisé pour montrer la différence entre utilitarisme et éthiques déontologiques.

Riley préfère en rire.

— Pourquoi je suis pas fichu de me rappeler mon propre nom, alors que ce môme est capable de se souvenir de ce qu'« éthiques déontologiques » veut dire ?

— Peux-tu nous éclairer, Edwin ? demande Sandra.

Edwin cligne des yeux et acquiesce.

— D'un point de vue utilitariste, seules les conséquences de nos actes comptent, explique-t-il. Par conséquent, sauver cinq personnes et en tuer une est, moralement, le bon choix. Alors que, d'un point de vue déontologique, c'est la moralité de l'action en elle-même qui compte, quelles qu'en soient les conséquences.

— Qu'est-ce que ça peut faire, comment on s'y prend ? dit Riley. L'important, c'est le résultat, non ?

— Il existe une autre version du problème, où, au lieu d'un levier qui dévie le tramway, c'est un obèse sur un pont au-dessus de la rue. Vous pouvez le pousser du pont pour arrêter le tramway. Pensez-vous toujours que vous le feriez ?

Nia grimace.

— Elles donnent pas trop dans la grossophobie, déjà, tes conneries !

Edwin lui lance un coup d'œil contrit.

— Ce n'est pas moi qui ai eu l'idée.

— Putain, c'est du lourd. (Riley fronce les sourcils.) Pousser un mec d'un pont…

— Tu as bien dit que seul le résultat importait.

— Je sais, mais c'est pas comme appuyer sur un bouton.

Edwin hoche la tête.

— On appelle cela la doctrine du double effet. La majorité des gens pensent qu'il est normal de faire quelque chose de neutre d'un point de vue moral – comme appuyer sur un bouton – pour obtenir un effet satisfaisant d'un point de vue moral – comme sauver cinq personnes. Même s'il y a des dommages collatéraux – dans ce cas, tuer une personne. Mais lorsqu'on pousse l'obèse du pont, l'*action* est différente. L'effet est le même, mais, cette fois, vous tuez physiquement quelqu'un de vos propres mains. Sa mort n'est pas un dommage collatéral. C'est l'action elle-même qui est immorale.

— Et grossophobe, insiste Nia.

Riley se plonge dans l'examen de ses mains tatouées.

— Alors… c'est comme voler un collier pour ta copine parce que c'est son anniversaire ? Le bijoutier perd un collier, mais tu fais plaisir à ta copine, donc ça passe.

— Euh, pas vraiment non. (Edwin fait la moue.) L'action initiale n'est pas neutre : voler, c'est mal.

— Ah, dit Riley. Mais le bijoutier est un connard, objecte-t-il en levant un index doctoral. Du coup, ça compense. (Il acquiesce du menton.) J'ai capté. Le Dilemme du tramway, c'est plutôt cool.

— Sauf qu'il vient juste d'essayer de nous tuer, je lui rappelle.

— Ouais, concède Riley. Mais, alors, c'est quoi, dans ce cas-là ? (Il se tourne vers Edwin.) Lequel d'entre nous est le gros à pousser ?

— Il n'y en a pas. C'est la raison pour laquelle cette version du Dilemme du tramway n'a aucun sens. Tout à l'heure, quand il fallait que l'on se décide entre des chiens et des chats ou des coupables et des innocents, je peux comprendre, à la rigueur : ça permettait d'obtenir des statistiques d'un intérêt très relatif. Mais ça ? La simulation nous sélectionne par paires et nous fait voter les uns sur les autres : il n'y a aucune donnée exploitable là-dedans.

— Pourquoi ils le font, alors ?

Edwin hausse les épaules et se lève pour procéder à sa technique habituelle de choix aléatoire.

Riley hésite, l'observe, puis l'imite. Ils décident tous les deux de sauver le bleu, tout comme Catherine, Sandra et Paxton. Je vote bleu aussi.

— Ouah ! Trop sympa. Merci, commente Nia en me balançant un regard noir.

Je lève les mains en signe de protestation.

— Le choix était déjà fait ! Si je t'avais désignée, ça n'aurait rien changé.

— Et tu l'as fait quand même.

La porte du bus s'ouvre avec ce bruit caractéristique d'air comprimé, et je tressaille en sentant les odeurs de plage et de jungle qui me rappellent la fatalité écrasante ressentie lorsque le véhicule fonçait droit sur moi.

Nia et Paxton, veuillez descendre et vous positionner sur vos marques respectives, s'il vous plaît.
Nia, votre marque est rouge.
Paxton, votre marque est bleue.
Aucun autre passager n'est autorisé à sortir du bus pour l'instant.

Paxton descend les marches d'un bond pour sauter sur la route. Nia hésite, et le suit.

La porte se referme, et le bus rebrousse immédiatement chemin sur peut-être trois cents mètres avant de s'arrêter. La marche arrière me file à moitié la nausée, et l'adrénaline qui court dans mes veines me fait frissonner.

Puis nous recommençons à avancer. Je sens le moteur rugir sous mes pieds quand le bus accélère. Je jette un coup d'œil à mon bracelet et fléchis les doigts juste pour vérifier que j'en suis encore capable.

Les pneus du bus crissent quand nous dépassons l'embranchement en trombe, et je vois Paxton. Il se tient au milieu de la route secondaire, posté sur son X bleu. Mon cœur cogne si fort que je suis sûre qu'il va éclater. Le bus fonce sur Nia.

Et s'il ne s'arrêtait pas, cette fois ?

Je me précipite d'un pas chancelant vers le pare-brise pour me coller à la vitre, incapable de détacher les yeux de la route devant moi. Les autres restent à leur place, prêts à encaisser le choc. Ils ont dû retenir la leçon de la dernière fois. Pas moi.

Nia a les yeux braqués sur moi, et toutes mes suppositions débiles, selon lesquelles ce serait elle qui tirerait les ficelles en secret, s'évaporent d'un coup. Je connais la terreur qui se peint sur son visage. J'ai été à sa place et ce n'est pas le genre d'émotion qu'on peut feindre.

Le bus va s'arrêter.

Elle va s'en tirer.

Et si elle ne s'en tirait pas ?

Je ne veux pas la voir mourir sous mes yeux.

Le bus s'arrête.

La force d'inertie me propulse en avant. J'ai à peine le temps de projeter les mains devant moi pour me protéger le visage au moment où je percute le pare-brise, mon corps s'évertuant à poursuivre sa trajectoire sur sa lancée. Je ferme les yeux – réflexe instinctif de protection – alors que ma face s'écrase sur mes mains et que mes poignets, mes coudes et mes hanches heurtent la vitre. Le choc est si violent que c'est à se demander comment le pare-brise tout entier ne vole pas en éclats. Je m'écroule sur la moquette, percluse d'élancements et de contusions.

Je soulève les paupières et prends appui sur la vitre pour me redresser, me préparant déjà psychologiquement au spectacle des giclures de sang et de matière grise partout.

Sur le moment, je ne la vois pas et je suis persuadée qu'elle est passée sous les roues. Puis je baisse les yeux et elle est là, toujours tétanisée, le visage à quelques millimètres du pare-chocs avant.

Les LED de son bracelet s'éteignent et elle s'effondre sur le bitume.

— Nia !

Je martèle le pare-brise des poings, mais elle a disparu. Le bus est trop haut et la forme incurvée du pare-brise m'empêche de la voir. Je titube vers la portière et tambourine de plus belle sur la vitre.

Je hurle :

— Laissez-moi sortir !

Mais il ne se produit rien. Je pivote d'un bloc pour regarder les autres. À part Riley, ils ont déjà vécu ça. Ils sont assis, immobiles, le visage fermé, les yeux rivés à l'écran devant eux.

— Faites quelque chose !

Mais il n'y a rien à faire. Je me retourne vers le pare-brise. Je vois Paxton émerger de derrière le bus. Il rejoint Nia et se penche pour la soulever dans ses bras. Je pense distraitement qu'elle détestera ça, être sauvée par un mâle alpha athlétique comme Paxton.

Il la porte jusqu'aux marches du bus. Elle est consciente, mais s'appuie lourdement sur lui, livide.

La portière s'ouvre pour les laisser passer. Comme ils grimpent le petit escalier, je me rue sur eux et arrache Nia des bras de Paxton, l'empoignant par les épaules comme elle l'a fait pour moi, tout à l'heure. Elle a encore sur la peau la chaleur et l'humidité extérieures. Elle sent le bitume et la peur.

— Ça va ?

Elle lève les yeux vers moi. Elle a le regard vide, comme si tout son mordant, tout ce feu qui l'anime avaient été éteints brutalement.

— Non, chuchote-t-elle.

Elle me pousse pour rejoindre sa place. Je fais un pas vers elle, mais, déjà, Paxton est devant moi et, puisque je m'inquiétais aussi pour lui…

Il m'enlace dans une étreinte fiévreuse, comme s'il allait me broyer. Je m'abandonne dans ses bras, inspirant le parfum de son eau de Cologne – si familier que c'en est troublant. Je ferme les yeux.

— Ça craint un max, commente-t-il.

— Tu ne pouvais pas bouger non plus ?

Il acquiesce de la tête.

— Les muscles du visage, un peu. Mais on aurait dit que tous les autres étaient paralysés. Mon cerveau hurlait, les bombardant de signaux genre « Bouge ! Bouge ! Bouge ! », mais il ne se passait rien. J'étais prisonnier de mon propre corps.

Paxton a l'air vraiment secoué. Cela dit, quand on a un corps comme le sien, ça doit être plutôt flippant de penser qu'il peut te trahir.

— J'ai remarqué quelque chose, là, dehors. (Paxton hausse la voix pour que chacun l'entende.) Ce ne serait pas impossible qu'on se trouve à proximité d'un camp militaire abandonné. Il y avait une vieille jeep sur le bas-côté, complètement rouillée et presque entièrement enfouie sous les broussailles. Elle avait des fixations à l'arrière pour des pièces d'artillerie et des jantes de combat démontables.

En me voyant arquer les sourcils, Paxton se marre.

— Il faut croire que je suis branché matériel de guerre. Ou bagnoles ? Ou les deux ?

Je revois les avions rouillés que j'ai aperçus sur la plage.

— Je pense que tu as raison pour la base militaire.

Il me sourit, radieux. Paxton est très sensible aux compliments.

Il se dirige vers son siège et se tourne vers moi.

— Tu viens ?

— Dans une seconde.

Mon corps se rappelle à mon bon souvenir. J'ai mal partout : aux poignets, aux hanches… toutes les parties qui sont entrées en contact avec le pare-brise. Mon nez me lance. Je le palpe doucement du bout des doigts. Il n'est pas cassé, c'est déjà ça. Mais il me fait un mal de chien.

Je me glisse auprès de Nia. Je vais lui dire pour le tatouage, la raison pour laquelle je crois que c'est elle, la Fée Bleue.

Elle redresse vivement la tête et me jette un regard mauvais.

— Quoi ?

— Je voulais juste voir si ça allait.

— Pourquoi ça n'irait pas ?

— Hmm, parce que tu viens de te taper une expérience de mort imminente, par exemple ? Ça secoue un peu, en général.

Elle se tourne vers moi et, un sourire sarcastique aux lèvres, lève les deux pouces en l'air.

— Je pète la forme !

Je m'assieds à côté d'elle et baisse d'un ton.

— Et… je voulais que tu saches que ça ne fait rien. Ce qui s'est passé tout à l'heure. C'était un moment étrange et intense, et aucune de nous n'avait en tête des trucs très gais. (Je glousse.) Tu vois ce que je veux dire.

Nia me considère comme si j'étais un insecte qu'elle s'apprêterait à écraser.

— Je comprends pas de quoi tu veux parler.

— Je suis flattée. Je veux dire, je suis pas… je ne crois pas que… Mais je suis flattée.

Le visage de Nia se ferme. Elle est blême de rage.

— J'en avais pas l'intention. Tu me plais même pas.

— Disons qu'il ne s'est rien passé, alors.

— Mais il s'est rien passé ! s'exaspère Nia, tranchante. Tu te fais des films. Je sais même pas d'où tu sors tout ça. Lâche-moi !

Sa voix se casse sur la fin. Je me lève, prête à rejoindre Paxton et la paisible contrée des gens pas compliqués.

— Attends !

Nia m'agrippe le poignet. Quelque chose en moi vibre à son contact. Je me retourne vers elle.

— Il vaudrait peut-être mieux que tu voies ça, dit-elle en désignant du menton son écran.

De : [redacted] [redacted]

À : La Fée Bleue

Je voudrais que Cecily Cartwright meure.

8

JOUR 2

17 : 20

« Je voudrais que Cecily Cartwright meure. »

Les mots dansent devant mes yeux.

Quelqu'un voulait me tuer.

Quelqu'un voulait me tuer et a demandé à la Fée Bleue de le faire.

On a demandé à *Nia* de me tuer.

Cette fois, ça suffit. J'ai ma dose.

— Il nous faut plus d'infos. Tu ne peux pas le faire accélérer pour ouvrir les fichiers plus vite ?

Nia me toise d'un air dédaigneux.

— OK. Alors, il faut qu'on trouve autre chose. Il doit y avoir une solution. Une grève de la faim ? Ou on pourrait boucher les toilettes. Ou peut-être que si quelqu'un parmi nous avait une blessure assez grave, ça les obligerait à arrêter l'expérience.

Nia paraît sceptique.

— Il faudrait déjà convaincre les autres de jouer le jeu. Et qui voudrait se faire amocher à ce point-là ? Et si on se trompe ? Et si ceux qui mènent cette expérience se fichent complètement qu'on risque notre peau ou non ? Et si ça faisait justement partie de l'expérience ? Rien ne prouve qu'ils ont notre intérêt à cœur.

— Eh bien, si on ne peut pas les obliger à venir jusqu'à nous, peut-être qu'on peut faire l'inverse.

— Comment ça ?

— Tu ne pourrais pas te servir de ta puce de hackeuse, ton virus ou je ne sais quoi pour pirater leur système de navigation ? Contrôler le bus et le conduire là où on veut aller ?

— Ça pourrait être super risqué d'essayer de prendre le contrôle du bus. Et si on n'arrive pas à le diriger ? Si on fonce droit sur une falaise et qu'on se précipite dans la mer ? De toute façon, même si on savait le contrôler, on irait où ?

— Partout où il ne veut pas qu'on aille. (Je lui parle de la théorie d'Edwin, comme quoi on serait sur une île.) Il doit y avoir une base pas loin. Ils nous surveillent forcément d'une façon ou d'une autre.

Nia jette un regard aux alentours.

— Ça, par contre, c'est un truc que je peux faire, dit-elle en baissant la voix d'un air conspirateur. Tu as raison, il doit y avoir un flux d'infos en continu. Vidéo et audio. Et ils contrôlent sans doute le bus à distance : l'ouverture des portes et des compartiments à l'avant, et toutes les différentes étapes de l'expérience. Il faut que les données nécessaires quittent le bus d'une manière ou d'une autre. Je pourrais essayer de découvrir par quel moyen, et le bloquer, qui sait ? S'ils reçoivent plus d'infos sur nous, ils seront bien obligés de venir voir ce qui se passe, non ?

Je sens l'excitation me gagner.

— Tu saurais faire ça ?

— Je peux toujours essayer.

Elle fait réapparaître le clavier virtuel et se met à pianoter sans s'arrêter.

Je l'observe un moment. Dit-elle la vérité ? Ou cherche-t-elle à m'embrouiller ?

Je ne peux décidément pas lui faire confiance. Il faut que je reste sur mes gardes avec elle. Même si Nia n'est pas le cerveau machiavélique derrière ce cauchemar, elle n'en demeure pas moins, presque à coup sûr, la Fée Bleue : il est possible qu'elle ait tenté de me tuer.

Et si elle était *toujours* en train d'essayer de me tuer ?

L'affichage change une fois de plus sur les écrans.

**Vous êtes dans un véhicule en mouvement.
Devant vous, la route se divise en deux. Tout droit
se trouve une femme qui porte un T-shirt bleu.
Sur la route secondaire se trouve un adolescent
qui porte un T-shirt rouge. Vous pouvez appuyer
sur un bouton et le bus s'engagera
sur la route secondaire.
Le bus ne s'arrêtera pas.**

Appuyez-vous sur le bouton ?

OUI NON

0/7 réponses enregistrées.

— Ça devient vraiment lassant, commenté-je d'une voix forte.

Sandra se lève.

— Edwin et moi, déclare-t-elle d'un ton énergique, genre : « J'assume et je gère. » Vous devriez tous le sauver. Le bus s'arrêtera : c'est sans aucun danger. Mais je suis l'adulte et il n'est encore qu'un jeune garçon. Il ne devrait pas avoir à subir cette épreuve.

Je me tourne pour voir comment Edwin le prend.

— Vous êtes sûre ? s'étonne-t-il. Si vous vous dévouez, alors la décision ne me revient pas. Je n'ai pas à faire mon choix aléatoire.

Sandra approuve de la tête avec conviction.

— Absolument. Je m'en sortirai très bien. (Elle se dirige d'un pas décidé vers la portière du bus.) Je suis prête.

J'essaie d'appuyer sur « NON », mais ça ne marche pas. Je regarde comment ça fonctionne pour les autres. Tout le monde martèle son écran du doigt en vain.

Une nouvelle ligne de texte apparaît en bleu fluorescent.

La femme a récemment accouché.
Elle allaite toujours.
Son bébé a faim.

Les haut-parleurs du bus se mettent soudain à hurler. Un son strident, aigu : les pleurs d'un bébé.

Je me plaque les mains sur les oreilles. Je connais ce bruit. Je n'ai cessé de l'entendre depuis le début, dans des bribes de souvenirs intempestifs.

Sandra en reste bouche bée, horrifiée. Elle porte aussitôt les mains à ses seins. Les cris du bébé s'amplifient. Il braille, s'étouffe, cherche sa respiration.

Un bébé qui pleure, je descends ce couloir interminable.
Un bébé qui pleure, son visage tout rouge et tout marbré.

Un bébé qui pleure, je suis coincée dans une penderie.

Je suis dans un bus.

Je suis dans un bus.

— Qu'est-ce qui se passe ? demande quelqu'un.

Je suis Cecily Cartwright.

Je suis dans un bus.

Une femme est debout dans l'allée centrale, les mains sur les seins. Lorsqu'elle laisse retomber ses bras, deux cercles bleu foncé de tissu mouillé apparaissent sur son T-shirt.

Elle s'appelle Sandra.

Je réintègre mon corps, projetée de force dans mon moi réel, ou, du moins, dans cet ersatz qui m'en tient lieu : j'ai si peu de souvenirs de mon passé que c'est à pleurer.

— La montée de lait. Certaines mères n'ont qu'à regarder une photographie de leur bébé pour la provoquer, commente Catherine, genre conversation de mamies entre deux points de crochet. Mais le cri du bébé fait le même effet.

Sandra... allaite ? Je me rappelle alors ses seins magiques à gonflage accéléré. Je jette un coup d'œil vers Paxton. Il est tétanisé, manifestement sous le choc. Si Sandra est vraiment sa mère, alors il a un tout petit frère ou une toute petite sœur.

— Ça change un peu la donne, là, nan ? s'interroge Riley. Je veux dire, elle... Elle... enfin, vous *voyez*, quoi.

— Elle allaite, le reprend Nia. Tu peux le dire tout haut, Riley. Et c'est vrai que ça change tout. Désolée, Edwin, mais ce bébé a besoin de sa mère.

— Ce... ce n'est pas grave, dit Sandra, d'une voix tremblotante. Le bus va s'arrêter. Tout se passera bien. Ne changez rien.

Edwin fronce les sourcils.

— Et s'il ne s'arrête pas ? Enfin, il s'est arrêté à deux reprises, d'accord. Mais ce ne sont pas des données suffisantes pour prouver quoi que ce soit. Il pourrait ne pas s'arrêter, cette fois-ci.

Sandra tente de protester, bien que nous ayons déjà tous pris notre décision.

Nous repassons par le cirque habituel : Sandra et Edwin descendent du bus et prennent leurs marques ; le bus part en marche arrière, décrit un virage, puis nous fonçons sur la route secondaire pour nous arrêter pile devant Edwin, à quelques millimètres de son nez. Ceux d'entre nous qui sont restés à bord sont désormais rodés. Nous nous arc-boutons sur le dossier des sièges pour que la force d'inertie ne nous catapulte pas d'un bout à l'autre du bus, lorsqu'il freine au dernier moment.

Quand c'est fini, Edwin regagne son siège en silence. Il a beau se cacher le visage dans les mains, nous savons tous qu'il est en larmes.

Comment lui en vouloir ? Ce n'est qu'un ado, et les expériences de mort imminente, ça secoue, c'est le moins qu'on puisse dire. Quoique ça commence à devenir une habitude par ici. Je suis sûre que, si ça retombe sur moi, je ne flipperai pas. Nous l'avons déjà fait trois fois, maintenant, et le bus s'est toujours arrêté. On nous pourrit la vie, on cherche à nous faire peur, mais on ne veut pas nous tuer.

Pas encore, en tout cas.

***

Un autre compartiment s'ouvre sur le tableau de bord, révélant une nouvelle tournée de bouteilles d'eau et de sandwichs au pâté mystère en guise de dîner, sans oublier une nouvelle livraison de serviettes périodiques. Sandra procède à la distribution.

— Cecily, pourrais-tu apporter son repas à Riley, s'il te plaît ?

Elle me tend deux sandwichs et deux bouteilles d'eau.

Riley est assis tout au fond du bus. Il regarde obstinément par la vitre en tirant une tête d'enterrement. Je n'ai aucune envie d'aller lui parler. Ce type me terrifie.

Déjà, j'accumule mentalement les prétextes. Mais, avant que j'aie le temps de sortir mon joker, Sandra me prend de vitesse.

— Il semble un peu déprimé, dit-elle. Tu pourrais peut-être lui prodiguer quelques encouragements.

Elle doit me prendre pour une altruiste. Riley appartient à un autre monde, pour moi. Je ne vois pas ce que je pourrais lui apporter – rien qu'il comprendrait, en tout cas. Sandra me regarde toujours avec cet air sérieux de femme responsable.

Elle baisse la voix.

— Il faut que je… (Elle déglutit et agite vaguement la main devant ses seins.) Ils sont durs comme du caillou. Il faut que j'aille aux toilettes pour… tirer.

Beurk. Je hoche la tête et la suis dans le couloir. Elle s'éclipse aux toilettes et je me glisse à côté de Riley. Il ne réagit pas.

Je lui tends un des triangles sous plastique.

— Un sandwich au pâté mystère ?

Il le prend, enlève le film plastique, qu'il laisse tomber à ses pieds, puis mange mécaniquement.

— Dégueu, hein ?

Riley hausse les épaules.

— Ça le fait.

J'imagine qu'en prison – où je le soupçonne d'être resté un bon moment –, le menu n'est pas terrible non plus.

Je déballe mon propre sandwich et l'attaque vaillamment. On ne peut pas vraiment parler de « repas » en pareil cas. J'attends que Riley s'exprime, mais il regarde toujours aussi obstinément par la vitre.

Bon, eh bien, j'aurai essayé.

Pourtant, à peine je me lève pour m'en aller que Riley se tourne vers moi.

— Tu crois aux secondes chances, toi ?

— Je ne sais pas. J'imagine, oui.

Riley tend vers moi ses bras tatoués.

— Je suis un sale type. Je sais même pas ce que la moitié de ces machins veut dire, mais c'est pas des tatouages de gars réglo. Je suis un taulard. J'ai fait des trucs terribles.

— Tu n'en sais rien. Plein de gens sont tatoués. Qui te dit que tu n'es pas un hipster, en réalité ?

Ma voix manque cruellement de conviction, et il n'est pas dupe.

Je me rassieds.

— Bon d'accord, tu as *peut-être* fait des trucs pas nets. Mais sans doute pour de bonnes raisons.

Riley hoche lentement la tête.

— Regarde.

Il soulève son T-shirt pour révéler la blancheur laiteuse d'un ventre et d'un poitrail parsemés de quelques poils roux. Son corps est sec, nerveux. Mais ce qu'il cherche à me montrer, ce sont ses autres tatouages. Sur sa poitrine, à gauche, sont représentés deux parchemins entourés d'une guirlande de nœuds celtiques. Sur l'un d'eux, on peut lire : « AYDAN KAOS » et, sur l'autre : « BRILEE JADE ».

— Tu crois que… que ce sont des prénoms d'enfants ? De tes enfants ?

— Ouais. Enfin, ça doit, nan ? (Il secoue la tête.) S'ils sont sur mon cœur, c'est qu'ils doivent compter pour moi. Que je dois les aimer. Ça veut bien dire quelque chose, hein ? Si je suis capable de ressentir ça, c'est que je suis encore récupérable, nan ?

— Bien sûr.

— Mais si je les aime et que j'ai fait des conneries quand même… (Il soupire.) Quel genre de père agit comme ça ?

Sous son nombril, je vois le mot « CUTHACH » écrit en lettres de style gaélique.

— Et celui-là, tu connais sa signification ?

Il acquiesce et avale péniblement sa salive.

— *Rage.*

Je ne peux pas réprimer un frisson.

Riley rabat son T-shirt.

— C'est un avertissement, dit-il. Un rappel à l'ordre. Pour pas oublier qui je suis vraiment.

— Tu n'en sais rien. Tu…

— Je veux pas être un monstre. (On dirait la voix d'un môme épouvanté.) Je suis pas idiot : je sais faire la différence entre le bien et le mal. Je le sais *dans mes tripes.* (Il me montre son poignet autour duquel s'enroule un serpent noir avec des yeux en forme de diamants.) Quand je me suis réveillé dans ce bus, avant que j'ouvre les yeux, je croyais que j'étais un type bien. Dans mon cœur, je sentais que j'étais du bon côté. Et puis j'ai vu mes bras. Quand je regarde ça, je me dis pas : « Cool, ces tatouages », non. Je vois plus rien qu'un brouillard rouge et tout ce que je sais, c'est que j'ai la rage.

Et encore, il n'a pas vu celui qu'il a dans le cou : le crâne ricanant avec sa couronne à neuf pointes. Ce n'est peut-être pas le meilleur moment pour lui en parler…

— Tu veux une seconde chance ? Eh bien, tu l'as. Si tu n'es pas lesté par ton passé, ta propre vie et tes souvenirs, peut-être que tu peux repartir de zéro, être le type bien que tu veux être.

— Mais, et eux ?

Il pose la main sur son cœur.

Pourquoi les gens font-ils des gosses ? On dirait que les enfants, ça ne procure rien d'autre que des ennuis et des fluides corporels importuns.

Un bébé qui pleure.

Je sens l'angoisse qui commence à revenir. Il faut que je me sorte de là. De cette conversation, de ce bus, et de tout le reste.

Je balance la première platitude motivante que je pense susceptible de calmer Riley et de me permettre de sortir de cette conversation pénible :

— Fais-le *pour* eux, justement. Rends le monde meilleur pour eux.

Riley fait signe que « oui », les muscles de sa mâchoire crispés à mort, comme s'il retenait ses larmes.

— Et la rage ? demande-t-il. Comment je peux l'empêcher de tout emporter ?

Franchement, j'accueillerais une colère noire avec plaisir, là. Ça me changerait du brouillard blanc dans ma tête, et peut-être que je n'entendrais plus ce maudit bébé pleurer.

Je tends la main pour la poser sur sa poitrine.

— Pense à eux.

Je suis un peu sidérée par ma propre initiative. Mais elle semble faire le taff. Riley se cale dans son siège, nettement plus détendu. La détresse sur son visage a disparu. Il hoche la tête, plusieurs fois, comme s'il prenait une décision.

— Je m'excuse, y a un truc que je dois faire.

Il passe en crabe devant moi et va s'asseoir à côté d'Edwin. Edwin se recroqueville aussitôt sur son siège, en écarquillant ses yeux rougis. Et puis Riley lui dit un truc et un semblant de sourire se dessine sur ses lèvres tremblantes. Riley penche la tête vers son voisin, agite les mains avec animation comme s'il lui expliquait quelque chose. J'entends Edwin rire, je n'en reviens pas. Riley fait rire Edwin ! Riley réconforte Edwin ! Il ne peut rien faire pour ses propres gosses, alors il fait ce qu'il peut pour ceux des autres.

Je m'extrais de mon siège et remonte de quelques rangs à l'arrière du bus pour rependre ma place à côté de Paxton. Je me blottis contre lui et nous regardons ensemble le coucher de soleil sur la mer. Il y a quelque chose de tellement réconfortant chez lui. Son parfum si familier, la solidité de ses larges épaules. Son caractère sans surprise.

— Tu ne te demandes pas comment tu étais ? Avant tout ça, je veux dire ?

Il accueille ma question avec un haussement d'épaules fataliste.

— Pareil, je suppose. Je n'arrive pas à imaginer que je puisse être autrement que je suis maintenant. Je m'interroge sur ma famille, et sur où je vivais, oui. Sur mes amis, aussi. Mais, tu sais, il m'est impossible de laisser ce genre d'incertitudes me bouffer.

Non, je ne sais pas. Je donnerais n'importe quoi pour avoir son assurance, cette confiance en lui, en la vie. Il sait qu'il est un mec bien, lui. Il sait qu'il aura toujours ce qu'il veut.

Je n'ai pas l'impression de savoir quoi que ce soit, quant à moi.

— Je voudrais tellement me souvenir d'un truc, juste un truc sur moi. Même si c'est seulement mon parfum de glace préféré ou à quelle maison de Harry Potter j'appartiens.

— Oh ! Gryffondor, évidemment, répond Paxton. Et, pour la glace, tu es du style à aimer un parfum luxueux, comme caramel à la pointe de sel, noix de macadamia, nappage ganache.

Je souris, bien qu'aucune de ses réponses ne m'ait convaincue.

Paxton pose sa tête sur la mienne un moment.

— Tu aimes les vieux films. Et jouer avec les enfants. Tu veux être journaliste. Tu es obsédée par la quête du doughnut parfait.

Il réécrit mon histoire pour que je corresponde à la fille de ses rêves, c'est évident. Mais ça m'est égal. J'adorerais incarner son fantasme d'héroïne excentrique de comédie romantique indé – tout plutôt que ce brouillard vide et que cette étincelle complice dans l'œil d'un potentiel criminel.

Je ferme les yeux en souriant et me lance à mon tour.

— Tu t'es cassé le bras quand tu avais six ans. Tu essayais d'attraper les étoiles avec une épuisette. Tu es monté sur le toit et tu as sauté aussi haut que tu pouvais, mais tu n'as pas réussi à en attraper. Et puis tu as dérapé, glissé tout le long du plan incliné pour atterrir dans l'allée. Le docteur a dit que tu avais eu de la chance de ne pas t'ouvrir la tête comme une noix. Tu as été obligé de porter un plâtre pendant six semaines, mais tu n'as laissé personne le signer parce que tu ne voulais pas le salir.

Paxton se marre, grondement chaleureux qui résonne sous mon oreille collée à sa poitrine.

— Quand tu avais dix ans, ton père t'a rapporté un chiot, me raconte-t-il alors. Un cavoodle couleur abricot avec une étoile blanche sur le poitrail. Une femelle. Il était rentré tard du travail, vêtu d'un grand pardessus qui cachait la petite chienne pour que tu ne la voies pas. Il a brusquement baissé le zip pour te la montrer et tu as eu si peur, sur le coup, que tu t'es mise à pleurer et lui as dit que tu n'en voulais pas.

J'enchaîne aussitôt, me représentant déjà la scène.

— Mais ce n'était pas vrai : je voulais la garder.

— Bien sûr ! Tu l'as appelée « Sadie ». Tu allais la promener tous les jours et elle dormait au pied de ton lit.

Je voudrais tellement que ce soit vrai. Je recommence à fouiller ma mémoire à la recherche de Sadie, le cavoodle couleur abricot. Mais je ne trouve rien, rien qu'un brouillard plein de terreur et de néant.

La nuit est tombée et on n'entend plus que le bruit des pneus sur la route sous nos pieds. À l'avant du bus, les autres sont tous silencieux. Ils doivent dormir. C'est comme s'il n'y avait plus que Pax et moi, et la caresse de ses doigts sur mon bras, légère mais régulière, rythmant le flot de nos confidences.

Je ne veux pas dormir. Je ne veux pas m'abandonner à ce grand vide au fond de moi. Chaque fois que je m'endors, c'est comme si je me noyais.

Je tourne la tête pour embrasser Paxton. Plus lentement, cette fois, sans cette urgence de tout à l'heure. Nous nous découvrons en silence, sans précipitation, en douceur. Il respecte mon corps, mais il sait comment l'embraser.

Nous devrions sans doute arrêter là. Ce n'est pas comme s'il y avait la moindre intimité dans ce bus.

Mais je ne veux pas arrêter.

Je glisse les doigts sous son T-shirt. J'explore sa peau lisse, épouse ses abdos, les lignes puissantes de son dos. À mesure que la tension s'intensifie, nous ondulons l'un contre l'autre.

Est-ce que c'est le genre de fille que j'étais avant ? Le genre à s'enflammer à l'arrière d'un bus, sans se préoccuper des inconnus qui l'entourent ?

Ou est-ce que c'est un effet de la peur ? Un besoin de contact, d'une étincelle dans le brouillard vide de ma mémoire.

Cette danse a quelque chose de si familier. C'est presque comme un souvenir.

Presque.

Paxton glisse la main sous la ceinture de mon jean.

Tout le monde dort. Si nous sommes discrets…

Le bouton de mon jean saute et j'effleure des dents la lèvre inférieure de Paxton. Il laisse échapper un grognement étouffé, et un sentiment de toute-puissance se mêle à la spirale du plaisir croissant, les deux se combinant pour créer un mélange irrésistible. Comme je m'y abandonne, quelque chose tressaille dans le brouillard de l'oubli.

Un bébé qui pleure.

Ce n'est pas réel. Ce n'est même pas dans les haut-parleurs, cette fois. C'est dans ma tête. Je repousse les cris et me concentre sur les sensations que les doigts de Paxton provoquent en moi.

Un bébé qui pleure, et je suis dans la penderie.

Une main sur ma bouche.

Des pas de l'autre côté de la porte. Des éclats de voix.

Les mots n'ont aucun sens.

Les hurlements du bébé s'élèvent du fin fond des remous nébuleux, et, brusquement, j'ai peur de découvrir ce qui est enfermé dans mon crâne. Et si savoir, c'était pire que ne pas savoir ? Et si je n'aimais pas ce que je découvrais ? Les lèvres de Paxton tracent une avalanche de baisers le long de mon cou et j'arque le dos en laissant échapper un petit gémissement.

Un bébé qui pleure.

Je suis dans la penderie, et il y a quelqu'un avec moi à l'intérieur.

Cette odeur de bois de cèdre et de noix de muscade.

« Pas un bruit ! souffle la voix brûlante dans mon cou. Elle ne doit pas savoir que tu es là. »

C'est le bébé de Sandra. Je réussis presque à l'apercevoir, maintenant, à travers les tourbillons brumeux de ma mémoire. Le bébé de Sandra. La maison de Sandra.

La maison de Paxton.

Ses doigts ont trouvé un rythme auquel s'accorde aussitôt mon rythme intérieur ; désir, pouvoir et peur s'entremêlent en une tempétueuse vague d'énergie.

Un bébé qui pleure.

Je regarde la Fée Bleue, figée sur un écran, ses secrets bien enfouis dans les pixels.

Un crissement de pneus.

Un impact mou.

Un tir.
Un bébé qui pleure.
Tout ce sang !

La vague déferle autour de moi, fracassant le chaos dans ma tête, et, le temps d'un éclair, le brouillard se lève. Je vois une pièce avec moquette épaisse et lourds doubles-rideaux cossus. Un maxi-lit deux places avec une courtepointe brodée et des coussins déco. Un berceau d'osier blanc. Le bébé, tout rouge. Une armoire ancienne finement sculptée. Bois de cèdre, noix de muscade et laine. La main sur ma bouche.

Paxton m'embrasse, et je tressaille, tremblante et vulnérable, tant dans mon corps que dans ma tête. Parce que je sais que c'est sa main sur ma bouche, dans la penderie ; son souffle chaud dans mon cou, que c'est lui qui, de son autre main, m'enserre les poignets, si fort qu'il me broie les os.

« Qu'est-ce que tu fous là ? »

J'entends des pas qui approchent.

« Pas un bruit ! Elle ne doit pas savoir que tu es là. »

Des voix. Une femme. Un froissement d'étoffe, des ressorts qui grincent. Les pleurs du bébé s'arrêtent net. Quelqu'un (un homme) s'éclaircit la voix.

« Ce ne sont que des seins, Colin, dit une voix, d'un ton sec, très femme d'affaires surbookée. Ne prenez pas cet air gêné. Bon, où en étions-nous ? »

Mon poignet me fait mal. La main appuie si fort sur ma bouche que je ne peux plus respirer.

Il y a encore un échange de paroles, mais elles n'ont aucun sens.

Le brouillard envahit de nouveau la scène et tout disparaît.

J'ouvre les yeux.

Je suis dans un bus.

Un garçon est collé à moi, sa main sous la ceinture de mon jean. Je le repousse, horrifiée.

— Ça va ?

Le garçon parle tout bas, d'une voix rauque de désir.

— Je...

Je suis dans un bus.

Paxton. Le garçon, c'est Paxton. Et c'est moi qui ai voulu ça. Mais je ne veux plus. Les mains de Paxton sur ma peau... elles n'ont rien à faire là, empoignant, serrant, étouffant, comme elles le faisaient dans la penderie.

— J'ai besoin d'air.

Je me relève précipitamment et traverse le couloir jusqu'aux toilettes. Je m'écroule sur le siège et ferme les yeux.

Sandra a un bébé. Sandra est la mère de Paxton. J'étais là-bas : chez eux. J'ai entendu le bébé pleurer et je suis partie à sa recherche. Paxton était en colère quand il m'a trouvée dans la chambre et il m'a poussée dans la penderie, plaquant sa main sur ma bouche pour m'empêcher de parler. Sandra est entrée dans la pièce pour allaiter le bébé. Elle était accompagnée d'un homme, et ils discutaient de... de quoi ?

« Je voudrais que Cecily Cartwright meure. »

Tout est lié. Mais je ne comprends pas comment.

Je me lève, la chasse d'eau se déclenche, je remonte mon jean d'un coup sec et le reboutonne à tâtons. Je m'asperge le visage d'eau fraîche, regrettant, une fois de plus, qu'il n'y ait pas de miroir pour que je puisse me dire de garder la tête froide.

Je ne sais pas quoi faire.

J'avance dans le couloir à pas de loup pour ne déranger personne.

— Tu viens ou quoi ? siffle Paxton. Il y a quelque chose de cassant dans sa voix.

Je ne réponds pas, et, comme je me dirige vers l'avant du bus, j'entends un soupir de frustration.

Je pose mon front contre la vitre du pare-brise et laisse les vibrations du bus me remplir les oreilles d'un bruit suffisamment abrutissant pour étouffer toutes ces questions qui m'assaillent en rafales.

La lune est basse sur l'océan, projetant des ondes argentées à la surface de l'eau. Les phares blancs illuminent la route devant nous, mais de l'autre côté, celui de la jungle, tout n'est que ténèbres.

Pourquoi Paxton avait-il si peur que sa mère découvre ma présence ? Quelle conversation ai-je surprise ? Paxton essayait-il seulement de me protéger ? Est-ce que c'était Sandra qui voulait ma mort ?

Nia est réveillée. Elle fait courir ses doigts le long de la fissure dorée du haut en bas de sa jambe, et sur les lettres, les allumant et les éteignant sans cesse.

Elle lève les yeux et, à son regard, je sais qu'elle nous a entendus. Paxton et moi. Je sens que je pique un fard.

Je m'en fiche, pourtant. Pourquoi je devrais me prendre la tête avec ça ?

Sauf que ça me prend la tête.

J'ai besoin de compagnie, et je ne peux pas retourner voir Paxton ; retourner dans la penderie avec une de ses mains sur ma bouche et l'autre qui me broie les poignets. Alors, je m'assieds à côté d'elle.

— Je peux t'aider ? me lance-t-elle d'un ton acerbe.

— Ça avance, le piratage ?

Je la vois se débattre intérieurement, prise entre l'envie de me snober et celle de m'informer de ses progrès. Nia-la-super-garce contre Nia-la-garce-modérée. Elle ressemble à l'un de ces dessins où l'on voit un canard dans un sens et un lapin dans l'autre. Sauf que, dans son cas, d'un côté comme de l'autre, Nia est une chieuse.

— J'ai identifié le noyau d'un serveur, finit-elle par lâcher. De l'ordi qui n'est pas dans le bus. Mais il me faut un programme pour réussir à l'infiltrer. Un *script shell.*

— Et c'est un truc que ta petite puce-virus peut faire ?

— Non. J'ai besoin d'un programme totalement différent.

— Donc on est dans une impasse.

Nia m'adresse un sourire goguenard.

— Nan. Parce que je suis justement en train de l'écrire, ce programme.

— Vu cet air on ne peut plus prétentieux que tu prends, ça doit être un exploit impressionnant. Alors bien joué ! Je suis officiellement impressionnée.

Son sourire vire à la moue renfrognée.

— Pourquoi faut toujours que tu fasses ton emmerdeuse et que tu gâches tout ?

— Moi, une emmerdeuse ? Je te complimentais. C'est toi qui prends toujours tout personnellement. Il faudrait peut-être décompresser un peu, Nia.

— Mais oui, bien sûr. Seulement, tu vois, c'est pas évident de « décompresser » avec, dans les oreilles, la bande-son d'un porno qui se joue quelques rangs derrière toi.

Je m'étrangle et préfère détourner la conversation.

— Hum, de nouveaux fichiers décryptés ?

Nia hésite, le temps de décider si elle continue à me chercher ou non.

— Quelques-uns. Rien d'intéressant. Pas mal de chiffres que je comprends pas – des coordonnées, peut-être ? Des graphiques. Et encore d'autres documents juridiques jargonneux.

— Rien sur la Fée Bleue ?

— Nan. Cette histoire de Fée Bleue ne nous mènera nulle part. Ça m'a l'air d'être des petites histoires de lycéens. Je te parie qu'aucun de ces vœux n'a jamais été réalisé pour de vrai. Je te parie que la Fée Bleue, c'était juste une version recyclée du courrier du cœur.

— Hmmm, et tu fais quoi du passage où la Fée Bleue tente de me tuer ?

— Faut croire qu'elle n'a pas réussi, sinon tu serais pas là.

— Et l'article ? Panique à Westbridge ?

— « Panique » dans une pension huppée, ça peut vouloir dire n'importe quoi. Est-ce que c'est grave si une fille a découvert que son petit copain la trompait, ou si un prof s'est fait virer ? C'est rien, comparé à ce qui se déroule ici.

— Mais il y a forcément un rapport. Sinon, pourquoi ce serait sur cet ordi ?

— Parce que trois d'entre nous sont cités dedans : toi, Paxton et Edwin.

Est-ce qu'elle le fait exprès ? Est-ce que Nia essaie de m'envoyer sur une fausse piste ? Je suis soudain prise d'une irrésistible envie de tout lui balancer : mes flash-back, son tatouage, tout. Mais il faut que je sois plus subtile que ça. Il faut que je calcule mon coup. Peut-être que je peux lui jeter quelques miettes et la pousser à m'avouer la vérité. C'est un pari risqué, pourtant, qu'est-ce que je peux faire d'autre ?

— J'ai des trucs qui me sont revenus.

Le visage de Nia se tourne brusquement vers moi.

— Sérieux ? me demande-t-elle, dévorée par la curiosité. Est-ce qu'ils… est-ce qu'il y avait des gens du bus dedans ?

— Oui.

Et je lui raconte pour Paxton, pour le bébé de Sandra et pour la penderie.

Nia écoute avec attention, le front ridé tant elle est concentrée.

— Mais tu te rappelles pas de quoi Sandra et l'autre type parlaient ? interroge-t-elle.

— Non, rien. Dans ma tête, c'est seulement un charabia incompréhensible.

— On dirait que tu as essayé de le bloquer pour pas t'en souvenir.

— Je… je crois que j'ai entendu quelque chose que je n'aurais pas dû entendre. Et quelqu'un l'a découvert et a fait ce vœu à la Fée Bleue.

— Oh ! C'est bon avec la Fée Bleue ! s'exaspère Nia. C'est pas là-dessus qu'on devrait se concentrer.

Voilà qu'elle recommence. Il faut que je la pousse dans ses retranchements.

— Ah oui ? (Je prends un ton sarcastique au possible.) Tu ne crois pas qu'on devrait se « concentrer » là-dessus ? *Je me demande bien pourquoi.*

Nia a l'air désarçonnée par mon changement d'attitude.

— Hmmm, parce que je me fiche royalement des mauvais tours qu'une bande de gosses de riches se jouent entre eux dans le parc d'attractions privé qui leur sert d'école.

Je ricane.

— Mais oui, bien sûr.

— J'ai raté un truc ?

— Oui. Le passage où je perçais à jour ton secret : je sais qui tu es.

Soit Nia est une actrice de classe internationale, soit elle est vraiment larguée, là.

— D'ac-cord. Et je suis qui, alors ?

J'ouvre déjà la bouche, quand je me rends compte que ça ne se passe pas du tout comme je l'avais prévu. Je voulais la forcer à faire des aveux. Or, maintenant, c'est elle qui est en position de force. Est-ce que c'est ce qu'elle cherche ?

— Tu le sais très bien.

— Pas du tout.

Je la dévisage, en quête de micro-expressions, le moindre indice qui m'aiderait à reprendre la main. Rien. Elle est forte. Vraiment très forte.

— Mais qu'est-ce qui te prend ? Pourquoi tu me regardes comme ça ? demande-t-elle.

Les mots m'échappent, avant que je n'aie eu le temps de réfléchir à ce que j'allais dire.

— Parce que, la Fée Bleue, c'est toi.

LE FILS DE LA SÉNATRICE PHOTOGRAPHIÉ AVEC UN ESPION RUSSE NOTOIRE

La sénatrice Sandra Yates, en état de grossesse avancée, a interrompu son congé de maternité pour une conférence de presse, après la publication d'une photographie compromettante montrant son fils, Paxton, en grande conversation avec un agent russe notoire.

Sur ledit cliché Paxton Yates, 18 ans, en jean et polo, tend une grosse enveloppe à Maksim Dvornikov, un diplomate en disgrâce qui s'est fait expulser de l'ambassade de Russie, en juin dernier, pour avoir accepté des pots-de-vin de la part de promoteurs immobiliers.

Paxton Yates remettant une enveloppe à Sergei Volkov.

Questionnée au sujet de la photo, la sénatrice Yates, 43 ans, a balayé l'accusation d'un revers de main, affirmant qu'un inconnu venait de laisser tomber un paquet sur le trottoir lorsque Paxton l'avait croisé, et que son fils avait simplement aidé le passant à le ramasser.

« Mon fils ignorait totalement l'identité de cet homme, a-t-elle déclaré. C'est un bon citoyen, serviable, qui s'est porté au secours d'un étranger. Cette interprétation fallacieuse est une tentative manifeste d'influencer le résultat des prochaines élections. Heureusement, je sais que les électeurs sont assez intelligents pour démasquer ce genre de ruse grossière et laisseront leur cœur parler lorsqu'ils se rendront aux urnes en novembre. »

La sénatrice Yates est plus connue pour ses apparitions dans l'émission de téléréalité à succès « Danse avec les sénateurs ». Sa popularité s'est effondrée, le printemps dernier, à la suite des révélations selon lesquelles elle détenait un nombre significatif d'actions dans le projet résidentiel très controversé baptisé « Rivages Prestige ». D'après les derniers sondages, elle aurait peu de chances de conserver son siège lors des prochaines élections.

Paxton Yates est actuellement en dernière année à la prestigieuse Académie de Westbridge. Membre actif du Bureau des élèves, il défend également les couleurs de son école en tant que capitaine de l'équipe de waterpolo.

Paxton Yates avec sa petite amie Cecily Cartwright.

9

JOUR 2

22 : 49

Nia me dévisage.

— Tu délires.

— Tu l'as même fait tatouer. À l'intérieur de ta cuisse.

Nia hésite, puis se lève et passe en crabe devant moi pour remonter discrètement le couloir et aller s'enfermer dans les toilettes. Je vois la lumière s'allumer, cadre phosphorescent dessinant le pourtour de la porte.

Je me demande si je ne viens pas de commettre une bourde monumentale. Se peut-il vraiment que Nia elle-même ne le sache pas ?

Je me lève à mon tour et jette un coup d'œil autour de moi pour voir si on aurait pu surprendre notre conversation. Mais tout le monde dort. Derrière moi, Paxton a l'air plongé dans un profond sommeil sans rêves. De légers ronflements montent de sa gorge et je n'ai qu'une envie : retourner me glisser sous son bras et m'endormir à ses côtés. Mais ce n'est pas comme ça qu'on gagne à ce petit jeu.

Nia redescend le couloir comme une ombre et m'enjambe pour se laisser tomber sur son siège. Pendant un long moment, elle garde le silence.

— J'ai un tatouage, finit-elle par chuchoter.

— Ouaip.

— Le tatouage d'une fée bleue.

— Ouaip.

— Et, d'après toi, ça veut dire que je suis *la* Fée Bleue.

— C'est ça.

— Peut-être que c'est une coïncidence. Et que celui qui tire les ficelles ici m'a filé ce tatouage pour me faire *croire* que je suis la Fée Bleue.

Je secoue la tête.

— Ce tatouage n'est pas récent.

— Ah, parce que t'es experte en tatouages, maintenant ?

Je la regarde, impassible.

— Qu'est-ce que tu fabriquais à reluquer entre mes cuisses, d'abord ? me balance-t-elle avec un coup d'œil assassin.

— Je ne vois pas pourquoi tu passes ta colère sur moi. C'est bien toi qui as tenté de me tuer, non ?

Nia serre les dents.

— J'ai *jamais* tenté de te tuer.

— Et le fichier ? Le message : « Je voudrais que Cecily Cartwright meure. »

— C'est pas moi qui l'ai fait, ce vœu.

— Non, mais tu l'as exaucé. Ou, du moins, tu as essayé.

— Qu'est-ce que tu en sais ?

Nia hésite et regarde à travers la vitre. À cet instant, le temps d'un éclair, j'entrevois sa vulnérabilité, et, à ce moment-là, je la crois. Elle ne savait pas. Je me mets à sa place : ça ne doit pas être facile d'apprendre que tu es une manipulatrice hors pair, le Joker machiavélique du bahut. Mais j'éprouve aussi un violent sentiment de triomphe. C'est *moi* qui contrôle la situation, finalement.

— Je me suis rappelé un truc aussi, dit Nia, d'une voix si basse que c'est presque un murmure. Quand j'étais sur la route et que le bus fonçait sur moi.

— Vraiment ?

Elle déglutit.

— Je peux avoir confiance en toi ?

Je lui prends la main.

— Tu le peux. Je te le jure.

La main de Nia est chaude, forte. Ses longs doigts semblent se nouer instinctivement aux miens.

— Tu pourrais changer d'avis, après avoir entendu ça.

Je lui étreins la main.

— Tu paries ?

Nia ferme les yeux et prend une profonde inspiration avant de se lancer.

— Je suis au milieu d'une foule. Tout le monde est pressé. Il y a beaucoup de bruit et d'agitation autour de moi. Je sens une odeur d'herbe fraîchement coupée, d'essence et de gens : de parfums, de produits pour les cheveux, de crèmes de luxe. Moi aussi, je suis pressée. Je cherche quelqu'un. Il faut que je lui dise quelque chose, mais je sais pas quoi. C'est urgent, pourtant. Je sens mon cœur cogner comme un malade. Et puis je l'aperçois. C'est une fille en jean avec un T-shirt blanc. Une blonde avec les cheveux aux épaules. Elle est jolie, dans le style bon chic bon genre et hautaine. Je me mets à courir. Je la perds de vue, mais je continue à bousculer les gens pour me frayer un chemin vers l'endroit où je l'ai remarquée. J'arrive trop tard, pourtant. J'entends le crissement des pneus, et puis il y a un impact, lourd, violent. J'arrête de pousser et de courir, et je me sens…

Nia ferme à nouveau les yeux et reste silencieuse un long moment.

Je m'efforce de prendre un ton doux, encourageant.

— Qu'est-ce que tu ressens ?

— Je me sens coupable, tellement coupable.

Je pose la question, bien que je connaisse déjà la réponse.

— La fille. C'est… moi ?

Hochement de tête bref, raide.

Je lui lâche la main.

— Qu'est-ce que tu as *fait*, Nia ?

Elle se décompose et se met à pleurer. C'est tellement inattendu, elle qui est si irascible, qui paraît si invulnérable, d'habitude. Elle se cache le visage dans les mains, les épaules secouées de sanglots silencieux. J'hésite un peu, et puis je lui tapote maladroitement le dos.

— Allez, ne pleure pas. C'est trop bizarre.

Elle a beau sécher ses larmes, il en vient toujours plus.

— Sérieux. Arrête. Pleurer ne te va pas du tout au teint.

— Oh, Cécé ! et si c'était vraiment moi ? sanglote-t-elle entre deux hoquets étouffés. Si c'était vraiment moi, la Fée Bleue ?

Le surnom me fait tiquer, mais je décide de ne pas lui faire de réflexion.

— Alors, tu serais encore plus badass que je ne le croyais. Tu es un génie du crime !

— Je veux pas être un génie du crime.

— Tu ne veux juste pas que j'aie raison. À propos des T-shirts, que ce sont les rouges les coupables.

Nia s'étrangle entre rire et larmes, puis se calme.

— Quelqu'un d'autre est au courant ? s'alarme-t-elle. Pour le tatouage, je veux dire ?

— Personne.

— Tu en as pas parlé à Paxton ?

Je secoue la tête. Le soulagement sur son visage me serre le cœur.

Elle s'essuie les yeux.

— Pourquoi je ferais un truc pareil ? Pour quelle raison ?

— Tu veux rire ? Tu ne vois aucune raison pour laquelle quelqu'un comme toi voudrait semer l'anarchie dans l'une des écoles les plus friquées de la planète ? Pourquoi tu voudrais faire de la vie de tous ces gosses de riches ultra-privilégiés un véritable enfer sur terre ?

Nia déglutit, et je sais que j'ai visé juste.

Alors, j'enfonce le clou.

— Tu devais bénéficier d'une bourse d'études. Tu es assez intelligente pour en avoir décroché une. Mais tu ne t'intégrais pas : tu en étais incapable. Jamais ces gens-là n'accepteraient quelqu'un comme toi.

Des gens comme moi.

— Mais les vœux, dit Nia. Est-ce que je dealais ? Est-ce que j'ai fait virer des profs ? Est-ce que j'ai humilié des mecs du lycée ?

— Sans doute qu'ils le méritaient.

— Est-ce qu'Edwin a perdu le rôle principal dans la comédie musicale à cause de moi ? Qu'est-ce que je lui ai fait ? Je lui ai refilé une intoxication alimentaire ? Je l'ai fait exclure ? Je lui ai fait du mal physiquement ?

Horrifiée, Nia se plaque la main sur la bouche.

— Qu'est-ce qui te dit que la Fée Bleue réalisait tous les vœux ? En réalité, on sait même qu'elle ne l'a pas fait.

— Comment ça ?

— Je suis là, Nia. Tu ne m'as pas tuée. Merci, au fait, soit dit en passant.

— Mais ce souvenir que j'ai eu. La voiture. Cette *culpabilité* !

— Rien de tout ça ne s'est produit, c'est clair. Pour la bonne raison que je suis là. Tu n'as pas *vu* la voiture renverser quelqu'un. Il est possible qu'elle ait heurté un poteau ou un truc de ce genre.

— Non, ce bruit… c'était pas un poteau.

Je sais qu'elle a raison, parce que, moi aussi, je l'ai entendu. Cet impact mou. C'est un des sons qui ont réussi à pénétrer le brouillard vide de ma mémoire.

Nia se mord la lèvre.

— Tu me détestes, maintenant, hein ? me demande-t-elle, et ça ne lui ressemble tellement pas que je doute de l'avoir bien entendue.

— Ni plus ni moins qu'avant. Bon, tu arrêtes de jouer les Calimero. Où est passée la Nia autoritaire qui donne toujours des leçons de justice sociale et qui ne peut pas me sentir ?

J'aperçois un frémissement de sourire.

— Je me sens tellement larguée. J'ai bien peur de pas être celle que je croyais être. Celle que je voudrais être.

— Ne sois pas larguée : sois en colère. Ce n'est pas ta faute. On nous manipule.

— J'ai signé : j'étais d'accord. Je m'en veux tellement. J'en veux à la vraie Nia.

— Très bien. Sois en colère contre toi-même. Mais prends cette colère et canalise-la. Sers-t'en pour accomplir quelque chose d'utile.

Nia recommence à se mordre la lèvre, puis elle acquiesce.

— T'as raison.

— Bien sûr que j'ai raison.

Elle tend le bras vers l'écran du dossier en face d'elle. Mais je pose ma main sur la sienne pour la retenir.

— Demain, Nia. Pour le moment, on ferait mieux de se reposer un peu.

Nia contemple ma main sur la sienne. Je la retire aussitôt, mal à l'aise. Il y aurait comme de la tension dans l'air, à présent. Et je la dissipe de la seule manière que je sais le faire. J'affiche la mine la plus sérieuse qui soit et j'adopte un ton vibrant d'émotion.

— Est-ce que… est-ce que tu peux me promettre quelque chose ?

Elle acquiesce, un point d'interrogation sur le visage. À ce stade, je crois qu'elle serait prête à me promettre n'importe quoi.

— Peux-tu me jurer de ne pas me tuer dans mon sommeil ?

La tension vole en éclats et Nia recouvre son masque habituel, plein de hargne et de dédain.

— J'ai bien envie de te tuer, là, tout de suite, grommelle-t-elle.

Je lui donne un petit coup de poing dans le bras.

— Ah ! Voilà qui est mieux !!

Je ne retourne pas dormir à côté de Paxton. Je reste auprès de Nia et sombre dans un sommeil agité.

L’amnésie induite : mode d’emploi

Le cerveau humain est un organe extrêmement complexe et d’une puissance insoupçonnée. Il peut enregistrer jusqu’à 2,5 pétaoctets de données (plus que tout Internet). Il tourne avec la même quantité d’énergie qu’une ampoule de faible intensité (cinquante millions de fois moins que l’énergie nécessaire à un ordinateur pour traiter et enregistrer une telle quantité de données).

Il y a peu, en étudiant la façon dont nous nous souvenons de nos semblables, les scientifiques ont découvert cinq règles.

1. Les souvenirs sont soit épisodiques (autobiographiques), soit sémantiques (connaissances générales).
   Exemple : votre souvenir de votre mère est épisodique, mais votre souvenir du président des États-Unis est sémantique.

2. Les souvenirs épisodiques et sémantiques sont enregistrés dans des zones différentes du cerveau.

3. La mémoire épisodique l’emporte toujours sur la mémoire sémantique.
   Exemple : si votre mère est une personnalité, telle que la présidente des États-Unis, elle n’existera que dans votre mémoire épisodique.

4. Lorsqu’un dispositif d’effacement de la mémoire (ou DEM, tel que le tout nouveau modèle NeuroBell) est posé, seule la mémoire épisodique sera effacée.
   Exemple : si votre mère est la présidente des États-Unis, vous ne vous souviendrez pas d’elle. Si vous n’avez jamais rencontré la présidente des États-Unis, vous vous souviendrez de son identité.

5. Dans le cas de la réinitialisation d’un DEM, les nouveaux souvenirs engrangés après l’effacement initial ne seront enregistrés ni dans la mémoire épisodique, ni dans la mémoire sémantique.
   Exemple : si vous rencontrez la présidente des États-Unis après la pose d’un DEM, vous ne vous souviendrez pas d’elle une fois le DEM réinitialisé.

10

JOUR 3

08 : 00

Nous passons le lendemain à nous coltiner d'autres Dilemmes du tramway. Nia contre Sandra, et, une fois de plus, Nia se trouve nez à nez avec le bus. Edwin contre Pax, et c'est Pax qu'on sacrifie ; Edwin en a presque pleuré de soulagement.

Le nom de Catherine apparaît pour la première fois, couplé à celui de Riley. Tout le monde vote pour qu'elle soit épargnée. Elle descend les marches dou-ce-ment pour remonter la route en direction du X bleu, un pas après l'autre, en traînant les pieds. Sa lenteur m'exaspère. Je ne sais pas si on a un programme à respecter, mais elle fait durer le plaisir interminablement. Quand elle atteint enfin sa place, elle se retourne et plante son regard droit sur moi, comme si elle pouvait lire dans mes pensées ; un regard fixe et dur. Ses petits yeux luisants ne me quittent pas, tout le temps que nous faisons marche arrière jusqu'à ce que le bus disparaisse après le virage.

Le binôme suivant, c'est moi et Nia. Et je me choisis, évidemment. Les autres sont partagés à égalité, et le choix aléatoire d'Edwin me sauve.

La journée s'éternise pendant que nous passons en revue toutes les associations possibles. Toujours les bleus contre les rouges, cependant. Riley et moi sommes de nouveau opposés et le bus est pour moi. Riley bougonne en rejoignant sa marque à pas rageurs.

Ça me laisse froide, cette fois. J'en viendrais presque à souhaiter que le bus m'écrase vraiment, juste pour changer.

À la fin, je regarde Riley monter la côte à ma rencontre. Il n'est pas arrivé à la moitié qu'il braille un truc inaudible et se rue dans la jungle.

Il essaie de s'évader !

Je lève les yeux vers le pare-brise. Les autres observent la scène. Nous y avons pensé, bien sûr. Nous nous sommes tous demandé ce qui se produirait. Chaque fois que je descends du bus, je me vois foncer à travers ce lacis d'arbres, de lianes et de fougères, laissant derrière moi toutes les questions, tous les doutes, toutes les peurs.

L'épaisse végétation frémit quand il l'écarte de ses bras tatoués, puis se referme sur lui. La jungle l'avale comme s'il n'avait jamais existé. Tant mieux pour lui. J'espère qu'il s'en sortira et qu'il ne se fera pas dévorer par un serpent. Il est possible qu'il survive un temps en mangeant des fruits ou des racines, ou ce qu'on mange pour survivre dans les jungles d'habitude. Il pourrait se battre contre un de ces crabes géants et se régaler de sa chair : un vrai repas de roi.

Sauf qu'il y a le bracelet. Ils doivent s'en servir pour nous traquer, comme une balise. Et où aller ? Nous sommes sur une île. Il n'y a aucun secours à attendre de personne, à moins de tomber sur un bateau ou sur un téléphone.

Silence de mort.

Et puis un cri, aigu, animal.

Trois secondes après, la jungle recrache Riley sur la chaussée. Ses bras et son visage sont lacérés d'éraflures. Sa main droite s'agite sur son avant-bras, griffant, grattant, pour essayer d'arracher son bracelet. Il remonte la route en titubant vers le bus, son visage est un masque de souffrance et d'horreur.

— Que s'est-il passé ?

Mais il ne me répond pas. Il se contente de se hisser en haut des marches. Il a le bras gauche couvert de cloques rouges qui partent de son bracelet.

— Ça brûle, souffle-t-il d'une voix éraillée.

Dans le bus, on lui donne une bouteille d'eau. Il en verse sur ses cloques avec des grimaces et des grognements de douleur. Puis il en boit une longue rasade et relâche sa respiration dans un souffle haletant.

— Plus je m'éloignais de la route, plus ça chauffait, raconte-t-il finalement. Si je voulais pas cramer, fallait faire demi-tour. C'était le seul moyen que ça s'arrête.

Je pose le bout des doigts sur mon propre bracelet et sens un froid glacial dévaler ma colonne vertébrale. Je me demande ce qui se serait produit si Riley avait continué. Ce truc aurait-il pu le tuer ?

Sandra envoie Riley dans les toilettes pour passer ses brûlures sous le robinet. Derrière lui s'installe un silence pesant.

— Apparemment, on peut éliminer l'émission de télé pseudo-scientifique en direct, lâche finalement Paxton. Ces gens-là ne rigolent pas.

Sandra semble sur le point de protester, mais se tait.

Les Dilemmes reprennent.

***

Quand elle n'est pas plantée sur la route, Nia pianote non-stop, scotchée à son écran. Je ne l'ai jamais vue aussi concentrée. Au bout du cinquième Dilemme de la journée, je viens aux nouvelles.

— Comment tu te sens ?

— Comme quelqu'un qui veut vraiment descendre de ce foutu bus.

Aucune trace de la Nia, larguée et vulnérable, qui sanglotait dans mes bras hier soir. L'éclat métallique est de retour dans ses prunelles, et elle fusille son écran des yeux comme si elle affrontait son ennemi mortel. L'écran sur le dossier d'à côté – celui devant lequel je suis assise – affiche également des lignes de texte : la liste, désormais familière, des fichiers chiffrés au long décryptage.

— Qu'est-ce que tu fais ?

— J'essaie de pirater le serveur, là où les données de la vidéosurveillance aboutissent.

— Tu crois que tu peux y arriver ?

Nia hausse les épaules.

— Je sais pas.

— Et en admettant que tu réussisses ?

— Avec un peu de chance, on sera en mesure de couper le flux. Et, quand ils ne pourront plus nous fliquer… eh bien, je sais pas. Voir s'ils débarquent pour le rebrancher et si on peut pas les neutraliser au passage ?

Je hoche la tête. On a déjà fait mieux comme plan, mais je n'ai rien d'autre qui me vienne à l'esprit pour l'instant. Sans compter que c'est révoltant de penser que le détraqué qui est derrière tout ça est bien gentiment assis quelque part à nous reluquer. Qu'il me regarde quand je suis aux toilettes. Qu'il nous observe quand Paxton glisse la main sous mon jean.

— Je peux être utile à quelque chose ?

— Pas pour le moment, me répond Nia avec un sourire éclatant, avant de se détourner aussitôt, le visage fermé. Mais je te préviendrai.

J'ai bien failli lui dire combien elle est belle quand elle sourit, mais, tout ce que j'y gagnerais, c'est une engueulade. Alors, je reporte mon attention sur l'écran en face de moi et suis le défilement des chiffres. Jusqu'à ce que, enfin, un fichier appelé « SandalePhotoYates.pdf » atteigne les cent pour cent.

— Hé, regarde !

Nia se penche vers moi et tape une brève ligne de code pour ouvrir le fichier.

C'est une capture d'écran d'un article de presse sur un scandale politique impliquant Sandra Yates et son fils Paxton.

Je relis le truc en entier deux fois pour être sûre.

— On devrait le dire aux autres.

Paxton, Edwin et Sandra sont bientôt réunis autour de mon écran. Catherine est retournée dans les bras de Morphée et, recroquevillé sur son siège, Riley a l'air malheureux comme les pierres. Quand je l'appelle pour qu'il se joigne à nous, il secoue la tête et se détourne pour regarder obstinément par la vitre.

— Paxton est donc bien le fils de Sandra, commente Edwin. Et Sandra est sénatrice.

Sandra semble soulagée.

— Oui. Et mieux encore, renchérit-elle. Je suis une femme politique en vue : ma disparition ne passera pas inaperçue. Ce qui signifie soit que ce qui se déroule ici est sous contrôle et sera bientôt terminé, soit que cela suscitera l'inquiétude et qu'on lancera des recherches pour me retrouver. Dans un cas comme dans l'autre, tout ira bien.

Je ne suis pas persuadée qu'elle ait raison sur toute la ligne, mais si ça la rassure…

— Voilà qui explique pourquoi Riley, Paxton et moi avons reconnu Sandra, poursuit Edwin. Si c'est un personnage politique impliqué dans un récent scandale public, le souvenir de son identité aura été enregistré dans notre mémoire sémantique.

— Comment ça se fait qu'on la reconnaisse pas, alors, Cecily et moi ? demande Nia.

Et comment ça se fait qu'ils *me* reconnaissent tous ? Moi, Nia et Sandra. Nous sommes les seules à patauger dans le brouillard le plus total.

La penderie. Le bébé qui pleure.

— Peut-être que… (Ma voix est tout enrouée et je dois m'éclaircir la voix avant de continuer.) Apparemment, je la connaissais personnellement. L'article mentionne Cecily Cartwright. Est-ce que ça veut dire que mon souvenir d'elle était dans ma mémoire autobiographique au lieu de faire partie de mes connaissances générales ? Et qu'il aurait été effacé ?

— C'est tout à fait plausible, acquiesce Edwin.

— Donc je la connaissais aussi, en déduit Nia d'un ton absorbé.

— Non, ça ne peut pas marcher, objecte Paxton. Parce que, dans ce cas, je ne la reconnaîtrais pas non plus. Or je la reconnais. Sans hésiter. Et toi aussi, Cecily.

— Ne serait-il pas possible de voir les photos ? demande Sandra.

Nia fait signe que « non ».

— Elles ne sont pas dans le fichier.

Paxton déglutit bruyamment et, pour la première fois, je le vois vraiment perturbé. Je lui donne un coup de coude dans les côtes pour tenter de le dérider.

— On dirait que tu étais vraiment mon copain, en fait.

Il m'adresse un sourire en coin.

— Comment ça « étais » ?

Il rit, et je sens qu'il est redevenu lui-même.

— Et cette histoire d'espion russe ? s'interroge Edwin.

Moi aussi, je me suis posé la question. Est-ce que ce ne serait pas ce que j'ai entendu chez Sandra, dans la penderie ? Est-ce que ce ne serait pas la raison pour laquelle Paxton était aussi nerveux en me trouvant dans la chambre de sa mère ?

Sandra hausse les épaules.

— Vous avez bien vu l'article, dit-elle sans s'émouvoir. Simple campagne de dénigrement de l'opposition : de l'intox. Je suis persuadée que c'est monnaie courante.

La désinvolture avec laquelle elle rejette l'affaire me sidère. J'aimerais bien pouvoir afficher la même assurance en ce qui concerne mon propre passé, tout ce qui concerne mon passé. Et quand je dis « tout », c'est vraiment tout.

Il faut que j'en parle à Nia. Mais, avant que je ne réussisse à la coincer en tête à tête, mon nom réapparaît sur l'écran. Un autre de ces maudits Dilemmes !

Je me retrouve contre Edwin, et je suis choquée de l'unanimité avec laquelle ils choisissent tous de l'épargner.

— Qu'est-ce que c'est que ce délire ? (Je dévisage Pax, incrédule.) Tu n'es pas censé être mon petit ami ?

Il hausse les épaules.

— Tu es une fille solide : tu peux encaisser. Edwin, c'est un gamin.

Je ne suis pas persuadée qu'il y ait une si grande différence d'âge entre Edwin et moi. Cependant, et aussi énervée que je sois, je n'en sens pas moins une bouffée de fierté me submerger. C'est vrai que je suis solide. Hors de question cependant de voter pour quelqu'un d'autre que moi.

Je me retrouve encore face au bus. C'est dingue, la vitesse à laquelle on peut s'habituer aux expériences de mort imminente.

Dès que nos bracelets nous redonnent notre liberté de mouvement, je me retourne pour voir Edwin trottiner en direction du bus. Pas de plan d'évasion pour lui. Dans sa précipitation, il trébuche, bute sur une fissure dans le bitume et s'étale de tout son long. Ses lunettes volent et glissent sur la route à l'atterrissage pour s'enfoncer dans la jungle.

Alors qu'il se redresse tant bien que mal, je m'inquiète tout de même pour sa santé.

— Tu n'as rien ?

Je cours vers lui à petites foulées pour l'aider à retrouver ses lunettes, mais il les a déjà récupérées. Il les lève vers le ciel. Un des verres est fêlé et l'autre, pulvérisé.

— L'avantage, c'est que, la prochaine fois, tu ne pourras pas voir le bus arriver, ironisé-je.

Edwin repose les lunettes au verre fêlé de travers sur son nez.

— Elles n'ont pas l'air de servir à grand-chose, constate-t-il en scrutant les alentours.

Je prends la monture en plastique toute tordue pour les tenir devant mes yeux. Il a raison : les verres ne changent strictement rien.

Je me tourne vers lui.

— Tu ne me sembles pas vraiment du style à porter des lunettes juste pour te donner un genre.

Je lui rends ses lunettes et il s'efforce de replier la monture comme il peut, avant de regagner le bus avec moi.

***

J'arpente déjà le couloir, quand Nia m'attrape par le bras.

— Je peux te parler ?

Je me glisse à côté d'elle.

— Qu'est-ce qui se passe ?

Elle jette un coup d'œil au-dessus du dossier, puis se penche vers moi, les lèvres pratiquement collées à mon oreille.

— J'ai localisé le flux de la vidéosurveillance.

Je sens son souffle sur ma peau et ses murmures me filent des frissons.

— Vraiment ? (Je parle tout bas, moi aussi.) Tu as piraté le serveur ?

— Pas encore. Il est protégé par un pare-feu qui me bloque. Il faut que je perce ses défenses avec un *web shell* : c'est quand on mobilise une série d'autres ordinateurs qui bombardent le pare-feu avec des commandes jusqu'à ce qu'il soit en surcharge et plante.

— Mais on n'a pas d'autres ordis.

Nia regarde avec insistance les dossiers des sièges.

— Si.

— D'accord. Qu'est-ce que tu attends de moi ?

— Le serveur va essayer de se sauvegarder. À partir du moment où je lancerai l'attaque, j'aurai deux minutes pour exécuter les shells avant que le système ne se réinitialise automatiquement. J'ai besoin que tout le monde m'aide à mettre en œuvre les programmes shells.

Je ne dois pas avoir l'air très convaincue parce que Nia m'assure que nous n'aurons qu'à activer le clavier virtuel sur nos écrans et à taper une commande « toute simple ».

— Mais deux minutes, ça te suffira ?

Nia m'offre un large sourire.

— Il peut s'en produire, des choses, en deux minutes...

— On fait ça quand ?

— Demain. J'ai d'autres trucs à mettre en place avant.

Nia retourne à son écran, et je la regarde faire un long moment, pendant que le jour baisse, laissant place au crépuscule. Nous dînons d'une nouvelle tournée de sandwichs au pâté mystère et tout le monde s'installe pour la nuit.

Mais je n'ai aucune envie de replonger dans le brouillard. Je me sens fébrile, prise au piège. Chaque fois que je ferme les yeux, je revois le bus foncer sur moi. Je ressens le choc qui n'a jamais eu lieu, l'impact quand il me heurte de plein fouet. En boucle.

Il faut que je sorte d'ici. Il faut que le plan de Nia marche.

Je me dirige vers l'avant du bus et reste à regarder dehors à travers le pare-brise. Nous sommes sur la partie de la route qui s'élève au-dessus de la mer en longeant des falaises à pic. Là, tout près de nous, l'océan s'étend à perte de vue, immense, noir et seulement éclairé par les reflets argentés de la lune.

Quelqu'un vient se poster derrière moi, pressant son corps contre le mien. La peur me prend à la gorge.

Sa main sur ma bouche.

C'est Paxton. Il glisse les bras autour de ma taille et pose le menton sur mon épaule.

— Salut, toi ! murmure-t-il tout bas pour que personne n'entende. J'attendais cette nuit avec impatience. Nous pourrions poursuivre notre… conversation.

Je ne suis tellement, mais alors tellement pas d'humeur. J'ai mal aux épaules à force de dormir à la verticale et d'essayer de faire comme si je ne ressentais pas toute cette tension. Et je retourne inlassablement les événements dans ma tête. La confrontation avec le bus. Le bébé qui pleure. L'article sur Sandra et Paxton. Et sur moi.

Qu'est-ce que j'ai entendu dans cette penderie ? Assez pour qu'on veuille me supprimer ?

Paxton enfouit son visage dans mon cou.

« Garde tes ennemis près de toi », c'est un principe auquel je crois. Or la possibilité que Paxton soit mon ennemi n'est pas à exclure. Lorsqu'il regagne son siège, je le suis et me blottis dans le creux du bras qu'il tend déjà vers moi. Nous nous chuchotons des secrets – mais aucun de ceux qui comptent vraiment.

Malgré moi, une question réussit à franchir le barrage derrière lequel je me suis retranchée.

— Alors… toi non plus, tu ne crois pas que ça veuille dire quelque chose ? Ce truc à propos du diplomate russe ?

Paxton se marre en sourdine.

— Bien sûr que non ! (Il tire sur son T-shirt bleu.) Nous sommes du bon côté, Cecily, rappelle-toi. C'est même toi qui l'as dit. Et tu le sens bien, non ? J'ai beau ne me souvenir de rien de ma vie d'avant, je sais, au fond de moi, que je suis quelqu'un de bien. J'ai des principes et je m'y tiens : je ne laisse pas tomber un gars de mon équipe ; je protège ma famille ; je ne triche pas… Je suis quelqu'un de bien.

Il a assurément hérité de l'arrogance et de la désinvolture de Sandra, en tout cas. J'aimerais bien avoir de telles certitudes, quant à moi. Riley aussi pensait faire partie des bons. Pareil pour Nia. Est-ce que c'est ce que tout le monde croit ?

Je l'embrasse, parce que je préfère ça à l'écouter parler. Je pose les mains sur sa peau et laisse la chimie opérer pour submerger mon cerveau de désir et y noyer les questions. Nous nous collons l'un à l'autre et la fièvre qui nous gagne dissipe le brouillard de l'amnésie, le remplaçant par un désert brûlant.

Plus tard, quand la respiration de Paxton ralentit et se change en souffle profond du sommeil, je retourne voir Nia et les lignes de code qui jaillissent de ses doigts.

Elle ne fait aucun commentaire sur ce que je viens de faire avec Paxton. Nous avons été discrets, pourtant je suis sûre qu'elle a tout entendu.

— Tu crois que c'était lui, hein.

Elle ne tourne même pas les yeux vers moi quand elle me parle. Ce n'est pas une question. Ça tombe bien parce que je n'ai aucune envie de lui répondre.

— Tu crois que c'est lui qui a fait le vœu. Tu crois que c'est lui qui a demandé à… à la Fée Bleue de te liquider.

Je ferme les yeux, soudainement terrassée par la fatigue. Je n'ai pas la force d'y penser.

— C'est logique, poursuit impitoyablement Nia. Vous sortiez ensemble. Tu es allée chez lui un jour et tu as entendu un bébé pleurer. Tu es allée dans la chambre de Sandra. Paxton t'a trouvée là et il a flippé. Il t'a poussée dans la penderie et Sandra est revenue dans sa chambre avec un type mystérieux. Et, pendant que tu étais coincée là-dedans, tu as entendu des trucs. Des trucs sur des affaires louches entre Sandra et les Russes.

Je secoue la tête.

— Non.

— On sait que Paxton était impliqué, puisqu'il y a la photo. Et puis sa réaction quand il t'a cachée : il avait conscience que sa mère était dans une combine. On peut au moins lui reconnaître ça : il a essayé de te protéger d'elle. Mais tu en as trop entendu, il savait que la seule solution, c'était de se débarrasser de toi. Alors, il en a fait le vœu.

« Je voudrais que Cecily Cartwright meure. »

Non, ce n'est pas possible. Je suis encore là, après tout. Je ne suis pas morte.

Un crissement de pneus. Un impact mou.

À moins que… ?

Chers parents,

C'est avec une immense tristesse que je vous fais part du décès de l'un(e) de nos élèves. L'école tout entière est plongée dans l'affliction et, en tant que proviseure, il est de mon devoir d'en informer les parents. Vous pourriez, en effet, avoir l'envie de parler de cette tragédie avec vos enfants. Westbridge étant réputée pour accueillir l'élite de demain, la notoriété des élèves fréquentant notre établissement nous contraint, pour l'heure, à ne pas divulguer l'identité de l'élève concerné, afin de préserver sa famille de l'inévitable harcèlement médiatique. Les nouvelles vont vite sur le campus. Aussi vous demandons-nous, à vous et à vos enfants, de respecter cette décision, et de vous abstenir de toute déclaration à la presse.

Hier, une personne parmi nos plus brillants élèves de seconde a été renversée par une voiture sur le parking des étudiants. Le véhicule n'était pas immatriculé et, étant autonome, n'avait pas de conducteur. Nous ignorons comment il est parvenu à contourner la sécurité du campus, mais nous avons engagé un prestigieux cabinet conseil pour garantir que cela ne se reproduira plus, n'ayez aucun doute à ce sujet.

Plusieurs élèves, témoins de l'accident, ont décrit les efforts héroïques de l'un de leurs camarades pour écarter un autre élève qui se trouvait sur la trajectoire du véhicule. Malheureusement, cet acte de bravoure lui a coûté la vie. L'arrivée d'une ambulance sur les lieux, dans les minutes qui ont suivi, n'a hélas pu prévenir le décès de l'élève qui a succombé à ses blessures sur le trajet de l'hôpital.

Nous sommes profondément choqués et attristés par cette tragédie. Nous avons engagé une équipe de psychologues spécialisés dans la gestion du deuil, qui restent à la disposition de toute la communauté éducative et mettent en place des séances supplémentaires d'équithérapie et de méditation de pleine conscience pour le reste du semestre. Une cérémonie se tiendra la semaine prochaine et une plaque commémorative vantant le courage et la contribution de cet élève à Westbridge sera apposée dans le jardin de la Tranquillité.

Bien que nous encouragions fortement les élèves à demeurer à Westbridge pour toute la durée du semestre, nous comprendrons si certains souhaitent retourner dans leurs familles.

Une enquête officielle a été diligentée afin de faire toute la lumière sur cette regrettable affaire et veiller à ce qu'un tel drame ne puisse jamais se reproduire. Soyez assurés que la sécurité et le bien-être de nos élèves restent, et seront toujours, notre priorité.

Veuillez agréer, chers parents, l'expression de nos sentiments attristés,

Achiko Hanabi

Achiko Hanabi,
proviseure de l'Académie de Westbridge

11

JOUR 4

06 : 03

Et si Cecily Cartwright était effectivement morte ? Et si tout ça n'était qu'une sorte de jeu pervers ? Et si j'étais quelqu'un d'autre, une fille lambda à laquelle on voudrait faire croire qu'elle est Cecily Cartwright ?

L'idée a quelque chose de rassurant. Si je ne suis pas Cecily Cartwright, alors tout n'est pas encore perdu pour moi. Personne ne veut me tuer. Il me reste l'espoir que cette histoire ne soit qu'un genre de test psychologique bien tordu et que, quand ce sera fini, je pourrai reprendre une vie normale.

Si je peux être n'importe qui, alors je me demande qui je voudrais être. Jane. Jane Brown. Une fille ordinaire, banale au point de passer inaperçue. Elle est intelligente, mais pas trop. Elle a des bonnes notes. En passe d'intégrer une université correcte, mais pas prestigieuse. Elle va miser sur la sécurité : suivre des études dans un domaine fiable comme l'économie ou l'enseignement. Elle a un frère cadet qui joue au football. Sa mère dirige la succursale d'une banque de province et son père enseigne l'anglais dans un lycée. Elle joue du piano (mal, mais ça fait plaisir à sa grand-mère) et pratique le netball (plutôt bien, mais pas assez pour se faire remarquer). Elle a un petit copain qui l'a déjà embrassée sur la bouche, mais sans la langue. Un jour, il a essayé de la peloter, mais elle l'a tout de suite arrêté. Elle dort toujours avec son ours en peluche.

Je repense à la chienne que Paxton m'a inventée : Sadie, le cavoodle couleur abricot. Jane n'aurait pas de chienne, elle. Un chat peut-être ? Mais oui, bien sûr, un chat. Un chat qui porte un nom prévisible, genre Tigrou, Kitty ou Minou.

Mais Jane n'existe pas.

Je suis Cecily Cartwright parce que j'ai les souvenirs de Cecily Cartwright : la penderie ; l'odeur de bois de cèdre et de noix de muscade ; la main de Paxton sur ma bouche ; le bébé qui pleure.

Je suis Cecily Cartwright, et je crois que mon petit ami verse dans le trucage d'élections. Et qu'il veut ma mort.

***

Riley se réveille dans la douleur. Dans la nuit, les cloques rouges sur son bras se sont transformées en des croûtes gris sale, qui suintent un liquide jaunâtre. Il a les lèvres toutes gercées et l'air désorienté.

Sandra va mouiller des feuilles de papier toilette sous le robinet et les applique en compresses sur les brûlures de Riley pour tenter de le soulager un peu.

— Il va bien, nous assure-t-elle en revenant. C'est moins grave qu'il n'y paraît.

— Comment vous pouvez le savoir ? lui balance Nia.

Sandra lui adresse un sourire un tantinet condescendant.

— Si ce n'était pas le cas, on viendrait le chercher pour le soigner.

— Parce que vous croyez ça, vous ? Vous vous imaginez toujours que ce délire est un genre d'expérience scientifique parfaitement cadrée ?

— Naturellement. Quelle autre explication rationnelle y aurait-il ?

— Rationnelle ? Vous voyez ça où ?

— Il faut nous rendre à l'évidence. Nous participons manifestement à une expérience portant sur l'éthique, dans le cadre d'une émission télévisée, peut-être : sommes-nous bons ou méchants par nature ? Je suis une personnalité en vue : une bonne citoyenne qui n'a plus rien à prouver en matière d'intégrité. Je participe à cette expérience avec mon fils et sa petite amie qui fréquentent tous deux l'une des plus prestigieuses écoles du monde. Nous représentons la bonne éducation, la bonne société. Nous sommes des gens bien.

— Et Edwin, Riley et moi, on est les méchants.

Sandra secoue la tête.

— Ne me faites pas dire ce que je n'ai pas dit. Mais j'imagine que vous vous êtes tous trois retrouvés dans des situations… difficiles. Vous avez mal tourné. J'ignore pourquoi. Il se peut que vous ayez eu une enfance chaotique. Peut-être avez-vous succombé à la tentation.

Nia ouvre la bouche, mais la referme, manifestement sidérée par l'assurance aveugle de Sandra.

— Et Catherine ? finit-elle par demander.

Catherine redresse la tête.

— C'est l'heure du déjeuner ? J'espère que nous aurons encore des escalopes à la milanaise.

Pour toute réponse, Sandra la gratifie d'un chaleureux sourire.

— Je ne sais pas, poursuit-elle à notre intention. Tous les autres T-shirts bleus ont un lien familial ou affectif. Il semble donc logique que Catherine ait un lien avec nous. Elle pourrait être ma grand-tante, par exemple.

— Je vais vous dire, moi, qui je suis, déclare soudain Catherine. Je suis la reine du bingo ! Quand ce brave garçon va-t-il revenir avec les grilles ?

Nia secoue la tête.

— Elle ne devrait pas être là. Mettre une vieille dame dans une situation pareille… c'est cruel. Je sais pas qui est derrière tout ça, mais ce n'est pas quelqu'un qui nous veut du bien.

Riley porte la main à son bras, le touchant du bout des doigts.

— Nia a raison. C'est de la torture, ce truc. Y a un fils de pute, là-dehors, qui s'amuse à nous torturer. Sans doute un genre de barge que ça fait bander, un psychopathe.

— Je suis d'accord avec Riley. (Paxton fronce tellement les sourcils qu'il a des rides sur le front.) Ils font exprès de nous pourrir la vie. Ça les éclate. Rien à voir avec une émission de téléréalité.

Sandra tourne brusquement les yeux vers lui, comme si elle était surprise qu'il ne soit pas de son avis.

— J'ai beaucoup plus d'expérience des médias que toi, cela va de soi, lui rétorque-t-elle. J'ai l'expérience de la *vie.*

— C'est possible. Mais ça ne m'empêche pas d'avoir ma propre opinion.

— Oh ! cesse donc de faire l'enfant !

— Et vous, arrêtez de lui parler de cette manière ! l'interpelle Nia. C'est plus un gamin. Aucun de nous, d'ailleurs.

— Il est et restera toujours *mon* enfant, lui réplique Sandra.

— Je peux me défendre tout seul, s'insurge alors Paxton, un peu trop vivement, peut-être.

Sur le moment, Sandra a l'air abasourdie. Elle plisse légèrement les yeux en considérant Paxton. Et puis elle se retourne vers Nia.

— Et quelle est ta théorie, alors ?

— C'est un coup du gouvernement. (Nia agite la main en direction des écrans.) Ces documents qu'on a décryptés : la Fée Bleue, la mafia russe… On sait des trucs. Des trucs importants. Et on nous torture pour nous faire cracher le morceau.

J'écarquille les yeux. D'un côté, c'est la théorie la plus absurde de toutes. Et, pourtant, elle se tient mieux que les autres. Mais ce n'est toujours pas la bonne. Quelque chose nous échappe. Une pièce essentielle du puzzle.

— Comment pourrions-nous révéler quoi que ce soit, puisque nous avons perdu la mémoire ? objecte Paxton.

— Le gouvernement aurait mieux sécurisé ses installations, argue Sandra avec conviction. Elles ne seraient pas si vulnérables qu'une adolescente puisse les pirater.

Nia la foudroie du regard.

— Je suis juste douée dans ce que je fais.

— Je n'en doute pas, mon petit. C'est la raison pour laquelle tu portes ce T-shirt rouge, d'ailleurs.

— Sérieux ? On en est encore à la théorie des gentils contre les méchants ? Après avoir découvert comment vous avez essayé de trafiquer des élections démocratiques pour être sûre de les remporter ?

— Intox.

Nia en grogne d'exaspération.

— Peut-être que ce T-shirt rouge veut dire que je suis une méchante, reprend-elle. Ou peut-être pas. Mais une chose est sûre : dans ce que je fais, je suis douée.

— Vraiment ?

— Vous avez des preuves du contraire ?

— Tu t'es fait prendre. Sinon tu ne serais pas ici.

Les joues de Nia virent au rouge brique et je vois bien qu'elle est sur le point de laisser sa fureur s'abattre sur Sandra.

— Et si nous pouvions prendre le contrôle du bus ?

Oups ! C'est tout ce que j'ai trouvé sur le moment et ça m'a échappé. Nia me décoche un regard éloquent, genre : « T'es sûre que c'est malin de leur dire ça ? » Elle a probablement raison, mais le mal est fait.

— Hors de question ! (Sandra est catégorique.) Surtout ne pas faire de vagues. Il suffit de suivre leurs instructions et, l'expérience terminée, ils nous laisseront partir. (Elle cherche des yeux l'approbation de Paxton.) N'est-ce pas ?

Paxton se mordille la lèvre inférieure et se tourne vers Nia.

— Qu'est-ce que tu as en tête, exactement ?

Nia et moi nous consultons du regard.

— Je préférerais pas trop l'ébruiter, souffle Nia avec un regard entendu, en regardant alentour vers les éventuelles caméras cachées.

— C'est trop dangereux, insiste Sandra. Nous pourrions avoir un accident. Le bus pourrait foncer tout droit et tomber de la falaise.

— On va pas en prendre le contrôle, lui répond Nia. Mais… on a un plan.

— Non ! proteste Sandra. Il n'y a pas de plan qui tienne. Nous nous tiendrons tranquilles jusqu'à ce que ce soit fini.

Nia la fusille du regard.

— Riley a besoin d'être soigné. Et si Catherine perdait la tête et partait se balader dans la jungle ? Vous croyez que le bracelet lui ferait pas subir le même sort ?

Sandra jette un coup d'œil à Catherine qui chantonne toute seule, les yeux dans le vague.

— Ils ne lui feront pas de mal, affirme-t-elle. Nous ne craignons rien ici, et ce sera bientôt fini.

— Vas-y, dis-nous ton plan.

Sandra foudroie Paxton du regard.

Nia passe alors de siège en siège, chuchotant son projet d'interrompre la transmission de données de la vidéosurveillance, avant d'expliquer à chacun ce qu'il aura à faire. Le visage fermé, Sandra croise les bras et secoue la tête, glaciale.

— Et si on votait ? propose Edwin.

Sandra doit sentir qu'elle va perdre la partie parce qu'elle fait de la résistance.

— Ce devrait être une décision unanime, affirme-t-elle. Nous ne sommes plus dans le domaine des hypothèses, comme pour les Dilemmes du tramway. Nous devrions tous être d'accord.

— Pourquoi ? Vous avez peur de pas pouvoir truquer le résultat, cette fois ? lui lance Nia, cinglante.

Vu son expression, il est clair que Sandra n'a plus qu'une envie : gifler Nia. Mais elle ne répond pas.

Nous passons au vote.

Edwin, Nia, Riley et moi levons tous la main en faveur du plan de Nia. Et, après une brève hésitation, Paxton aussi. Catherine s'est rendormie, ce qui fait que Sandra est la seule à voter contre. Elle pince si fort les lèvres que sa bouche n'est plus qu'un trait.

— La démocratie, quelle saloperie, hein ? raille Nia.

***

Paxton et moi restons à l'avant du bus à regarder la route défiler sous les roues.

— Tu crois qu'on peut lui faire confiance ? me demande-t-il en jetant un coup d'œil à Nia par-dessus son épaule.

— Oui.

En le disant, je me rends compte que c'est vrai. J'ai confiance en Nia. Même si c'est elle, la Fée Bleue. J'ai confiance en elle, plus qu'en n'importe qui à bord de ce bus. Plus qu'en Paxton, en tout cas.

Il semble rassuré. C'est peut-être vraiment un mec bien, après tout.

— Ça n'a pas dû être évident, tout à l'heure. La dispute avec Sandra. Tenir tête à ta mère devant tout le monde.

Paxton opine du chef.

— « Pas évident » ? C'est peu de le dire ! Rien que de penser qu'elle est ma mère… Avoir cette impression bizarre que je la connais, mais ne sentir aucun lien avec elle, aucun sentiment. Tout le contraire de ce qui se passe avec toi. (Il se laisse aller contre moi et mon désir se réveille.) C'est comme si j'étais devant une parfaite inconnue.

Je glisse un regard en direction de Sandra qui écoute patiemment les radotages de Catherine.

— Elle a l'air plutôt correct, pourtant. Elle a fait de son mieux pour s'assurer que tout le monde allait bien.

— Mouais. Je suis sûr que ça va revenir. Le lien entre elle et moi.

— Et tu crois que notre mémoire va revenir aussi ?

— Carrément. C'est forcément une drogue, non ? Aucun de nous n'a été trépané, ni rien d'aussi définitif. On verrait les cicatrices. Et, les effets des médocs, ça se dissipe.

— J'espère.

Mais je ne sais pas si je l'espère encore tant que ça, finalement. Je ne suis pas sûre de vouloir recouvrer mon passé…

***

À onze heures, le bus nous redistribue des sandwichs et des bouteilles d'eau. Puis retour aux Dilemmes du tramway. Riley se retrouve en binôme avec Sandra. Le bus s'arrête et la porte s'ouvre.

— Nan, je peux pas, dit-il. Je le referai pas.

— Tout va bien, Riley, le rassure Sandra. Ce sera l'affaire de quelques minutes, tout au plus. Ne quittez pas la route, et il ne vous arrivera rien. Les autres enverront le bus sur moi.

— Nan. J'y retourne pas.

Il fait demi-tour pour regagner son siège.

Le bracelet de Sandra commence alors à émettre un hurlement strident. Elle fronce les sourcils et le tapote.

— Il chauffe, constate-t-elle.

Riley se fige.

Sandra se retourne, blême, tendant le bras vers Paxton.

— Aide-moi, enlève-le ! Vite !

Paxton tire sur le bracelet.

— Impossible.

— Il faut que Riley descende du bus, intervient Edwin. S'il descend, la mesure coercitive cessera d'elle-même.

— Riley, le supplie Sandra. Je vous en prie ! Ça brûle, ça brûle de plus en plus !

Riley porte la main à son propre poignet, celui qui est blessé.

— Sinon quoi ? dit-il à voix basse.

C'est alors que je surprends, dans ses yeux, quelque chose que je n'ai pas revu depuis qu'il s'est réveillé, la première fois. L'obscurité de la colère.

— Sinon, elle va se faire brûler, elle aussi ! s'exclame Paxton. (Il est presque en train de crier.) Tu ne vas pas laisser faire ça quand même, si ?

La respiration de Sandra s'est accélérée. Elle halète, le souffle court, le bras tendu, les doigts écartés.

— Je suis pas un mec bien, moi, maugrée Riley. C'est peut-être mieux comme ça. Peut-être qu'on devrait tous cramer.

— Les gens changent ! (C'est Nia – qui a besoin d'y croire presque autant que lui.) Et si c'était notre deuxième chance, l'occasion ou jamais de faire le bon choix, cette fois ? De devenir quelqu'un de bien ?

Riley considère son bras brûlé.

— Parce que c'est ça, le bon choix ? Morfler comme ça ?

— Riley. (C'est au tour de Sandra de plaider sa cause. Elle prend la main de Riley dans les siennes. La peau autour de son bracelet commence à rougir.) Je ne peux pas *laisser mon bébé sans sa mère.*

Crucifié d'indécision, Riley laisse échapper une plainte animale.

J'ai un soudain élan de sympathie pour Sandra. Elle ne résiste pas au plan de Nia juste pour emmerder le monde : elle est ter-ri-fiée. Elle préfère jouer le jeu pour que ceux qui tirent les ficelles nous laissent partir. Elle veut le croire, du moins. Elle a un bébé.

Riley se voûte d'un coup, puis il finit par acquiescer et va se poster devant la porte du bus. Aussitôt, le bracelet de Sandra se tait.

— Merci, lui dit-elle, avant de se retourner vers nous. Mettez-moi devant le bus. Riley a besoin de répit.

— Non. (Riley secoue la tête, la mine résolue.) Je veux le faire.

Sandra hésite, puis se laisse fléchir. Nous appuyons tous sur « OUI » sur nos écrans, et Riley et Sandra descendent pour rejoindre leurs marques. Riley porte les doigts à ses lèvres, puis à son cœur, avant de prendre position sur le X rouge.

— C'est le moment, nous lance Nia en élevant la voix pour que tout le monde l'entende.

— Maintenant ? lui réponds-je. Tu ne veux pas plutôt attendre la fin de cet exercice-là ?

— Nan. Avec un peu de chance, ceux qui nous observent auront les yeux ailleurs, justement.

Ses doigts recommencent à voler sur les touches du clavier virtuel de son écran.

Tous les autres écrans se mettent à clignoter en rouge pendant quelques secondes.

```
/error/

Auth required/lib/security/ProjetAmnesia
server
item = user
sense = deny
file = /htm/ftpaccess
onerr = succeed
/error/
/error/
```

Je pointe le mien de l'index.

— Qu'est-ce que ça veut dire ?

Nia fronce les sourcils.

— Je sais pas. (Mais elle continue de pianoter.) Une erreur système quelconque. Ça n'a pas l'air d'affecter le serveur, de toute façon.

Elle poursuit sa tâche. Des lignes et des lignes de trucs incompréhensibles se dévident sous ses doigts.

— Prête ? me lance-t-elle alors. Dès que je serai dedans, il faut que tu vérifies que tout le monde tape bien la commande que je t'ai apprise. Tu t'en souviens ?

J'acquiesce.

— shellfish.exe

— Parfait. On a deux minutes pour toutes les balancer : c'est largement assez, normalement.

— Et, après, qu'est-ce qui va se passer ?

— Le pare-feu saura que le système a été piraté. Dans deux minutes, il va le réinitialiser et m'éjecter.

— Pour de bon ? Tu n'auras pas droit à un deuxième essai ?

— Je sais pas. C'est un système de sécurité adaptatif. Il apprend qui je suis. Et, quand il le saura, il se pourrait bien qu'il me bloque définitivement.

— Mais tu auras le temps de faire ce qu'il faut ?

Nia me balance un sourire goguenard.

— Forcément. J'ai juste besoin de franchir un dernier barrage…

Elle clique sur « Entrée ».

— Yessss !

```
INTRUSION DÉTECTÉE
TEMPS RESTANT AVANT RÉINITIALISATION 02 : 00 : 00
```

— J'y suis ! s'exclame-t-elle, avant de se pencher vers l'écran, la lèvre inférieure entre les dents.

Je lève les yeux, vois bien que le bus fonce sur Riley, mais ne capte pas vraiment. Je retourne mon attention sur mon écran et exécute la combinaison de gestes pour faire apparaître le clavier virtuel. Je tape la commande, puis clique sur « Entrée ».

```
shellfish.exe
0100100100100000011000110110000101101110011011
1
0011011110111010000100000011000100110010101101
1
0001101001011001010111011001100101001000000111
1
0010110111101110101001000000110000101100011011
1
0100011101010110000101101100011011000111100100
1
0000001100010011011110111010001101000011001010
1
1100100110010101100100001000000111010001101111
0
0100000011000110110100001100101011000110110101
1
0010000001110100011010000110100101110011001011
1
0001000000101011101100101011011000110110000100
0
0001100100011011110110111001100101001011
10
```

Je vais voir Edwin pour lui montrer comment activer le clavier virtuel.

Nia marmonne toute seule en mitraillant toujours son clavier, ses doigts à peine plus qu'une traînée floue. C'est dingue ce qu'elle est belle quand elle se concentre ainsi, une expression intense sur son visage lisse, sans froncement de sourcils, pour une fois, et échappant à son contrôle ! Ce n'est pas un peu bizarre que je pense à un truc pareil, d'ailleurs ? Apparemment, mon petit copain, c'est Paxton, et mon attirance pour lui est flagrante. Sans compter que Nia est une chieuse qui ne peut pas me voir, de toute façon. Alors, ce n'est pas comme s'il pouvait se passer quelque chose entre nous.

Sauf, cette fois où ça a bien failli.

Edwin entre la commande.

```
shellfish.exe
01010011011100000110111101101001011011000110010
0101110010001000000110000101101100011001010111
0010011101000010000000111010001101000011001010
1111001001000000110000101110010011001010010000
00110000101101100011011000010000000110010001100
1010110000101100100001000000011000010110111001
10010000100000001110100011010000110010100100000
0110001001110101011100110010000000110100101110
011001000000011101000110000101101011011010010
11011100110011100100000001110100011010000110010
1011011010010000000111010001101111001000000011
01000011001010110000101110110011001010110111000
10111000100000000100110001101111011011000010000
0011010100110101100101110
```

Plus que quatre.

Je me glisse à côté de Paxton.

Nous ne sommes plus qu'à quelques mètres de Riley.

Le bus va s'arrêter.

Le bus ne s'arrête pas.

Il.

Ne.

S'arrête.

Pas.

Le choc est si violent que mes dents s'entrechoquent. Riley explose dans une giclée de sang. Il s'éparpille en petits morceaux qui volent et s'écrasent sur le pare-brise, mous, rouges et violets. Dans un tambourinement, d'autres bouts tombent sur le toit comme des grêlons. Et puis c'est fini : il a disparu.

Nia hurle.

— Arrêtez le bus ! braille Paxton. Arrêtez le bus !

Mais le bus ne s'arrête pas. Nous continuons à rouler en suivant toujours la courbe de la route qui décrit un virage devant nous, à travers le pare-brise éclaboussé de sang.

Est-ce que c'est nous qui avons fait ça ? Le piratage de Nia a-t-il provoqué le plantage du système qui contrôle le bus ?

J'entends quelqu'un vomir derrière moi et j'ai un renvoi de bile. Je me lève, titube dans le couloir jusqu'au pare-brise sanguinolent.

Ça pourrait arriver à n'importe lequel d'entre nous.

La route secondaire rejoint la route principale et le bus finit par s'arrêter.

Edwin pleure : de gros sanglots hystériques entrecoupés de hoquets étranglés.

Paxton remonte le couloir et m'empoigne, littéralement, ses doigts s'enfonçant dans mes bras.

— Tu tiens le coup ?

Je hoche la tête et il me serre contre lui. Si fort que je peux à peine respirer. Mais il y a tellement pire. Même avec la figure écrasée contre son torse, même avec les yeux fermés, je les vois encore. Je ne vois plus que ça : tout ces éclats rouges et violets.

Les essuie-glaces se mettent en marche et des jets d'eau savonneuse arrosent la vitre. Le liquide se mélange au sang pour dégouliner en petites rigoles roses, bientôt balayées d'un bord à l'autre par les longues tiges noires.

Je m'écarte et cherche Nia du regard. Elle est toujours assise à sa place.

Catherine n'a pas bougé non plus et ne semble pas du tout perturbée.

— Il y a tant de violence à la télévision, de nos jours, dit-elle, sans s'adresser à personne en particulier. Vous savez ce que je regrette ? « Télé dimanche ». Du bon divertissement : populaire mais jamais vulgaire. C'est qu'on savait s'amuser, en ce temps-là.

Elle est dans son monde. Je l'envie.

La porte s'ouvre pour laisser monter Sandra, toute rouge d'avoir dû courir pour nous rattraper. Elle serre quelque chose dans sa main et, avec un mouvement de recul horrifié, je reconnais le bracelet de Riley. Il dégouline de sang, j'aperçois même des bouts de peau calcinée toujours accrochés dessus.

— J'ai vu…

Elle laisse tomber le bracelet. Paxton la prend dans ses bras – la réplique exacte du geste qu'il a eu pour moi. Les épaules de Sandra sont agitées de secousses et Paxton lui donne de petites tapes dans le dos.

Je les laisse à leurs effusions et retourne auprès de Nia. Elle regarde fixement son écran, les yeux rivés au compte à rebours. Il ne reste plus qu'une minute, maintenant.

— C'est ma faute, lâche-t-elle d'une voix blanche. Je l'ai tué.

— Quoi ?

— Le message d'erreur. Quand le système a planté. Ça a dû détraquer le dispositif de navigation du bus.

— Arrête !

Mais, en regardant tout autour de moi, je vois bien qu'elle n'est pas la seule à le penser.

— Je l'ai tué. J'ai tué Riley.

Je repense à ces mâchoires serrées. À ce tatouage sur son cœur. « Je veux pas être un monstre… »

Les autres se sont regroupés autour de nous, à présent.

— Nous l'avons tous tué, dit Edwin. Tous ceux qui l'ont poussé devant ce bus. Chacun d'entre nous. Nous avons tous appuyé sur le bouton.

— C'est *lui* qui nous l'a demandé !

La voix de Paxton est beaucoup plus aiguë qu'elle ne devrait l'être normalement.

— C'est quand même nous qui avons pris la décision.

Le compte à rebours continue de défiler.

— Nia, il faut que tu te reprennes, là.

J'essaie de la motiver.

00 : 33 : 29

— C'est moi. C'est moi, la Fée Bleue. Et j'ai tué Riley.

Nia se balance d'avant en arrière sur son siège, le regard vide. Sur l'écran, le temps nous file entre les doigts : notre seule chance de sortir de ce cauchemar, de nous échapper, seconde après seconde.

« Il peut s'en passer, des choses, en deux minutes. »

Je renonce pour aller expliquer comme je peux à Sandra et à Paxton la commande qu'ils doivent taper sur les écrans restants.

Edwin se précipite pour faire de même avec Catherine. Et puis je retourne auprès de Nia et l'attrape par le bras pour la secouer.

— Bon d'accord, tu es la Fée Bleue. D'accord, tu as fait des trucs pas nets. Et, oui, peut-être qu'en traficotant avec l'informatique du bus, tu as bousillé le système de navigation. Peut-être que ça a joué dans la mort de Riley. Mais tu te souviens de ce que tu as dit sur cette expérience ? Que les choix qu'on fait ici ne comptent pas parce qu'on nous enferme dans une alternative : noir ou blanc, il n'y a pas d'autre option. Le vrai monstre, dans l'histoire, c'est celui qui nous a placés dans cette situation. C'est lui et personne d'autre. Et, maintenant, on a la chance de retourner la situation. La chance éventuelle de nous sortir de là. De trouver celui qui a fait ça, celui qui est vraiment responsable de la mort de Riley, et d'obtenir justice.

— C'est bon pour nous, annonce Paxton.

— Je peux pas, répète Nia. Je… je peux pas.

00 : 11 : 45

— Non seulement, tu *peux*, mais tu *dois*. Parce que, si tu ne peux pas, alors tout ça ne sert à rien. Plus rien ne sert à rien. Autant abandonner tout de suite parce qu'on a tous fait des trucs pourris dans la vie.

— Pas des trucs comme ça.

00 : 06 : 19

— Putain, Nia ! Le fait même que tu sois aussi bouleversée, ça veut bien dire quelque chose. La Fée Bleue n'a pas de cas de conscience, crois-moi. Tu n'es pas comme elle. C'est bien toi qui as dit à Riley que les gens pouvaient changer. Tu *as* changé. C'est ta seconde chance. Aide-nous !

00 : 01 : 22

Ses mains tremblent tellement que c'est tout juste si elle peut encore taper sur son clavier.

00 : 00 : 03

Forçage système opérationnel
<<>>>>
Flux de données extérieures coupé

Nia s'écroule sur son siège.

— C'est fait.

Elle se cache le visage dans les mains, se replie sur elle-même pour s'éloigner de moi, s'éloigner de tout le monde.

Je pose la main sur son épaule.

— Bien joué. Beau boulot.

Mais elle tressaille et a un mouvement de recul.

— Me touche pas, dit-elle. Me parle pas. Laisse-moi tranquille. Va-t'en.

Mais je ne m'en vais pas, parce qu'un nouveau fichier vient d'être décrypté.

Y AURAIT-IL UN LIEN ENTRE LE SCANDALE YATES ET LA MORT D'UN LYCÉEN ?

La police a étendu son enquête sur le scandale Yates pour y inclure la mort d'un lycéen au sein même de la prestigieuse Académie de Westbridge.

Le lycéen, Edwin Chen, a été tué plus tôt cette semaine, sur le parking des élèves de l'établissement.

Alertée par un appel anonyme, la police a fait une descente chez les Yates à l'aube dimanche dernier, embarquant tous les ordinateurs et téléphones sur place, ainsi que les classeurs remplis de documents.

Bien qu'actuellement en congé maternité, la sénatrice Yates a tenu une conférence de presse le week-end dernier, niant tout rapport entre la campagne pour sa réélection et Kozyr, un groupe d'influence russe notoirement connu pour manipuler les élections politiques.

Ce matin, le préfet de police Amelia Cabrera a fait savoir que Sandra Yates et son fils Paxton étaient en détention provisoire dans l'attente de leur interrogatoire prévu le week-end prochain. Une autre élève de Westbridge a également été arrêtée. Pour l'heure, aucune charge n'a été retenue contre eux.

Le lien entre le décès d'Edwin Chen et le scandale Yates n'est pas clair, mais les spéculations vont bon train.

Selon Marcus Tagiuri, rédateur en chef du magazine *La Gazette de Westbridge*, l'affaire Yates aurait un rapport avec la Fée Bleue, le phénomène des réseaux sociaux auquel les élèves font appel pour réaliser leurs souhaits.

« Je vous parie ce que vous voulez que la Fée Bleue est derrière tout ça, a affirmé Tagiuri. Quelqu'un a fait le vœu que ça arrive. Vous verrez. »

Ces arrestations ont provoqué l'indignation parmi les parents d'élèves de Westbridge, la majorité étant des personnalités influentes du monde politique, des affaires et des médias.

Nombre d'entre eux ont retiré leurs enfants de l'école et on rapporte qu'une série croissante de plaintes sont portées contre l'établissement. La proviseure de Westbridge nie qu'il y ait la moindre corrélation, qualifiant le décès d'Edwin Chen de « tragique accident » et assurant que « l'école a pris toutes les dispositions pour qu'un tel drame ne puisse jamais se reproduire ».

Une cérémonie commémorative a été célébrée le week-end dernier en l'honneur du très regretté Edwin Chen, au cours de laquelle les acteurs de la comédie musicale estivale de Westbridge *Bang ! Bang !* ont donné une représentation. Les invités sont arrivés costumés avec force paillettes, plumes et perruques psychédéliques. Camarade du défunt et adolescente pop star, Jenna Ng, en pleurs, a déclaré que cette cérémonie peu conventionnelle était « ce qu'Edwin aurait voulu », avant d'interpréter « Only Cannoli », la chanson titre que Chen lui-même devait interpréter dans *Bang ! Bang !*

12

JOUR 4

12 : 27

De plus en plus pâle, Edwin lit l'article par-dessus mon épaule. Après quoi, il retourne à sa place sans un mot, plonge la main dans le vide-poche de son siège pour récupérer quelque chose, puis nous rejoint devant mon écran, autour duquel nous sommes encore tous rassemblés.

Il nous présente ses lunettes cassées.

— Je n'en ai pas besoin, affirme-t-il. Elles sont factices. Et je n'ai jamais donné mon consentement. Tout se tient. Je ne sais pas qui je suis, mais je ne suis pas Edwin Chen.

Il baisse les yeux sur le badge collé sur sa poitrine, puis, d'un geste lent qu'il veut manifestement symbolique, il l'enlève, le réduit en boule dans son poing et le jette. Mais je vois bien que c'est juste pour sauver la face. Le faux Edwin se tord les mains et la façon dont sa poitrine se soulève trahit la respiration haletante d'une crise de panique.

— Mais pourquoi te faire croire que tu es Edwin Chen ? s'étonne Paxton.

— C'est peut-être une coïncidence, suggère Sandra. Peut-être t'appelles-tu aussi Edwin.

Le faux Edwin secoue la tête.

— Je doute fort que tout ce qui s'est produit, depuis que nous nous sommes réveillés dans ce bus, soit une coïncidence.

Quelque chose, dans ce qu'il dit, trouve en moi une sorte de résonance, et j'ai subitement la conviction qu'il a raison. Il n'y a pas eu la moindre coïncidence. Tout, dans cette expérience, a été minutieusement calculé. Tout. Peut-être même la mort de Riley.

Le faux Edwin papillote des paupières et je le vois se refermer sur lui-même, submergé par l'angoisse et la panique. Je suis déjà passée par là et je sais combien ce peut être terrifiant.

— Et alors ? Comment on va t'appeler, maintenant ? lui demandé-je avec empressement.

Le faux Edwin a du mal à focaliser son attention sur moi. J'insiste :

— Puisque tu ne t'appelles pas Edwin, tu peux te choisir un nouveau prénom.

— C'est carrément cool, mec, renchérit Paxton avec un enthousiasme forcé. Tu peux être qui tu veux.

— Qui je veux…

Le faux Edwin réfléchit un temps à la question, l'œil rivé à la végétation qui défile derrière la vitre du bus. Je suis son regard, mais reste aimantée aux traînées de sang encore sur le verre.

Le faux Edwin se retourne vers nous.

— Je crois que je vais rester Edwin, pour le moment.

— Sérieux ?

— Il… il n'a pas pu avoir une vraie vie. Peut-être que je peux la vivre pour lui.

Un profond silence suit cette déclaration. C'est presque comme s'il y avait eu deux morts aujourd'hui : Edwin et Riley (même si le vrai Edwin est sans doute mort depuis un bon bout de temps).

La voix de Nia s'élève alors à côté de moi. À sa façon de nous dévisager, on pourrait croire que nous sommes tous des inconnus.

— Comment savoir si chacun de nous est bien celui qu'il croit être ? (Elle porte la main à son badge et le décolle.) Rien ne dit que ces trucs-là ne sont pas tous faux.

Pas le mien. Je suis bel et bien Cecily Cartwright. Les flash-back, les articles… Aucun doute. Mais les autres ? Qui sait ? Peut-être que c'est ce que ces T-shirts rouges signifient, en fin de compte. Ceux en rouge ont-ils de fausses identités ?

Tout ce que je sais, c'est que, d'une façon ou d'une autre, il y a (il y avait) un rapport entre nous.

Chacun regagne sa place. Paxton s'attarde, attendant de savoir si je vais le rejoindre, mais je reste assise à côté de Nia.

Je jette un coup d'œil à l'écran devant moi. Il ne reste plus qu'un fichier à décrypter.

```
Projet_Amnesia.pdf 87% décrypté
```

Je me tourne vers Nia.

— Et maintenant ? Comment on fait pour, euh, « se brancher à l'ordinateur central » ?

Nia grimace, et je souris. Ça fait du bien de la voir exprimer autre chose que de la terreur ou du désespoir.

— Je sais pas. Le flux de la vidéosurveillance est coupé. Soit on attend de voir si quelqu'un vient pour régler le problème, ou pour nous récupérer, soit…

Soit « on s'évade ». Elle ne le dit pas tout haut. Ça soulèverait trop de questions, la plus importante étant : s'évader, d'accord, mais pour aller où ?

— C'est la première fois que tu vois quelqu'un mourir, tu crois ? me demande-t-elle plutôt.

— C'est sûrement la première fois que je vois quelqu'un mourir comme *ça* ! Parce que… eh bien, c'est inhabituel. (Tout en le disant, je me rends compte que ce n'est pas forcément vrai.) À moins que ce ne soit *pas* la première fois… Que ce soit déjà arrivé dans les versions précédentes…

— D'autres Riley ?

On dirait qu'elle a la nausée rien que d'y penser.

— Il y avait beaucoup d'autres noms sur les formulaires de consentement. Peut-être qu'ils sont morts aussi.

— Tu… tu crois que je les ai tous tués ?

Cette fois, elle semble vraiment à deux doigts de fondre en larmes, ou de vomir, ou de se changer en crapaud.

— Je ne crois pas que tu aies tué qui que ce soit. Rien de ce qui s'est déroulé ici n'est arrivé par hasard, à mon avis. On nous fait croire que nous avons davantage de libre arbitre qu'en réalité, voilà ce que je pense.

— C'est-à-dire ?

— Tu ne trouves pas que c'était un peu trop facile, tout ça : pirater le système, découvrir qui on est ? Et puis, pourquoi garder ces fichiers, d'abord ?

— Ils pouvaient pas savoir pour la puce dans ma jambe. Sans ça, on n'aurait pas avancé d'un pouce.

— Et si c'étaient eux qui l'avaient placée là ?

Nia pose une main protectrice sur sa jambe.

— On dirait Sandra. Tu crois que je suis pas à la hauteur, c'est ça ?

Je secoue la tête.

— Tu es largement à la hauteur. Je… je ne sais pas. J'ai l'impression qu'on se fait encore bien plus manipuler qu'on ne l'imagine.

— Jamais ils m'auraient laissée pirater le serveur. J'ai accès à tout, carrément *tout.* J'ai coupé la vidéosurveillance. Je sais pas qui pilote le truc, là-dehors, mais ils naviguent dans le noir maintenant. Je pense pas qu'ils avaient prévu ça.

***

Dans cette drôle de lumière rosie par les traces de sang sur le pare-brise, nous nous rassemblons tous à l'avant du bus pour organiser une petite cérémonie en souvenir de Riley. Nous ne pouvons pas faire grand-chose sans fleurs ni bougies, ni photos de lui. Alors, nous nous contentons de dire quelques mots, chacun à tour de rôle.

— Riley était un gentil garçon, une âme généreuse, déclare Sandra. Tous le regretteront. Il manquera à ceux qui l'aimaient. Nous pouvons, néanmoins, trouver quelque consolation dans la certitude qu'il a, désormais, rejoint un monde meilleur.

Il est assez manifeste qu'il n'a *pas* « rejoint un monde meilleur » : il a été pulvérisé en spray, éparpillé façon puzzle sur tout le bus. C'est exactement le genre de salades dont les politiciens se font une spécialité. La mine de Nia s'assombrit, mais elle ne réagit pas. Même Nia se rend compte que ce n'est pas le moment.

— Un mec bien, dit Paxton. J'espère que, là où il est, il l'a enfin, ce burrito qu'il voulait au petit-déjeuner.

— En toute franchise, Riley me terrifiait carrément, au début, avoue Edwin. Avec ses tatouages, ses muscles et sa testostérone. Il était tout ce que je ne suis pas, et ça m'effrayait.

Mais le jour où je me suis retrouvé devant le bus, il est venu me parler. Il m'a raconté l'histoire de cette oie qui l'avait terrorisé quand il était petit et ça m'a… ça m'a fait penser à autre chose. Il s'impliquait vraiment dans les Dilemmes du tramway, plus qu'aucun d'entre nous peut-être. Il se sentait très concerné par les questions de moralité. Il voulait être quelqu'un de bien. Choisir le droit chemin.

— Moi aussi, je me suis trompée sur son compte, intervient alors Nia, la voix nouée par l'émotion. Je l'ai catalogué : j'en ai fait un loubard débile. Mais il était beaucoup plus que ça. Il réfléchissait vraiment. Il n'obéissait pas aveuglément et ne se couchait pas devant l'autorité, ajoute-t-elle, et son regard glisse une infime seconde sur Sandra. Il avait un instinct sûr de ce qui était bien ou mal, et restait fidèle à ses valeurs. Je… c'est un truc que je lui envie. J'espère que ça lui a apporté un peu de réconfort à la fin. Et je suis vraiment, vraiment désolée si j'ai eu un rôle à jouer dans sa disparition.

Elle détourne la tête.

J'essaie de trouver quelque chose d'autre, une chose qui n'ait pas déjà été dite. Et puis je me souviens des parchemins tatoués sur son cœur.

— Il avait des enfants. Aydan Kaos et Brilee Jade. Il voulait sincèrement être quelqu'un de bien, pour eux.

Sandra ne peut s'empêcher de sourciller en entendant ces prénoms ; la colère me gagne. J'en veux à Sandra d'être aussi snob et je m'en veux d'avoir eu exactement la même réaction au début.

— Catherine ? (Sandra lui touche doucement le bras.) Voudriez-vous dire quelques mots pour Riley ?

Catherine cligne des yeux comme une chouette et regarde autour d'elle.

— Le jeune homme avec tous ces tatouages ? Je l'ai trouvé très grossier. Serait-il parti quelque part ?

Nous échangeons des regards navrés. À quoi bon la détromper ? Paxton reconduit Catherine à sa place, et Edwin leur emboîte le pas dans le couloir.

— Le dernier fichier est presque décrypté, nous annonce alors Nia. Il est lourd. Avec un peu de chance, il va nous fournir des explications.

L'air sévère, la mine réprobatrice, Sandra se dresse au-dessus d'elle.

— Parce que vous persistez avec ces bêtises de piratage informatique ? Après ce qui s'est passé ?

— Si on arrête maintenant, alors Riley sera mort pour rien, lui rétorque Nia, d'un ton venimeux. Il faut qu'on continue.

— Je t'avais mise en garde, gronde alors Sandra. Je t'avais bien dit de ne pas jouer aux apprentis sorciers avec cet ordinateur. C'est ce message d'erreur qui a tué Riley. C'est *ta* faute.

Nia se ratatine sur place, sa colère brusquement étouffée par une sorte d'horreur absolue. J'esquisse un geste pour la réconforter, je pose la main sur son épaule, mais elle a un mouvement de recul.

— Non.

Elle pivote d'un bloc et regagne sa place sans ajouter un mot.

Mais Sandra n'en a pas encore fini.

— Je préfère penser que c'était une mauvaise manipulation. Une erreur. Je préfère penser que ceux qui tirent les ficelles suivent les règles, eux. Qu'ils sont capables de compassion.

Je contemple le bracelet de Riley toujours par terre, tout collant et taché de sang coagulé. « Capables de compassion » ? C'est peu probable.

Je jette un coup d'œil autour de moi. Personne ne me regarde. Je ramasse le bracelet et le fourre sous la ceinture de mon jean. Peut-être qu'on pourra en tirer quelque chose.

J'ai les mains toutes maculées de rouge, maintenant, comme si j'avais fait de la peinture au doigt. Je n'ai aucune envie de les essuyer sur mon jean. Alors, je m'accroupis pour les frotter sur la moquette – foncée, par chance. J'imagine des bouts de l'ADN de Riley imprégnant les fibres de polyester. Il fait partie du bus, désormais. On ne pourra plus jamais l'effacer.

Le bracelet me rentre dans le ventre, appuie sur ma vessie. Il faut que je lui trouve une meilleure cachette, le temps de chercher comment il pourrait nous aider.

— Cato Bell.

Nous nous tournons tous vers Nia, qui a les yeux rivés à son écran. Le dernier fichier déchiffré est ouvert devant elle.

— Celle qui est derrière tout ça. Celle qui nous manipule. C'est Cato Bell.

Edwin laisse échapper une exclamation de stupeur.

— L'éditrice de logiciels que tout le monde connaît sauf moi ?

— Cato Bell est bien plus que cela ! me reprend aussitôt Edwin. C'est une visionnaire !

Je ne l'ai encore jamais vu aussi enthousiaste.

Nia arque un sourcil.

— Cato Bell est l'incarnation même du capitalisme.

— Elle va sauver le monde.

— C'est ça. Mais elle interdit à ses employés de se syndiquer.

Edwin semble prendre cette accusation personnellement.

Je préfère recadrer le débat.

— Je me f… fiche de la façon dont elle traite ses employés. Quel est le rapport avec nous ? Avec toute cette histoire ?

— C'est elle qui mène l'expérience, m'explique Nia, toujours scotchée à son écran. Son projet, c'est nous. Et elle le soumet à… au gouvernement, à des sociétés privées, aux organisations à but non lucratif… Elle prétend qu'il va… (elle lève les yeux au ciel et foudroie Edwin du regard) « changer le monde ».

— Mais elle a déjà changé le monde ! affirme Edwin avec ferveur. C'est un génie. De sa tour d'ivoire, elle va révolutionner l'intelligence artificielle. (Il se tourne vers moi.) C'est vraiment étonnant que tu ne saches pas qui elle est. Est-ce que tu te souviens d'autres personnalités célèbres ?

— Genre ?

— Mère Teresa ? suggère Sandra.

— Mickey ? propose Paxton.

— Dolly Parton ? lance Nia.

— Je connais tous ces noms : je sais de qui il s'agit. Mais, Cato Bell, ça ne me dit absolument rien.

— Hallucinant, s'extasie Edwin. Je me demande si elle ne serait pas dans ta mémoire épisodique, celle qui a été effacée. Alors que, pour le reste d'entre nous, elle fait partie de notre culture générale. Elle se trouve donc dans notre mémoire sémantique.

— Pourquoi serait-elle dans ma mémoire épisodique ?

— Peut-être que tu la connais. Que l'un ou l'autre de tes parents travaille pour le groupe Bell. À moins qu'elle ne soit ta grand-tante.

Il pousse un soupir d'extase, comme si rien que d'imaginer avoir Cato Bell pour grand-tante le propulsait au paradis des geeks. Après les révélations de ces derniers jours, l'idée n'est pas si farfelue, après tout.

— Alors, qui avait raison ? demande Paxton. C'est quoi, son truc ? Un concept qu'elle a vendu à une émission de téléréalité ? Est-ce qu'elle travaille pour le gouvernement ? Est-ce qu'elle est complètement psychopathe ?

Nia parcourt le texte en diagonale.

— Rien de tous ça. C'est... une étude de cas. Pour un truc baptisé Projet Amnesia. Elle prétend que le système pénitentiaire ne fonctionne pas, que les prisons sont pleines de gens qui n'ont rien à y faire, que les problèmes de ces détenus viennent des inégalités sociales ou de problèmes psychologiques qui n'ont pas été traités. Le taux de récidive n'a jamais été aussi élevé : plus de quatre-vingts pour cent dans la plupart des centres de détention, la majorité étant privatisées.

— Ces établissements veulent que les prisonniers libérés récidivent, corrobore Sandra d'une voix absorbée. Plus il y a de gens dedans, plus l'argent rentre dans les caisses des sociétés privées qui les gèrent.

— Exactement. Il n'existe aucun programme pour aider les ex-détenus à se réinsérer dans la société. C'est même le contraire : ils sortent souvent de prison avec une mentalité encore plus pourrie que quand ils y sont entrés.

— C'est logique, commente Paxton. Si on enferme une bande de criminels avec une autre bande de criminels, il y a peu de chances pour qu'ils ouvrent subitement les yeux sur leurs erreurs passées.

Nia opine du chef.

— Ça devient un cercle vicieux. Et, quand on sort de prison, c'est écrit sur le casier judiciaire, ce qui n'aide pas vraiment à trouver un boulot réglo. Alors, on retombe, et c'est reparti pour un tour : un engrenage sans fin.

— Et qu'est-ce qu'on vient faire là-dedans, nous ?

Mais je crois que je connais déjà la réponse.

— Elle veut réformer le système judiciaire, lancé-je. Au lieu d'envoyer quelqu'un en prison, on lui donne une seconde chance. On lui efface la mémoire, on le parachute dans une autre ville et on le laisse prendre un nouveau départ.

Nia me dévisage avec une étrange d'expression dans les yeux : du respect. Ça me fait un drôle d'effet.

— C'est pour ça qu'on se tape des Dilemmes du tramway à la chaîne, dit-elle. Cato Bell essaie de déterminer si notre comportement change quand notre mémoire a été effacée.

Je repense à mes choix, refusant, dans un premier temps, de jouer le jeu, puis votant pour moi à chaque fois. Votant pour coller la pauvre Catherine devant le bus juste parce que je trouve les vieux flippants.

Est-ce que ça fait de moi un monstre ?

— Et combien de tests y a-t-il eus ? demande Paxton.

— Je crois que c'est le quatrième, répond Nia. Il a dû y avoir un truc qui merdait dans les trois précédents, alors elle nous a effacé la mémoire et a recommencé.

Je pense à Riley, pulvérisé en une explosion rouge violacé. Pourquoi cet essai-là n'a-t-il pas été réinitialisé ? Comment se fait-il que je voie des bouts de chair encore collées au pare-brise ?

Et pourquoi *moi* ?

— Et alors ? Pourquoi nous ? demande au même moment Paxton, comme s'il avait lu dans mes pensées.

— On représente un bon échantillon de la population, je suppose. (Nia hausse les épaules.) Jeunes et vieux. Hommes et femmes. Un bon mélange d'ethnies et de classes sociales. Et on a signé les formulaires de consentement. Alors, on a forcément accepté d'être ici.

— Tu crois qu'on est *tous* des criminels ?

— Forcément. Sinon, on serait pas là.

— Et la vieille dame ?

D'un coup de menton, Paxton désigne Catherine qui est occupée à taper sur l'écran devant elle. Elle arrête en s'apercevant qu'on la regarde.

— Il n'y a pas de réussites sur cet appareil ? Ou du gin rami ?

Paxton secoue la tête.

— Un vrai parrain de la mafia, ça crève les yeux, raille-t-il.

Je lui fais aimablement remarquer qu'elle aurait pu l'être autrefois.

— Les criminels vieillissent et deviennent séniles, comme tout le monde, tu sais.

— Nia ! Cesse donc de raconter n'importe quoi, aboie Sandra, cassante.

— Oh, ça va ! Vous l'avez dit vous-même. Vous êtes une « personne en vue », pratiquement une célébrité. Une *criminelle* célèbre. Si Cato Bell réussit à prouver qu'un petit délinquant peut prendre les bonnes décisions et changer de comportement, c'est intéressant. Pour certains scientifiques. Mais si quelqu'un comme vous peut prendre les bonnes décisions et se remettre dans le droit chemin, alors ça, ça fait les gros titres. Tout le monde en parle.

— Je ne suis pas tenue de la supporter et d'écouter ces *calomnies*...

Mais, à peine commencé, le discours de Sandra est interrompu par l'apparition de nouvelles lignes de texte sur les écrans des sièges.

Vous êtes dans un véhicule en mouvement.
Devant vous, la route se divise en deux. Tout droit
se trouve un être humain. Sur la route secondaire
se trouve un autre être humain. Vous pouvez appuyer
sur un bouton et le bus s'engagera
sur la route secondaire.
Le bus ne s'arrêtera pas.

Merci de sélectionner les deux participants
parmi les passagers.

— Non ! (Je n'ai même pas fini de lire que je proteste déjà.) Pas question.

Je jette un regard aux autres. Tous acquiescent. Sauf Catherine, qui semble replongée dans son monde.

Paxton s'agenouille à ses pieds.

— S'il vous plaît, Catherine, lui dit-il doucement, mais d'une voix ferme, ne touchez pas à votre... « appareil », d'accord ?

Catherine cligne des yeux et opine du bonnet.

— D'accord, mon garçon.

Pour une fois, nous sommes tous du même avis.

Le refus de participer est unanime.

— Avec le réseau de vidéosurveillance HS, ils doivent paniquer, jubile Nia. Alors, ils essaient de nous faire peur.

Un compte à rebours apparaît à l'écran. Ça commence à me démanger sous mon bracelet. Mais c'est peut-être un effet de ma propre angoisse.

— Sommes-nous bien sûrs que...

Sandra n'a pas le temps de commencer sa phrase que, déjà, Paxton l'interrompt :

— Personne d'autre ne va mourir aujourd'hui.

Le compte à rebours atteint zéro. Sur le moment, il ne se passe rien. Et puis de nouvelles lignes de texte apparaissent.

**L'exécution de cet exercice
sera récompensée par un déjeuner.**

— Bien essayé, mec, persifle Paxton.

Quelques minutes plus tard, tout disparaît des écrans, qui restent désespérément blancs. Sauf celui de Nia, qui s'empresse de rouvrir le fichier « Projet Amnesia » pour reprendre sa lecture.

— C'est permanent ? L'amnésie, je veux dire ?

Nia secoue la tête sans me regarder.

— Nan. C'est écrit ici que, si on retire le bracelet, ça se dissipe au bout d'un ou deux jours. Mais le but serait de poser un implant : un truc dont on pourrait pas se débarrasser. Dans ce cas-là, ce serait permanent, oui.

— Mais c'est monstrueux ! s'offusque Sandra. Bien plus cruel que la prison.

— Ah ouais ? (Nia hausse les épaules.) Je sais pas. Il y a sûrement plein de gens qui sauteraient sur l'occasion, s'ils pouvaient vraiment changer. Avoir une vraie deuxième chance.

— Mais cela revient à séparer les citoyens de leur communauté. De leur famille.

— La prison, ça fait ça aussi.

— Pas de façon permanente. Les prisonniers ont le droit de garder leurs souvenirs. Ils ont le droit de parler à leurs proches au téléphone, de les voir durant les heures de visite et de retourner chez eux lorsqu'ils ont purgé leur peine.

— Mais, si tu rentres chez toi après la prison, tu retombes dans les mêmes schémas. C'est un cercle vicieux.

Sandra lève les sourcils.

— Imagine que tu sois un criminel. Tu crois que tu veux le rester toute ta vie ?

Nia hésite. Sandra a marqué un point. Personne ici ne veut être réinitialisé. Chacun de nous vient juste de commencer à se raccrocher à un semblant d'identité qu'il a réussi à reconstituer, petit à petit, au cours de ces derniers jours. Rien que s'imaginer errer, complètement dans le brouillard, comme au début… C'est proprement terrifiant.

— Ce ne serait pas pour toujours, objecte Nia. On se construirait une nouvelle vie. De nouveaux souvenirs.

La conversation retombe et le silence s'installe. Les écrans ne se rallument pas.

— Et maintenant ? lance Paxton.

— Maintenant, on attend, répond Nia.

— On reste sans rien faire ? Et s'ils ne nous redonnent pas de sandwichs ni d'eau ?

— On peut toujours remplir les bouteilles aux toilettes.

— Et pour manger ?

— Un humain peut survivre trois semaines sans nourriture, affirme Edwin.

Sandra blêmit.

— Je vais avoir besoin d'une nouvelle protection bien avant. Et d'une douche.

Je tâche de prendre un ton assuré.

— Ça s'arrêtera avant.

— Et les bracelets ? s'alarme Sandra. Ne vont-ils pas nous brûler, comme l'a fait celui de Riley ?

Mon poignet recommence à me démanger.

— J'ai tellement faim, soupire Catherine d'une toute petite voix.

Sandra nous consulte du regard, Nia et moi. Nia secoue la tête.

— Faut pas lâcher, murmure-t-elle, les dents serrées.

Paxton va s'asseoir à côté de Catherine et tente de la distraire en jouant aux devinettes. Il est si gentil, si patient avec elle ! Je l'imagine très bien se comporter comme ça avec sa propre grand-mère. C'est un « bon garçon », comme dirait Catherine. Tout le monde a été sympa avec elle, en fait. Sauf moi. Et que je veille à ce qu'elle ait bien son sandwich et sa petite bouteille d'eau. Et que je prends le temps de lui expliquer ce qui se passe, même si ça rentre par une oreille et ressort aussitôt par l'autre. Nia elle-même s'est retenue de se montrer ouvertement hostile envers Catherine – ce qui, dans son cas, s'apparente à une attitude franchement amicale.

Mais pas moi. J'ai toujours été agressive et mesquine avec elle. Quand je ne l'ai pas purement et simplement ignorée.

Je la dévisage, passe en revue sa peau parcheminée, ses joues hâves par manque de nourriture et d'eau. Elle pourrait mourir ici.

Nous pourrions tous mourir.

Il y a un truc qui cloche. Tout a été bien trop facile. Nous avons réussi à repérer chacune des pièces du puzzle et à reconstituer celui-ci trop vite. Les fichiers étaient tous là, bien rangés, à notre disposition, prêts à être décryptés. Et si nous étions *censés* les trouver ? Et si Nia était *censée* pirater le système ?

Et pourquoi le bus roule-t-il toujours ? Pourquoi Cato Bell n'est-elle pas venue nous réinitialiser ?

Je sens le bracelet de Riley me rentrer dans le ventre et jette un coup d'œil aux écrans blancs.

Edwin est assis à sa place et regarde par la vitre, les yeux rivés sur la mer. Je vais m'asseoir à côté de lui.

— Je me demande si Cato Bell est ici, sur l'île, dit-il, en s'efforçant en vain de contrôler l'excitation perceptible dans sa voix.

— C'est vraiment ton idole, hein ?

Edwin écarte les bras d'un geste fataliste.

— Il semblerait, répond-il. Quoique je ne sache pas pourquoi, évidemment.

— Sérieusement, tu crois qu'elle est là, toi ?

— J'aimerais bien te répondre que oui. (Il ne parvient pas à retenir un petit sourire contrit.) Mais, en toute honnêteté, je ne le pense pas. C'est quelqu'un de très important : elle doit être extrêmement occupée. Elle n'a pas le temps de rester assise dans un bunker, sur une île du bout du monde, à nous regarder toute la journée. Je suppose qu'elle a plutôt une petite équipe de chercheurs sur place qui lui rend compte de l'évolution de l'expérience.

Je braque les yeux sur lui, le cœur battant.

— Donc tu crois que quelqu'un sur cette île transmet des infos au monde extérieur ?

— Ce serait logique.

— Mais c'est génial, ça ! Nia me disait que le réseau sur lequel on est ici était fermé : le serveur, les écrans. Qu'ils ne sont pas connectés à Internet. Mais, s'il y a une équipe de chercheurs dans le coin qui tient Cato Bell informée de ses progrès, alors il y a forcément un autre réseau sur cette île, un réseau qui, lui, est relié à Internet !

Edwin se tourne vers moi.

— Tu penses qu'on pourrait manifester notre présence ici, appeler à l'aide ?

J'acquiesce avec conviction.

— Il faut qu'on découvre où cette équipe de chercheurs se cache.

— Mais… (Il hésite.) Imaginons qu'on fasse ça : qu'on neutralise les chercheurs et qu'on envoie un appel de détresse. Et si personne ne vient ? Qui irait s'intéresser à un panel de criminels en tout genre coincés sur une île lointaine ?

— Mais nous, on est là. Toi et moi. On est les intrus du panel. Catherine aussi, je suppose. À moins qu'elle n'ait un passé sulfureux insoupçonné. Qu'est-ce qu'on vient faire ici, toi et moi ? On n'est pas des criminels. Tu n'étais même pas impliqué dans cette histoire de mafia russe, ou je ne sais quoi. Qu'est-ce qu'on fait là, Edwin ?

— Je ne sais pas. (Il arrache ses cuticules – si bien déchiquetées, déjà, qu'elles saignent.) J'aimerais vraiment qu'on soit totalement innocents, de simples spectateurs, mais ça ne paraît pas très logique.

— Peut-être qu'on sert de groupe témoin ?

Il secoue la tête.

— Pourquoi m'avoir donné cette fausse identité ?

J'ai une soudaine illumination : et si j'étais complice par omission ? Et si j'avais entendu Sandra mentionner ses élections truquées, mais que je n'avais *pas* prévenu la police ? Est-ce que c'est un délit ? Est-ce que je pourrais avoir été inculpée parce que je n'ai pas parlé ? Et si le souhait envoyé à la Fée Bleue était simplement une manœuvre d'intimidation : un avertissement pour que je me taise ?

Ça se tient. Et c'est aussi un sacré soulagement. On m'a fait peur. On m'a menacée. Mon crime n'est pas un vrai crime. Je n'ai fait de mal à personne. Je ne suis pas quelqu'un de mauvais.

Je sens le bracelet de Riley me rentrer dans l'estomac. Pourquoi l'ai-je pris ? Si Nia a raison et que la vidéosurveillance a été coupée, pourquoi je garde toujours ce truc enfoncé dans mon jean comme si je cherchais à cacher quelque chose ?

— Et combien de temps sommes-nous censés attendre ?

Le ton de Sandra est limite sarcastique, mais elle n'a pas tout à fait tort : c'est une bonne question. Nous nous sommes tellement concentrées sur l'idée de couper la vidéosurveillance. Comme si c'était la solution à tous nos problèmes. Et après ?

— Quelqu'un finira bien par venir, persévère Nia. On pourra toujours essayer de négocier.

— Et que se produira-t-il s'ils refusent de négocier ?

Paxton frappe du poing dans sa paume d'un air entendu.

— On saura les convaincre...

Je sens comme une petite alarme dans ma tête. Au début, je crois que c'est un vieux souvenir qui se manifeste pour émerger du brouillard. Pourtant... c'est différent. Comme si je passais à côté de quelque chose. Quelque chose d'important. Je tire le fil bleu de ma poche arrière et refais un nœud.

Je ne suis pas persuadée que nos efforts aient servi à grand-chose, en fait.

— Nia pourrait essayer d'ouvrir la portière du bus pour qu'on en descende, suggère Edwin.

— Il est impossible de nous évader : nous sommes sur une île, lui rappelle Sandra.

— Et si on envoyait un SOS ?

— Qui y prêterait attention ?

Edwin me lance un regard appuyé.

Une île. La petite alarme tente de réveiller ma mémoire. Un souvenir… un souvenir récent…

Je fais un deuxième nœud.

Une *île*.

J'entends encore la voix chevrotante de Catherine : « J'espère que ce sont les Fidji. J'ai toujours rêvé d'aller aux Fidji. Mon amie Janice s'y est rendue pour sa lune de miel. Elle m'a rapporté un bol fait dans une noix de coco sculptée en forme de tortue. »

J'aurais dû consacrer plus de temps à Catherine. Aller m'asseoir à côté d'elle. Lui parler. Peut-être qu'alors je m'en serais rendu compte avant.

Je tire sur le fil noué entre mes mains. Fort.

Sur le moment, je n'ai même pas écouté. Juste les divagations sans intérêt d'une vieille dame. Je ne me suis jamais demandé comment elle se remémorait la lune de miel de son amie, ou revoyait ce bol qui ressemblait à une tortue.

Elle n'aurait pas dû se souvenir de quoi que ce soit.

Le fil noué casse net.

— Oh, putain !

Nia se tourne vers moi, en arquant un sourcil.

— Qu'est-ce qu'il y a ?

— Ça ne change rien que tu aies coupé la vidéosurveillance. Tout ce que tu as fait : le piratage du serveur, les fichiers… C'est du vent, tout ça. Elle *voulait* qu'on les trouve, ces trucs. C'est pour ça que c'était si facile. Elle nous a laissé des petits cailloux blancs pour nous montrer le chemin.

— Qui ça, elle ?

— Cato Bell. Elle nous observe.

Nia me ressort son sourire goguenard.

— Plus maintenant. J'ai coupé le flux, tu te rappelles ? Plus aucun signal ne quitte ce bus.

— Ça ne change rien. Elle nous voit quand même.

— Cécé, puisque je te dis que c'est pas possible !

Pourquoi me donne-t-elle ce surnom niais ? Nous n'avons pas ce genre de relation. À moins qu'avant… Je secoue la tête. Ce n'est pas le moment.

Paxton pose la main sur mon épaule.

— Qu'est-ce qu'il y a ?

Sandra se tourne pour me regarder à son tour.

Je me répète :

— Elle nous observe.

Nia pousse un soupir d'exaspération.

— Mais *comment* ?

Je respire un bon coup.

— Parce que Cato Bell est *dans ce bus*.

Je braque les yeux sur Catherine, qui me rend mon regard sans ciller, d'un air qui n'a plus rien de celui d'une vieille dame sénile…

LE GROUPE BELL
ULTRA-CONFIDENTIEL
PROJET AMNESIA

Prenons le cas de Riley. Riley a vingt-quatre ans et il est en prison.

Issu d'une famille monoparentale, Riley appartient à une fratrie de quatre. Il n'a jamais connu son père incarcéré pour vol à main armée (NB : avoir un parent en prison multiplie par six les risques pour un enfant de commettre plus tard un crime). Riley a eu une enfance malheureuse et banale. Sa mère cumulait deux emplois précaires, laissant Riley et ses frères livrés à eux-mêmes. Ils fréquentaient sporadiquement l'école, un établissement de quartier sous-équipé, faute de moyens, de ceux qui font le lit de la délinquance juvénile.

Il n'a d'ailleurs pas fallu longtemps pour que Riley se retrouve enrôlé dans une bande de jeunes voyous de son quartier. À peine a-t-il treize ans qu'il est déjà en EPM (établissement pénitentiaire pour mineurs). Libéré à seize ans et peinant à obtenir un emploi rémunérateur, il retombe dans ses anciens travers, acceptant de petits boulots pour la mafia locale. Naturellement, Riley ne tarde pas à s'attirer de sérieux ennuis.

Riley croyait mener une simple transaction entre dealer et consommateur. Il ignorait que son client était, en réalité, un policier en civil. Voulant jouer les caïds, il a sorti un pistolet. Le policier a alors tombé le masque. Riley a paniqué et appuyé sur la détente. Les secours n'étaient pas encore arrivés sur les lieux que le policier était déjà mort.

Riley passera le reste de sa vie en prison. Il n'aura jamais accès aux programmes de rééducation, ni aux centres de désintoxication pour alcooliques ou toxicomanes, ni aux séances de soutien psychiatrique, ni à aucune forme de psychothérapie, ni à aucun programme d'insertion professionnelle, ni à la liberté conditionnelle, ni aux visites conjugales. Il ne peut échapper aux crimes de son propre père, à son enfance miséreuse ou à ses erreurs de jeunesse.

LA PRISON, CE N'EST PAS LA SOLUTION

En tant que châtiment, la prison ne bénéficie ni à la victime, ni à sa famille (NB : c'est plutôt la victime qui est punie, au même titre que le reste de la population, puisque le système pénitentiaire coûte aux contribuables plus de 50 milliards de dollars chaque année – dix à quinze fois plus que le budget consacré à l'éducation).

En tant que mesure de dissuasion, la prison est inefficace. En dépit de l'application de peines minimales et d'une législation toujours plus intransigeante en matière de délinquance, les taux de criminalité, le nombre d'incarcérations et de récidives demeurent pratiquement inchangés depuis ces vingt dernières années.

En tant que système de rééducation, la prison est inefficace. Les condamnés en sortent plus vulnérables, plus agressifs et plus enclins à commettre des crimes violents qu'ils ne l'étaient quand ils y sont entrés.

Le groupe Bell propose une réforme complète du système judiciaire. Dans notre programme, les délinquants seront orientés vers trois voies différentes.

1. La réclusion à perpétuité

Cette catégorie est réservée aux rares condamnés qui sont jugés irrécupérables. Ils seront incarcérés dans un centre du groupe Bell qui utilisera leurs capacités neuronales de traitement de l'information pour le stockage de données, réduisant ainsi le coût de leur incarcération.

2. La rééducation

Un vaste système de santé virtualisé où les délinquants ont accès à un éventail de spécialistes de la santé mentale au plus haut niveau en échange d'une petite portion de leur puissance de traitement neuronal.

3. Le Projet Amnesia

Les délinquants se verront poser un NeuroBell : un dispositif qui modifie la transmission synaptique cholinergique en agissant au niveau post-synaptique par inhibition de l'acétylcholinestérase, entraînant ainsi une modification de la transmission inter-synaptique dans le cerveau, ce qui a pour effet de prendre le contrôle des récepteurs de la dopamine pour effacer leur mémoire autobiographique, les écartant par là même de cette voie toute tracée et apparemment sans issue sur laquelle ils ont été placés par leurs circonstances personnelles et leur éducation. Le NeuroBell est, pour l'heure, disponible sous la forme d'un bracelet inviolable, mais qui peut être retiré. Cependant, nous élaborons actuellement un implant sous-cutané qui, à terme, offrira une solution permanente.

Une fois le NeuroBell posé, les criminels seront transférés dans d'autres lieux de vie afin d'éviter tout potentiel contact avec leur famille, ce qui pourrait les perturber et les désorienter. Chaque délinquant se verra attribuer un logement et un travail provisoires, le temps, pour lui, de se construire une nouvelle vie. Le programme de transfert permettra de repeupler nos communes rurales moribondes tout en aidant les délinquants à devenir des citoyens à part entière et de bons contribuables.

Grâce au NeuroBell, les délinquants seront contrôlés en permanence, puisque ce dispositif offre également un système de géolocalisation et possède une fonction qui permet d'immobiliser l'individu concerné au cas où il devrait être maîtrisé.

Nous procédons actuellement aux derniers tests du NeuroBell, et nous réjouissons de poursuivre notre collaboration avec vous.

Comme toujours, la mission du groupe Bell est de rendre le monde meilleur. Nous espérons pouvoir compter sur votre coopération.

13

JOUR 4

16 : 50

— Cato Bell, c'est vous.

Catherine pousse un profond soupir.

— Sales gosses, toujours à vous mêler de ce qui ne vous regarde pas ! maugrée-t-elle.

Sa voix est méconnaissable. Envolé, le soprano chevrotant de la gentille petite dame âgée. Au contraire, la voix est grave ; le ton, ferme, assuré.

Même sa posture a changé. Elle n'a plus rien d'une frêle vieillarde. Elle carre les épaules, lève le menton et, soudain, elle a quinze ans de moins.

— Je le crois pas ! lâche Nia.

Sandra fonce alors vers la femme que nous prenions pour Catherine afin de l'empoigner rudement par les épaules.

— Où est mon bébé ? grince-t-elle entre ses dents.

— Elle va bien, répond Cato Bell, impassible. Elle a été confiée à son père. Il n'avait aucune idée de ce que vous tramiez, Paxton et vous. Elle s'appelle Honora. Ultime tentative de votre part pour convaincre les électeurs et les juges de votre innocence.

Sandra plisse les yeux : deux meurtrières.

— Vous me le paierez. Ma disparition ne passera pas inaperçue. On va lancer des recherches.

— Sandra, personne ne vous recherche. Tout le monde vous croit en prison.

— Vous mentez ! Je ne suis pas une criminelle !

— Vous êtes probablement, ici, ce qui se fait de pis en matière de criminalité. Vous êtes coupable de blanchiment d'argent, de conspiration en vue de commettre un crime de haute trahison, vous avez tenté de truquer une élection nationale, et vos déclarations de revenus…

Cato Bell gonfle les joues et souffle d'un air entendu.

— J'ai été victime d'un coup monté.

— Vous avez *avoué*, Sandra.

— Mais les T-shirts bleus… (Paxton fronce les sourcils.) Les T-shirts bleus veulent bien dire que nous sommes innocents.

— Les T-shirts bleus ne veulent rien dire du tout. L'attribution des T-shirts s'est faite de manière complètement aléatoire au début de l'étude.

Elle nous a baladés tout ce temps, nous appâtant avec des énigmes, des indices et des fausses pistes pour nous occuper.

Paxton regarde son T-shirt, puis relève les yeux vers Cato Bell.

— Alors, les T-shirts rouges ne sont pas les méchants ?

— Vous êtes *tous* des criminels. Comment croyez-vous donc que j'ai réussi à vous faire signer ces formulaires de consentement ? Vous avez tous passé un marché avec moi : vous participez à cette étude et vous bénéficiez d'une réduction de peine et d'une place garantie dans un des établissements pénitentiaires les plus laxistes et les plus confortables. C'est un bon calcul.

Mais moi, je ne suis *pas* une criminelle : j'ai fait de la rétention d'informations parce que je craignais pour ma vie. Ça ne fait pas de moi une criminelle. Elle a raison, Cato Bell : notre système judiciaire est vraiment détraqué.

— Et moi ? demande Edwin. Je suis qui, moi ?

Cato Bell se tourne vers lui.

— Tu t'appelles Li Zhong Yoh. Tu as un QI de cent soixante, et… tu aimes mettre le feu.

Edwin déglutit bruyamment.

— Mettre le feu à quoi ?

— À ton école, par exemple. À ta décharge, tu croyais qu'il n'y avait personne. Tu es entré par effraction dans le gymnase et tu as répandu de l'essence sur tout le revêtement du sol. Tu as ensuite tenté de l'enflammer avec des allumettes. Sans succès. Alors, tu es allé dans la bibliothèque et tu as aspergé les livres. Cette fois, le feu est parti comme… eh bien, comme dans une bibliothèque imprégnée d'essence. Ce que tu ignorais, c'est que le club de conversation francophone qui se réunit tous les week-ends se tenait dans la classe voisine.

— Il… il y a eu des victimes ?

— Le professeur et deux élèves ont péri. Quatre autres élèves ont été hospitalisés pour brûlures au troisième degré.

Edwin semble à deux doigts de se sentir mal.

— Et alors ? Pourquoi lui avoir fait croire qu'il s'appelait Edwin Chen ? demande Nia. Et pourquoi lui et pas nous ? Pourquoi ne pas nous avoir donné de fausses identités aussi ?

— Qui vous dit que ce n'est pas le cas ? (Cato Bell sourit.) Lorsque vous voulez tester la réaction d'un rat à une certaine substance, vous l'obligez à courir dans un labyrinthe.

Tout ceci : les Dilemmes du tramway, les indices cachés, le piratage informatique, les T-shirts, la quête de votre véritable identité et de votre passé… tout a été conçu pour tester vos réactions. Pour observer comment vous négociez les difficultés et relevez les défis. Pour évaluer votre résistance au stress.

— Et pourquoi tout nous dévoiler, maintenant ? s'étonne Paxton. Pourquoi tomber le masque ?

— Je n'ai pas tombé le masque : c'est Cecily qui m'a démasquée.

— Mais est-ce que ça ne fausse pas l'étude ?

— Ce test-ci, si.

— Est-ce que c'est ce qui s'est passé avant ? Est-ce que c'est pour ça que nous avons déjà recommencé plusieurs fois ?

Cato Bell opine du bonnet.

— La réinitialisation est assez simple.

« La réinitialisation ». Elle va encore nous débrancher. Elle va encore nous effacer la mémoire. Rien qu'à l'idée de me retrouver perdue dans ce brouillard vide, j'ai la nausée. J'ai réussi à arriver jusqu'ici, à reconstituer qui je suis. Je ne veux pas perdre tout ça. Je ne veux pas perdre ce lien ténu que j'ai tissé avec Nia. Ni la relation que j'ai nouée avec Paxton.

Je ne veux pas oublier Riley, parce qu'il ne mérite pas de tomber dans l'oubli.

— Et Riley ?

— Quoi, Riley ? me réplique-t-elle.

— Vous l'avez tué ou c'était un accident ?

Cato Bell marque une pause avant de répondre.

— Comme je l'ai déjà dit, le test consiste notamment à voir comment vous résistez au stress.

— Vous l'avez vraiment tué !

Nia plaque ses mains sur sa bouche, les larmes aux yeux. Son soulagement et sa rage sont palpables.

— Cela ne m'amuse absolument pas, si cela peut vous rassurer.

— Mais Riley était un être *humain*. Il avait des *enfants*.

Cato Bell marque une nouvelle pause, puis soupire.

— Je sais. Ce n'est pas facile pour moi d'agir ainsi. Il n'a pas été facile de regarder ce qui est advenu à Riley. Mais je pense que son sacrifice en valait la peine. Riley était un revendeur de drogue et un homme de main. S'il n'était pas venu ici, il aurait vécu le restant de ses jours en prison. Au moins, il a finalement donné un sens à sa vie. Il a apporté sa pierre à l'édifice.

— Comment ça ? En quoi sa mort a construit quoi que ce soit ?

— Grâce à lui, j'ai pu observer comment vous réagissez dans des circonstances extrêmement stressantes.

— Et il savait ? Il savait quand il a signé ce contrat ?

Nouvelle pause.

— Ce contrat est très complet. S'il l'avait lu attentivement, il aurait vu qu'il y avait des clauses prévues en cas d'accidents de ce genre.

— Sauf que ce n'était pas un accident.

— Mes avocats ne partageraient pas cet avis.

— Y en a-t-il eu d'autres, avant Riley ?

— Oui.

— Combien ?

Cato Bell hésite une fraction de seconde.

— Trois.

Trois. Il y a eu trois autres Riley. Trois impacts mous qui ont éclaboussé le pare-brise du bus de rouge visqueux. Trois êtres humains, considérés comme des cobayes interchangeables par une savante folle qui se prenait pour Dieu.

— Vous êtes un monstre. Vous jetez la vie par les fenêtres comme si elle ne valait rien.

— Crois-tu donc que ces pertes humaines ne me causent aucune peine ? Si je pouvais faire autrement, je le ferais. Tu ne mesures pas l'ampleur de l'entreprise que j'essaie d'accomplir. Des *millions* de gens se verront donner une deuxième chance grâce au Projet Amnesia. L'argent que ce programme permet d'économiser peut être réinvesti dans des structures de soutien psychologique, des centres de désintoxication, dans l'éducation. Le taux de criminalité va s'effondrer. Imagine un monde dans lequel une femme n'a pas peur quand elle rentre seule chez elle, la nuit. Où tu n'as pas à verrouiller ta porte et tes fenêtres avant de te coucher. Voilà ce que le Projet Amnesia peut nous procurer. Une refonte totale de la société. Un nouveau monde pacifique dans lequel chaque citoyen se voit offrir les opportunités et le soutien qu'il mérite. Face à la marche du monde, que sont les vies de quelques criminels ?

— Aucun gouvernement ne ratifiera jamais un tel projet, affirme Sandra.

Ce qui fait doucement rire Cato Bell.

— S'il est une personne capable de comprendre avec quelle facilité on peut obtenir l'accord d'un gouvernement pour peu que l'on graisse les bonnes pattes, c'est bien vous. J'ai le bras long, Sandra, long et bien graissé.

Sandra change subitement d'expression, le dégoût cédant à la ruse.

— Vous avez besoin d'une alliée au sein du gouvernement, lui dit-elle. Je peux vous aider. Nous trouverons un accord, vous et moi…

— Oh, Sandra ! (Cato Bell secoue la tête.) N'est-ce pas ce genre de négociations qui vous a déjà placée dans cette fâcheuse situation ?

— Et moi ?

Cato se tourne pour me regarder en arquant les sourcils.

— Riley était dealer. Sandra et Paxton essayaient de truquer une élection. Nia est la Fée Bleue. Edwin, ou Li, ou je ne sais qui, est pyromane. Mais moi, je ne sais pas ce qui m'a conduite ici. J'ai surpris Sandra discutant des élections et Paxton a demandé à Nia de m'éliminer. Elle n'a manifestement pas accédé à sa demande. *Alors qu'est-ce que je fabrique dans ce bus ?*

Elle me tapote la joue et reprend la voix chevrotante de Catherine.

— Chaque chose en son temps, mon enfant.

Elle pianote sur son écran et le bus fait une embardée pour s'engager dans un chemin de terre envahi par la végétation. Les branches et les palmes crissent sur les vitres et nous sommes plongés dans une obscurité verte irréelle.

Nous avons quitté la route principale. N'est-ce pas justement ce que nous voulions ? Faire dérailler le processus pour que l'expérience avorte. Mais, maintenant que nous y sommes, tout ce que je ressens, c'est une affreuse appréhension. Cato Bell était là depuis le début et, à présent, le compte à rebours a commencé. Je ne supporte pas l'idée de me retrouver à errer dans ce brouillard de l'oubli.

— Combien de fois vous allez nous réinitialiser ? demande Nia.

— Jusqu'à ce que j'obtienne les résultats que je cherche.

— Mais encore ?

— La preuve tangible que vous vous êtes améliorés, que vous êtes devenus meilleurs.

— Et qu'est-ce qui a fait échouer le test, cette fois ? s'enquiert Paxton. Le piratage du serveur ?

Cato Bell secoue la tête.

— C'est le fait que Cecily m'ait démasquée.

Edwin fronce les sourcils.

— Allez-vous consigner tous les essais infructueux dans votre rapport ?

Cato Bell se contente de pincer les lèvres.

— Mais ce n'est pas scientifique ! s'insurge Edwin. Vous ne pouvez pas lancer et relancer une pièce jusqu'à ce qu'elle tombe du côté que vous voulez. C'est contraire à l'éthique et à toute déontologie scientifique.

— À une déontologie scientifique correcte, oui. Mais pas à une excellente stratégie politique.

Edwin cligne furieusement des yeux, les lèvres pincées, comme s'il allait pleurer. Ce doit être dur, j'imagine, de voir ses idoles s'effondrer de leur piédestal.

— En parlant de politique. (Cato Bell se tourne vers Sandra.) Nous nous sommes déjà rencontrées, savez-vous ? Vous ne vous en souviendrez pas… (Sa lèvre se retrousse en un demi-sourire cynique.) Même si vous *pouviez* vous en souvenir, vous ne vous en souviendriez pas. Je n'apparais pas souvent en public et, quand j'y consens, je préfère rester discrète. C'était aux obsèques de Jimmy Greyson – vous ne vous souviendrez pas de lui non plus. Très courues, d'ailleurs. Jimmy était extrêmement apprécié, un grand philanthrope. Des gros bonnets à la pelle. Mais une sombre affaire. Il était beaucoup trop jeune pour mourir. Un enterrement est généralement considéré comme un moment particulier, n'est-ce pas ? Une trêve. On laisse ses opinions politiques et ses querelles de parti au vestiaire. Les grands patrons de sociétés concurrentes se serrent la main et parlent de la pluie et du beau temps. Mais pas vous, Sandra. Vous vous êtes comportée comme s'il s'était agi d'une récolte de fonds pour votre campagne électorale. Évoluant de VIP en VIP, vous avez flatté, usé et abusé de la brosse à reluire, léché quantité de bottes. Je vous ai entendue promettre réduction et exonération d'impôts, niches fiscales, passe-droits, obtention éclair de permis divers et variés. Vous n'hésitez pas à vous salir les mains sans état d'âme, pour peu que vous parveniez à vos fins. Je comprends. Je suis passée par là. Vous devez vous battre deux fois plus pour obtenir la même reconnaissance qu'un homme. Dix fois plus, parfois.

Sandra ne répond pas.

— Il s'est passé quelque chose que je n'oublierai jamais, poursuit Cato Bell. Je m'apprêtais à entrer dans les toilettes, au moment même où vous en sortiez. Vous aviez du papier toilette collé sous votre chaussure. J'ai voulu vous prévenir, mais votre regard a glissé sur moi comme si je n'existais pas. Vous ne m'aviez pas reconnue : je n'étais donc pas assez importante pour mériter votre attention.

— Alors vous vous vengez, c'est cela ? Parce que je vous ai ignorée ?

— Pas vraiment, non. Je me moque éperdument de ce que vous pensez de moi. À la fin de la cérémonie, lorsque les gens étaient invités à prendre la parole et à prononcer quelques mots pour Jimmy, vous vous êtes levée. « Je n'ai jamais eu l'honneur de connaître Jimmy, avez-vous dit, mais je sais qu'il aimait ce pays autant que moi. » C'est alors qu'à la stupeur – non, à la consternation – générale, vous vous êtes lancée dans votre discours de campagne. Vous avez transformé un enterrement en une énième étape de votre tournée électorale. Vous vous en êtes servie comme tribune : une nouvelle occasion d'assurer votre promotion.

Et tout cela avec du papier toilette collé sous votre chaussure. Je vous ai regardée jouer les oratrices avec cette assurance inébranlable écrite en lettres majuscules sur votre visage, et je me suis dit : *Cette femme a pris de très mauvaises décisions.*

— Pourquoi me raconter tout cela ?

— Parce que, après chaque réinitialisation, vous avez pris exactement les mêmes décisions, Sandra. Même en recommençant de zéro, sans plus aucune expérience de la vie, votre ambition et la quête exclusive de votre propre intérêt l'emportent largement sur toute notion de moralité que vous pourriez avoir. Vous avez beau jouer les femmes sensées, raisonnables et investies, il ne vous a pas fallu cinq minutes après avoir découvert qui j'étais pour vouloir « passer un marché » avec moi. Il en est de même pour chacun de vous. Cecily est toujours le type même de la gosse de riche pétrie d'égoïsme, Nia est toujours la caricature de la rebelle qui ne supporte pas la moindre forme d'autorité, Paxton est l'incarnation parfaite du mâle hétérosexuel blanc et dominant, et Edwin… (Elle s'interrompt pour considérer l'intéressé.) Edwin n'a pas tenté de mettre le feu à quoi que ce soit. C'est déjà un progrès. Du moins peut-on l'espérer.

— Par conséquent, les résultats que vous attendez… En fait, vous voulez que nous soyons plus fréquentables ? Vous croyez que, si vous nous effacez la mémoire, nous allons subitement devenir meilleurs ?

Cato Bell soupire.

— Je ne pensais pas que ce serait si difficile.

Je me demande si la nouvelle version de Cecily Cartwright trouvera le fil bleu noué derrière la cuvette des toilettes.

Non. Je ne vais pas laisser Cato Bell recommencer. Nous allons trouver un moyen d'échapper à cet engrenage.

— Et c'est pour quand ? (J'essaie de prendre un ton désinvolte.) Quand allons-nous être réinitialisés ?

— Nous serons rentrés au camp dans à peu près une demi-heure. Vous aurez alors tous droit à une douche, à un dîner digne de ce nom et à une bonne nuit de sommeil. Puis demain…

Bell se livre allègrement à une sorte de pantomime : elle referme les doigts autour de son poignet et le serre et penche la tête de côté sur ses mains jointes.

Il nous reste une nuit. Une nuit pour réussir à découvrir comment nous sortir de là, avant de retourner à la case départ.

Le bus est soudain secoué de cahots : nous roulons sur un pont de bois. L'ouvrage paraît neuf ou, du moins, récemment rénové. Au moment où nous en atteignons le milieu du pont, j'ai une brève vision d'une vertigineuse cascade d'eau vive se précipitant du haut d'un plateau et plongeant par-dessus la pierre mouillée ourlée de vert pour rejoindre la rivière brune aux reflets d'argent tout en bas. J'en ai l'estomac retourné : il semblerait que je ne sois pas insensible à l'appel du vide. Je me tourne vers Edwin. À son teint verdâtre, j'ai comme l'impression qu'il va vomir.

Alors que le bus serpente entre les arbres, grimpant de plus en plus haut, la forêt tropicale s'éclaircit et cède la place à un terrain rocailleux envahi de broussailles. Mes oreilles se bouchent. Finalement, des bâtiments apparaissent : de vilains cubes de fibrociment et de béton décrépits.

Le bus s'arrête et Cato Bell se dirige vers la portière qui s'ouvre automatiquement devant elle.

Paxton me regarde. Je comprends tout de suite ce qu'il a en tête : à cinq contre un, nous la maîtriserions aisément. Là, maintenant. Elle n'est peut-être pas aussi frêle que nous le pensions, mais elle n'est quand même plus toute jeune. Nous pourrions l'immobiliser. La soumettre à notre volonté.

— Je n'essaierais même pas, si j'étais de vous, dit alors Cato Bell, qui a manifestement surpris notre échange muet. Rappelez-vous ce qui est arrivé à Riley.

Paxton a la pomme d'Adam qui joue au yo-yo tant il peine à avaler sa salive.

Nous descendons tous du bus derrière elle. Je me force à glisser un regard en arrière, vers les plaques de sang noir et gluant solidifiées par la poussière sur le pare-chocs : tout ce qu'il reste de Riley.

Il fait plus frais, ici, en altitude, au-dessus de la jungle. Le vent passe au travers de mon T-shirt en coton, apportant l'odeur de la mer et de la pluie.

Nous nous trouvons sur un plateau rocheux défriché.

Il reste encore une petite caserne du temps où le site servait de base militaire. Les baraquements ressemblent plutôt à des cahutes sur pilotis en fibrociment, toutes délavées et à moitié délabrées, hormis les quelques rares bâtiments en béton un peu plus imposants.

Sur un côté, le plateau monte à pic en une immense pointe rocheuse. Au sommet se dresse la construction la plus bizarre que j'aie jamais vue – ce qui, étant donné que je ne me souviens que des trois derniers jours et qu'il n'y a eu aucune construction nulle part, ne veut pas dire grand-chose. La structure est de la même couleur beige orangé que la roche locale, de sorte qu'elle semble avoir été taillée dans le roc. Sa forme est étrange, animale, évoquant quelque monstre embusqué sur le point culminant de l'île, prêt à bondir pour nous dévorer. Elle pointe une sorte de museau hors de la paroi rocheuse, avec une longue fente horizontale comme un œil noir qui veille. Elle a l'air vieille et vétuste, un délire d'architecte bâti par quelque riche mégalomane qui devait avoir du temps et de l'argent à perdre.

Cato nous entraîne vers les cahutes de fibrociment. Sur une pancarte à moitié effacée, on peut encore lire : « BIENVENUE AU CAMP D'ÉLÉOS ».

— La coïncidence est plaisante, non ? nous lance Cato Bell par-dessus son épaule. Éléos est la déesse grecque de la clémence. J'ai acheté cette île à l'armée américaine il y a dix ans. Elle était en vente et j'ai pensé qu'elle pourrait m'être utile un jour.

Nia laisse échapper un grognement de dégoût, écœurée, j'imagine, par le genre de personne qui peut se payer une île entière juste au cas où « ça pourrait servir ». Personnellement, je considère que si Cato Bell est blindée à ce point, elle aurait pu ajouter une piscine à débordement et un peu de verdure. Un bar aussi, peut-être ?

— Où sommes-nous ? demande Edwin. Dans quel océan ?

Cato Bell l'ignore royalement.

— Vous résiderez dans ces baraquements, déclare-t-elle. J'ai vu plus salubre comme hébergement, mais au moins, il y a des lits et des douches.

Elle s'arrête devant la première porte et l'ouvre.

— Sandra, vous êtes arrivée.

Sandra ne répond pas. Elle se contente d'entrer dans la pièce d'un pas martial, puis s'assied sur le matelas en nous tournant le dos. D'après ce que j'en vois, l'endroit est spartiate : un lit simple et une porte qui doit s'ouvrir sur un cabinet de toilette. Il n'y a sans doute pas de grande différence avec une cellule de prison, ce qui, si elle ne nous a pas menti, est quelque chose qui nous est relativement familier.

Cato Bell tire sur la porte et la ferme à clef.

— Vous nous bouclez ? s'offusque Paxton.

— Naturellement. (Elle hausse les épaules.) Croyez-vous donc que je ne vous ai pas bien observés, au cours de ces quatre derniers jours ? Il n'y en a pas un seul, parmi vous, qui ne tentera pas de s'évader à la première occasion. Hors de question de vous laisser vous promener librement. Les bracelets vous empêcheront, certes, de sortir des limites du camp d'Éléos, mais il y a également bien des choses que je ne tiens pas à ce que vous voyiez.

Elle repart en direction de la chambre voisine, et je rattrape Nia pour marcher à sa hauteur.

Je baisse la voix.

— Laisse passer les autres.

Nia ralentit et nous nous laissons distancer, assez pour être à l'abri des oreilles indiscrètes.

J'attaque d'entrée :

— Il faut qu'on parle. C'est sans doute notre seule chance avant de remonter dans le bus. On ne peut pas continuer à tourner en rond comme ça indéfiniment jusqu'à ce qu'on nous recolle en prison, ou…

— Ou qu'on finisse comme Riley.

Je donne un coup de menton résolu.

— J'ai un plan.

C'est faux.

J'ai un espoir, une peur bleue et une dernière chance de… Je ne sais pas. J'ai… *un truc.*

— Je peux te faire confiance ?

Cato Bell fait entrer Pax dans sa chambre, puis ferme la porte à clef.

— Évidemment.

La voix de Nia vibre d'émotion. Je me tourne vers elle, et elle me tend la main. Nos doigts se frôlent, puis se nouent, fort, de plus en plus fort. Et ça fait un bien fou. Je la crois.

Je glisse la main sous mon T-shirt et sors le bracelet de Riley.

— Tiens.

Je le lui fourre dans la main, en veillant à ne pas faire de geste au-dessus de la ceinture.

En sentant le sang séché sous ses doigts, Nia a un mouvement de répulsion.

— Putain ! C'est quoi, ça ?

Edwin tourne la tête vers nous. Il fronce les sourcils.

— Tu peux le pirater ?

— Le pirater ? Pour faire quoi ?

Nia parle trop fort. On va nous entendre. Cato Bell va nous entendre. Elle a fermé la porte de Pax et nous guide déjà vers la cabane voisine.

— Je ne sais pas. Le bousiller. L'utiliser pour contrôler les autres. Pour qu'on puisse s'évader.

Je dévisage Nia, la vois réfléchir. Les idées défilent dans sa tête et son regard s'allume à chaque nouvelle possibilité qu'elle devine.

— Il me faudrait du matos, dit-elle. Un ordi, minimum. Et puis c'est juste un bracelet tout seul. Je sais pas si je pourrai accéder aux autres. Je crois que c'est trop dur pour moi, là.

— Essaye !

Je m'efforce de mettre autant d'urgence que possible dans ma voix.

Cato Bell jette un coup d'œil par-dessus son épaule.

— À toi, Nia.

— *Planque-le*, déjà !

C'est presque un sifflement entre mes dents serrées.

Nia me foudroie du regard, puis fourre le bracelet dans son jean. Et puis elle se précipite vers moi et m'agrippe pour m'enlacer sauvagement. La sensation de son corps contre le mien me fait du bien. Je ferme les yeux et m'y abandonne totalement. Un glissement s'opère alors dans cette étreinte ; de désespérée et motivée par une terreur instinctive, elle devient soudain beaucoup plus sensuelle... Il y a entre nous une intimité qui n'existait pas avant.

— Pas de bêtise, hein ? murmure-t-elle, ses lèvres effleurant mon oreille au passage.

À ces mots, je ressens un truc au creux de l'estomac, le même effet que quand nous avons traversé le pont et que j'ai aperçu la rivière tout en bas.

— Séparez-vous, Mesdemoiselles ! dit alors posément Cato Bell. Respectons les limites de la décence, je vous prie.

Je lui adresse alors mon plus beau sourire évaporé.

— Et ma chambre, elle est où ? Vous avez bien dit qu'il y avait des douches, non ? Je ferais n'im-por-te quoi pour une douche !

Et, pendant que Cato Bell ferme à clef la porte de Nia, je continue à l'assommer de débilités, façon bécasse écervelée.

Je ne regarde pas en arrière. Je ne peux pas prendre le risque. Je dois faire confiance à Nia.

J'espère que je ne viens pas de commettre une erreur. Une terrible erreur.

Bell m'accompagne à ma cahute en dernier, s'attardant sur le seuil pendant que je découvre les lieux. Il y a là un lit simple, une douche, des toilettes, et... c'est tout. Je trouve sur place des vêtements propres bien pliés : un autre ensemble jean et T-shirt bleu, sans oublier les sous-vêtements. Dans la salle de bains, des petites bouteilles de shampoing et d'après-shampoing, comme on en voit dans les hôtels, ainsi qu'un déo à bille standard. Une serviette de toilette et un tapis de bain blancs, plutôt bas de gamme vu l'épaisseur. Des draps et un oreiller sur le lit. Pas de fenêtres. Un tube au néon dans la chambre et un autre dans la salle de bains. Un seul interrupteur pour les deux.

Et un miroir.

J'évite de me regarder dedans. Je ne veux pas le faire devant Cato Bell. Mais la tentation est presque irrésistible.

Je remarque aussi, sur le lit, une petite liasse de documents retenus par un trombone.

— Et ça, c'est quoi ?

— D'autres pièces du puzzle qu'incarne Cecily Cartwright, me répond Cato Bell avec un sourire.

— Vous ne voulez pas me faire courir dans un labyrinthe ou déchiffrer un code secret avant ?

— Considère-les comme un cadeau de bienvenue.

Elle croit sans doute que je vais sauter dessus pour les dévorer, ce qui ne m'encourage que davantage à les ignorer. Je me retourne et croise son regard : elle n'attend que ça, c'est clair. Je persévère dans le détachement et l'air blasé. Du coin de l'œil, j'aperçois une fille blonde dans le miroir, et je meurs d'envie d'aller l'examiner de plus près, de tout apprendre de ses dehors en espérant que cela m'aidera à comprendre le dedans.

Pourquoi Bell s'attarde-t-elle ? Elle ne l'a pas fait avec les autres.

— Autre chose ? je lui lance d'un air désinvolte. Parce que je rêve vraiment d'une douche, là.

Si elle est déçue, elle le cache bien.

— Je reviens bientôt avec ton dîner.

La serrure claque derrière elle et je me retrouve seule, complètement seule, pour la première fois depuis des jours.

Vraiment ?

Je suis sûre que Cato Bell a toujours un œil sur moi. Elle ne me laisserait jamais sans surveillance. Mais, si elle croit que je vais me ruer sur ses documents, elle peut toujours attendre. Même si j'en crève d'envie, je ne lui ferai pas ce plaisir. Au lieu de quoi, je me dirige vers le miroir pour aller regarder la fille blonde.

Elle est jolie. Nia en avait fait une bonne description. J'enlève d'abord mon T-shirt et mon jean, puis mon soutien-gorge, mes chaussettes et mon slip. Sachant que Cato Bell m'observe, je ralentis mes gestes. Je me demande ce qu'elle éprouve quand elle regarde mon corps. Est-elle jalouse ? M'envie-t-elle ma jeunesse, ma beauté, ma peau lisse et ma chair ferme ? Est-ce que ça l'excite ?

Je prends mon temps. Je fais connaissance avec la fille dans la glace. Je caresse son visage de verre, et puis je l'incite à se toucher. Elle passe le bout de son index sur ses dents parfaites, suit la courbe délicate de son oreille. La petite cicatrice dans son cou – la varicelle, peut-être ? Il y a quelque chose de froid chez elle. Quelque chose de distant dans ces yeux gris. Je me demande si c'est la fatigue. Si c'est l'anxiété, la mort de Riley et le stress après tout ce qui s'est passé. Ou… a-t-elle toujours été aussi détachée ?

Je referme les doigts sur le ruban de silicone blanc autour de mon poignet, et je me demande si Nia réussira à tirer quelque chose de celui de Riley.

On a déjà vu mieux comme douche, mais, pour moi, c'est le truc le plus génial qui me soit jamais arrivé. Je me débarrasse de la crasse et de la sueur de ces quatre derniers jours avec délice. Et des traces que le sang de Riley a laissées sur mon abdomen, là où j'avais planqué son bracelet.

Je fais durer le plaisir, laissant le battement de l'eau sur le plastique noyer tout le reste. Trop de choses auxquelles il faut penser. Trop de questions encore sans réponses. Et puis à quoi bon les trouver, puisque demain je les aurai de toute façon oubliées ?

Pendant que je me sèche, je regarde à nouveau la fille dans la glace. J'ai l'impression que nous commençons juste à faire connaissance, elle et moi. Je n'ai aucune envie de la perdre de nouveau. C'est en enfilant les fringues propres posées sur le lit que j'en prends vraiment conscience : il *faut* que je fasse quelque chose. Je ne peux pas me contenter de tout miser sur Nia et sur un vague plan basé sur le bracelet de Riley. Un plan ? Quel plan ? Une utopie, plutôt ! Il m'en faut un autre. Un meilleur. Il faut que je sorte d'ici. Je passe la chambre au peigne fin, à la recherche de ce qui pourrait me servir : une arme improvisée ou un truc du genre. Mais je ne vois rien. Pas de câbles ni quoi que ce soit de pointu, de tranchant ou de contondant.

Les documents sur le lit m'attirent l'œil, une fois de plus. Je brûle de savoir ce qu'ils contiennent. Mais Cato Bell me surveille probablement toujours et je me sens d'humeur mesquine.

Alors, je m'allonge sur le lit, les mains croisées derrière la nuque, et regarde fixement le tube de néon au plafond. Je pourrais peut-être essayer d'en faire une arme ? Je me demande s'il y aurait un risque d'électrocution. Aucune idée.

Si Cato Bell veut regarder, qu'elle regarde. Mais qu'elle se prépare à s'ennuyer ferme.

***

Ça fait du bien de se retrouver à l'horizontale, pour changer. Certes, c'est loin d'être le lit le plus confortable du monde, mais, on peut dire ce qu'on veut, un simple matelas de mousse avec un vrai oreiller, ça a du bon. Malgré moi, je sens mes paupières devenir de plus en plus lourdes. La folie de ces derniers jours commence à me rattraper. Je m'endors déjà quand j'entends la clef tourner dans la serrure. La porte s'ouvre sur une Cato Bell portant un plateau-repas très classe éco sur vol intérieur.

Elle est méconnaissable. Les cheveux ternes et épars de la vieille dame ont été lavés, tirés en arrière en une stricte queue-de-cheval et retenus par un foulard de soie lie-de-vin. Elle porte une tunique et un legging noirs, tout simples mais très bien coupés et manifestement taillés dans de belles matières hors de prix. Son bracelet a disparu – ce devait être un faux, de toute façon. Elle a des petites lunettes rondes à fines montures argent perchées sur le nez et les lèvres fardées d'un carmin très foncé.

Une tablette tactile est posée en équilibre sur un coin du plateau et Cato Bell la récupère au moment où elle le pose sur le lit à côté de moi.

— Ce dîner ne te laissera assurément pas un souvenir impérissable – si tant est que tu puisses t'en souvenir, me dit-elle avec un petit sourire ironique. Mais, du moins, c'est un repas chaud.

Je retire le couvercle en aluminium et tâte le terrain du bout de ma fourchette en plastique. Du riz trop cuit trempant dans une sorte de ragoût indéfinissable avec quelques trop rares légumes, carrément gris, qui se dissolvent en bouillie. Mais ce n'est pas un énième sandwich au pâté mystère, alors j'attaque avec appétit. C'est brûlant par endroits et froid à d'autres. Question goût, ça donne un peu dans la surenchère : je reconnais des saveurs de tomate, de sel, d'umami… Ce n'en est pas bon pour autant, mais c'est… différent.

Toujours campée devant moi, Bell m'observe.

Je lui demande, la bouche pleine :

— Est-ce que les autres ont tous eu droit à ce service VIP ou j'ai un traitement de faveur ?

Au lieu de répondre, elle me tend la tablette.

— Tiens, regarde.

C'est une vidéo. J'appuie sur « PLAY » et vois apparaître une chambre, semblable à la mienne, filmée par une caméra sans doute placée dans un angle du plafond. Je sens mes lèvres s'étirer malgré moi. Je savais bien qu'elle nous surveillait.

Mais ce n'est pas ma chambre. C'est celle de Sandra. La porte s'ouvre et Cato Bell entre avec un plateau-repas, exactement comme elle l'a fait pour moi.

Je me tourne d'un bloc vers elle, ulcérée.

— Comment ça se fait qu'elle ait des pâtes ? Je veux des pâtes, moi ! C'est de la torture, ça ! Vous n'avez pas le droit !

— Cesse de faire ton enfant gâtée et regarde !

Alors je regarde.

ASSISE SUR SON LIT, SANDRA MANGE LE PLAT DE PÂTES D'UN PLATEAU-REPAS. CATO BELL PATIENTE, DEBOUT AU PIED DU LIT.

Cato Bell : Il y a un hélicoptère prêt à décoller sur le promontoire. Vous pourriez être à bord.

Sandra (avide) : Que faut-il que je fasse ?

Cato Bell : Tout dépend de ce que vous voulez trouver à votre arrivée.

Sandra : Je veux retrouver ma vie d'avant. Ma carrière. Mon bébé.

Cato Bell : Vous demandez beaucoup. De votre propre aveu, vous avez truqué une élection. Il ne sera guère aisé de rebondir après une telle confession.

Sandra : Et si... Et si c'était Paxton qui avait tout manigancé. Et si j'avais menti pour protéger mon fils ?

Cato Bell : L'histoire pourrait convaincre. Les photos n'incriminent que lui. Il avait des ambitions politiques personnelles. Et c'était un génie des mathématiques ; le saviez-vous ? Il aurait pu contacter Kozyr lui-même. Faire ces virements. C'est plausible.

Sandra : Oui. Oui, c'est plausible. Il aurait pu tout orchestrer lui-même.

Cato Bell : Mais cela veut dire que toute la culpabilité retombera sur lui. Il ne pourra jamais se laver d'un tel crime, jamais. Est-ce là quelque chose que vous êtes vraiment prête à assumer ?

Sandra : Et je récupérerai ma vie d'avant ?

Cato Bell : Je ferai tout mon possible pour vous y aider, à condition que vous fassiez tout votre possible pour m'aider.

Sandra : Marché conclu.

Cato Bell : Vous ne voulez pas prendre le temps d'y réfléchir ?

Sandra : C'est tout réfléchi.

Cato Bell : Vous êtes vraiment un cas, Sandra Yates. Un cas spécial.

Sandra : Et ma mémoire ?

Cato Bell : Une fois le bracelet ôté, vous la retrouverez intégralement.

Sandra : Nous sommes quittes, alors ? Je ne dirai à personne que vous torturez des mineurs, et vous ne direz à personne pour les Russes. D'accord ?

Cato Bell (après un temps) : D'accord.

14

JOUR 4

18 : 55

— Pourquoi me faites-vous voir ça ?

— J'essaie de te prouver quelque chose, Cecily, répond Cato Bell.

— Quoi ?

— Tu le sauras bien assez tôt.

— Mais qu'est-ce qui me dit que ça s'est déroulé aujourd'hui ? Que ça n'a pas été filmé pendant un des tests précédents ?

Elle semble impressionnée que je pose cette question, comme si elle était fière de moi.

— Je vais te montrer.

Elle se retourne vers la porte et je la suis dans la fraîcheur du soir. La jungle autour et en contrebas du camp n'est plus qu'ombres enchevêtrées, antre noir d'on ne sait quelles horreurs. Par-delà, à perte de vue, dans toutes les directions, s'étend l'océan gris qui se fond presque imperceptiblement avec le ciel décoloré du crépuscule. Dans l'herbe, les cigales font un vacarme assourdissant et la silhouette d'une chauve-souris qui s'envole se découpe, par instants, au-dessus de nos têtes.

J'emboîte le pas de Cato Bell qui passe devant les autres baraques. Les lumières sont allumées et j'entends même la douche couler dans celle de Nia. Je sens alors mon pouls s'accélérer en pensant qu'elle est sans doute nue à moins d'un mètre de moi. Juste une paroi de fibrociment et un rideau de douche taché de moisissures entre nous…

Je me racle la gorge, alors même qu'un vrombissement sourd rompt le silence de la nuit. Bell me tend une paire de jumelles, puis pointe le doigt par-delà la jungle, là où, au loin, un hélico se pose sur un promontoire herbeux qui s'avance dans la mer.

Je braque les jumelles dans cette direction et fais la mise au point sur une femme brune patientant dans l'herbe, qui s'agenouille quand le souffle des pales la frappe de plein fouet. Je ne peux pas distinguer son visage, mais je sais que c'est Sandra.

— Les vents, sur cette île, sont imprévisibles, m'explique posément Cato Bell. C'est le seul endroit où mon pilote accepte de se poser.

Tête baissée, Sandra traverse en courant la distance qui la sépare de l'appareil. Elle grimpe dans… Je ne sais pas comment ça s'appelle. Est-ce qu'on parle de « cabine » pour un hélico ? Je surprends un éclat blanc : elle porte toujours son bracelet.

Le vrombissement s'intensifie. L'hélico s'élève dans les airs et vire brusquement sur la droite pour prendre le large.

— Pourquoi l'avez-vous laissée partir ?

Bell me reprend les jumelles des mains.

— Un autre test.

— Et l'a-t-elle réussi ?

— Penses-tu qu'elle l'ait réussi ?

— Je pense surtout que j'en ai marre de courir dans votre labyrinthe comme un rat de laboratoire.

Bell fait volte-face et commence à se diriger vers les baraquements, m'invitant d'un geste à la suivre.

— Elle a sacrifié son fils pour sauver sa carrière ou ce qu'il en reste.

Je ne peux m'empêcher de ricaner.

— Parce que, maintenant, vous vous posez en arbitre de la moralité ? Vous qui avez enlevé des gens pour les soumettre à des expériences ? Qui n'hésitez pas à commettre un crime épouvantable juste parce que les cobayes de votre expérience sont interchangeables et faciles à remplacer ?

— Je ne vous ai pas forcés, me rétorque-t-elle, imperturbable. Vous vous êtes portés volontaires.

Je ne m'abaisse pas à répondre à cela.

— Et vous allez le faire ? Piéger Paxton et la laisser retourner à sa vie d'avant ?

Bell hésite : elle me cache quelque chose.

— Rétablie dans ses fonctions, elle pourrait se révéler une puissante alliée.

— Oui, mais elle saura. Elle n'oubliera pas.

— Certes. Mais elle se souviendra aussi de ce qu'elle a fait, et que, grâce à moi, elle a pu regagner ce qu'elle avait perdu. Elle se souviendra du prix qu'elle a payé, et elle saura que je sais.

— Et pourquoi maintenant ? Pourquoi ne pas la réinitialiser et réessayer ?

— Franchement ? Je ne crois pas qu'elle puisse changer. Elle ne me donnera jamais les résultats escomptés. Elle me sera plus utile en tant que soutien au Congrès.

Il y a, dans le ton de sa voix, une secrète satisfaction qui ne m'est pas inconnue.

— Vous ne faites pas ça juste pour les besoins de votre étude, n'est-ce pas ? Ça vous amuse, en fait. C'est jouissif, de nous manipuler.

Bell tend les mains, paumes ouvertes, avec un haussement d'épaules fataliste.

— Je ne dirais pas que « ça m'amuse ». Je n'aime pas vraiment côtoyer les autres humains. C'est la raison pour laquelle je répugne à me montrer en public. Ce qui ne m'empêche pas de trouver les gens fascinants. La raison qui les pousse à agir de telle ou telle manière. Ce qui les anime.

— À vous entendre, on pourrait croire que vous n'êtes pas de la même espèce que nous.

— Parfois, c'est en effet ce que je pense.

— Et pourquoi me raconter tout ça ? L'avez-vous dit aux autres ? À Paxton ? Sandra est sa mère, après tout.

— J'ai présumé que tu apprécierais mon ingéniosité. Nous avons eu des conversations très intéressantes, dans ce camp, toi et moi, Cecily. Nous avons beaucoup de choses en commun, tu sais.

Je réprime un frisson. Je déteste l'idée que je suis déjà venue ici. Que Cato Bell et moi avons discuté. Qu'elle en sait plus au sujet de Cecily Cartwright que moi-même.

Je jette un coup d'œil au-delà des baraquements, là où plusieurs cubes de béton sont regroupés au pied de la paroi. Il y a des lumières à l'intérieur.

— Vous êtes nombreux ici ? Vous avez du personnel ?

— Tu t'imagines que je nettoie les toilettes et que je fais votre lessive de mes blanches mains ? Évidemment que j'ai des employés ! Mais vous ne les verrez pas.

— Et qu'est-ce qu'ils en pensent, eux, de tout ça ? De vos activités ?

— Avoir une opinion ne fait pas précisément partie de leurs attributions. Ils me sont très dévoués.

La façon qu'elle a de dire ça me file la chair de poule.

Je donne un petit coup de menton en direction des bâtiments gris.

— C'est là que vous logez ?

— Pourquoi cette question ? Aurais-tu peur, toute seule, dans le noir ?

Je hausse les épaules.

— Je parie que votre chambre est plus belle que la mienne.

Bell glousse.

— Oh ! largement ! Mais tu n'es pas invitée, alors ce n'est pas la peine de tenter de t'incruster.

— Et ça ?

Je pointe du doigt l'étrange édifice tapi au sommet de la crête.

Bell s'immobilise et lève les yeux dans sa direction. À la tombée de la nuit, l'étrange structure ressemble toujours davantage à un animal féroce, avec quelque chose d'encore plus menaçant.

— Magnifique, n'est-ce pas ? C'est une ancienne station de triangulation laissée à l'abandon depuis les années 1940. Le personnel militaire qui y travaillait surveillait la mer par cette fente pour repérer les bateaux au large et relayait leur position au camp d'Éléos en contrebas. Il en existe deux autres sur l'île, et en combinant les informations de chaque poste d'observation, ils pouvaient calculer avec précision où se tenaient les navires ennemis.

La fente noire me regarde fixement, vide et implacable.

Comme nous nous arrêtons devant la porte de ma chambre, je tourne les yeux vers les cubes de béton. Ils sont à environ trente mètres. Bell ne mettra pas longtemps à rentrer. Vingt secondes ? Moins, si elle presse le pas.

Mais ce seront vingt secondes pendant lesquelles elle ne me regardera pas sur la vidéosurveillance.

Je bâille en montant les marches jusqu'à ma porte. Cato Bell me suit à l'intérieur pour récupérer mon plateau-repas, désormais vide, et fait tout un cinéma pour ramasser les couverts en plastique. Elle se croit si maligne.

— Tu l'as lu ? finit-elle par me demander, en désignant du menton la liasse de documents sur mon lit.

— Je n'ai pas le courage ce soir. (Et je prends soin de mettre autant de fatigue que je peux dans ma voix, ce qui n'est pas bien difficile.) J'ai eu assez d'émotions pour aujourd'hui. Ça attendra bien demain.

— Certes.

— Je préfère aller directement me coucher. Une bonne nuit de repos, voilà ce qu'il me faut. C'est qu'on a une grosse journée, demain, non ?

— Si.

Je me laisse tomber à la renverse sur mon matelas et ferme les yeux.

— Vous pouvez éteindre la lumière en sortant ?

Elle hésite encore un moment sur le seuil, puis s'en va, abaissant l'interrupteur avant de partir. La pièce est pratiquement plongée dans le noir, hormis la faible clarté provenant des néons extérieurs.

J'écoute le bruit de ses pas qui s'éloignent, puis je saute du lit. Je confectionne une boule avec ma serviette de toilette et la fourre avec mes vêtements sales en paquet sous la couverture, comme un de ces ados que l'on voit à la télé faire le mur pour partir à l'aventure. Puis je retire le trombone de la liasse de documents. Je n'ai pas le temps de les lire, mais la première ligne me saute aux yeux. Même dans la pénombre, je réussis à distinguer les mots. On dirait une série de textos.

Il faut que je fasse profil bas qq temps.
Jusqu'à ce que le truc avec Pax se tasse.

Je résiste à l'envie de lire la suite. J'ai moins de vingt secondes avant que Bell arrive dans son bureau pour regarder la vidéosurveillance. Alors, je redresse le trombone et le courbe rapidement d'avant en arrière et inversement, jusqu'à ce qu'il se casse en deux. Je me sers de ma chaussure et du bord de la table de chevet pour façonner une sorte de vague métallique en tordant le bout de la première moitié, comme un W. Je sais que cette partie s'appelle le râteau, et je ne veux pas trop m'attarder à comprendre *comment* je le sais. Je replie la deuxième partie du trombone en deux, puis courbe l'une de ses extrémités à quatre-vingt-dix degrés : le tenseur ou entraîneur.

Je m'accroupis devant la serrure de ma porte et insère le tenseur dans le bas de la serrure en le maintenant fermement en place. Je glisse ensuite le râteau à l'intérieur et commence à racler dans un mouvement de va-et-vient vertical, les yeux fermés pour mieux sentir quand les broches de la serrure sautent.

Crocheter la serrure prend du temps. Trop de temps, peut-être. J'espère que, grâce à la quasi-obscurité dans la pièce, Cato Bell ne me verra pas. Mais je n'en ai pas la certitude.

Comment je connais cette manière de procéder ? Est-ce que j'ai lu un livre là-dessus, ou est-ce que je l'ai vu faire à la télé ?

Edwin a bien parlé de mémoire implicite : le souvenir des choses que nous savons accomplir, comme se laver les mains ou faire du vélo.

Ou crocheter une serrure.

Est-ce que c'est un truc j'ai déjà expérimenté ?

Paxton dort dans le lit king size d'un motel. J'ai la main refermée sur un objet en métal, froid et dur : un passe.

La lumière des néons extérieurs filtre par la fenêtre, colorant le lit en rose et bleu.

Paxton dort.

Non ?

Qu'est-ce que je suis en train de fabriquer, là ?

Je regarde mes mains et je ne les reconnais pas. Elles bougent avec adresse et habileté, comme si quelqu'un d'autre les contrôlait. Le pêne claque.

Je m'appelle Cecily Cartwright, et je me taille, Cato !

Je me faufile dans la nuit, fermant la porte avec précaution derrière moi.

Je reste à couvert, cachée dans l'ombre, pour me diriger vers le bâtiment de béton où Cato Bell se terre, j'en suis quasi sûre. Ce que je cherche à faire exactement ? Je n'en ai aucune idée. Et je sais que le bracelet ne me laissera pas quitter le camp. Mais je ne veux pas m'évader, pas encore. Je veux des réponses à mes questions. Je veux des solutions.

Je pénètre dans un couloir, autrefois ripoliné d'un beau vert kaki bien militaire, maintenant devenu gris et tout écaillé. Les dalles de lino se décollent sous mes pieds et les tubes de néon d'un autre âge grésillent au plafond avec un petit cliquetis intermittent. Le couloir est ponctué de lourdes portes métalliques, toutes avec une épaisse vitre rectangulaire façon hublot.

J'espère qu'il n'y a pas de vidéosurveillance ici. Avec un peu de chance, elle n'a installé des caméras que dans nos baraquements.

Les premières pièces devant lesquelles je passe sont vides et sombres, seulement éclairées par la lumière qui tombe du couloir. Je distingue des endroits poussiéreux avec des piles de matelas usés et déchiquetés, sans doute par de petits rongeurs. Une salle de ping-pong, avec ce qui ressemble plus à des toiles d'araignée qu'à des filets sur les tables, tant ils sont déchirés et effilochés. Un sac de frappe suspendu dans les airs comme un corps au bout d'une corde.

À la porte suivante, j'ai une montée d'adrénaline.

Les lumières sont allumées, et il y a des gens à l'intérieur, qui me regardent droit dans les yeux.

Je me baisse aussitôt, prête à fuir. Mais aucune voix ne s'élève. Aucun bruit de pas ne résonne. La porte reste fermée.

Je compte jusqu'à cinquante et relève lentement la tête pour jeter un nouveau coup d'œil à travers la vitre.

Ils sont toujours là. Deux hommes et une femme, tous trois en uniforme, mais pas le genre militaire. Des gardes, plutôt, ou des vigiles. Ils doivent faire partie du personnel au service de Cato Bell. Ils sont… assis. Chacun sur une de ces anciennes chaises moitié métal, moitié plastique. Les mains sur les genoux. Ils ne me regardent pas, en réalité. Ils me font simplement face, les yeux ouverts. Mais ils ne semblent pas voir quoi que ce soit. Ils ont le visage totalement inexpressif. Je leur adresse un signe de la main, des grimaces : aucune réaction. Je ne suis même pas sûre à cent pour cent qu'ils soient vivants.

« Avoir une opinion ne fait pas précisément partie de leurs attributions. »

Je ne sais pas ce que c'est encore que cette abomination et je n'ai pas le temps de m'en occuper.

J'avance.

Derrière la vitre suivante, il y a un lit avec une forme immobile dedans, apparemment endormie, malgré la lumière crue des néons. C'est un homme mince, grand, avec des cheveux filasse et ternes, plutôt clairsemés, et des joues hâves. Il porte un T-shirt rouge et un ruban blanc autour du poignet.

Le nouveau Riley ? Le nouveau mouchoir à usage unique ? Y aura-t-il écrit « RILEY » sur son badge ? Notre Riley s'appelait-il vraiment ainsi ?

Je poursuis mon exploration. Les néons clignotent irrégulièrement, me plongeant par intermittence dans une froide obscurité verte.

La porte d'après donne sur le bureau de Cato Bell. Je retiens une exclamation de triomphe, jubilant à l'idée de l'avoir trouvée avant qu'elle ne me trouve. Elle est assise dos à la porte, devant une série d'écrans, chacun diffusant une vidéo en direct des chambres dans les baraquements.

Je reconnais Edwin recroquevillé dans son lit. Pax fait les cent pas. La chambre de Nia est vide, mais j'aperçois un rai de lumière sous la porte de la salle de bains. Elle est probablement à l'intérieur. Ma chambre est plongée dans l'obscurité, mais on distingue un lit et une forme sous les couvertures. Cato pense que j'y suis toujours, endormie. Parfait.

Les autres écrans sont éclaboussés de code : indéchiffrables plans et mystérieux secrets dégoulinant en vert fluo sur fond noir. Bell me tourne le dos, concentrée sur ses écrans.

La pièce ressemble à un ancien centre de communication avec des consoles de contrôle qui se rapprochent de tables de mixage avec des moniteurs vitrés, gris de poussière. Étagères et classeurs de rangement tapissent les murs. Des liasses de papiers effondrées et des piles de classeurs en plastique cassés sont entassées pêle-mêle. Certaines semblent avoir été déchiquetées par des rongeurs. Une vieille chaise de bureau au revêtement élimé gît à l'envers dans un coin, ses roues de métal terni en l'air. Un épais faisceau de câbles neufs s'étire jusqu'à un crochet au plafond, puis descend le long du mur pour disparaître dans une gaine.

Juste à côté de la porte, j'aperçois un extincteur appuyé contre un classeur métallique. Il ne faudrait pas plus d'une seconde pour s'en emparer. Elle n'aurait même pas le temps d'appeler à l'aide. Un bon coup à la tête et tous mes problèmes seraient réglés.

Sur le moment, je regrette de ne pas être de ceux qui ont le cran de commettre un meurtre de sang-froid. Je continue mon chemin jusqu'à la pièce suivante.

C'est sa chambre, et j'avais raison : elle est beaucoup plus agréable que la mienne. Elle s'est donné la peine de la rendre confortable, au moins : peinture fraîche sur les murs décrépits et tapis d'Orient couvrant le ciment froid. J'entre à pas de loup et caresse de la main le lin des draps sur le futon au ras du sol. J'allume la lampe de chevet qui nimbe d'un halo doré l'intérieur douillet. J'ouvre une malle contenant des vêtements bien pliés, tous noirs. Que du haut de gamme hors de prix. J'ouvre ensuite un tiroir et découvre des sérums aux noms ronflants, une brosse à cheveux en argent, un ravissant petit flacon de parfum en cristal. Je prends un objet doré filigrané en forme d'obus qui se révèle être un tube de rouge à lèvres avec les mots

« Saint-Émilion Noir » gravés sur le côté. La couleur est un violet foncé, presque d'encre.

Je me tourne vers la glace et me farde soigneusement. La texture épaisse et riche glisse sur mes lèvres. Et je ne suis pas surprise d'apprendre que je sais très bien appliquer le rouge à lèvres. La bouche en cul-de-poule, je dépose alors un baiser sur le miroir.

Est-ce bien raisonnable de faire savoir à Cato Bell que j'étais dans sa chambre ? Sans doute pas. Cependant, je veux qu'elle ressente un peu de ce malaise qui m'a rongée depuis que je me suis réveillée dans ce bus. Je veux qu'elle sache qu'elle ne contrôle pas tout.

Il y a une lampe torche sur sa table de chevet. Je l'embarque et me dirige vers la porte. Ma mission de reconnaissance ne fait que commencer.

***

En atteignant la clôture du camp, je m'arrête pour vérifier mon bracelet. Je ne voudrais surtout pas alerter Cato Bell.

Je tombe alors sur deux jeeps garées près d'une rampe de panneaux solaires. Je m'approche de l'une d'elles et ouvre la portière pour grimper sur le siège conducteur. Les clefs sont sur le contact. S'il n'y avait pas le bracelet, je pourrais démarrer en trombe et filer sans demander mon reste – en supposant que je sache conduire.

J'ouvre la boîte à gants, juste au cas où il y aurait quelque chose d'intéressant, et découvre un cran d'arrêt, style couteau de survie. Pas d'hésitation, je l'embarque, avant de poursuivre mon exploration.

De l'autre côté des panneaux solaires, se dresse une immense antenne relais rouillée et croulant à moitié, mais toujours debout. De nouveaux boîtiers et autres câbles électroniques semblent y avoir été récemment connectés : des petites LED rouges et bleues clignotent et une belle parabole bien blanche embrasse le ciel. Je continue. La lumière des projecteurs n'arrive pas jusque-là, alors j'allume ma lampe torche et balaie les alentours.

Des sortes d'enclos grillagés à toit de tôle ondulée mangée par la rouille s'alignent en enfilade. On dirait des cages, chacune fermée par une porte grillagée pourvue d'un gros cadenas rouillé et rongé par le sel. Je me demande quel genre d'animaux ils parquaient ici. Jusqu'à ce que je repère une vieille paire de menottes. Ces enclos n'étaient pas faits pour enfermer des animaux : ils servaient à séquestrer des prisonniers.

Le terrain commence à s'élever et devient de plus en plus caillouteux et instable. Je ne sais pas pourquoi je suis tellement attirée par l'étrange structure tapie au sommet de la crête, mais il faut que je voie ce qu'il y a dedans. J'escalade la pente. Les pierres roulent sous mes pieds et je glisse, reculant de plusieurs pas. L'ascension est plutôt rude et, au bout de quelques mètres, je suis déjà essoufflée. Je sens le ragoût du dîner remonter. Si seulement j'avais pensé à prendre la bouteille d'eau !

J'entends alors comme un bruit de gravier derrière moi et je me fige. Mais ce doit juste être l'éboulis que j'ai moi-même provoqué parce qu'aucun bruit ne perce le silence et, en sondant l'obscurité, je ne surprends rien dans le faisceau de ma torche. Mon bracelet ne se manifeste toujours pas. J'imagine donc que je suis encore à l'intérieur du camp.

Je poursuis mon ascension.

La crête est tellement érodée qu'on voit les fondations de la station d'observation, ce qui ne fait qu'accentuer son côté animal, ses piliers de béton faisant comme de puissantes pattes écartées.

Je touche enfin au but et m'arrête au pied de l'édifice. Le béton s'est érodé, lui aussi, révélant l'armature de métal qui soutient toute la structure. Il n'y a ni portes ni fenêtres, juste des trous noirs qui semblent absorber la lumière de ma lampe. Je me retourne. Le camp paraît bien loin, avec ses projecteurs qui illuminent de minuscules cubes gris serrés frileusement les uns contre les autres dans une immensité noire et déserte. Le poste d'observation se trouve de l'autre côté du bâtiment, face à la mer, et donc invisible depuis le camp. Je respire un bon coup et plonge à l'intérieur.

Je ne sais pas trop à quoi je m'attendais exactement. Dans la première pièce, il y a seulement quelques tabourets fendillés qui s'effritent, de gros bouts de roche beige orangé éboulés, des canettes de bière si vieilles que la marque est illisible sur la surface argentée. Je projette le pinceau de ma torche à mes pieds. Une épaisse couche de poussière recouvre le sol. Je laisse derrière moi des empreintes aux contours flous avec les lignes ondulées et les ronds des semelles de mes baskets. Il y a une autre pièce sur ma gauche et, à ma droite, un escalier de béton qui doit conduire au poste d'observation. Je réfléchis deux secondes et je tourne à gauche.

La deuxième salle ressemble beaucoup à la première. Le camp en contrebas s'encadre dans une petite fenêtre comme un village miniature de jeu de construction. Je balaie la pièce avec le faisceau de ma torche et découvre un lit de camp métallique, si rongé par le sel qu'il ne reste qu'un cadre squelettique. La mousse du matelas n'est plus recouverte que de lambeaux de tissu effiloché. Sur les murs, des noms ont été gravés dans le béton qui se désagrège.

BILLY MAC 35
CLARKE LE DAUPHIN
PRUITT LE BRANLEUR
EVANS 31 NŒUDS
LE LOUP GRIS
BULLARD LE SATYRE
GUERERRO LE NABOT
HAIG LE VASEUX
JOE PISSE-VINAIGRE
KILROY ÉTAIT ICI

Il y a aussi des fleurs, des crucifix, des visages, d'autres noms, des dates. Au-dessus de tout ça, en grosses lettres majuscules, je lis ces mots :

ICI PAS DE QUARTIER

J'hésite, puis tire le couteau de ma poche, le déplie et appuie la pointe sur le mur. Je grave les lettres sans peine – ce n'est plus du béton, c'est de la ricotta qui s'émiette sous ma lame. Je m'assieds sur le lit de camp et admire mon œuvre. Puis j'éteins ma lampe et reste assise là un moment, dans le noir.

C'est la première fois que je me sens vraiment seule et je ne sais pas trop quoi en penser. Est-ce que j'aime la solitude ? Ou est-ce que j'ai besoin des autres pour me sentir exister ? Je ne sais pas. Je me sens comme vide, et triste, et flippée, comme si je me tenais au bord d'un vertigineux précipice, un gouffre obscur, à me demander si je saute ou si j'attends qu'on me pousse. Dans un cas comme dans l'autre, je tombe.

Sandra est partie. Elle a passé un marché et elle est partie. Peu importe que Cato Bell honore ou non leur accord parce que, quoi qu'il arrive, Sandra a quitté l'île.

Je me demande quel genre de marché il me faudrait passer, moi. Qu'est-ce que je pourrais bien avoir à offrir à Cato Bell ? Elle n'a pas besoin d'argent et je ne détiens aucune espèce d'influence. Quoique ce soit peut-être le cas de mes parents. Si je fréquentais une école aussi huppée que Westbridge, c'est que mes parents doivent avoir les moyens ou que sont des gens importants, voire les deux. En même temps, si mes parents détenaient un quelconque pouvoir, ils ne m'auraient sûrement pas laissée aller en prison pour un truc aussi insignifiant que de la rétention d'information. Une ado, au mauvais endroit au mauvais moment, craignant pour sa vie. Sinon, citoyenne modèle à tous égards. Aucun juré ne la condamnerait. Aucun juge ne prononcerait une peine aussi sévère.

À moins que je n'aie fait autre chose…

Mes cuisses finissent par s'engourdir, appuyées contre le cadre de métal rouillé, et je rallume ma torche pour retourner dans la salle principale. Je peux suivre mes empreintes qui conduisent à la chambre voisine et reviennent.

Mais il y en a d'autres. Et tout aussi fraîches. Or elles montent l'escalier qui mène au poste d'observation. Et elles ressemblent aux miennes : même pointure, mêmes semelles… Sur le moment, je suis complètement déboussolée. Est-ce que je serais déjà allée là-haut ? Est-ce que je l'aurais *oublié* ? Est-ce que ce serait un autre de ces trous de mémoire provoqués par le bracelet ?

Je suis les empreintes et gravis les marches. L'ouverture dans le mur de béton est une longue fente horizontale qui court d'un bord à l'autre, épousant la courbe de cette sorte de museau, auquel fait penser l'avancée en surplomb du bâtiment, et exposant l'observateur aux éléments de la poitrine à la tête. Dans un socle de béton est fiché un support en fer rouillé sur lequel devait être fixé un télescope ou un truc de ce genre.

Une silhouette est appuyée contre le rebord de l'ouverture, le regard tourné vers les ténèbres au-dehors. Je m'immobilise sur le seuil.

— Tu as pris ton temps, lâche Nia d'un ton détaché, par-dessus son épaule.

Est-ce que c'est moi qui l'ai fait apparaître ? Est-elle vraiment une fée qui aurait exaucé mon souhait ?

— Je profitais du paysage.

J'adopte la même désinvolture, puisqu'on est censées la jouer cool, apparemment. Je la rejoins pour admirer la nuit. Des étoiles scintillent dans la queue de la Voie lactée. Nous tournons le dos au camp. Il n'y a donc aucune lumière en contrebas, seulement l'obscurité au creux de laquelle la jungle et la mer se cachent. C'est comme si nous flottions dans l'espace.

— Très joli.

— Eh bien merci, dit Nia, feignant de le prendre pour elle.

Elle me fait un sourire radieux et, là, d'un coup, je suis super contente de la voir.

— C'est quoi, ce rouge à lèvres ? me demande-t-elle.

Je me rappelle alors que j'ai une tartine de Saint-Émilion Noir sur la bouche.

— Je teste un nouveau look.

Nia fronce les sourcils d'un air critique.

— Pas sûr que ce soit ta couleur.

Une rafale de vent soulève mes cheveux et, m'appuyant des coudes sur le rebord de béton, je me penche au-dehors pour respirer la nuit à pleins poumons.

C'est à ce moment-là que je l'annonce à Nia :

— Sandra est partie. Elle a passé un marché avec Cato Bell : elle fera porter le chapeau à Paxton contre une chance de récupérer sa carrière politique.

— Argh !

Je hausse les épaules.

— Je sais pas. Elle n'a plus aucun souvenir de Paxton. Alors, ce n'est pas comme s'il y avait un lien familial entre eux.

Même si, quand il s'est réveillé, il a bel et bien dit qu'il la reconnaissait. Comment c'est possible, d'ailleurs ? Elle aurait dû être effacée avec le reste de sa mémoire autobiographique.

— N'empêche qu'il est toujours son fils. Même juste moralement, ça devrait vouloir dire quelque chose.

— Tu ne crois pas que tu penserais d'abord à toi, si tu pouvais choisir qui sauver ?

Nia me dévisage un long moment.

— Je sais pas.

Moi non plus.

— Comment tu as réussi à sortir, au fait ? me lance-t-elle alors.

Je lui raconte le coup du trombone, et elle hoche la tête.

— Elle m'a apporté le même genre de dossier. (Elle s'interrompt pour s'éclaircir la voix.) Tu l'as lu, le tien ?

— Nan. Je ne voulais pas lui faire ce plaisir. Pourquoi, y a quelque chose d'intéressant dedans ?

Nia ne répond pas tout de suite.

— Quelques trucs, oui.

J'ai envie d'en savoir plus, mais elle se penche pour s'accouder aussi à côté de moi, si près que je peux sentir les odeurs de déo et de shampoing, la chaleur de sa peau.

— Et toi ? Comment tu as réussi à sortir ?

— J'ai fait couler l'eau chaude à fond dans la douche pour coller de la buée sur la caméra de la salle de bains. Et puis j'ai cassé une fenêtre.

— Simple, mais efficace.

— Il me fallait un endroit discret pour examiner le bracelet de Riley.

— Et alors ? Ça a donné quoi ?

— Jette un coup d'œil, me dit-elle en désignant le support en fer rouillé.

Je l'illumine avec ma torche. Le ruban de silicone est bien là. Ou, du moins, ce qu'il en reste. Nia s'est servie du trombone pour l'ouvrir. Il y a des bouts de fil et des circuits imprimés partout et je suis même étonnée que la fine bande autour de mon poignet puisse contenir autant de trucs.

— Une conception de pointe : magnifique, s'extasie-t-elle. Du super matos, vraiment.

— Forcément. Ces trucs ont été inventés par un génie antisocial à la moralité douteuse. Mais peux-tu en tirer quelque chose ?

Elle fait la moue.

— Il y avait un tocsin intégré à la carte mère.

— Un quoi ?

— Un tocsin. C'est un dispositif censé bousiller le bracelet si on tente de le trafiquer. Un mécanisme d'autodestruction. Pour empêcher les gens de faire précisément ce que tu veux faire.

— Ah.

— Mais je l'ai enlevé. Parce que je suis géniale.

Je m'esclaffe.

— Tu *es* géniale. Mais… est-ce que ce n'est pas justement ce qu'on cherche : que les bracelets s'autodétruisent ? Est-ce qu'on ne pourrait pas tous les forcer à s'autodétruire ?

Nia fait un signe de dénégation.

— Non seulement il flingue la carte mère, mais le tocsin émet aussi une dernière alarme, comme celle qui nous immobilise à l'extérieur du bus. Elle te met KO et balance un signal GPS au serveur pour qu'on envoie quelqu'un le récupérer. Lui et toi.

— OK. Ça n'aide pas. Mais tu l'as viré, non ? Donc, maintenant, tu peux pirater le bracelet, on est d'accord ?

— Pas sans ordi.

Je lui parle de la batterie d'écrans dans le bureau de Cato.

— On ne pourrait pas en piquer un ?

— Trop risqué. Et puis ils doivent avoir un niveau de sécurité que je peux pas craquer comme ça. Je suis pas équipée pour.

— Qu'est-ce qui te manque ? Peut-être qu'on peut dénicher du matériel ici…

— Ça servirait à quoi ? soupire-t-elle en fermant les yeux. Qu'est-ce qu'on essaie de faire, là, exactement ?

— De s'évader, tiens !

J'ai dit ça comme si c'était évident. Mais bon, ça l'est.

— On est sur une île.

Encore une évidence.

— Je sais. Mais on va trouver une solution. On est des têtes. Tu es la Fée Bleue, putain : tu as une solution à tout ! On peut prendre Bell en otage et la forcer à nous évacuer. On peut se servir de son matériel pour contacter le monde extérieur, appeler à l'aide pour qu'on vienne nous chercher. Merde ! On n'a qu'à demander à Edwin de foutre le feu à l'île et on attendra ici que quelqu'un rapplique pour éteindre l'incendie… Mais on ne fera rien de tout ça si elle nous remet le compteur à zéro demain matin. Je ne *peux pas* revivre ça. C'est comme si… comme si je commençais juste à comprendre qui je suis, et ça me rend forte. Je *suis* forte. Je ne veux pas me retrouver perdue, terrée dans le noir, sans plus rien savoir de rien.

Les lèvres de Nia s'entrouvrent et j'aperçois l'éclat de ses dents serrées quand elle inspire.

— Ouais. T'as raison, dit-elle. J'ai aucune envie de refaire machine arrière non plus.

Elle me cache quelque chose, je le sens.

Elle me dévisage un long moment et il y a, là, derrière sa mine impassible, un truc qui m'effraie. Je ne sais pas quelle info elle détient, que je ne connais pas, mais c'est du lourd. Et ça me concerne. Ça nous concerne toutes les deux.

Il suffirait d'un geste infime pour abolir la distance entre nous.

J'ai envie de sentir sa peau contre la mienne. Je me souviens de cet instant, dans le bus, quand j'ai eu l'impression qu'elle allait m'embrasser. Et je me rends compte que, là, maintenant, j'ai envie de l'embrasser. Une envie dingue.

Nia est assise sur mon lit, les genoux ramenés contre la poitrine, caressant distraitement du doigt la fissure dorée de sa prothèse. Elle a les sourcils froncés. Une profonde inquiétude se lit sur son visage quand elle lève les yeux vers moi.

Qu'est-ce qu'elle était pour moi, cette fille, avant ?
Qu'est-ce qu'elle est pour moi, maintenant ?

« Je voudrais que Cecily Cartwright meure. »

Est-ce ce que contiennent les papiers sur mon lit ? La vérité sur ce que Nia a fait pour répondre au vœu de Paxton ?

L'étroit espace entre nous devient soudain un gouffre. Il y a trop d'inconnues. Trop d'options possibles. Peu importe ce que je ressens, en cet instant, ici, tout là-haut, avec les étoiles autour de nous et la brise marine dans mes cheveux, je ne peux pas céder à la tentation. Je dois garder la tête froide.

— Tu ferais quoi, si tu avais un ordi ?

Il ne faut pas longtemps à Nia pour changer de braquet. Je vois des rideaux tomber devant ce mystérieux truc au fond de ses yeux et elle se mord la lèvre, réfléchissant déjà aux aspects pratiques de ma question.

— Je suis assez sûre que je peux me servir de ma puce wifi pour craquer les bracelets.

— Et après ?

— Les bracelets fonctionnent selon une séquence automatisée IFTTT, marmonne-t-elle, cogitant manifestement à haute voix. Avec des commandes de forçage optionnelles.

Je hoche la tête d'un air inspiré comme si je savais de quoi elle parle.

— Évidemment.

Elle pouffe.

— « IFTTT », ça veut dire « *IF This, Then That* » : *Si Ceci, Alors Cela.* C'est une chaîne d'instructions super simples avec une succession de déclencheurs et d'actions. Un des déclencheurs, c'est descendre du bus alors que t'es pas censée le faire. L'action déclenchée, c'est le bracelet qui te crame. Un autre déclencheur, c'est quand tu te postes sur la bonne marque au sol, et l'action, c'est de produire une tonalité qui provoque une paralysie temporaire.

— Et la perte de mémoire, ça marche avec un déclencheur aussi ?

Elle approuve d'un signe de tête.

— Une autre tonalité. C'est carrément cool comme technologie.

Je lève les sourcils.

— Ah oui ? « Carrément cool » ? Parce que c'est « carrément cool » de te retrouver transformée en zombie ?

Je repense aux vigiles assis dans cette pièce vide, regardant fixement le mur, sans la moindre expression sur le visage. J'en ai des frissons.

— De toute façon, poursuit Nia, m'ignorant royalement, il y a aussi des commandes prioritaires manuelles. Si Cato Bell décide qu'elle veut changer les règles, elle peut contrôler les bracelets manuellement et nous liquider.

— D'accord. Mais, si tu avais un ordi, est-ce que tu pourrais changer ces commandes ?

Nia hausse les épaules.

— Les changer, sans doute. Peut-être même les désactiver complètement. Ou remplacer les IFTTT par d'autres instructions. Je crois que je pourrais aussi leur faire diffuser un appel de détresse, en espérant que quelqu'un, pas trop loin, vienne nous sauver.

— Plutôt encourageant, tout ça.

— Mais j'ai besoin d'un terminal : un ordinateur pour entrer les instructions.

— Et les écrans dans le bus ?

Le regard de Nia s'illumine, puis elle secoue la tête.

— Comment je pourrais y arriver sans qu'elle s'en aperçoive ?

— Elle a bien dû réussir, elle. Quand elle prétendait être Catherine. Et sous notre nez. En permanence.

— J'imagine.

— Donc on attend d'être remontées dans le bus et tu t'arranges pour contôler les bracelets afin qu'on n'ait pas notre mémoire effacée et qu'on puisse prendre la tangente dans la jungle !

— Sauf que j'ai pas la moindre idée de la façon dont je peux me débrouiller. Et je suppose qu'on n'aura pas plus de trente secondes avant que Cato Bell appuie sur son petit bouton et nous refasse le coup de l'ardoise magique.

Je hoche la tête et me retourne vers l'ouverture, plongeant les yeux dans cet océan de ténèbres au-dehors.

— Il nous faut une diversion.

— Faudrait que ce soit une sacrée diversion.

— T'aurais besoin de combien de temps, à ton avis, pour pirater les bracelets ?

— Et complètement modifier la séquence IFTTT ? Quelques heures.

— C'est trop long. Je ne pourrai probablement pas nous faire gagner plus d'un quart d'heure.

Elle secoue la tête.

— Trop court. Je pourrai pas tout vérifier.

Je fronce les sourcils.

— Et si tu ne gérais pas tout d'un coup ?

— Qu'est-ce que tu veux dire ?

— Est-ce que tu ne pourrais pas modifier seulement un des déclencheurs, te débrouiller pour qu'elle ne nous efface pas la mémoire, déjà ?

Nia s'interroge en silence.

— Peut-être. Mais à quoi ça servirait ? Dès qu'elle s'apercevra que ça a pas marché, elle prendra la main avec ses commandes prioritaires.

— Et si elle ne s'en aperçoit pas ? Si on *a l'air* d'avoir perdu la mémoire ?

Nia se tait un long moment.

— Tu crois qu'on peut réussir à donner le change ? finit-elle par demander.

— Si c'est le même scénario que la dernière fois, elle va mimer celle qui dort pendant toute la première heure, ou à peu près. Elle ne s'attendra pas à ce que tu pirates les écrans avant le deuxième jour.

— Et les autres, alors ? Il faudrait encore qu'ils acceptent de jouer le jeu. Et comment on va faire diversion, d'abord ?

Je souris.

— Laisse-moi m'en occuper.

— Parce que tu veux que je te fasse confiance, en plus ? persifle-t-elle en riant.

— Parce que tu as le choix, peut-être ?

— C'est pas faux.

— Bien. Et remets tout ce truc en état de marche. (Je désigne du menton le tas de petits fils électriques emmêlés sur le support rouillé.) On pourrait encore en avoir besoin.

Je surprends alors du respect dans les yeux de Nia, et cette même drôle d'expression qui était déjà là, avant. Aurait-elle peur de moi ?

— Tu es vraiment douée pour ça, hein ? me dit-elle.

— Toi aussi.

Elle me suit pour descendre l'escalier et retourner dans la salle de l'entrée. Je m'arrête et fais courir le faisceau de ma lampe sur les murs. Il balaie la pièce voisine, illuminant au passage les mots que j'ai gravés dans le béton effrité :

« PRENEZ GARDE À LA FÉE BLEUE ! »

Alors, ça donne quoi, ma surprise d'anniv' ?

J'arrive pas à croire que t'aies fait ça.
J'ai jamais eu une « séance de torture »
comme cadeau d'anniv' avant.

Je n'aurais pas cru que tu pleurerais.

Trop la honte.

Au moins, ça s'est fait sans témoin.
Sauf moi et le TATbot.
Mais tu l'aimes quand même, non ?

Carrément. J'arrête pas de la regarder.
C'est vraiment toi qui l'as dessinée ?
J'ignorais que tu étais une artiste.

Je suis pleine de surprises.

Mais t'es sûre que c'est bien raisonnable ?
Une Fée Bleue, je veux dire…
C'est pas un peu… compromettant ?

C'est bien la raison pour laquelle elle est placée là où je suis la seule à pouvoir la voir, chat.

Et quand j'irai à la piscine ?

Tu te baignes toujours en caleçon, je t'ai vue.

OK. Et mon kiné ?
ou mon prothésiste ?

Arrête de stresser. Tout va bien.
Personne n'y verra que du feu.
Mais elle te plaît vraiment, non ?

Vraiment ! C'est comme si je pouvais
emporter un petit bout de toi
partout où je vais.
Même quand tu es en cours
ou avec ton pseudo-mec à la con,
tu es toujours avec moi.

C'était l'idée.

Si seulement tu pouvais le larguer !

Bientôt, promis.
Dès que je n’aurai plus besoin de lui.

Je t’aime, Cécé.

Je t’aime aussi, chat.

15

JOUR 4

23 : 04

En retournant au camp d'Éléos, je m'arrête pour arracher une poignée de câbles au pied de l'antenne relais. Aussitôt, des lumières rouges se mettent à clignoter et j'entends une alarme se déclencher à l'intérieur du bâtiment principal. Voilà qui devrait occuper Cato Bell un bon moment, le temps que je passe voir Edwin pour lui expliquer le plan.

Je le trouve assis en tailleur sur son lit, avec sa couverture de polyester sur la tête, style capuchon de moine. Il a creusé un trou dans son matelas et fait un petit tas avec la mousse dans la barquette en aluminium de son plateau-repas. Il ne me voit pas entrer. Il frotte la couverture dans ses cheveux, puis touche la barquette alu juste à côté du tas de mousse.

Flash ! Une étincelle.

Il recommence et produit une autre étincelle.

— J'ai comme l'impression que ce n'est pas le meilleur moyen de mettre le feu à ta chambre.

Edwin fait un bond de deux mètres et lève la tête vers moi. Il a le visage inondé de larmes, le regard hanté. Ce n'est manifestement pas le plus beau jour de sa vie.

— J'ai envie de tout cramer.

Sa voix est monocorde, dénuée de toute expression, et d'autant plus flippante. Mais, s'il veut la jouer déprime totale, je peux m'adapter.

— T'as raison, moi aussi. Mais tu n'as pas l'air d'obtenir des résultats très probants.

Même son rire sonne creux : un ricanement lugubre.

— Je connais bien une dizaine de façons de mettre le feu à cette chambre, affirme-t-il. Je pourrais démonter ce tube fluorescent et utiliser le ballast magnétique. Fourrer une chaussette dans le plafonnier. Déchirer la barquette d'aluminium et en introduire des bouts dans une prise électrique…

— Pourquoi tu ne le fais pas, alors ?

— Parce que des gens sont morts. J'ai mis le feu dans mon école et des gens sont *morts.*

— Peut-être que c'étaient des ordures ? Ce n'est pas ce qui manque.

— Ils ne méritaient pas de mourir.

Je ne peux pas dire le contraire.

— J'ai appris exactement deux choses sur moi, aujourd'hui, poursuit Edwin. Primo, que j'aime le feu. Secundo, que Cato Bell, que je vénérais, se trouve être un monstre. Non que je veuille noircir le tableau, mais j'ai eu une sale journée.

— Veuillez SVP vous référer au commentaire précédent concernant les ordures. Cato Bell en est une.

— Je crois que je me projetais en elle : décalée, brillante et pas très douée pour les relations interpersonnelles. Je pensais qu'elle allait changer le monde.

— Oh, à sa décharge, elle va probablement y arriver. Elle se fiche juste du nombre de victimes collatérales qu'elle fera dans la foulée.

Il relève les yeux vers moi.

— Tu crois que son plan va réussir ? Le Projet Amnesia ?

— Non, je ne crois pas. J'imagine que les gens sont plus compliqués que ça. Tu n'as qu'à regarder le mal qu'on s'est donné pour savoir qui on était. Les gens ne vont pas docilement changer de vie et bien gentiment repartir de zéro. Ils iront jusqu'au bout pour trouver la vérité.

Edwin soupire.

— Pas un pour rattraper l'autre. Je ne suis pas le seul, c'est déjà ça.

Je lui tends le poing pour un check et il émet une sorte de rire hoquetant assez pathétique, avant de répondre à mon invitation.

— Je croyais qu'élucider le mystère me ferait du bien, soupire-t-il. J'aspirais à un sentiment de complétude, et j'étais vraiment persuadé qu'en comprenant qui j'étais, je l'obtiendrais. Mais, maintenant, je suis plus perdu que jamais.

Pas moi. Je me sens incroyablement bien, comme si on m'avait subitement dotée de pouvoirs magiques. Maintenant, je sais comment obtenir ce que je veux, et ce que je veux, c'est dire à Cato Bell d'aller se faire foutre, avant de quitter cette putain d'île. Je suis Cecily Cartwright, et il est temps que je prenne la situation en main.

— Je n'avais pas pensé une seule fois au feu, avant qu'elle ne me révèle mon nom, me confie Edwin. Pas une seule fois. J'étais Edwin Chen, la star adulée d'une comédie musicale. Franchement, j'ai adoré être lui. Il avait des amis. Il était doué… Et puis elle m'a dit qui je suis vraiment et tout a changé. Je me suis rappelé ce que ça faisait, d'allumer un incendie.

— Tu as eu un flash-back ?

Il opine du chef.

— Je me suis revu jouer avec des allumettes quand j'étais gamin. Assis dans ma chambre, sur mon lit, comme aujourd'hui. Craquer une allumette et regarder la flamme dévorer le bois, descendre jusqu'à mes doigts. Et puis en craquer une autre, et encore une autre. *Crack*, flamme. *Crack*, flamme. Que c'était beau ! Créer quelque chose à partir de rien. Une petite étincelle dans l'obscurité.

— Il n'y a pas de mal à ça. Beaucoup d'enfants jouent avec des allumettes.

— Je ne crois pas qu'ils ressentent ça. Je… je ne peux pas m'arrêter. Pas m'arrêter d'y penser.

Il recommence à frotter la couverture sur ses cheveux et touche la barquette d'aluminium.

Une étincelle.

— Une petite étincelle peut se transformer en quelque chose de si puissant. Il n'y a rien qui procure cette sensation-là. Rien.

Edwin a les pupilles dilatées, noires, la voix rauque. Il se frotte de nouveau les cheveux et tend le doigt, mais ne touche pas la barquette. Il garde la charge en lui. Tout son visage se crispe tant l'effort de volonté est énorme, un effort physique.

— La neuromodulation nous apporte l'oubli, dit-il. Je n'en veux plus. Une dose permanente. Je ne veux pas savoir qui est Li Zhong Yoh. Si j'oublie qui il est, alors il n'existera plus. Il ne pourra plus faire de mal, plus nuire aux autres. Je peux être Edwin Chen pour toujours. Ou n'importe qui d'autre. Pourvu que ce ne soit pas Li Zhong Yoh. Je ne supporte pas de vivre avec cette soif dévorante, alors que je sais ce qu'elle peut provoquer. Ce qu'elle peut emporter.

— Non, Edwin, ce n'est pas ce que tu veux. Tu es quelqu'un de bien. Je t'ai observé, ces derniers jours : tu es capable d'altruisme, je le sais. Tu es foncièrement droit. Tu n'as qu'à voir dans quel état tu te mets à cause de tout ça : c'est la preuve que tu es quelqu'un de bien. Tu as inventé une technique de sélection aléatoire parce que tu refusais la condamnation à mort dans tous les cas, même quand il s'agissait d'êtres imaginaires. Ton code éthique était trop fort. Et même avant. Cato Bell a bien dit que tu ignorais la présence de ces gens à l'intérieur de la salle de musique. Tu croyais qu'il n'y avait personne dans l'école. Tu n'es pas un assassin. Tu souffres de cette manie, cette obsession du feu. Mais ce n'est pas ta faute. Il faut que tu affrontes tes démons, Edwin. Il faut que tu quittes cette maudite île et que tu te regardes en face. Tu peux avoir une chance de te racheter et de comprendre qui tu es vraiment, ce que tu veux vraiment. Arrête de te cacher derrière Edwin Chen et accepte Li Zhong Yoh. Fais de lui quelqu'un dont tu seras fier.

C'est un bon discours et il produit l'effet escompté. Quand Edwin lève les yeux vers moi, je vois un peu de lumière au fond de ses prunelles.

Une lueur d'espoir.

— C'est quoi, le plan ? demande-t-il.

— J'ai bien une idée, mais je ne peux pas la réaliser sans toi.

Son menton se relève légèrement.

— Dis-moi ce que je peux faire.

— Peux-tu allumer un feu dans le bus ?

Il a un mouvement de recul, et je vois les émotions se succéder sur son visage : la tentation, la peur, le dégoût de lui-même.

— Je sais que c'est ta hantise, Edwin. Je sais que c'est terrible de te demander ça. Mais c'est une étape indispensable : notre seule chance de nous évader. *Ta* chance de corriger tes erreurs passées. OK, tu as commis l'irréparable un jour : tu as provoqué un incendie et des gens en ont souffert. Eh bien, maintenant, tu as la possibilité de retourner la situation. En mettant le feu, tu vas nous aider et peut-être nous sauver. Tu ne seras plus le méchant de l'histoire : tu seras un héros.

Il avale sa salive.

— Et s'il y a des blessés ?

— Il n'y aura pas de blessés, je te le jure. Crois-tu pouvoir y parvenir ?

— Oui.

À peine un murmure.

— Super.

Je lui expose le plan.

— Tu es vraiment douée pour ça, tu sais, commente-t-il quand j'ai fini.

C'est la deuxième fois qu'on me le dit ce soir.

Je sors de la chambre d'Edwin, déjà prête à aller voir Pax. Mais j'aperçois une flaque de lumière devant la porte de ma chambre. Mauvais signe. J'hésite, avant de me diriger dans sa direction.

Cato Bell est assise sur le pied de mon lit, bien droite. Elle ne dit rien quand je fais irruption dans la pièce, et j'ai l'étrange impression d'être une ado qui a fait le mur et se fait prendre en flagrant délit au retour. Ce qui est précisément mon cas, sauf que je suis aussi parquée dans un camp militaire au milieu de nulle part, et qu'au lieu de parents anxieux, la personne qui m'attend est une meurtrière milliardaire de génie fermement résolue à sauver le monde.

Je vais m'asseoir à côté d'elle.

— Je suis privée de sortie ?

Cato Bell ignore mon ironie.

— Mon rouge à lèvres ne te va pas.

— Il ne vous va pas non plus. Trop foncé. Ça accentue les rides autour de votre bouche.

Elle me regarde, plisse les yeux.

— Tu es une jeune fille extrêmement déplaisante, tu sais ?

— Et pourtant, vous ne pouvez pas vous passer de ma compagnie.

Elle glousse.

— Il y a un mot en grec ancien, *mètis*, qui signifie « la ruse de l'intelligence ». Ulysse l'avait : c'était un maître du subterfuge. La parole habile. Tu es un peu comme Ulysse : maligne, manipulatrice. Et fort loin de chez toi...

Elle a raison. Je cultive la ruse et je suis intelligente. Je suis une manipulatrice hors pair, une arnaqueuse.

Je déglutis avec peine. La liasse de documents (sans le trombone) a glissé par terre et je la ramasse pour la lire. Fini de jouer à cache-cache.

C'est l'heure de vérité.

***

Quand j'en ai terminé, je remets les papiers au sol et réfléchis en silence à ce que je viens de découvrir. Je ne peux plus faire l'autruche.

J'inspire à fond avant de plonger.

— Je suis la Fée Bleue.

Cato Bell acquiesce de la tête. Je crois que je vais vomir.

— J'ai découvert la magouille de Sandra pour les élections, alors Paxton a voulu m'éliminer. Mais son souhait est arrivé directement dans *ma* boîte mail. La Fée Bleue, c'est moi. Et il ne le savait pas.

Cato Bell me laisse poursuivre en silence.

— Je ne pouvais pas *ne pas* exaucer son vœu, parce que ça aurait pu me trahir. Mais je ne pouvais pas l'exaucer non plus, manifestement. Alors, qu'est-ce que j'ai fait ?

— À ton avis ?

Je réfléchis.

— J'ai dû faire croire que la Fée Bleue avait *essayé* de me tuer, j'imagine, et que ça ne s'était pas passé comme prévu.

Un sourire étire la commissure des lèvres colorées.

— Tu as monté deux scénarios différents. Lors de ta première tentative, tu t'es retrouvée enfermée toute une nuit dans un des caissons d'isolation sensorielle de l'« espace bien-être » de ton école. (Un simple haussement de sourcils suffit à exprimer tout ce que Cato Bell pense de telles installations.) Mais tu t'es arrangée pour qu'une autre élève te « sauve » : une petite manigance fort adroitement ourdie consistant en une chasse au trésor organisée par l'école et dans laquelle le caisson était un indice.

— Et la seconde tentative ?

— Un accident de voiture, avec piéton écrasé et délit de fuite à la clef.

Le flash-back de Nia. Moi dans une foule. Une course éperdue avec un sentiment d'urgence. Et de culpabilité.

Le crissement de pneus.
L'impact mou.

— C'est comme ça qu'Edwin est mort. Le vrai Edwin, je veux dire.

— Il a vu la voiture arriver, et il t'a poussée hors de sa trajectoire.

— Et je… je l'avais prévu ?

— Tu as affirmé le contraire. Les jurés ne t'ont pas crue.

Je ferme les yeux pour empêcher la pièce de tourner. Quelqu'un est mort à cause de moi.

Le vrai Edwin est mort *à cause de moi.*

Il croyait me sauver la vie. Mais la voiture ne m'aurait jamais touchée. Est-ce que j'avais demandé à Nia de pirater l'IA de la bagnole pour orchestrer une collision évitée de justesse suffisamment convaincante ? Seulement voilà, le vrai Edwin s'est retrouvé devant ce véhicule programmé et il en est mort. Je ne me souviens pas du tout de lui, heureusement : je ne pourrais pas vivre avec la vision de son visage constamment à l'esprit. Je repense à ce commentaire que j'ai balancé au faux Edwin, il n'y a pas dix minutes.

« Ce n'est pas ce qui manque, les ordures. »

Mais le vrai Edwin était loin d'en être une. Tout le monde l'adorait.

Est-ce que j'avais tout prévu ? Est-ce que j'avais fait en sorte qu'Edwin se trouve là : au mauvais endroit au mauvais moment ? Ou est-ce que c'était vraiment un accident ?

Au fond de moi, une horrible petite voix me présente tous les avantages qu'avait eus la mort d'Edwin. Elle prouvait que la tentative était bien réelle, déjà. La personnalité même d'Edwin aussi : l'ampleur de l'émotion suscitée, la dimension publique du deuil, le scandale à Westbridge…

Autant d'excuses idéales pour que la Fée Bleue puisse avoir le regret d'annoncer à Paxton qu'une troisième tentative était désormais inenvisageable.

— D'où vient-elle, cette histoire de Fée Bleue ? Comment est-ce que ça a commencé ?

Cato Bell croise les mains sur ses genoux.

— Il existe un autre mot grec : *kléos.* Souvent traduit comme la « gloire impérissable ». Il signifie la renommée, la réputation. Le besoin de passer à la postérité. Sandra veut le *kléos.* Moi aussi, si je suis tout à fait honnête. Pas toi, en revanche. Tu as juste la *mètis.* Tu joues pour gagner : le trophée en lui-même ne t'intéresse pas.

— Qu'est-ce que je veux gagner alors ?

— Ta famille a perdu beaucoup d'argent avec la faillite de sa société de cosmétiques. Sa réputation en a pâti. Non qu'elle fût particulièrement rutilante auparavant : ce n'était pas une société très recommandable. En conséquence de quoi, ton statut social au sein de Westbridge était inférieur à celui des autres élèves. Tu n'avais pas accès aux mêmes cercles et tu ne jouissais pas de la même influence. Tu comprenais mieux que quiconque que tout le monde ne joue pas dans la même cour. Même la fréquentation d'un petit ami aussi populaire, fils de sénatrice de surcroît, ne te hissait pas aux niveaux que tu convoitais. Alors tu as décidé de changer la donne. Tu as lancé une grenade dans ce temple de l'entre-soi et tu as regardé l'hécatombe autour de toi. Et, plus tu gagnais, plus tu avais envie de tout faire exploser. Tu as gardé chaque mail, chaque texto : tu savais que ces gosses de riches occuperaient un jour des postes au sommet du pouvoir politique et financier, et tu aurais alors tout ce qu'il te faudrait pour les manipuler.

Je repense aux souhaits : des drogues pour une soirée ; des profs virés à la demande ; des élèves pris de gastro ; des corrigés aux examens…

Je les ai tous réalisés. Tous. Malgré mon horreur croissante, je suis quand même impressionnée par ma propre ingéniosité.

« Je voudrais qu'Edwin Chen n'ait pas le rôle principal dans la comédie musicale. »

— Tu as parfaitement brouillé les pistes. Tu t'es construit un réseau de contacts qui pouvaient te procurer ce qu'il te fallait : drogues, secrets, corrigés d'examens… Tout en préservant ton anonymat. Les élèves de Westbridge te payaient grassement pour tes services, au moyen d'une cryptomonnaie intraçable. Rien ni personne ne pouvait plus t'arrêter.

— Pourtant, je me retrouve ici.

Cato acquiesce.

— Une petite erreur. Tu as commis une seule petite erreur.

— Laquelle ?

— Tu es tombée amoureuse.

Elle lorgne les papiers par terre, et je comprends qu'elle ne parle pas de Paxton.

— Nia. Je suis tombée amoureuse de Nia.

— Tu l'as engagée pour ses talents de pirate informatique. Elle était en BTS dans un lycée public voisin et nourrissait à l'égard de Westbridge et de tout ce que cette école représente un ressentiment tenace. Elle était donc plus que ravie de t'aider. Vous vous êtes rapprochées. À tel point que tu as pris le risque de la rencontrer en personne. Coup de foudre immédiat. Vous êtes tombées amoureuses l'une de l'autre, follement. Tu lui as tout raconté. Tu as continué à jouer le jeu, te rendant au bal de l'école au bras de Paxton, assumant le rôle de la parfaite petite amie, de la bonne élève qui peut mieux faire. Mais, à ton identité secrète, tu as ajouté une liaison secrète, et le désastre était inévitable. Ce n'était plus qu'une question de temps avant que tout ne s'effondre.

— Il faut que je la voie ! Je... Il faut que je le lui dise ! Elle croit que c'est elle, la Fée Bleue.

Vraiment ? Je revois ce regard que Nia m'a balancé, là-haut, dans le poste d'observation. Est-ce qu'elle le savait déjà ?

Cato secoue la tête.

— Tu ne sais pas tout, Cecily.

— J'en sais assez. Laissez-moi aller la voir.

Je me lève et passe devant elle pour gagner la porte. Mais ses mots m'arrêtent net.

— C'est elle qui t'a dénoncée.

J'ai déjà la main sur la poignée. Je la laisse retomber, le bras ballant. Je me retourne vers une Cato Bell toujours assise sur mon lit, impassible, comme si elle ne venait pas de lâcher la plus grosse bombe de tous les temps.

— Pourquoi ?

— Elle avait une limite, et tu l'as franchie. Elle était ravie de rendre la vie infernale à tous ces gosses de riches. De semer l'anarchie parmi les privilégiés. Mais le meurtre, c'était au-delà des limites qu'elle s'était fixées. C'est une chose de se rebeller contre le système, c'en est une tout autre d'*assassiner* ceux qui le représentent.

— Vous ne savez pas si c'était un assassinat.

— Nia aurait pu programmer ce véhicule pour qu'il t'évite. Mais ce n'est pas à elle que tu t'es adressée. Tu as engagé quelqu'un d'autre pour le faire. Quelqu'un que tu as trouvé sur le *dark Web.*

— Ça ne prouve rien. Ça aurait quand même pu être un accident.

Cato Bell sourit. Sa bouche n'est plus qu'un trait sombre comme une balafre de sang séché.

— Si cela peut t'aider à dormir la nuit.

Sur le coup, autour de moi, tout devient noir. Je revois l'expression sur le visage du faux Edwin, il n'y a pas dix minutes, alors qu'il faisait des étincelles et ne rêvait que de tout réduire en cendres. J'avais eu pitié de lui, à ce moment-là. Je savais qui j'étais. Je me sentais forte.

Comment on réagit quand on apprend qu'on est le méchant de sa propre histoire ?

Il faut que je… je ne sais pas. Que je crie, que je frappe ou que je casse quelque chose. Il y a en moi un truc qui a besoin de sortir. Sinon, je sens que je vais exploser.

Nia. Je veux voir Nia.

Or je ne peux pas. Je ne pourrai jamais la regarder en face.

Je sens quelque chose se briser quelque part en moi. Est-ce que c'est ce que j'ai ressenti la première fois qu'elle m'a trahie ?

— Laissez-moi aller voir Paxton.

En m'entendant sortir ça brusquement, Cato Bell paraît désarçonnée.

— Quoi ? Non !

— Laissez-moi lui annoncer pour Sandra. Il vaut mieux que ce soit moi.

— Quelle importance ? Demain, sa mémoire sera effacée : il ne se souviendra de rien.

— S'il vous plaît. Vous lui devez bien ça, après tout ce que vous avez fait.

J'ai l'impression d'être une toxico en manque, les nerfs à vif, dévorée par l'angoisse. J'en ai besoin. J'en ai be-soin.

Cato hésite, m'examinant longuement, les yeux plissés. Et puis elle se lève.

— Cinq minutes.

— Dix. (Et je réussis même à lui adresser un charmant sourire dont je ne me serais vraiment pas crue capable.) Je serai sage, promis.

— Ne promets pas ce que tu ne peux pas tenir.

Je vois un frémissement au coin de ses lèvres et j'aurais presque envie de lui sauter au cou.

J'espère qu'en dix minutes j'aurai le temps d'accomplir ce que j'ai en tête.

DÉPOSITION DE TÉMOIN

Je soussignée, Nia Ongoco, habitant 15/47 Highest Road, âgée de 18 ans, élève au lycée professionnel Hillsborough, déclare par la présente que :

J'ai été contactée par Cecily Cartwright (« Cecily ») le 11 décembre, par l'intermédiaire d'un service de messagerie anonyme. Elle m'a trouvée sur un forum en ligne où je postais régulièrement pour partager des informations sur la programmation informatique, sur les techniques et le matériel nécessaires.

Cecily m'a dit avoir entendu parler d'un programme que j'avais inventé, baptisé « CATCLOUD », dans lequel des informations sensibles pouvaient être chiffrées dans une photo de chat, un procédé indétectable pour l'œil humain. J'aime vraiment beaucoup les chats.

Cecily, sous le pseudonyme de la « Fée Bleue », m'a payée pour lui créer un compte de cryptomonnaie sur lequel elle pouvait utiliser CATCLOUD pour envoyer et recevoir des paiements anonymes.

Le 19 décembre, Cecily m'a de nouveau contactée, m'offrant 3 000 dollars pour pirater le compte personnel d'un professeur et y implanter certaines photos et certains messages. Au début, j'ai refusé. Je suis une pirate éthique, une *White-hat*, comme on les appelle dans la communauté, pas une criminelle.

J'avais déjà commencé à suivre l'histoire de la Fée Bleue sur les réseaux sociaux et j'appréciais ses objectifs antisystème. J'avoue que je croulais aussi sous les prêts étudiants et les découverts : j'avais besoin d'argent. J'ai accepté le travail.

Au cours des quatre mois suivants, Cecily m'a engagée encore plusieurs fois (voir historique joint). J'ai reçu l'équivalent de 32 500 dollars sous forme de paiements en ligne intraçables en passant par CATCLOUD.

Mes chats en ligne avec Cecily sont devenus plus intimes et nous avons décidé de nous voir en vrai le 12 avril. Nous nous sommes retrouvées dans un jardin public et nous nous sommes promenées. Il y avait une alchimie évidente entre nous. Le rendez-vous a duré quatre heures et, à la fin, nous nous sommes embrassées.

Cecily et moi avons entretenu une relation intime pendant les neuf semaines suivantes, même si elle continuait à sortir avec son petit ami officiel, Paxton Yates (« Paxton ») en public. Je l'ai encouragée à le quitter, mais elle m'a dit qu'il lui était trop utile pour le laisser tomber.

Le 12 juin, Cecily révisait ses cours chez Paxton et a entendu sa mère, la sénatrice Sandra Yates, discuter d'un transfert de fonds secret avec un de ses employés. Le transfert était destiné à Maksim Dvornikov, un diplomate ayant des liens avec le réseau d'espionnage russe connu sous le nom de Kozyr. Cecily a compris que la sénatrice Yates payait Dvornikov pour truquer les prochaines élections que Yates risquait de perdre. Paxton savait que Cecily avait entendu la conversation et l'a suppliée de garder le silence.

Le 14 juin, un message de Paxton est apparu dans la boîte mail de la Fée Bleue : il souhaitait que Cecily Cartwright meure. Je l'ai exhortée à aller dire à la police ce qu'elle savait. Mais Cecily a décidé de mettre en scène deux fausses tentatives de meurtre dont elle serait la victime pour pouvoir préserver l'anonymat de la Fée Bleue.

La première tentative a eu lieu le 20 juin, quand Cecily est restée enfermée toute une nuit dans un caisson d'isolation sensorielle.

La seconde tentative a pris place le 24 juin. Cecily m'a demandé de programmer une voiture autonome pour mettre en scène un faux accident dont elle aurait dû être la victime. Je commençais déjà à m'inquiéter pour la santé mentale de Cecily et j'ai refusé. Elle m'a dit qu'elle ne le ferait pas. Mais j'avais des doutes, alors j'ai piraté sa messagerie et découvert qu'elle avait engagé un autre hacker pour le faire. Je suis allée à l'Académie de Westbridge, mais je suis arrivée plus tard que je l'avais prévu, puisqu'il est impossible de se rendre là-bas en transports en commun. J'ai vu Cecily qui parlait avec Edwin Chen en marge d'un groupe d'élèves sur le parking. J'ai crié pour attirer son attention, mais, avant que je puisse la rejoindre, la voiture s'élançait déjà droit sur elle. Le groupe d'élèves me cachait à moitié la scène, mais j'ai cru voir qu'Edwin Chen poussait Cecily hors de la trajectoire de la voiture et se faisait renverser à sa place. Après le départ de la voiture, Cecily semblait vraiment horrifiée par ce qui s'était passé. Mais elle joue très bien la comédie.

Je suis allée voir Cecily dans son appartement à l'Académie de Westbridge ce soir-là. Nous avons passé la nuit ensemble. Elle semblait agitée, nerveuse. Le scandale Yates commençait à éclater dans les médias, et je lui ai encore conseillé d'aller dire à la police ce qu'elle avait entendu. Elle a alors reçu un texto qui l'a secouée, mais elle n'a pas voulu me dire ce que c'était. Je lui ai demandé si elle avait prévu qu'Edwin se ferait renverser et elle est restée évasive. Nous nous sommes disputées et elle s'est habillée en disant qu'il était temps d'« en finir une bonne fois pour toutes avec ces conneries ». Je lui ai demandé si elle parlait de la Fée Bleue, de l'affaire Yates ou de notre relation. Elle n'a pas répondu. C'est la dernière fois que je l'ai vue.

Cette déclaration présente très exactement le témoignage que je serais prête, si nécessaire, à faire devant une cour de justice. À ma connaissance et en toute bonne foi, j'affirme que cette déclaration est vraie et que je l'ai faite en sachant que, au cas où elle serait produite en tant que preuve, je serais passible de poursuites si j'ai établi une attestation faisant état de faits que je sais faux ou que je ne crois pas vrais.

Signé : N. Ongoco　　Retranscrit par : B. Cortez

Date : 25 June　　Date : 25 June

16

JOUR 5

00 : 16

Cato Bell m'escorte jusqu'à la porte de Paxton et la déverrouille.

— Dix minutes, dit-elle d'un ton catégorique. Et pas d'entourloupe. J'attends dehors.

— Oui, maman.

En m'entendant entrer, Paxton se redresse en sursaut. J'allume la lumière et il se protège les yeux de la main.

— Cecily ? s'étonne-t-il d'une voix ensommeillée. Qu'est-ce qui se passe ?

Je pense à tout ce que j'ai à lui raconter. Je ne sais pas par où commencer : « Salut Pax, ta mère t'a jeté en pâture à une malade mentale pour s'échapper et sauver sa carrière. Ah ! Au fait, tu savais que c'est toi qui as demandé à la Fée Bleue de me liquider ? Et que ce souhait est arrivé direct dans *ma* boîte mail ? *Fun fact*, je te trompais avec ma hackeuse. Petit bonus : je suis cent pour cent responsable de la mort du vrai Edwin, et il se pourrait que je l'aie carrément assassiné. » Hum…

Il me regarde avec de grands yeux, les cheveux en bataille et la figure encore chiffonnée : trop mignon. Il est torse nu, la ceinture de son boxer dépassant à peine des couvertures.

Je ne lui dis rien du tout, finalement. J'enlève plutôt mon T-shirt et le laisse tomber par terre. Paxton ferme les yeux.

— Cecily… Je ne sais pas si c'est une bonne idée.

Je me dirige vers lui, lentement, posément. Je me penche et prends sa lèvre inférieure entre mes dents. Je la mordille à peine que, déjà, il gémit.

— Sérieux. On devrait au moins en parler avant…

Je fais courir mes mains le long de son torse, alors même qu'il proteste toujours. Mais, dès que mes doigts atteignent la lisière de son boxer, il s'arrête net.

Trop facile.

Je monte sur le lit pour le chevaucher sans le quitter des yeux. Nous nous embrassons et c'est l'extase. Mes hormones se déchaînent et m'emplissent les oreilles de ce merveilleux rugissement assourdissant : *l'envie*. Il dégrafe mon soutien-gorge et caresse mes seins. Je retiens mon souffle et commence à me balancer en plaquant mes hanches contre lui. Je dessine des doigts les lignes de son abdomen, de son dos, de ses épaules. C'est tellement simple et c'est tellement n'importe quoi. Exactement ce qu'il me faut. Je sens la vague du désir monter et je la laisse m'emporter.

Rien à voir avec le brouillard de l'amnésie, si terrifiant. C'est plutôt comme le feu pour Edwin : un embrasement. Un truc plein de vie, d'énergie, de potentiel qui pourrait se transformer en… tout ce qu'on veut. Que *je* pourrais transformer en tout ce que *je* veux. La sensation de puissance que j'avais avant revient. Je suis forte. Je peux faire tout ce que je veux.

Paxton me regarde, les pupilles dilatées, débordantes d'adoration et de peur.

Il a les yeux levés vers moi.

Vers moi.

Et quelque chose d'autre se manifeste à travers l'incendie.

Nia est assise sur mon lit, les genoux ramenés contre la poitrine, caressant distraitement du doigt la fissure dorée sur sa prothèse. Elle a les sourcils froncés. Une profonde inquiétude se lit sur son visage quand elle lève les yeux vers moi.

Je m'efforce de repousser le souvenir dans l'embrasement, mais il revient sans cesse. Je ne veux pas savoir. Peu importe ce que c'est, je ne veux pas le savoir.

Nia secoue la tête.

— Cécé, ça commence à devenir ingérable.

Je m'assieds sur le lit à côté d'elle.

— On ne peut pas le laisser découvrir la vérité. Il va tout foutre en l'air.

— Mais tu comprends pas ? s'énerve Nia avec un grognement de frustration. C'est mort. Faut que t'arrêtes ce petit jeu de la Fée Bleue.

Cette seule pensée m'est tout bonnement insupportable.

— Non. Ça va se tasser.

— Cécé, on devrait aller chez les flics. Leur dire pour Paxton et sa mère. C'est de la trahison pure et simple, et tu as déjà été impliquée.

Elle me montre l'écran de son smartphone qui affiche une nouvelle story*. Le titre hurle en grosses lettres noires :*

LE FILS DE LA SÉNATRICE PHOTOGRAPHIÉ AVEC UN ESPION RUSSE NOTOIRE

En dessous, il y a une photo de Pax et moi posant devant la maison de Paxton avant le bal de fin d'année. Je porte une robe d'un bleu glacier assorti aux yeux de Paxton. Il rejette ses cheveux noir corbeau en arrière. Nous avons l'air si heureux, tous les deux. Personne ne pourrait se douter que nous cachons de pareils secrets.

Je secoue la tête.

— On ne peut pas aller voir la police. Tu le sais bien. Nous aussi, on a trafiqué des trucs pas très nets. Qu'est-ce que tu fais d'Edwin ?

Elle se tait, cette fois. À l'évocation d'Edwin, elle se retranche dans un endroit retiré où je ne peux pas la suivre.

Mon téléphone vibre et elle tourne les yeux vers l'écran.

✉

De : Paxton Yates
À : La Fée Bleue
Je sais qui tu es. Il faut qu'on parle.

— C'est qui ? demande Nia.

J'hésite une fraction de seconde de trop avant de répondre.

— Personne.

Je suis sur un lit.

Avec un mec.

Un mec que je ne reconnais pas.

Je le repousse violemment et le regarde, horrifiée.

— Quoi ?

Il fronce les sourcils, repoussant les cheveux tombés devant ses yeux. Ses cheveux *châtain clair.*

— Les dix minutes sont écoulées !

Cato Bell se tient sur le seuil. Elle ne semble pas autrement perturbée de me voir à moitié nue, à cheval sur un inconnu nettement plus dévêtu que moi.

— Putain !

Le type attrape les draps à tâtons pour m'en envelopper d'une main, pendant qu'il saisit un T-shirt de l'autre.

Je m'extirpe du lit et me dirige vers Cato. Mon soutien-gorge est toujours défait, mon jean, déboutonné. Je me plante devant elle, les yeux dans les yeux.

— Voilà pourquoi il a reconnu Sandra. (Enfin, je percute !) Les autres aussi. Ils l'ont vue à la télé, aux infos. Nia et moi ne l'avons pas reconnue parce que nous l'avons rencontrée *physiquement*. Elle était dans une autre partie de notre mémoire, la partie qui a été effacée.

Cato se contente de sourire.

— Comment vous y êtes-vous prise ? Pour me faire croire que c'était lui, je veux dire ? J'ai eu des flash-back !

— La même eau de Cologne. L'odeur a un incroyable effet de réminiscence.

— C'est qui, en réalité ?

Cato hésite un moment, lorgne le garçon que j'ai pris pour Paxton Yates.

— Tu ne le connais pas. Il purge une peine de réclusion à perpétuité en quartier de haute sécurité. Pour l'assassinat de sa mère avec l'arme de service de son père. (Elle m'adresse un petit sourire narquois.) J'ai pensé que cela pourrait s'avérer intéressant... Et il ressemble un peu à Sandra, c'est vrai.

Le faux Paxton nous regarde alternativement, Cato et moi.

— Qu'est-ce qui se passe ?

Je me tourne vers lui. Il lève vers moi ses beaux yeux bleu glacier avec cet air d'adorable petit chiot. Il a confiance en moi.

Il ne devrait pas.

— Je suis trop désolée.

Je vois alors les émotions se succéder sur son visage : la confusion, l'incrédulité, la prise de conscience, le déni.

— Non ! s'exclame-t-il. Tu te trompes. On a vraiment un truc, toi et moi. Le courant passe entre nous. C'est impossible qu'on ne se soit jamais rencontrés avant. Elle te ment. Elle a déjà menti. Je *suis* Paxton Yates. Je le sens au plus profond de moi.

J'ai bien envie de le croire. Après tout, il n'a pas tort. Cato Bell n'a cessé de nous mentir.

Je lui laisse une chance.

— Tu es censé être un génie des maths. Quelle est la racine carrée de mille sept cent soixante-deux ?

Il me dévisage, interdit.

— Je n'en sais rien. Mais qu'est-ce que ça prouve ? Tu crois que je suis un génie parce qu'elle te l'a dit. (Il redresse le menton et carre les épaules.) Vous n'avez qu'à le prouver, lance-t-il à Cato Bell.

Bell se mord la lèvre.

— Tu n'aurais pas dû dire ça, lâche-t-elle.

Et, de ce geste souple et sûr que procure l'entraînement, elle tire un pistolet de sous sa tunique. Elle est presque désinvolte dans cette façon qu'elle a de le braquer sur Paxton, de viser, de retirer la sûreté et d'appuyer sur la détente.

La détonation est si forte que j'ai les oreilles qui sifflent. Je me tourne vers Pax qui tient toujours le drap sur sa poitrine. Le sang reflue de son visage, imprègne le tissu blanc.

Je titube jusqu'au lit et prends Pax dans mes bras. Il y a beaucoup de sang. Trop de sang. La forte odeur métallique se mêle à la muscade et au bois de cèdre de son eau de Cologne.

Sa peau est froide et moite. Ses lèvres bleuissent déjà.

J'ouvre la bouche pour tenter de le rassurer, lui dire… lui dire que je l'aime, n'importe quoi mais quelque chose. Rien ne me vient. Je n'ai pas les mots.

— Je… sens plus mes mains, murmure-t-il. Cecil… Aide-m… je t'en suppl…

Ses yeux se révulsent. Il est pris de tremblements.

— Pax ! (Je hurle, le secoue, lui donne de petites claques sur les joues.) Réveille-toi ! Ça va aller. Tu vas t'en tirer. Ça va aller.

— Non, dit Bell derrière moi. Il a déjà perdu plus de vingt pour cent de son sang. Il est en état de choc hypovolémique.

Il ne bouge plus.

— Mais faites quelque chose ! Appelez les secours !

Mes paroles ne sont plus qu'un grognement.

— Il n'y a rien à faire. Sa mort n'est plus qu'une question de minutes.

Je retire le drap rouge et collant ; je ne vois plus que du sang. Je pose mes mains sur son torse, ce torse sur lequel, il n'y a pas cinq minutes, j'étais arc-boutée, livrée aux spasmes du désir. Ce torse contre lequel je me suis blottie pour dormir dans le bus. Ce torse que je croyais appartenir au petit ami qui m'avait trahie, et que j'avais trompé.

Mais c'était un inconnu depuis le début.

Le sang coule, visqueux, et me glisse entre les doigts. Je me tourne vers Cato Bell.

— Comment il s'appelait ?

— Qu'est-ce que cela peut te faire ? me rétorque-t-elle.

— Ça m'importe.

Cato Bell sourit.

— Il s'appelait Quinn Paget.

Elle le considère un moment, et, le temps d'un éclair, je vois du regret se peindre sur son visage. Ça ne dure qu'une seconde, avant qu'elle ne recouvre son air distant et son indifférence habituels.

— L'odeur, c'est le relâchement de ses sphincters : la vessie, les intestins. Généralement, on n'en parle pas à la télévision. Pas très glamour.

— Il ne méritait pas ça.

— Ah non ? Il a tué sa mère de sang-froid. Dans son sommeil. Un coup de pistolet en pleine tête. N'est-ce pas, au contraire, exactement ce qu'il méritait ?

— Ce n'est pas à vous d'en décider. La loi du talion, hein ? C'est nul. « Œil pour œil », en quoi ça aide les gens ?

— Tout à fait d'accord avec toi. C'est bien pourquoi je fais cette étude, Cecily. Ne comprends-tu pas ? Bien sûr que Quinn n'aurait pas dû mourir ainsi. Il a peut-être assassiné sa mère, mais il a eu une vie... de merde, passe-moi l'expression. Ses parents avaient de l'argent, mais il a été maltraité, incompris, privé d'affection. Il avait besoin d'aide et personne ne la lui a donnée. Est-il si étonnant qu'il ait craqué ? Je veux offrir une seconde chance aux gens comme lui, moi. Leur donner le soutien dont ils ont besoin pour qu'ils puissent prendre un nouveau départ.

— Pourquoi l'avoir tué, alors ? Pourquoi il n'a pas eu droit à un nouveau départ ?

— On ne fait pas d'omelette sans casser des œufs.

— Non. Il n'y avait aucune raison de le tuer. Vous auriez pu effacer sa mémoire, comme ce sera le cas pour nous. Pourquoi le tuer ?

Elle ne cille même pas.

— Pour toi. Je l'ai tué pour que tu comprennes bien que je ne plaisante pas. Cette fois, tu ne t'en sortiras pas par la ruse ou la manipulation, comme c'était le cas auparavant. Je ne suis pas un des clients de la Fée Bleue, moi. *J'obtiendrai* les résultats que je cherche et, pour cela, je n'ai pas peur de me salir les mains. Tous les coups sont permis. Ne cherche pas à me doubler, Cecily Cartwright. Obéis et tout sera bientôt terminé. Tu seras transférée dans une prison résidentielle. Tu auras ton propre espace personnel (plus une chambre d'hôtel qu'une cellule), accès au jardin potager et à la bibliothèque. Tu pourras finir tes études. Mais, si tu continues à essayer de me berner, crois-moi, je vais faire de ta vie un véritable enfer.

Je n'ai aucune réplique à lui donner. Pas de repartie bien sentie. Alors, je préfère changer de sujet.

— Et le vrai Paxton ? Que lui est-il arrivé ? Où est-il ?

Un sourire dur passe sur le visage de Cato Bell. Son rouge à lèvres sombre s'étire en une sinistre balafre.

— Lui aussi, il est mort dans son lit d'un coup de pistolet en pleine poitrine. Tu ne t'en souviens donc pas ?

J'ai soudain aussi froid que si c'était moi qui avais pris la balle dans le cœur.

La balafre noire s'incurve en un rictus cruel.

— Tu l'as tué *deux* fois, Cecily : un véritable exploit.

Des draps défaits. Paxton endormi dans un lit de motel king size. Une bouteille de vodka gît sur la table de nuit. J'ai la main refermée sur un objet en métal, dur et froid : un passe. Sauf que ce n'est pas du tout un passe. C'est plus gros, plus lourd, et beaucoup plus dangereux.

Je sens la merde, l'odeur de la poudre, et l'eau de Cologne de Paxton.

La lumière des néons extérieurs s'infiltre par la fenêtre, colorant le lit en rose et bleu.

Tout ce sang !

Mes jambes se dérobent et je m'écroule. Je suis toute poisseuse de sang. Mon soutien-gorge se balance toujours stupidement, pendu à mes épaules.

Bell me détaille de haut en bas.

— Retourne dans ta chambre et lave-toi. Je vais t'apporter des vêtements propres.

Je prends une douche. Mais le sang est difficile à enlever. Il est si épais. Il me colle aux mains, à la poitrine, au visage, aux cheveux. Il éclabousse le rideau de douche. Des empreintes sanglantes marquent le bac de douche. Il s'enroule autour de la bonde en fins rubans écarlates. Mais il y en a encore. Il y en a toujours. Toujours plus.

Le sentiment d'urgence qui m'animait, quelques heures plus tôt, a disparu. Je ne veux pas me rappeler qui je suis. Edwin avait raison : savoir la vérité ne fait que me rendre plus vulnérable, brisée.

Cecily Cartwright était un monstre.

Je suis un monstre.

Pas étonnant que Nia m'ait dénoncée.

Je sors de la douche et passe devant le porte-serviettes sans m'arrêter. Je m'assieds sur le lit, nue et trempée, et je pose la main à l'endroit où, dans une chambre voisine, à un jet de pierre à peine, Paxton (Quinn) a saigné à mort. Les draps de mon lit sont tout frais, bien blancs. Et pourtant, quand je ferme les yeux, je ne vois que du sang.

Je suis tellement fatiguée.

Ma porte s'ouvre et Cato Bell entre, une pile de vêtements bien pliés dans les bras. Elle ne réagit pas en me voyant ainsi. Ce qu'il faudrait pour la faire réagir, je me le demande.

— Tu as fait la une de tous les journaux, le sais-tu ? me dit-elle. La Fée Bleue avait déjà un nombre exorbitant d'abonnés sur les réseaux sociaux. Alors, après le meurtre, quand tu as été démasquée ? Quelle histoire ! Une petite arnaqueuse mineure devenue meurtrière, une criminelle diabolique.

Je ne prends pas les fringues qu'elle me tend. De sorte qu'elle les pose sur le lit.

— Quelqu'un a enregistré ton procès, ton contre-interrogatoire, et a tout balancé à la presse. La cour a bien tenté de coller une ordonnance de non-publication sur l'intégralité, mais c'était futile. Tu étais si convaincante. Imperturbable. Tu n'as rien démenti. Tu n'as manifesté aucun remords. Tu semblais même fière de toi, plutôt. Tu avais accompli chacun des objectifs que que tu t'étais fixés. Tu t'étais élevée au-dessus du lot, au-dessus de tes petits camarades bien plus riches que toi, de tous ces privilégiés. Tu as été remarquable, au sens propre. L'élève la plus célèbre de Westbridge. Tous tes comptes sur les réseaux sociaux ont été fermés, mais on te rendait un véritable culte. L'eye-liner de ta marque préférée a été épuisé en quatre heures. Ton nom était sur toutes les lèvres ; ton visage, sur tous les écrans. Le monde entier connaissait ton histoire.

C'est faux. Ce n'est pas possible. Je ne suis pas cette fille-là. J'en ai, des remords.

Je n'ai même plus rien d'autre que ça.

— Tu es vraiment incroyable, Cecily.

Je sens une légère étincelle de mon ancien moi se rallumer.

— Ce ne serait pas le moment où vous me sortez que je vous rappelle vous, étant jeune ?

Je ne cherche pas à cacher le sarcasme perceptible dans ma voix.

Cato Bell a un petit reniflement dédaigneux.

— Si, naturellement. Sauf que je me suis servie de mon implacable ambition pour bâtir le plus grand et le plus florissant empire de la tech, alors que tout ce que tu as gagné, en définitive, c'est une combinaison orange.

— Je parie que j'avais un look d'enfer en orange.

— Tu es l'influenceuse suprême, Cecily. Avec toi comme figure de proue du Projet Amnesia, mon premier cas de test, le monde entier s'intéressera à mon expérience. Si je peux rééduquer l'insensible, l'impitoyable Cecily Cartwright, alors tous comprendront que le Projet Amnesia fonctionne. On parlera de nous partout et mon travail deviendra viral : les politiques seront bien obligés de prendre le train en marche.

— Qu'est-ce que vous m'avez proposé ? En échange de ma participation, je veux dire ?

— Comme d'habitude. Une réduction de peine. Une chambre privée dans une prison résidentielle, de celles où l'on envoie les Blancs nantis. Tu as posé une condition supplémentaire, cependant.

— Laquelle ?

— Nia. Tu voulais que Nia vienne ici aussi.

Je laisse le silence envahir la pièce. Je repense à ce que le faux Edwin voulait : faire table rase. Un nouveau départ.

— Mais ça ne marche pas, votre truc. Le Projet Amnesia. Je suis toujours une sale gosse. Edwin a toujours envie de foutre le feu. Vous ne pouvez pas effacer la nature profonde des gens, bonne ou mauvaise. Ce mal au fond de moi est toujours là.

Cato Bell hausse les épaules.

— Nous n'en sommes qu'au début. Il y a encore… tant d'autres pistes à explorer. Je finirai par y arriver. J'obtiens toujours ce que je veux.

Je déglutis, un gouffre dans le ventre à la perspective d'être indéfiniment coincée sur cette île, réinitialisée en boucle, me perdant encore et encore avant de me retrouver, juste pour me rendre compte, encore et encore, que je suis un monstre.

Il doit y avoir une autre solution.

— Et si je vous donnais ce que vous voulez ?

Je parle lentement d'une voix étrange, comme si c'était celle de quelqu'un d'autre.

Cato Bell tourne vers moi un œil interrogateur et calculateur.

Je creuse le filon.

— Les résultats que vous cherchez à obtenir. Je vous donnerai tout ce que vous voudrez. Je suis une excellente comédienne.

— Je t'écoute.

— Vous ne voulez pas que cette phase expérimentale dure trop longtemps. Bientôt, il y aura un autre scandale et on m'oubliera. Vous voulez battre le fer tant qu'il est chaud. Alors, laissez-moi vous donner ce que vous voulez. Je repasserai le test, je remonterai dans le bus, la totale. Je changerai, je ferai peau neuve. Je serai une gentille, quelqu'un de bien : bonne moralité, parfaite éthique… tout ce que vous voulez que je sois.

— En échange de ?

— Après cette réinitialisation, je veux la dose maximale. Je veux tout oublier : qui j'étais, ce que j'ai fait, tout. Je veux un nouveau départ. Je veux une nouvelle vie, un nouveau nom.

Je veux effacer Cecily Cartwright, la rayer de la carte. Pouvez-vous faire ça ?

Elle hésite.

— Et Nia ?

Je me revois, penchée au-dessus du vide avec Nia, la brise nocturne soulevant mes cheveux, l'obscurité piquetée d'étoiles au-dessus de nos têtes.

Je garde un ton nonchalant.

— Quoi, Nia ?

— Fait-elle partie du marché ?

Je secoue la tête.

— Tuez-la. Laissez-la pourrir ici. Ça m'est complètement égal.

— Tu es sûre ?

Cato Bell plante un regard perçant dans le mien, comme si elle s'attendait à me voir flancher. Elle espère encore déceler en moi une ébauche de remords, un soupçon d'humanité, de *bonté*. Elle va devoir gérer sa déception.

— Sûre et certaine.

Nous nous serrons la main.

— J'aurai besoin d'argent aussi.

— Mais tu n'en manques pas, me rétorque-t-elle. Tu as refusé de dévoiler la clef du compte de la Fée Bleue. C'est de la cryptomonnaie, donc la cour n'a pas retrouvé sa trace. Il doit bien y avoir 5 millions au total, peut-être même 10. Largement de quoi te remettre en selle.

— Mais comment je pourrai y avoir accès ?

— Tu as besoin de la clef électronique. Un code que tu es la seule à connaître.

— Mais je ne le connais pas.

— Mieux vaut espérer que la mémoire te revienne vite, alors.

— Il n'y a pas d'autre moyen de le trouver ? J'ai bien dû l'écrire quelque part.

Cato Bell hausse les épaules, mais elle détourne le regard et, vu la manière dont elle modifie légèrement sa posture…

Je plisse les yeux.

— Sauriez-*vous* par hasard où il est, ce code ?

— Non, répond-elle au bout d'un moment. Je ne le *sais* pas. Même si j'ai ma petite idée sur la question…

LA SÉNATRICE DISCRÉDITÉE AUX OBSÈQUES DE SON FILS

L'ex-sénatrice Sandra Yates est apparue pour la première fois en public depuis la naissance de sa fille, Honora, pour assister aux obsèques de son fils de dix-sept ans, Paxton.

Vêtue d'une sobre robe noire unie, Yates a fait son entrée dans la salle où la cérémonie devait être célébrée, serrant le nouveau-né contre son cœur.

Priée de commenter les événements liés au décès de son fils, Yates, contrecarrant les efforts de son service d'ordre pour la soustraire au feu des questions, s'est adressée directement à la presse : « Je veux saisir cette occasion pour assurer aux citoyens de ce grand État que les regrettables événements de ces dernières semaines n'ont en rien entamé ma détermination et que j'entends bien continuer à les représenter au Sénat. Je ne doute pas que les fausses accusations portées contre moi seront abandonnées d'un jour à l'autre, et vais donc reprendre ma campagne. »

Placée en résidence surveillée depuis un mois pour fraude électorale, la sénatrice Yates a également été impliquée dans une autre affaire concernant un(e) lycéen(ne) connu(e) sous le pseudonyme de « La Fée Bleue », arnaqueur(se) notoire ayant semé la panique dans la prestigieuse Académie de Westbridge, scandale dit « mineur » qui s'est tout de même soldé par le décès d'un élève.

Le corps de Paxton Yates a été découvert jeudi dernier dans une chambre de motel, à la suite de ce que la police qualifie de « suicide ». Les rumeurs selon lesquelles il était la Fée Bleue vont bon train, en dépit des dénégations persistantes de l'avocat de la famille.

17

JOUR 5

06 : 45

Le nouveau Riley est encore plus grave que l'ancien.

— Comment c'est pas cool, ça ? lance-t-il. Tu participes à un test et tu te choppes direct tous les bénefs de la taule première classe : bouffe à la carte, choix de ta piaule…

— Écoute, mec, lui rétorque Nia, question choix, on peut pas vraiment dire que t'aies fait les meilleurs dans ta vie. T'imagines même pas.

Sur le coup, le nouveau Riley n'a pas l'air de savoir sur quel pied danser. Et puis il sourit jusqu'aux oreilles et fait signe qu'il s'en moque.

— Faut toucher le fond pour pouvoir remonter.

J'entends d'ici le gloussement de Cato Bell. Laquelle a repris son rôle de Catherine, avec son T-shirt bleu et ses cheveux ternes et épars sur les épaules.

Il n'y a pas de nouveau Paxton, en revanche. Ni de Sandra. Je suppose que Cato Bell n'en avait qu'une paire de rechange.

Nia se faufile jusqu'à moi.

— T'as pas vu Paxton ? me demande-t-elle dans un souffle.

Impossible de la regarder en face. Alors, je me contente d'un haussement d'épaules. Au bout d'un moment, Nia se penche de nouveau vers moi.

— Tu l'as lu, le dossier ?

Il y a quelque chose d'appuyé dans le ton : sa question est moins simple qu'il n'y paraît.

Je secoue la tête et mens effrontément.

— Nan. Je n'ai pas eu le temps.

— Ah.

Elle me laisse passer devant et nous tournons l'angle des bâtiments pour trouver le bus qui nous attend, tel un missile lisse et blanc. Il ne reste plus la moindre trace de Riley : le bus semble tout droit sorti de l'usine. Je jette un coup d'œil à mes mains. Mes cuticules sont encore rouges, tachées par le sang de Paxton.

Edwin marche devant moi, la tête baissée, une paire de lunettes neuve sur le nez. Je ne sais pas s'il envisage toujours de suivre le plan que nous avons arrêté ensemble. Je ne sais pas si j'y tiens tant que ça, à présent.

Nous montons dans le bus et Cato Bell nous attribue nos places. En m'asseyant, je sens un truc qui me rentre dans la fesse droite : le bout arrondi du manche de mon cran d'arrêt. Je me demande pourquoi je l'ai pris. En même temps, je me suis dit que Cato Bell pourrait bien avoir besoin qu'on la motive un peu pour respecter sa part d'un marché. Un couteau fourré dans la poche arrière de mon jean, ça ne peut pas faire de mal, hein ?

Cato Bell s'assied et tape sur l'écran du dossier devant elle. Le bus démarre et entame la descente du petit chemin de terre cahoteux, dans un bruit de cailloux et de feuilles écrasés sous ses roues, avec le bourdonnement sourd du moteur électrique en fond sonore.

— Nous commencerons dès que nous atteindrons la route principale, nous annonce Bell. Restez à vos places.

— Ça y est ? demande le nouveau Riley. C'est le début du test ? Pourquoi je porte ce badge ? Je m'appelle pas Riley. Je m'appelle Jareth.

Assise quelques rangs derrière Bell, Nia pianote furieusement sur son propre écran.

Je regarde par la vitre. Le bus négocie le virage et, pendant une seconde, j'ai une perspective panoramique de l'île étendue à nos pieds. J'aperçois le cap herbeux qui s'avance dans la mer, là où l'hélico a récupéré Sandra. Je vois des franges de sable blanc et le bleu de l'océan à perte de vue. Et je vois la jungle. L'île est plus grande que je ne le pensais. J'ai la brève vision d'un fleuve qui se précipite du haut d'une falaise pour serpenter en un large ruban argenté le long d'un ravin. C'est magnifique, le genre de tableau qu'on pourrait voir sur les réseaux sociaux avec une quelconque citation dégoulinante de sincérité tire-larmes collée dessus.

Je consulte mon bracelet.

08 : 58

— Y a quelqu'un qui fume ? (C'est le nouveau Riley qui se dévisse le cou pour balayer le bus du regard par-dessus le dossier de son siège.) Parce que je suis preneur. Je peux tirer une taffe ?

Cato Bell jure, et je me retourne pour découvrir une volute de fumée s'élever de la place où Edwin est assis.

Je me lève, histoire de me faire une meilleure idée. Il s'est emparé de la petite bouteille d'eau dans le filet de son siège pour s'en servir de loupe, dirigeant un rayon de soleil sur un bout de papier plié.

— Pose ça immédiatement !

Bell a pris le ton autoritaire d'une directrice d'école.

Edwin l'ignore royalement, et le papier prend feu. Il le pose avec délicatesse sur le revêtement en tissu de son siège qui se met aussitôt à brûler et à noircir.

Une alarme résonne et les gicleurs d'incendie se déclenchent, nous aspergeant d'une eau froide qui pue le chlore. Le bus ralentit et s'arrête. Les portes s'ouvrent automatiquement.

Cato Bell laisse échapper un grognement excédé.

— Maudits gosses, je vous hais. Je-vous-hais. Descendez !

Le nouveau Riley, Edwin et moi la suivons dans le couloir. Nia est la dernière, s'attardant à sa place aussi longtemps que possible sans risquer d'éveiller les soupçons. Edwin titube à moitié derrière moi. Il semble avoir du mal à garder l'équilibre. J'entends sa respiration, forte et haletante, comme s'il venait de courir un marathon.

Je lui lance un « Ça va ? » discret par-dessus mon épaule. Il lève la tête vers moi, les joues rouges et les yeux brillants, le regard légèrement flou. On dirait qu'il a bu.

— Ouais, me répond-il, essoufflé. Ouais, carrément.

Il rate une marche en descendant du bus et s'étale sur la route, nous entraînant, le nouveau Riley et moi, dans sa chute. Tant et si bien que nous nous retrouvons le nez dans les feuilles mortes et ce qui jonche le sol d'une forêt.

Edwin est pris d'un fou rire monumental. Tout juste s'il ne se roule pas par terre. Je remarque qu'il tient toujours un bout de papier carbonisé, complètement trempé, serré dans son poing.

En se relevant, le nouveau Riley regarde Edwin de travers.

— Non mais tu as fumé quoi, mec, sérieux ?

Nia me tend la main pour m'aider à me redresser.

— J'ai écrit une nouvelle séquence d'instructions, me glisse-t-elle à voix basse. Ça charge. Ce qui devrait prendre… je sais pas. Cinq minutes ? Ça va désactiver le lavage de cerveau. Enfin, la réinitialisation. Si l'éxé atteint nos bracelets à temps.

Elle me relève et, pendant deux secondes, son corps est tout contre le mien. Je peux même sentir sa poitrine se soulever à chaque inspiration tempétueuse. J'ai envie d'elle. De l'attraper et de la plaquer encore plus fort contre moi, pour qu'il ne reste pas même un atome d'espace entre nous.

Tout ce sang !

Je retire ma main et recule brusquement d'un pas. Des éclairs zèbrent alors ses prunelles : de douleur d'abord, puis de colère.

— Mais c'est quoi, ton problème ? siffle-t-elle entre ses dents.

Comment lui répondre ? Je n'en ai aucune idée. Je préfère encore tourner les talons.

Le cran d'arrêt n'est plus dans ma poche arrière. Je pivote d'un bloc pour passer les autres en revue. Assis sur le bas-côté, le nouveau Riley s'amuse à jeter des cailloux dans la jungle. Edwin tourne en rond autour du bus. Nia a les yeux braqués sur moi, le regard minéral, la mâchoire projetée en avant.

Je ne peux faire confiance à personne.

Le revêtement des sièges est encore un peu humide, mais Cato Bell, qui tire une tête de six pieds de long, insiste pour que nous poursuivions l'expérience. Nous reprenons nos places, et le bus redescend la route. Vu que Nia ne veut plus me décrocher un mot, je ne sais absolument pas si son téléchargement est fini ou pas. Mon bracelet ne me paraît pas avoir changé en quoi que ce soit, en tout cas. Le bus sent l'humidité et la fumée. Et autre chose, quelque chose de bizarre et de sucré.

— Bon, dit sèchement Bell. Initiation du test Projet Amnesia numéro cinq. Dans cinq, quatre, trois, deux…

Rien ne se produit en ce qui me concerne.

La nouvelle séquence d'instructions de Nia a-t-elle marché ? Ou tout le monde a-t-il eu sa mémoire effacée et Cato Bell aurait-elle préservé la mienne pour respecter notre marché ?

Dans un cas comme dans l'autre, il va falloir que je donne le change.

Bell veut que je passe dans le camp des gens biens. Or, si j'ai appris quelque chose au sujet de Cecily Cartwright, c'est que jouer les bonnes âmes n'a rien, chez elle, d'une seconde nature.

Quoi que puisse me dicter mon instinct, j'ai plutôt intérêt à faire l'inverse.

Le bus est silencieux. Tout le monde dort, ou fait semblant.

Je me lève pour me diriger vers l'avant du bus, feins la surprise en découvrant qu'il n'y a aucun chauffeur en vue et retourne m'asseoir. Nia me saisit le poignet au passage et je m'assieds à côté d'elle.

— Qu'est-ce qu'il y a ? me demande-t-elle.

Je surprends mon reflet dans la vitre et, le temps d'un instant, on dirait qu'il dégouline de sang. Nia me dévisage. Elle serre les dents, les muscles de ses mâchoires si crispés qu'on dirait celles-ci soudées. Mais impossible de savoir si c'est un signe de tension, parce qu'elle doit contenir son excitation, ou d'angoisse. Elle attend quelque chose. Du réconfort ? Des explications ? Un clin d'œil discret ? Je n'en ai aucune idée.

Je suis incapable de dire si elle a été réinitialisée ou pas.

— Je sais pas *qui* je suis.

Elle a les yeux exorbités. Est-elle sincère ? Ou simplement une très bonne comédienne ? A-t-elle mon couteau caché dans sa poche, attendant la première occasion pour me le planter dans le cœur ?

Non que je ne le mériterais pas…

Je déglutis, le temps de peser mes différentes options. Quand c'est arrivé, la dernière fois, j'ai menti. Je me suis tirée aux toilettes. J'ai refusé d'avouer à Nia que, moi aussi, j'avais perdu la mémoire. Mais, cette fois-ci, il faut que ce soit différent : il faut que je sois une gentille fille. Bell va tendre l'oreille.

— Moi non plus. Je… je sais des choses, genre comment on fait pour marcher, parler, lire, ou quelle est la capitale de la Bolivie. Mais je ne me rappelle pas *qui* je suis.

Si seulement c'était vrai !

Une expression de confusion glisse sur le visage de Nia.

Si elle a réussi à court-circuiter le programme des bracelets et que sa mémoire est intacte, alors elle pourrait être troublée parce que ma réponse est différente de la dernière fois.

Mais, si elle a été réinitialisée, elle pourrait tout aussi bien être troublée par une pareille situation.

Impossible à deviner.

Le moment est déjà passé et Nia poursuit :

— Je me souviens de rien. Comment j'ai atterri ici, où « ici » se trouve. Et encore moins comment on en est arrivé là.

Elle se penche et remonte la jambe gauche de son jean. Mon regard s'attarde sur les minuscules lettres anglaises dorées. « *UNBREAKABLE* ». J'espère que c'est vrai : que rien ne pourra jamais la briser.

— Ouah ! C'est magnifique !

— Hum, salut ?

C'est le nouveau Riley de l'autre côté du couloir.

Mon sang se glace dans mes veines. Je m'aperçois que j'ai complètement oublié de le prendre en compte. Si le court-circuit de Nia a fonctionné, alors lui non plus n'a pas perdu la mémoire : il pourrait tous nous trahir auprès de Cato Bell.

Je retiens mon souffle. A-t-il été réinitialisé ou non ? Dans un sens comme dans l'autre, il est temps pour la gentille Cecily de se montrer serviable. Je me lève et traverse le couloir pour aller le voir.

— Salut ! (Je veille à ne pas hausser la voix.) Ne t'inquiète pas. Tout va bien.

— Cool, cool, répond-il. (Trop fort. Insupportablement fort.) J'ai juste une question…

Je pose le doigt sur mes lèvres et jette un regard circulaire.

— Chuut ! Les gens dorment.

— Oh ! Ouais, ouais, pardon. (Même quand il chuchote, le nouveau Riley n'est pas beaucoup plus discret. Il va falloir faire avec.) Hé ! On se connaît, non ? Ta tête me dit vraiment quelque chose…

— Non, on ne se connaît pas.

Le nouveau Riley fronce les sourcils et hoche la tête au ralenti.

— OK-ayyyy. C'est juste que…

— Je crois que le meilleur plan, dans ces cas-là, c'est de jouer le jeu et de voir ce qui se passe, non ?

— Ouais. Ouais, carrément. Jouer le jeu. (Il me fait un clin d'œil, mais je n'ai pas la moindre idée de ce qu'il entend par là. Et puis il se penche vers moi.) C'est un trip, hein ? Un de ces nouveaux champis de synthèse, c'est ça ?

J'hésite un moment.

— Ouep. C'est exactement ça. Donc tu n'as qu'à jouer le jeu comme tout le monde et tout ira bien.

— Une dernière question.

— Quoi ?

— T'aurais pas des chips ?

Je me lève et glisse un regard vers Cato Bell, qui fait toujours semblant de dormir. J'affiche la plus grande sincérité, m'éclaircis la voix et m'efforce de mimer les bons Samaritains.

— Tout le monde ici a perdu la mémoire, n'est-ce pas ?

Je jette un coup d'œil à Edwin qui hoche la tête en évitant mon regard.

Je suis absolument incapable de dire qui simule ou non. Je ne sais même pas trop ce que je fais. Mais je garde le cap.

— C'est quoi, l'histoire, avec ces T-shirts ? (Le nouveau Riley tire sur son t-shirt rouge.) La vieille dame et toi, vous êtes en bleu, et le reste, on est tous en rouge.

Nia me balance un regard froid.

— Une histoire de classes sociales, c'est clair, répond-elle d'un ton dégoulinant de mépris. Cecily et la vieille dame sont friquées.

— À quoi tu vois ça ? s'étonne le nouveau Riley.

— T'as qu'à la regarder. Ses cheveux, sa peau, ses dents parfaites : elle est blindée. Mais nous, toi, Edwin et moi, on est des gens normaux.

J'ai du mal à avaler ma salive.

— Il s'agirait de ne pas tirer de conclusions trop hâtives. (Je m'essaie à la diplomatie.) Il vaut mieux évaluer chacun d'après ses actes, et non d'après des préjugés sur son apparence.

Nia me foudroie du regard et retourne à son écran.

— En fait… je suis sûr que vous existez pas, tous autant que vous êtes, déclare alors le nouveau Riley en prenant un air inspiré, comme s'il avait tout compris.

— Houhou ? (Catherine est réveillée et nous observe, puis regarde par la vitre, les yeux rivés sur l'océan.) Nous partons en vacances ?

Sa voix de vieille dame est vraiment impressionnante.

Je m'accroupis à côté d'elle.

— Bonjour ! (Je prends un ton calme, l'air attentionné.) Vous vous appelez Catherine. Ne vous inquiétez pas, Catherine, tout va bien se passer. Nous allons nous occuper de vous.

Catherine bat des paupières comme une chouette.

— Pourriez-vous me servir une tasse de thé, mon petit ? demande-t-elle, en me tapotant la main. Sans sucre, mais avec un nuage de lait.

Je pose la main sur les siennes.

— Je vais voir ce que je peux faire.

Elle m'adresse un clin d'œil.

***

Les heures s'écoulent pendant que je tente de récolter des bons points en Éthique et Moralité : je partage ma bouteille d'eau avec Edwin ; je vais voir régulièrement Catherine pour m'assurer qu'elle va bien ; j'ignore les piques acérées de Nia… Elle a beau chercher le premier prétexte pour me provoquer, je désamorce toutes ses tentatives sans broncher. Avec le nouveau Riley, je détourne systématiquement la conversation des sujets qui pourraient révéler s'il a été réinitialisé ou pas. Je ne peux toujours rien affirmer à ce niveau-là.

C'est épuisant de jouer la gentille fille.

Nous discutons bien de la situation, mais, cette fois, personne ne s'enflamme. Parce que je ne suis que sourires apaisants et commentaires rassurants. Et que Sandra n'est plus là pour énerver Nia.

C'est *chiant* d'être gentil.

Tout le monde finit par regagner sa place pour somnoler vaguement. Je me remémore la dernière fois, avec le faux Paxton. Je me revois, posant la tête sur son cœur, avec le grondement de sa voix au creux de sa poitrine, sentant son eau de Cologne. Comment cette simple odeur avait suffi à me donner cette impression d'intimité entre nous.

Ça me rend malade, rien que d'y penser.

Et puis, finalement, les écrans sur les dossiers des sièges s'allument et des lignes de texte apparaissent.

**Vous êtes dans un véhicule en mouvement.
Devant vous, la route se divise en deux. Tout droit
se trouvent cinq piétons. Sur la route secondaire
se trouve un piéton. Vous pouvez appuyer
sur un bouton et le bus s'engagera
sur la route secondaire.
Le bus ne s'arrêtera pas.**

Appuyez-vous sur le bouton ?

OUI NON

J'entends Nia retenir son souffle et se mettre à pianoter.

Je regarde les mots sur mon écran. Que ferait quelqu'un de gentil ? Comment *faudrait-il* que je réponde ? Je devrais me prendre la tête, sans doute. Me sentir déchirée, aussi mal dans un cas que dans l'autre. Hésiter entre les deux solutions en essayant de décider quelle option est la plus juste. C'est vraiment ce que les gens normaux ressentent tout le temps ? Waouh !

Avant que je ne puisse hasarder une opinion, le bus s'arrête dans un crissement de pneus et une lumière rouge se met à clignoter au-dessus de nos têtes, en même temps qu'une alarme se déclenche, si stridente que j'en ai mal aux dents.

Quelque chose ne va pas.

— C'est pas vrai ! marmonne Catherine dans un souffle.

La portière s'ouvre et nous descendons une nouvelle fois en file indienne. Je jette un regard en coin à Edwin. Il y a, dans ses prunelles, comme une étrange lueur qui n'y était pas tout à l'heure. Et il a repris des couleurs.

Je lui glisse entre mes dents :

— Qu'est-ce que tu as fait ?

Il hausse les épaules, alors même qu'une grosse colonne de fumée noire commence à s'échapper entre les roues du bus.

— Tu devrais peut-être reculer, me conseille-t-il poliment.

Je fais quelques pas en arrière, gagnant le couvert de la jungle. Les feuilles me frôlent les bras, les chevilles, et les larmes me montent aux yeux avec la fumée.

— Sérieux, mec, j'espère que ça va pas atteindre le réservoir d'essence, grogne le nouveau Riley.

— Il n'y a *pas* de réservoir d'essence, lui rétorque Cato Bell, tranchante. Ce bus fonctionne avec une batterie lithium-ion, bon sang !

— Possible, mais y a un truc qui crame sévère, là, lui fait aimablement remarquer Nia.

— Les batteries lithium-ion ont une fâcheuse tendance à prendre feu quand elles chauffent un peu trop, explique Edwin sur le ton de la conversation.

— Cette batterie ne « chauffe » pas, lui réplique Cato Bell, toujours aussi cinglante. J'ai conçu ce bus. Il y a un circuit de refroidissement qui fait circuler du liquide réfrigérant autour de cette batterie en permanence.

Edwin se retourne pour lui adresser un sourire goguenard – limite flippant, ce sourire, d'ailleurs. Il lève la main gauche pour faire glisser ses lunettes le long de son nez et les laisser tomber sur le sol. Puis, d'un geste lent et délibéré, il les écrase sous le talon de sa basket. Je relève les yeux vers son autre main, restée le long de sa cuisse.

Et qui tient mon couteau.

— Je ne me souviens pas beaucoup de ma vie d'avant, dit-il posément à Bell. Ce que je sais, pourtant, c'est que je vous adulais. Je croyais vraiment que vous alliez sauver le monde.

Je sens un énorme soulagement m'envahir. Notre plan a fonctionné : aucun de nous n'a perdu la mémoire.

Cato Bell fronce les sourcils et plisse les yeux pour dévisager Edwin, comme si elle venait seulement de se rendre compte qu'il se comportait bizarrement.

— Edwin, lui lance-t-elle, en reprenant la voix chevrotante de Catherine. Tu t'appelles bien Edwin, n'est-ce pas ?

— Faux. Je m'appelle Li Zhong Yoh, et je prends un certain plaisir à mettre le feu à tout ce qui me tombe sous la main.

Bell se tourne vers moi, les yeux flamboyants de colère.

— Qu'as-tu encore fait ?

Je penche la tête sur le côté, feins un air évaporé, et la regarde avec de grands yeux étonnés.

— Vous n'avez pas l'air dans votre assiette, Catherine. Vous ne vous sentez pas bien ?

Déjà défigurée par la colère, Cato Bell devient folle de rage.

Dans un véritable coup de tonnerre, le panneau chromé de la face avant du bus s'ouvre, heurtant de plein fouet le pare-brise qui vole en éclats : des millions de bris de verre scintillants propulsés en tous sens, comme autant de gouttelettes d'un arrosage automatique aspergeant une pelouse. Tout le monde se protège le visage des mains et s'accroupit. Un de ces projectiles tranchants me rase la joue.

— Planquez-vous ! s'écrie Nia.

J'en profite pour arracher mon cran d'arrêt de la main d'Edwin, avant de cavaler avec les autres pour me mettre à l'abri dans la jungle.

Des taches blanches aveuglantes me brûlent la rétine, alors que retentit ce qui ressemble à une rafale de coups de feu. Au même moment, les six pneus du bus explosent, projetant des jets de caoutchouc semi-liquide et brûlant dans toutes les directions.

La tête que tire Cato Bell, en cet instant, est un spectacle des plus réjouissants : un vrai bonheur. Je veux le mettre en bouteille pour m'en prendre une trace splendide tous les ans à Noël ! Je me demandais ce qui pourrait bien la faire réagir. Eh bien, la réponse était toute simple : faire sauter son beau bus ultra-performant. Elle avait peut-être des humains de rechange tout prêts à prendre la place de Riley, mais, à en juger par sa mine, elle n'a *pas* de bus de rechange.

— Sen-sass ! s'exclame le faux Riley, avec un sourire jusqu'aux oreilles.

Ce type doit venir d'une autre planète.

— Allons-y, ordonne Bell d'un ton sec. Il faut remonter au camp à pied.

Nia me regarde, et, sur le moment, il n'y a plus aucun secret entre nous.

— On se tire.

Je n'ai pas eu le temps de le dire que nous avons déjà filé.

LA FÉE BLEUE ACCUSÉE DE MEURTRE

Cecily Cartwright, la tristement célèbre arnaqueuse de Westbridge, a été inculpée de deux chefs d'accusation pour assassinat, ainsi que d'une série de charges portées contre elle, dont trafic de drogue, usurpation d'identité et escroquerie en ligne.

Dans un autre procès, la complice de Cartwright, Nia Ongoco, a été également déclarée coupable des charges multiples portées contre elle, dont divers délits de fraude, hameçonnage, trafic sur le *dark Net* et complicité de meurtre.

Une succession d'arrestations en chaîne ont été opérées à Westbridge concernant d'autres élèves qui ont fait appel aux services de la Fée Bleue, dont David Marquez, Mimi Pajalic, Malachi Edwards et, plus choquant encore, la jeune pop star et actrice multi-récompensée Jenna Ng.

Le tribunal a ordonné à Cartwright la liquidation des actifs numériques de son compte, sur lequel étaient versés les gains de la Fée Bleue. La cryptomonnaie ne pouvant être tracée, ce compte n'est accessible que si Cartwright accepte de révéler sa clef de chiffrement. Ce qu'elle a refusé. La cour a donc contraint ses parents, Richard et Annalise Cartwright, à verser près de 13 millions de dollars de réparation pécuniaire.

Les Catwright ayant écourté leurs vacances dans un luxueux complexe de villégiature sur l'île de Medhufaru pour assister au procès de leur fille, étaient tous deux présents à l'audience. Les Cartwright sont rompus à l'exercice des comparutions devant la cour de justice pour avoir fait l'objet d'un recours collectif intenté contre leur entreprise de vente pyramidale de produits cosmétiques, PureBliss, il y a cinq ans.

Très élégante dans sa tenue marine – robe fourreau Vivaldo et escarpins en daim assortis Aviva Ming –, sublimée par un manteau de laine bleu dragée, Cartwright est sortie, souveraine, du palais de justice, ses parents sur les talons.

Cecily Cartwright a totalement ignoré leur présence et ne leur a pas adressé la parole.

18

JOUR 5

15 : 18

— Pourquoi on court ?

— La ferme, Riley-Bis.

— Mon nom, c'est Jareth, mec.

Nous fonçons à travers la jungle, laissant la route derrière nous pour gravir une colline. La côte est super raide et, après je ne sais combien de jours en position assise dans le bus, mes muscles ne sont plus du tout habitués à ce genre d'exercice. Au bout de quelques minutes, la montée d'adrénaline se dissipe et je commence à avoir les poumons en feu.

Je jette un coup d'œil à Nia, et je suis horrifiée en découvrant une vive douleur sur son visage. Elle s'appuie sur sa jambe gauche mais elle boîte, et sa peau a l'air moite, plus pâle et trempée de sueur.

— Faut qu'on… s'arrête… Qu'on fasse… une pause.

J'ai encore plus de mal à parler qu'à respirer.

Elle secoue la tête.

— Faut qu'on soit hors de portée…

À bout de souffle, elle se contente d'agiter le poignet.

Les bracelets ! Mais oui, bien sûr. Bell n'a pas encore accès à un ordinateur à l'heure qu'il est : Edwin a fait exploser les tablettes des sièges en même temps que le bus. Mais, dès qu'elle sera de retour au camp d'Éléos, elle pourra annuler tout ce que Nia a fait et nous réinitialiser.

— Et c'est où, « hors de portée » ?

— Aucune idée.

Alors, nous continuons à courir.

Il fait plus sombre ici que je ne l'avais imaginé. Les arbres au tronc rigide s'élancent vers le ciel pour se disputer la lumière, ne laissant pratiquement rien filtrer pour nous, tout en bas à leur pied. Je trébuche en enjambant un arbre couché recouvert d'un épais tapis de mousse verte.

— On ne sait même pas où on va. Il faut qu'on s'arrête pour discuter de la suite.

Mais Nia m'ignore. Je lance un regard à Edwin par-dessus mon épaule. Il est rouge écarlate et souffle comme un bœuf.

— Euh, les filles ? (Riley-Bis transpire à peine. Avec ses longues jambes, il avale la côte à pas de géant.) J'ai comme l'impression qu'y a un truc essentiel qui m'a échappé.

L'air est saturé d'humidité et tout poisseux de condensation. Le tonnerre gronde au-dessus de nos têtes.

Nous continuons à courir.

Je tends la main pour retenir Nia par le bras.

— Faut qu'on s'arrête.

— Je peux pas, me répond-elle, les dents serrées. Si je m'arrête, je crois que je vais pas pouvoir repartir.

Je me fraie un chemin à travers un enchevêtrement de fougères, de palmes et de lianes, fouettée par le feuillage, griffée par les épines qui balafrent mes bras nus, agrippée par les branches qui s'accrochent à mes fringues, mes cheveux…

Je déteste la nature.

Nia trébuche. Sa jambe se dérobe et elle s'effondre avec un petit gémissement. Je freine en dérapage plus ou moins contrôlé pour m'accroupir à côté d'elle.

— Ça va ?

Je pose la main sur son épaule et elle se laisse aller contre moi. Les sourcils froncés, les yeux clos, elle plisse les paupières sous le coup de la douleur. En entendant ses petits halètements étranglés, j'oublie égratignures, éraflures, et même mes poumons en feu.

— Qu'est-ce que je peux faire ?

Elle secoue la tête.

— Ça va. Aide-moi juste à me relever.

— Sois pas bête. Il faut qu'on s'arrête cinq minutes. Qu'on voie ce qu'on fait. Il nous faut un plan.

— Attends, me lance Edwin, qui vient de s'écrouler sur un rocher. Tu as bien dit que tu *avais* un plan.

— C'était vrai. La preuve : il a parfaitement marché. Tu as été génial, d'ailleurs.

— Mais qu'est-ce que tu fais de *la suite* du plan ?

— On y travaille.

Le nouveau Riley-Bis s'adosse contre un tronc.

— Sans vouloir passer pour le relou de service, j'aimerais *vraiment* que quelqu'un m'explique ce qui se passe. J'ai comme qui dirait l'impression que ça fait pas partie de l'expérience officielle.

Personne ne lui répond. Nia a toujours les yeux fermés. Je ne sais pas si elle va pouvoir continuer. Je regrette de ne pas avoir pensé à prendre une des bouteilles du bus.

— De l'eau. Faut qu'on trouve de l'eau.

C'est comme si je venais de prononcer une formule magique. Une grosse goutte m'atterrit en plein sur le front.

Puis une autre, et, en l'espace d'une minute, il se met à pleuvoir à verse, d'épais rideaux perlés qui tambourinent sur chaque feuille, chaque branche dans un fracas tonitruant. L'eau fraîche ruisselle sur ma peau, mes cheveux, mes fringues, emportant la transpiration et la crasse. Une vraie douche froide. Il faut reconnaître que ça réveille !

Le nouveau Riley récupère la pluie dans le creux de ses mains, puis porte celles-ci à ses lèvres. Je l'imite pour donner à boire à Nia.

— Tiens, ça va te faire du bien.

Elle soulève légèrement les paupières et se penche vers mes mains. Ses lèvres effleurent ma peau et, sur le moment, tout le reste se fond dans un flou artistique, comme dans les films.

Mais ça ne dure qu'une seconde, parce que, loin de s'arrêter, l'averse ne fait que se renforcer pour nous mitrailler sans pitié. Sous nos pieds, le sol se transforme en bain de boue, avec un réseau de mini-ruisseaux qui se rejoignent pour en former de plus gros.

— Ça ne peut pas être naturel, une pluie pareille. (Je m'égosille pour tenter de couvrir le déluge.) C'est trop, là.

Edwin hausse les sourcils – l'eau lui dégouline dans les yeux.

— Pourquoi crois-tu qu'on parle de saison des pluies, à ton avis ? me lance-t-il en clignant furieusement des paupières. Parce qu'il pleut beaucoup !

Du moins ces trombes d'eau semblent-elles avoir un tant soit peu ranimé Nia. Même si elle a toujours l'air d'être à deux doigts de s'évanouir ou de vomir, voire les deux.

— Alors, c'est quoi le plan ? demande-t-elle.

J'ouvre la bouche pour lui répondre. Quand je pensais à la suite, avant, je me disais toujours que je trouverais forcément quelque chose. Que le plan se présenterait spontanément à mon esprit, parfait et prêt à l'emploi. Après tout, c'est mon truc. Je suis la Fée Bleue. Je peux résoudre n'importe quel problème, exaucer tous les vœux.

Sauf que là, c'est la panne : je sèche.

— Je peux proposer un truc ?

— La ferme, Riley-Bis !

— Moi, c'est *Jareth*, me reprend-il. On dirait que vous avez besoin de vous rebrancher les neurones, les copains. Et, même si j'ai aucune idée de ce qui se trame, ni d'où on se trouve, ni de pourquoi on cavale comme des dératés, j'ai l'impression que ce qu'il y a de mieux à faire, c'est de repérer un abri pour nous planquer et cogiter sur le prochain épisode.

— Et comment tu proposes de faire ça, toi ? (Il commence à m'énerver, celui-là !) Pour ce qu'on en sait, on pourrait tout aussi bien être en train de tourner en rond.

— On n'a qu'à suivre ces petits ruisseaux. Qui vont finir par former de grandes rivières, et ces grandes rivières, par rejoindre ce fleuve qu'on a vu. Et comme tous les fleuves vont à la mer, au moins, on saura comment s'orienter. Et puis cette pluie va pas durer mille ans, alors un point d'eau ne serait peut-être pas une mauvaise idée…

Putain de Riley-Bis ! Il ose être intelligent, en plus !

J'aide Nia à se relever et enroule son bras autour de mes épaules.

— Appuie-toi sur moi.

Elle n'essaie même pas de protester, ce qui suffit à m'alarmer.

Nous suivons le cours des rigoles boueuses, mais le sol est glissant et notre progression, d'une lenteur accablante.

— Pardon, murmure Nia. J'ai horreur de ça. Je veux pas être un poids.

— Arrête ! Sans toi, jamais on n'aurait pu lui échapper.

Encore quelques pas et nous émergeons enfin de la jungle. Le sol à nos pieds plonge alors à pic pour laisser place à une pente détrempée bordée de fougères et de mousse. Toute l'eau des ruisseaux se précipite par-dessus bord. L'air est si saturé de pluie que je ne peux même pas voir l'autre rive. Je ne distingue que le fleuve en furie tout au fond, bouillonnement couleur de boue, gonflé par la brusque crue du déluge.

Et il y a un pont. Bon, il ne ressemble pas à celui que nous avons traversé avec le bus hier : seulement quelques bouts de corde effilochée soutenant vaguement des lattes de bois mal équarries qui s'effritent, aussi régulières et solides que des dents pourries. Nous sommes à une trentaine de mètres au-dessus du fleuve. Il n'en faut pas plus pour me retourner l'estomac.

— C'est une blague ? maugrée Nia. Un pont branlant en travers d'un défilé ? On est censés se la jouer Lara Croft, là ?

Edwin est devenu vert de peur ; j'avais oublié qu'il avait le vertige, lui aussi.

Ses parois lessivées par la pluie, la gorge ressemble à une balafre. Pas la moindre piste pour descendre jusqu'au fleuve. Notre petite trouée est centrée sur le pont, mais, de part et d'autre, la jungle s'étend jusqu'au précipice. Suivre le bord serait risqué, surtout par ce temps. Pas impossible cependant. Je risque un nouveau coup d'œil en contrebas : le cours d'eau galope vers l'aval, engloutissant rochers et rondins dans ses tourbillons tumultueux. Du moins savons-nous comment nous diriger. Nous n'avons qu'à le suivre en marchant le long du ravin. Peut-être finirons-nous par découvrir un chemin qui descend ?

Il y a bien ce sentier, aussi… Une vraie coulée de boue envahie de broussailles, certes. Mais il est là, partant du pont pour s'enfoncer dans la jungle. En même temps, il y a de grandes chances pour qu'il mène tout droit au camp d'Éléos… où Cato Bell nous attend de pied ferme, écumant de rage et le couteau entre les dents.

Où aller ? Vers la mer ? Ce serait sans doute plus prudent. Mais que ferons-nous, une fois là-bas ? Ne vaudrait-il pas mieux retourner au camp et essayer de maîtriser Cato Bell ? La contraindre à nous aider pour quitter l'île ?

La respiration de Nia se fait de plus en plus hachée. Peut-être vaudrait-il mieux nous rendre. Et si elle était grièvement blessée ? Qu'est-ce que je sais des risques sanitaires quand on porte une prothèse, moi ? Et si jamais le truc se casse ? Ou s'il se passe… n'importe quoi, et qu'il devient inutilisable ? Je ne veux pas que Nia se retrouve dans une situation inextricable à cause de moi.

Edwin s'écarte du bord. Il est encore plus vert que tout à l'heure. On dirait qu'il va vomir.

— Euh, pourrions-nous tous nous mettre d'accord sur un point ? Il est absolument hors de question ne serait-ce que d'envisager la traversée du pont, c'est bien clair pour tout le monde ?

J'opine du chef.

— J'ai vu assez de films de ce genre dans lesquels ils essaient de le faire. Ça finit toujours mal.

— Qu'est-ce qu'on fait alors ?

— On le contourne, j'imagine.

— Pour aller où ?

— Là où ça nous mène. À la mer. À moins qu'on ne tombe sur le pont qu'on a traversé hier.

Nia s'appuie de plus en plus lourdement contre moi.

— Ça va ?

J'ai baissé la voix pour que les autres ne nous entendent pas, mes lèvres frôlant pratiquement son oreille.

Elle acquiesce d'un air presque martial. Mais elle n'a pas l'air bien. Elle a l'air… flippée.

Je m'efforce de la rassurer.

— Eh ! Je sais ce que je fais, OK ? Je suis la Fée Bleue, tu as oublié ?

Elle tourne brusquement les yeux vers moi.

— Tu l'as lu.

— Oui, je l'ai lu.

Pendant un moment, aucune de nous deux ne dit plus rien. Ce secret partagé (que nous étions ensemble, que nous étions *amoureuses*) se dresse entre nous comme s'il était vivant.

Nia a-t-elle toujours des sentiments pour moi ? Et moi pour elle ? Ce serait terrible. Si je craque encore pour Nia, alors j'ai intérêt à assurer mes arrières. Après tout, c'est elle qui m'a dénoncée. Elle m'a trahie.

Le sait-elle seulement ?

La pluie semble avoir changé de ton. Ce grondement sourd… Sur le moment, je crois que c'est le tonnerre qui recommence. Mais c'est trop régulier, ininterrompu. Et de plus en plus fort.

Une jeep surgit devant nous, et je me maudis de ne pas avoir décroché les clefs du contact pour les balancer du haut de la falaise quand j'en avais l'occasion. Cato Bell est au volant, ses cheveux blancs mouillés fouettant ses épaules comme autant de cravaches immaculées. Elle est impressionnante, telle quelque déesse vengeresse prête à abattre sur nous ses foudres. J'entends Edwin retenir son souffle et je suis cent pour cent avec lui : elle est fabuleuse !

Il faut absolument lui échapper.

— Montez !

Pas de grands discours. Pas de menaces. Juste un ordre. Elle ne hurle pas, mais hausse assez la voix pour couvrir le bruit de la pluie.

— Foutez-nous la paix ! lui rétorque Nia.

Bell se tourne vers Riley-Bis.

— Comment as-tu pu te laisser entraîner dans cette équipée ? lui demande-t-elle. Tu vaux mieux que cela, Jareth. Tu *mérites* mieux. Ces gens ne sont pas fréquentables. Je peux t'aider. Je peux t'offrir une vie meilleure. Vas-tu vraiment tout gâcher pour une bande de criminels qui ne te connaissent même pas ?

Riley-Bis nous regarde, se tourne vers Cato Bell, puis vers nous, comme s'il se croyait à un procès et attendait notre plaidoyer.

— Vas-y. On s'en fout, lui balance Nia.

Riley-Bis a l'air d'accuser le coup, avant de se diriger à grandes foulées vers la jeep et de monter à bord pour s'asseoir à côté de Bell.

— Je croyais que toi, au moins, tu comprendrais ce que j'essaie de faire, reprend alors Cato Bell, s'adressant à Nia. Tu es censée ne pas « t'en foutre », justement. Te révolter contre ce système qui condamne les gens parce qu'ils sont pauvres, handicapés ou trop basanés. Le Projet Amnesia est conçu pour y remédier.

Sur le moment, je vois bien, à sa tête, que Nia fléchit. Mais son hésitation est vite remplacée par une féroce détermination.

— Faites les choses bien, alors, lui rétorque-t-elle. Ne nous forcez pas à faire des pieds et des mains pour obtenir le communiqué de presse parfait. Présentez votre projet, défendez votre cause, mais ne vous servez pas de nous. On est des êtres humains, pas des pions sur l'échiquier de vos magouilles politiques.

Bell arque un sourcil.

— Alors, ton cinéma de fougueuse défenseuse des droits, c'était pour en arriver là. Tu es prête à tout envoyer balader pour sauver ta petite personne.

— On vient seulement de réussir à comprendre qui on est : on va pas vous permettre de tout nous reprendre encore une fois.

— Donc tu vas laisser des millions de gens continuer à souffrir de l'injustice d'un système gangrené juste pour garder des souvenirs vieux de quatre jours, parce que tu y flirtes avec une jolie fille.

Nia lève les yeux vers moi et déglutit péniblement.

— Ne l'écoute pas. (Je la mets immédiatement en garde.) Elle n'a rien d'un messie. Souviens-toi de Riley.

— Attendez là. C'est pas moi, Riley ? demande Riley-Bis. Y a eu un autre Riley avant moi ? Qu'est-ce qui lui est arrivé ?

— Repartir avec vous ? crache Nia à Cato Bell. Plutôt crever.

Elle se dégage de mon étreinte et, d'un pas claudiquant, se rapproche dangereusement du bord de la falaise.

— Très bien.

Cato Bell la joue cool, mais je vois déjà son regard revenir rapidement vers moi. C'est moi qu'elle veut. Elle ne s'intéresse pas vraiment aux autres. Si je mourais ici, serait-elle obligée d'annuler l'opération ? De renvoyer tout le monde à la maison ? Ou les tuerait-elle, eux aussi ? Je tourne les yeux vers les gorges, leur précipice vertigineux, leurs eaux bouillonnantes en contrebas.

Non. Je ne mourrai pas aujourd'hui. Personne ne mourra aujourd'hui.

— Tu crois avoir compris qui tu es, n'est-ce pas ? me lance Cato Bell avec un sourire narquois. Pourtant, tout ce que tu imagines savoir, c'est moi qui te l'ai donné. Chaque lettre. Chaque texto. Chaque article. J'ai alimenté ta curiosité. Mais cela ne prouve rien. Comment sais-tu que tu es bien la personne dont le nom est écrit sur cette étiquette ? Et moi, comment sais-tu que je suis celle que je prétends être ? Je pourrais n'être qu'une vieille illuminée qui aime torturer des gens dans un bus. Tu peux être *n'importe qui.* Peut-être es-tu une stagiaire de ma société. Une lycéenne que j'ai enlevée dans la rue. Peut-être même une terroriste, qui sait ?

Si seulement c'était vrai ! J'adorerais découvrir que je suis quelqu'un d'autre, n'importe qui plutôt que Cecily Cartwright. Je lorgne mon badge. Il est trempé. Les lettres noires se mélangent en une traînée grise.

Le regard de Nia passe de Bell à moi. Et puis, soudain, elle fait volte-face et, cette fois, boitille jusqu'au précipice. Mais elle ne saute pas, non. Elle pose un pied sur la première planche du pont, vernie et savonnée de pluie. Elle fait alors un autre pas, puis encore un.

— Oh non ! Sérieusement ? lui crie Edwin. Je croyais que tout le monde était d'accord !

Je l'attrape par la main et l'entraîne à ma suite.

Les semelles boueuses de mes baskets dérapent sur les planches qui s'effritent et je me cramponne à la corde. Elle est rêche et gorgée d'eau. J'avance à petits pas en traînant des pieds. Je ne regarde même pas derrière moi pour voir si Edwin est toujours là.

J'entends Cato Bell hurler mon nom, mais, à chaque pas, sa voix devient de moins en moins audible, derrière le tambourinement du déluge et le martèlement de mon cœur. Jamais je n'ai été aussi terrifiée.

Blanc et marron tourbillonnent en contrebas, tempétueux maelström bouillonnant. Le fleuve en crue est déchaîné. Un vrai torrent. Je distingue à peine l'autre côté des gorges au bout du pont et il me paraît très très très loin.

Nia est devant moi, si près qu'en tendant le bras, je pourrais presque la toucher. J'ai envie de lui dire de faire demi-tour, de rebrousser chemin. Mais il est trop tard. Nous nous sommes engagés sur ce pont : nous ne pouvons plus reculer. Peut-être que ce ne sera pas comme dans les films. Un pont branlant qui s'effondrerait sous nos pieds : tu parles d'un cliché ! Non, nous allons nous en sortir.

Nous parcourons, genre, cinq mètres, la bonne distance pour nous retrouver bien au-dessus du précipice. C'est alors qu'un horrible claquement se fait entendre : toutes les cordes qui retiennent le pont lâchent en même temps. Les planches se dérobent brusquement sous nos pas. Se sentant glisser, Edwin projette le bras en avant pour se rattraper. Ses doigts m'agrippent comme des serres. J'empoigne la corde à deux mains et mon estomac me remonte dans la gorge quand je vois les jambes de Nia disparaître dans le vide et se précipiter vers les eaux en furie. Je pousse un hurlement (même si mon cri est englouti par la pluie et le tonnerre), parce que la corde à laquelle je m'accroche ne semble plus rattachée à rien, et qu'Edwin et moi tombons comme des pierres.

Extrait de la déposition de Cecily Cartwright

Enquêteur : Tu ne t'es jamais sentie... coupable, parfois ? De faire des choses pareilles : détruire des carrières, briser des couples. Certaines de ces affaires sont quand même plutôt dramatiques.

Cartwright : Ce n'est pas moi qui ai formulé ces vœux.

Enquêteur : Et quand Edwin Chen est mort ? Tu n'as pas eu des remords ?

Cartwright : J'étais navrée qu'il ait dû mourir. Mais je n'étais pas responsable de son décès. Alors, non, je n'ai pas eu de remords.

Enquêteur : À partir de ce moment-là, quand il a commencé à y avoir des morts, tu ne t'es pas dit que les choses dérapaient ? Ça ne t'a pas alarmée ?

Cartwright : Non.

Enquêteur : Penses-tu que tu aurais continué, si tu ne t'étais pas fait prendre ?

Cartwright : Oui.

19

JOUR 5

17 : 21

La chute paraît interminable. Le choc quand j'atteins le fleuve est indescriptible : le froid, le marron partout, le manque d'air… Je sens le frottement de rochers glissants au fond et donne un violent coup de pied pour remonter. Je refais surface et inspire à pleins poumons avant d'être aspirée de plus belle. Je bats des bras et des jambes en tous sens un moment, mais le courant est trop fort ; mes baskets et mon jean mouillés, trop lourds. Je devrais les enlever, mais l'eau est si glacée que je suis quasi paralysée.

Le temps d'un éclair, j'aperçois Nia avec une jambe qui flotte en surface – sa prothèse creuse doit faire office de bouée. Je ne parviens pas à distinguer si elle est consciente. Le fleuve m'aspire de nouveau et, cette fois, je ne vois pas comment je vais regagner la surface. Le tourbillon est si puissant que je suis littéralement projetée contre un truc dur (un rocher ? Un tronc d'arbre ?). J'ai un hoquet de douleur et mes poumons s'emplissent d'eau. Par ricochet, je suis propulsée au loin et quelque chose me fracasse le crâne. Tout est marron et je ne peux plus *penser*, et encore moins bouger. Je laisse le fleuve m'emporter et plonge dans l'obscurité.

Je ne sais pas combien de temps je suis entraînée par le fond, mais, à un moment, je sens des graviers me râper les genoux. Et puis on m'empoigne par le T-shirt et je suis tirée vers des eaux moins profondes et vaseuses. Après la nuit liquide couleur de terre, le retour à l'air libre et à la lumière me procure un drôle d'effet. Je roule sur le flanc et vomis le fleuve tout entier – c'est, du moins, la sensation que j'ai.

Soudain, le contact d'une main dans mon dos. Sur le coup, je suis pris de panique. *Cato Bell ! Elle nous a rattrapés !* Mais ce n'est pas Cato qui m'appelle. Je reconnais Nia. Le son de sa voix me semble la chose la plus fabuleuse que j'aie jamais perçue. J'ai envie de pleurer et de rire en même temps. Je ne fais ni l'un ni l'autre.

Je lève les yeux vers elle en l'entendant déclarer :

— On est tirés d'affaire.

J'essaie de lui dire : « Parle pour toi », mais j'ai toujours la gorge plâtrée de boue et de bile, alors je me contente de tousser.

Edwin est là aussi. Il a un teint de mozzarella avariée et il tient son bras droit contre son torse. Je me redresse à quatre pattes et, pieds et mains glissant et dérapant dans la vase, me hisse jusqu'à la berge.

— Tu peux le bouger ? s'enquiert Nia.

Edwin fait signe que non, avant de se tourner précipitamment de côté pour vomir. Une gerbe d'eau visqueuse accompagnée de son dîner micro-ondé à moitié digéré. Et le moins qu'on puisse dire, c'est qu'il n'est pas vraiment discret. Je suis carrément dégoûtée – alors que je viens de faire exactement la même chose. Edwin se met à pleurer, morve, vomi et larmes se mélangeant pour former un truc gluant absolument répugnant.

— Faut... qu'on... se... trouve... un... abri.

Je croasse davantage que je ne parle, forcée de me racler la gorge entre chaque mot.

Je me relève tant bien que mal. Le poids de mes vêtements trempés rend chaque mouvement encore plus pénible, l'effet de la gravité me ramenant implacablement vers la vase. Mais je me relève encore et ancre mes baskets gorgées d'eau dans le sol, avant de tendre la main à Nia pour l'aider à se redresser. Elle peut à peine s'appuyer sur sa jambe droite. Je me glisse alors sous son aisselle pour qu'elle s'appuie sur moi. Nous remettons aussi Edwin sur pied en le tirant par son bras valide, avant de tituber tous les trois le long de la berge.

— Est-ce qu'on est hors de portée, maintenant ?

— Je sais pas, me répond Nia. J'imagine. Sinon, elle nous aurait déjà réinitialisés. Faut qu'elle soit pas trop loin pour que les bracelets marchent, à mon avis.

Je lève la tête pour voir si on nous observe du haut du défilé. Aucun signe de Cato Bell. Ni des restes du pont de corde. Le fleuve a dû nous entraîner sur une bonne distance. La pluie continue, moins fort que tout à l'heure mais sans interruption. Je tends le visage vers le ciel et ouvre la bouche, la laissant se remplir d'eau fraîche, puis je me rince les dents avant de la recracher pour essayer de me débarrasser de cet immonde goût de boue et de vomi.

Pour ce qui est de l'eau, nous n'aurons pas besoin de chercher loin, au moins.

La nourriture, risque de représenter un vrai problème, en revanche. Je ne vois aucun de nous capable de se débrouiller pour trouver… ce qu'on trouve de comestible dans une forêt tropicale. Des noix ? Des baies ? Des champignons ? Nous intoxiquer, c'est probablement tout ce qu'on arriverait à faire. Avant de mourir d'empoisonnement. Ah ! ça lui apprendrait, à Cato Bell.

En attendant, la priorité des priorités, c'est de nous mettre à l'abri. Une fois au sec (et un peu moins crevés), on pourra s'occuper du reste.

— Là ! lâche Edwin dans un souffle.

Plus loin devant, la roche noire luisante des parois s'avance par endroits dans le vide, créant des sortes d'alcôves dans les flancs de la gorge. L'une d'entre elles est assez profonde pour qu'on puisse même parler de grotte. Enfin, un espace suffisamment creux pour nous protéger.

On crapahute sur la pente pour l'atteindre et on rampe à l'intérieur. Elle s'enfonce sur plusieurs mètres et le sol est sec, c'est déjà ça. On s'effondre tous les trois en vrac et on reste allongés là un bon moment à écouter le rugissement du fleuve et le tambourinement régulier de la pluie.

— On aurait dû avoir un meilleur plan, finit par constater Nia.

— Ou juste un plan. *N'importe quel* plan, grommelle Edwin.

— Oh ça va ! On avait le truc avec les bracelets, et tu t'es chargé de faire diversion en mettant le feu. C'était un plan.

— Un début de plan. Pas un plan abouti.

Nia fouille dans les poches de son jean et en tire le bracelet de Riley, qu'elle a remonté, manifestement. Il est ouvert, laissant apparaître le mécanisme complexe qui empêche de le retirer. Nia le pose par terre à côté d'elle. Puis elle ouvre sa braguette et soulève les hanches pour tirer sur son jean trempé et le faire glisser le long de ses jambes. Sa prothèse est toujours aussi belle, la résine façon porcelaine blanche et dorée, quasi phosphorescente dans la pénombre. Au-dessus de l'épais manchon de caoutchouc synthétique, à mi-cuisse, j'aperçois le tatouage de la Fée Bleue. Ça me provoque comme une décharge électrique.

C'est moi qui ai offert ce tatouage à Nia. Moi qui l'ai dessiné. Je ferme les yeux et je le vois, clairement, sur un écran. Il y a quelque chose à propos de ce tatouage… Un truc en toile de fond dans un coin de ma tête. Je repense à ce que Cato Bell m'a dit à propos de mon « trésor de guerre » : « Prenez garde à la Fée Bleue ! » Littéralement.

Nia commence à retirer le manchon et je détourne les yeux, mal à l'aise. Je ne sais pas trop quelle est la conduite à tenir en l'occurrence et je ne veux pas lui donner l'impression de la regarder comme une bête curieuse.

— C'est pas comme si tu ne l'avais jamais vue, me balance-t-elle, en grimaçant – ça ne doit pas être si facile à enlever, apparemment.

Elle n'a pas tort. Enfin, je présume qu'elle a raison. Si nous étions ensemble, j'ai dû assister à cette scène des milliers de fois. Peut-être que regarder ailleurs est encore pis, comme si j'étais dégoûtée. Or je ne le suis pas. Franchement, à tout prendre, je serais plutôt curieuse de voir comment c'est fichu, ce truc.

— Ça fait mal ?

— Évidemment que ça fait mal ! Un mal de chien. Je crois pas que courir dans la boue à travers la jungle sous le déluge, tomber dans un ravin et, après ça, se faire emporter par un fleuve en crue figure sur la liste des activités recommandées par le fabricant.

Elle tire sur la prothèse en grognant. Avec l'effet ventouse, elle émet un bruit de pet mouillé. Elle pose la coque de résine blanche à côté d'elle et enlève avec précaution un genre de chaussette très fine qui enveloppe son moignon. Ma respiration se bloque. Il est d'un vilain rouge et couvert de grosses cloques orange. Des veines violettes courent le long de sa cuisse comme les fils d'une toile d'araignée.

— Ça a une sale tête. Je veux dire, pas… pas le fait que tu aies… je veux dire, je suppose que ce n'est pas censé avoir cette tête-là. À moins que si. (Je bafouille tellement que c'en devient pathétique.) Bon, je crois qu'il vaudrait mieux me taire.

Nia rit.

— Tu t'enfonces.

Elle masse doucement la peau autour des boursouflures, grimaçant de plus belle.

— C'est pas aussi grave que ça en a l'air, m'assure-t-elle pourtant d'une voix tendue. Forcément, avec la sueur et la flotte, c'est devenu super humide au niveau de la jointure, et ça s'est échauffé avec le frottement. Mais ça va s'arranger.

Je ne réussis pas à savoir si elle dit la vérité ou ce que j'ai envie d'entendre.

— On est quand même sous les tropiques : ça pourrait s'infecter.

Elle se détourne, m'ignorant.

— Et toi, Edwin ? Comment va ton bras ?

— Je crois qu'il est cassé, répond l'intéressé, d'une voix tremblante. Je ne peux pas le bouger.

On échange un regard, Nia et moi. Impossible de continuer à se planquer dans la jungle encore très longtemps.

Il y a tellement de trucs dont on devrait parler. Tout ce qui s'est passé au camp d'Éléos. Ce que j'ai appris au sujet de Nia et moi. C'est énorme, et je ne sais même pas par où commencer. Et ce sont seulement les choses qui se sont déjà produites. Il y a encore tout ce dont on doit discuter pour la suite. Il nous faut un plan. Or la seule pensée qui m'obsède, c'est que je suis trempée et morte de faim.

— Cécé ? (Cette façon qu'a Nia de m'appeler me file des frissons.) Dis-nous ce qui est arrivé à Paxton.

Je ferme les yeux. Pour ça non plus, je ne suis pas prête. Pas maintenant. Pas encore.

— La pluie s'est arrêtée. (Je préfère biaiser.) Je vais voir si je réussis à trouver un peu de bois sec.

— On n'a pas d'allumettes, me fait remarquer Nia.

— On a Edwin.

Je rampe hors de la grotte avant que Nia ne puisse protester. Quand je finis par me redresser, mes jambes ne me semblent pas très solides. Mais je suis en bien meilleur état que Edwin et Nia. Alors, je me dis de serrer les dents et je me mets en route. Je farfouille alentour et déniche, çà et là, quelques brindilles et des bouts d'écorce plus ou moins secs sous les surplombs de la paroi. Je les entasse à l'entrée de la grotte et redescends pour me diriger vers la jungle.

Sous la canopée, c'est presque comme s'il pleuvait toujours. L'eau, qui s'est accumulée sur les feuilles et les lianes, dégouline en un goutte-à-goutte régulier. Je ne vois pas comment je suis censée trouver un truc sec dans ces conditions.

Un tas de plans d'évasion, plus ridicules les uns que les autres, se succèdent en boucle dans ma tête : on va construire un radeau et prendre la mer, en espérant se signaler auprès d'un bateau de croisière pour qu'il s'arrête ; allumer un grand bûcher en priant pour qu'un avion quelconque le repère ; écrire un « SOS » géant sur la plage avec des noix de coco...

Mon estomac gargouille. Je ne refuserais pas une petite noix coco, là. Peut-être qu'on devrait se diriger vers la plage.

On livrerait bataille à l'un de ces monstrueux crabes et on le rôtirait sur un grand feu de camp.

Un arbre gigantesque se dresse devant moi. Il doit bien mesurer trois mètres de diamètre, avec un tronc bourgeonnant de nœuds et de veines de résine. Le sol alentour n'est qu'un entrelacs d'énormes racines, toutes plus grosses que ma jambe. Même en basculant la tête, je ne peux pas en distinguer la cime. Il s'élève droit comme une immense colonne, dans sa majesté, loin au-dessus de la canopée. Je me demande combien de créatures vivent dans ses branches. Que d'oiseaux, d'insectes, de reptiles courant dans tous les sens, tels ces pauvres humains empilés dans leurs gratte-ciel !

À sa base, le tronc est profondément fendu. En plongeant la main à l'intérieur de l'entaille, je sens monter de puissants remugles de décomposition. Il y a des bouts de bois sec là-dedans. J'en récupère bientôt assez pour faire un fagot.

Et s'il était temps d'abandonner ? Nia et Edwin sont quand même plutôt salement amochés : plus question de fuir, pour eux. Et, même si c'était encore possible, où aller ? Il est peut-être temps de hisser le drapeau blanc et de retourner au camp retrouver Cato Bell, la queue entre les jambes. Oui, voilà ce qu'il faut faire. Après tout, nous avons donné notre accord pour participer à cette expérience pourrie. Nous avons accepté, même si nous n'avions pas compris l'ensemble des enjeux. Il est possible que le plan de Cato Bell soit un bon plan. Peut-être qu'il sauvera vraiment des vies, qu'il changera le monde, qu'il fera de cette terre un vrai paradis. N'est-ce pas là une grande cause à laquelle je devrais adhérer, être fière de participer ?

Et l'ancienne Cecily, qu'est-ce qu'elle ferait, si elle était ici ?

Que ferait la Fée Bleue ?

Je n'ai pas besoin de réfléchir longtemps à la question. Elle planterait Edwin et Nia, déjà. Blessés comme ils le sont, ils ne feraient que la ralentir. Puis elle tenterait tout pour quitter l'île. Complots, magouilles, vols, mensonges… Elle ne reculerait devant rien pour peu qu'elle récupère sa liberté.

Et elle se débarrasserait de Cato Bell.

Même moralement, ça se défend. Bell a tué devant moi, et de sang-froid. Après tout, n'est-elle pas partisane de la loi du talion ? Œil pour œil, dent pour dent, non ? Ne mérite-t-elle pas de mourir, de payer pour le sang qu'elle a versé ?

Un peu plus loin dans la forêt, je tombe sur un tronc couché à terre, calé en diagonale sur une autre souche. C'est un vieil arbre, tapissé d'une épaisse couche de mousse. Je me mets à quatre pattes pour l'examiner de plus près. Le dessous du tronc est tout mou et tout pourri. Rongé par les termites, le bois s'effrite. J'en arrache des bouts par poignées, dérangeant un mille-pattes gros comme mon pouce. Beurk ! J'en ai la chair de poule. Je tire sur le devant de mon T-shirt trempé pour en faire une poche façon kangourou et y fourrer ma récolte.

La Gentille Cecily se rendrait. Elle se soumettrait à l'expérience et retournerait en prison purger sa peine.

La Méchante Cecily ferait payer Cato Bell.

Reste à savoir quelle Cecily je suis.

***

Quand je reviens à la grotte, Nia est occupée à nouer le T-shirt d'Edwin en écharpe autour de son bras cassé.

Je laisse tomber mon chargement en tas, et Edwin se redresse sur son coude gauche. Mais ses yeux se révulsent et il se laisse retomber, pris de vertige.

Je tâche de le rassurer.

— Ne bouge pas. Ménage-toi. Je peux m'occuper du feu.

— Non, tu ne peux pas, me rétorque-t-il dans un murmure. C'est moi, le préposé au feu. C'est mon… mon truc.

— Pour le moment, ton truc, c'est de jouer le mec au bras cassé. Alors, décompresse deux minutes.

J'empile bois, écorce et brindilles à l'entrée de la grotte, et puis je considère mon œuvre. Je n'ai aucune idée de ce qui est censé se produire après. Manifestement, l'allumage de feu en situation d'urgence n'occupait pas une place prépondérante dans le style de vie de la Fée Bleue.

— Tu t'y prends mal, commente Edwin du fond de la grotte. Il faut d'abord enflammer ce qui est le plus inflammable.

Je l'entends essayer de se lever.

— Nan, nan. (Nia le repousse, appuyant sur son épaule pour le retenir.) Tu restes où tu es. Explique à Cecily ce qu'elle doit faire. Elle est bien capable de suivre des instructions. Ça la changera de toujours donner des ordres à tout le monde.

Edwin soupire.

— Bon. Commence par faire un petit tas avec l'herbe sèche. Ensuite, prends ton couteau et un de ces bouts de caillou sur le sol. Choisis-le avec un bord bien tranchant, de préférence.

Je suis ses indications, empilant les feuilles sèches, avant de me servir du caillou pour tirer de minuscules copeaux d'acier du fil de la lame, puis de frapper la pierre avec mon cran d'arrêt pour produire une étincelle.

— Un angle de quarante-cinq degrés, j'ai dit, répète Edwin d'une voix dégoulinante de condescendance. Et rapproche tes mains, tu es trop loin… Non, non, non. Tu t'y prends comme un manche.

Il a presque l'air rasséréné, pour le coup. Comme quoi, ça lui réussit de jouer les emmerdeurs.

— Tss tss tss, sois gentil avec ta petite camarade, le sermonne Nia. Ou je te casse l'autre bras.

Je lui adresse un grand sourire. J'adore quand Nia prend ma défense comme ça.

Le feu finit par être allumé et nous nous rapprochons instinctivement des flammes. À mesure que l'humidité s'évapore de nos vêtements, nous commençons à empester un mélange de moisi, de sueur et de vase.

— Combien de temps, avant qu'elle ne nous retrouve ? demande Edwin. Parce qu'elle finira par nous retrouver. À un moment ou à un autre.

Nia hausse les épaules.

— C'est possible. Mais j'ai désactivé le GPS sur les bracelets. Alors, elle va être obligée de faire ça à l'ancienne.

— Comment elle nous a découverts, tout à l'heure, déjà ?

— Un coup de bol, j'imagine, me répond Nia.

— Bien joué pour le GPS !

Elle me sourit, un vrai sourire qui me réchauffe le cœur. Nous restons à nous regarder en silence, les yeux dans les yeux. Il y a de l'électricité dans l'air. Un truc dont nous sommes toutes les deux conscientes, et depuis pas mal de temps, même si nous nous efforcions jusqu'alors de l'ignorer.

— Avez-vous vérifié que vous n'aviez pas de sangsues ? lance alors Edwin, brisant la magie du moment. J'en ai découvert une entre mes orteils.

Des sangsues. Super. Il ne me manquait plus que ça pour couronner cette merveilleuse journée.

— Des *sangsuues* ?

Je n'ai jamais entendu la voix de Nia monter aussi haut dans les aigus. Elle a vraiment l'air en panique. Aurais-je enfin trouvé son point faible ?

J'inspecte mes propres orteils et passe en revue diverses autres parties de mon corps : aucune sangsue en vue. Il faut croire que j'ai eu de la chance.

C'est alors que Nia pousse un hurlement de terreur.

— Y en a une sur ma jambe. Vire-la ! Vire-la !

C'est une grosse chose noire qui ressemble à une limace à peu près de la taille de mon pouce et qui palpite au rythme du pouls de Nia. Je glisse mon ongle sous sa petite bouche vorace et la détache en faisant levier pour la balancer dans le feu où elle grésille avant d'éclater.

— Je crois que je vais gerber, lâche Nia. C'était dégueulasse. Tu veux bien regarder si y en a pas d'autres ?

— Je n'en vois pas.

— Regarde de plus près. Faut que je sois sûre.

Elle enlève son T-shirt et se retrouve en soutien-gorge et en culotte. Je me rapproche et passe doucement la main sur ses épaules et le long de son dos. Sa peau se hérisse sous mes doigts : elle a la chair de poule.

J'inspecte tous les endroits où une sangsue pourrait se nicher : aisselles, pli du coude, petites fossettes au creux de ses reins. La peau de Nia est douce, lisse, et entièrement dépourvue de sangsues. Mais je ne suis pas pressée. Je n'ai pas envie d'arrêter. J'ai envie de la toucher encore. Encore plus. J'ai envie de poser mes lèvres entre ses omoplates, de remonter dans sa nuque…

Elle est devenue bien silencieuse, brusquement. Je ne suis même pas sûre qu'elle respire encore. Edwin toussote de l'autre côté du feu et je m'écarte, avant de rendre mon verdict :

— Pas de sangsues. En même temps, je n'ai pas regardé dans tes sous-vêtements.

Nia pique un fard et se détourne pour tirer sur l'élastique de sa culotte et glisser la main à l'intérieur. Mon cœur se met à cogner comme un sourd. Je suis même étonnée qu'elle ne l'entende pas.

— La lumière commence à baisser. (La voix d'Edwin m'arrache brusquement à mes pensées – carrément indécentes, je l'admets.) Il va nous falloir plus de bois, si on veut entretenir le feu toute la nuit.

Je sors donc furtivement dans la pénombre du soir et rejoins mon tronc d'arbre couché. Le vacarme est assourdissant, dans la forêt. L'air résonne de tous ces cris d'oiseaux, vrombit, bourdonne, vibre avec ses hôtes invisibles – des insectes et des grenouilles, j'imagine.

Les grosses baies mauves d'un arbuste voisin me paraissent bien tentantes… Mais la mort par empoisonnement au beau milieu de la jungle n'est pas précisément la façon dont j'ai envie de mettre un terme à mon existence. Je me demande si je ne pourrais pas attraper un de ces oiseaux pour le rôtir. Et puis je rigole. La seule chose que je suis capable d'attraper, c'est un rhume.

Quand je reviens, Nia a remis son T-shirt. Mais elle est toujours aussi nerveuse. Je fais une pile de bois pour la nuit en la regardant du coin de l'œil, et je me marre intérieurement en la voyant se gratter, porter les mains à son cou, ses joues, le long de ses bras…

— Aaargh ! (Elle tressaille et se secoue façon gros chien mouillé.) C'est comme si j'en avais partout et que ça grouillait sur moi. Qu'est-ce qui te fait rire ? Arrête !

— Tu es trop mimi quand tu flippes comme ça.

— La ferme !

Je donnerais n'importe quoi pour une pomme de terre sur la braise ou un chamallow grillé. Je ne me souviens même pas du goût que ça a.

J'attise le feu avant de m'installer aussi confortablement que possible. Mes fringues sont presque sèches et je n'ai plus froid. Dehors, la lumière baisse jusqu'à ce que seule la clarté vacillante des flammes illumine nos visages. Nia me regarde intensément. Elle attend.

— Alors ? finit-elle par s'impatienter.

Je respire un bon coup.

— Paxton est mort.

Nia et Edwin gardent le silence un moment.

— C'est Cato Bell qui l'a tué ? demande Nia.

Je place un autre bout de bois dans le feu, le geste lent, un peu trop prudent. Je pourrais mentir. Elle n'en saurait rien. La Méchante Cecily mentirait.

— Non. C'est moi. C'est pour ça que tu m'as dénoncée.

Dire ces mots-là à haute voix… C'est comme si quelque chose se brisait en moi. Quelque chose qui ne se répare pas, je crois. Je l'ai tué. J'ai tué Paxton.

— Je comprends pas, dit Nia. Je t'ai pas balancée. On a exécuté le plan à la lettre. Le bracelet de…

— Je crois qu'elle parle d'avant, l'interrompt Edwin. Tu l'as dénoncée *avant.*

— Mais Paxton…

— Le garçon du bus n'était pas Paxton. (La voix d'Edwin est étrangement calme.) Il était comme moi : un faux.

N'est-ce pas, Cecily ? Il a reconnu Sandra comme le reste d'entre nous et pour la même raison que nous : nous l'avions vue aux infos. Elle n'a jamais été sa mère.

— De son vrai nom, Quinn Paget. Cato Bell l'a descendu sous mes yeux. Pour prouver qu'elle ne plaisantait pas.

— Et c'est toi qui as tué le vrai Paxton ? Tu en es sûre ?

— Il avait découvert que j'étais la Fée Bleue. J'ai maquillé le meurtre en suicide.

— Attendez un peu. (Edwin tourne soudain la tête vers moi.) Tu disais que c'était Nia, la Fée Bleue.

— Essaie de suivre, Edwin.

Nia me glisse un regard furtif.

— Je t'ai vraiment balancée ?

J'acquiesce de la tête.

— Mais bon, j'ai quand même tué mon petit ami. Et… peut-être le vrai Edwin, en plus, je ne sais pas. Si j'étais toi, je me dénoncerais aussi.

La Gentille Cecily le ferait, en tout cas. La Méchante Cecily essaierait de trouver un moyen de retourner la situation à son avantage.

La Méchante Cecily aurait un plan.

Moi, je me contente de poser la question :

— Bon alors, qu'est-ce qu'on a comme option ? C'est quoi, la suite du programme ?

Seul le feu crépite en réponse, pendant que nous séchons tous pitoyablement, incapables de trouver *le* plan de génie qui nous permettra de nous sortir d'ici.

Je me tourne vers Nia.

— Et cette histoire d'appels de détresse ? Tu disais que tu pouvais programmer les bracelets pour qu'ils émettent un SOS.

Nia se renfrogne.

— Je l'ai fait. Le seul problème, c'est que Cato Bell a recouvert l'île d'un amortisseur. C'est comme un genre de dôme ou de couverture. Ça veut dire qu'aucun signal ne peut ni sortir ni entrer.

— Et si on va au-delà de la limite de l'amortisseur ?

— Il faudrait qu'on se mette à l'eau et qu'on s'écarte de l'île à la nage.

— Pour aller loin ?

— Aucune idée. Ça peut être quelques centaines de mètres, ou des centaines de kilomètres.

Personne ne viendra à notre secours, donc. Super. Il va falloir qu'on se sauve tout seuls. Il doit bien y avoir une solution.

— Je crois qu'on devrait se rendre, lâche soudain Edwin, d'un air solennel.

— T'es dingue !

— Justement non. Nous avons commis des crimes : nous devrions payer, purger notre peine.

— Mais tu n'as pas entendu ce que Cato Bell a dit ? C'est tout le système qui est pourri : purger ta peine n'y changera rien. Ce n'est pas ça qui va ramener les victimes, ni consoler leurs familles.

Edwin semble cogiter en silence.

— Il n'empêche, s'entête-t-il finalement. Je pense que c'est ce qu'il *faut* faire. C'est le juste châtiment. Il a été jugé comme tel.

— Par qui ? lui réplique Nia. Pas par moi, en tout cas. Et pas par toi non plus, à mon avis. C'est toujours les gens déjà au pouvoir qui ont le droit d'élaborer les lois. Et on les suit aveuglément parce qu'on nous a lavé le cerveau en nous faisant croire qu'obéir à la loi était toujours juste.

— On croirait l'entendre. Cato Bell.

— Eh ben, elle a pas tout à fait tort. Je suis pas fondamentalement contre son plan, de façon générale. C'est simplement que j'aime pas ses méthodes.

— Ce plan est inepte, assène platement Edwin.

J'ai dû mal comprendre.

— Je croyais que tu adorais Cato Bell.

— Je pense sincèrement que cette femme est un pur génie, m'explique Edwin. Mais tout génie a son lot d'idées désastreuses. Comme sa vision d'une éducation gratuite d'un bout à l'autre de la planète via la distribution d'équipements de RV.

Je fronce les sourcils.

— De quoi ?

— L'idée, c'était que les gosses de riches paieraient pour les équipements eux-mêmes. Des équipements éducatifs avec casque de réalité virtuelle. Les pauvres, eux, signeraient un contrat de dollardonation, maugrée Nia.

— De dollardonation ?

— Une partie du cerveau du môme serait utilisée pour le stockage de données. Même s'il a été prouvé que ça réduit les capacités intellectuelles.

— La vache ! Tu parles d'un génie ! C'est ce qu'on appelle un mauvais génie, alors.

— Qui sommes-nous pour juger ? tempère Edwin. Edison a inventé une poupée qui parlait. Cela a tellement terrifié les enfants que pratiquement tous les exemplaires été retournés au fabricant. Léonard de Vinci a imaginé des chaussures censées permettre de marcher sur l'eau, mais qui, en réalité, étaient le meilleur moyen de se noyer. En même temps, tout le monde pensait que les travaux de Tesla sur la conduction électrostatique ne valaient rien. Pourtant, cent quarante ans plus tard, nous utilisons le chargement sans fil pour tout.

Les bonnes idées ne marchent pas toutes, et il nous faut parfois plusieurs siècles pour découvrir que ce sont de bonnes idées.

Nia secoue la tête.

— Y a pas photo. Pour les chaussures de De Vinci, on n'a torturé personne.

Edwin hausse les épaules.

— Quoi qu'il en soit, Bell est un génie, c'est un fait. Je n'en pense pas moins que son projet est une idée inepte. Et qui ne marchera pas. Effacer la mémoire des gens et les parachuter dans une autre ville ? Ce n'est pas ce qu'on appelle « prendre un nouveau départ ». Premièrement, tout le monde saura toujours que les criminels en question sont des criminels : ils seront les seuls à avoir perdu la mémoire. Ils deviendront des parias. Il sera toujours impossible pour eux d'accéder à des emplois stables, ou de tisser de véritables relations sociales et affectives. Deuxièmement, ils finiront nécessairement par retrouver leur vraie identité.

— Qu'est-ce que tu en sais ?

— Tu n'as qu'à voir ce qui s'est passé pour nous ! À peine réveillés, nous étions déjà prêts à tout pour savoir qui nous étions réellement. Nous nous sommes mis en danger, nous avons risqué la mort, pour essayer de retrouver la moindre bribe de notre passé. Et nous n'avons pas Internet ! Croyez-vous vraiment que les familles qu'ils auront laissées derrière eux ne vont pas tenter de les localiser ? C'est impossible, aujourd'hui, de disparaître totalement. À moins de littéralement faire échouer tous les criminels sur une île et de les forcer à repartir de zéro sans aucune technologie. Style naufragés. Et même dans ces conditions, ce ne sera qu'une question de mois avant qu'ils réussissent à trouver le moyen de retourner à la civilisation.

— Pourquoi elle essaie, alors, si elle est si géniale que ça ?

— C'est une femme riche avec un syndrome du sauveur blanc. Elle veut aussi, probablement, passer un contrat juteux avec l'État pour la technologie des bracelets. (Edwin se met à tripoter la bande de silicone blanche qui lui entoure le poignet.) Vous souvenez-vous des autres parties de sa proposition ? Incarcération à perpétuité pour les criminels irrécupérables dans un centre des labos Bell qui utiliseront leurs cerveaux pour le stockage des données. Cures de désintox gratuites en échange de capacité de traitement neuronal. C'est le plan de la dollardonation revu et corrigé, avec des criminels en lieu et place des écoliers. Il n'existe en réalité aucune stratégie simple et unique qui peut sauver le monde. Il n'y a pas de colle miracle pour corriger un système détraqué. C'est probablement irréparable.

Nia regarde fixement Edwin avec un mélange de confusion et de respect.

— Donc tu veux te rendre ?

Il hausse les épaules.

— C'est la loi. Puisque je ne peux pas la changer, il ne me reste plus qu'à m'y soumettre. Sans loi n'existe que le chaos. J'ai commis un crime impardonnable, et la société a décidé que je devrais le payer par une peine d'emprisonnement. Alors, c'est ce qui doit se passer.

— Tu ne veux pas d'un nouveau départ ?

— J'en rêve. Mais je ne pourrai l'avoir que lorsque j'aurai purgé ma peine. C'est comme ça que la justice fonctionne. Tu ne peux pas lui échapper et repartir de zéro. Tu dois payer.

— Œil pour œil.

— Pas nécessairement. Je ne prétends pas que le système judiciaire actuel est bon, ni qu'on devrait rétablir la peine de mort. Je crois que, si on enfreint les règles, on doit payer. C'est la condition *sine qua non* pour que nous restions civilisés.

— La prison va te broyer, l'avertit Nia. Tu ne sortiras pas de là meilleur que tu y es entré.

— C'est ma faute. C'est moi qui ai mis le feu à mon école.

Cette conversation ne mène nulle part.

— Elle vous éliminera tous les deux. Cato Bell. Elle vous tuera.

Ils arrêtent net leur prise de bec pour se tourner dans ma direction.

— C'est moi, sa guest star. Elle a besoin de moi. Mais pas de vous. Rien ne prouve qu'elle va honorer le marché qu'elle a passé avec vous quand vous avez signé son foutu contrat. Qui vous dit qu'elle va vous renvoyer en prison ? Pensez à Riley. Pensez à Paxton. Et allez savoir ce qui est arrivé à Sandra…

Alors que moi, je pourrais négocier avec elle. Lui proposer d'échanger le droit d'effacer ma mémoire contre la liberté pour Edwin et Nia. C'est ce que ferait la Gentille Cecily. Mais je ne peux pas me fier à Cato Bell. Elle conclurait le marché en un clin d'œil, et puis, mon bracelet à peine activé, elle les liquiderait tous les deux.

— Pas question d'y retourner, tranche Nia. Je replongerai pas dans les oubliettes encore une fois. Je… (Elle hésite.) Franchement, je vois pas ce qu'il peut y avoir de pire que de ressentir ce truc-là. Avoir aucun contrôle sur rien, pas même sur toi-même. Être complètement larguée, sans rien à quoi te raccrocher. (Elle me coule un regard, semble peiner à avaler sa salive.) Tout sauf ça.

Je me souviens de l'oppressante sensation de ce brouillard qui avait tout enseveli, de ce vide de l'oubli. Il ne m'était rien resté, pas même mon identité. Pourtant, je ne peux pas donner raison à Nia. Il y a des choses que j'aimerais effacer : le spectacle de Riley explosé sur le pare-brise du bus ; le sang du faux Paxton gluant sous mes doigts ; cet accent de vérité qui m'a noué les tripes quand Cato Bell m'a assuré que j'étais bel et bien la Fée Bleue.

Et pourtant… À l'idée de perdre ce moment partagé avec Nia dans le poste d'observation… Et même ce qui se passe, là, maintenant : tous les trois blottis autour du feu, morts de faim, dans une grotte humide. Imaginer renoncer aussi à ce souvenir-là m'est insupportable.

— Et si on ne retourne pas au camp, qu'est-ce qu'on va faire ? Vivre dans cette grotte à manger du poisson et des baies sauvages jusqu'à la fin de nos jours ?

— Il faut qu'on quitte cette île, tranche Nia.

— On pourrait la kidnapper. La forcer à nous faire évacuer.

C'est ce que la Méchante Cecily déciderait, en tout cas. Elle n'hésiterait pas à infliger de la douleur. Elle prendrait même plaisir à torturer Cato Bell, tout comme Cato Bell nous a torturés. Œil pour œil… Mais la Gentille Cecily renâcle. Il y a certainement une meilleure solution. Il faut qu'il y en ait une.

— Elle est imprévisible. (Je tâche de temporiser.) Et machiavélique. Il vaudrait mieux qu'on réussisse à s'évader sans qu'elle le sache.

— C'est vrai, acquiesce Nia. Il doit bien y avoir un bateau ou un truc quelque part qu'on peut récupérer.

Je revois Sandra traverser le promontoire, pliée en deux.

— L'hélico ! On pourrait voler l'hélicoptère. Il se pose sur un petit promontoire en bord de mer.

— Tu sais piloter un tel engin, toi ?

— Je… n'en sais rien. Mais j'en doute. Il faudra garder le pilote. Le convaincre de nous mettre en sécurité.

Nia soupire.

— Sauf qu'il est parti. Tu n'as pas dit qu'il avait emmené Sandra ? On n'a aucun moyen de savoir quand il reviendra. Ça pourrait prendre des semaines !

— Il passe tous les jeudis matin à onze heures.

Je me tourne vers Edwin, sidérée.

— C'était écrit dans un des fichiers que Nia a trouvés. « Planning des livraisons ».

— Tu es incroyable ! Et saurais-tu quel jour on est, aujourd'hui, par hasard ?

— Mardi, me répond Nia. Les écrans des sièges dans le bus étaient horodatés.

Je consulte mon bracelet. Ça nous laisse un jour et demi pour repérer le fameux promontoire. C'est jouable, même avec Nia et Edwin en piteux état. Je sens comme une petite lueur d'espoir s'allumer. C'est un vrai plan : un plan qui a objectivement des chances de marcher. Je ferme les yeux et nous imagine, nous élevant dans les airs au-dessus de l'île avec une Cato Bell, campée à l'extérieur du camp et agitant le poing en nous maudissant, comme le méchant perdant de l'histoire dans les dessins animés.

— OK. Donc on se débrouille pour rejoindre l'endroit où stationne l'hélico. On se planque jusqu'à ce qu'il se pose. Et puis on se débrouille pour maîtriser le pilote et on le force à nous emmener sur le continent.

Il y a comme un blanc pendant que nous réfléchissons tous les trois à cette proposition.

— J'ai quelques questions, finit par annoncer Edwin. Comment allons-nous maîtriser le pilote ? Comment sais-tu que Cato Bell ne sera pas au rendez-vous, aussi ?

Où allons-nous forcer le pilote à nous emmener ? Et que se passera-t-il, une fois que nous serons arrivés là-bas ? Comment… ?

Je l'interromps de la main.

— Stop ! Tu vas foutre tout le plan par terre avec tes questions. Il y a beaucoup d'inconnues, c'est vrai. Mais on n'a qu'à improviser.

— Ce ne serait pas faute d'anticipation qu'on s'est retrouvés dans les ennuis jusqu'au cou, la dernière fois, justement ?

— Fais-moi confiance.

***

Nous nous installons tant bien que mal pour tenter de trouver le sommeil. Mais Edwin ne tient pas en place. Il gigote, se frappe la tête de son bras valide, le corps secoué, puis contracté, tétanisé à intervalles irréguliers.

— Arrête ! finit par s'énerver Nia. Je vais jamais réussir à dormir avec toi à côté, qui frétille comme un poisson sur son hameçon.

— Il y a un moustique, se défend Edwin, d'un ton pleurnichard. Je ne veux pas me faire piquer.

— Tu veux rire ? On est paumés au beau milieu de la jungle, sans rien à bouffer, pourchassés par une savante folle. Tu as un putain de bras cassé. Et tu flippes pour des *moustiques* ?

— Évidemment, lui répond Edwin comme si ça tombait sous le sens. Nous nous trouvons sur une île tropicale : je n'ai aucune envie d'attraper le paludisme. Ou la dengue. Ou le virus Zika. Ou une encéphalite. Ou…

— OK, OK, grogne Nia. J'ai compris. Et je préférerais que tu m'en aies pas parlé, parce que, maintenant, je vais carrément faire une fixation sur les moustiques.

Le silence retombe et nous restons allongés là un moment sans rien dire, à écouter le feu crépiter.

La voix de Nia émerge des ténèbres, tout près de mon oreille.

— C'est vraiment ce que tu veux faire ?

— Oui.

J'ai répondu sans hésiter et d'un ton décidé, mais, intérieurement, je suis larguée. Je ne sais absolument pas si ce plan va marcher. Et puis, il faut être honnête : ce n'est même pas ce qu'on peut appeler un plan. C'est, au mieux, un espoir. Un vœu.

La Méchante Cecily savait comment exaucer les vœux.

La Gentille Cecily semble seulement savoir comment les formuler.

Et je choisis quoi, moi ?

Dix choses que vous ne saviez pas sur Cecily Cartwright, alias la Fée Bleue

1. Ses parents, Richard et Annalise, possédaient la société de vente par cooptation (dite pyramidale) PureBliss, avant qu'elle soit déclarée en faillite.
2. Bien qu'ayant perdu le plus gros de leur fortune après le procès qui s'est ensuivi, les Cartwright ont rapidement rebondi et possèdent désormais la franchise bien connue TATbot, une machine à tatouer en self-service qui permet de transférer définitivement sur la peau des images numériques avec une grande rapidité et une parfaite fidélité à l'original.
3. Cecily s'est présentée trois années de suite aux élections de délégué. Mais elle n'a jamais été élue.
4. Elle était second violon dans l'orchestre de Westbridge.
5. Elle était décrite par ses professeurs comme une élève « moyenne », obtenant toujours un B+ dans toutes les matières, sauf en histoire.
6. Son cercle d'amis comprenait Madeline Bardsley (héritière de l'empire du chocolat Bardsley), la superstar des ados Jenna Ng, et, naturellement, l'héritier sénatorial Paxton Yates.
7. Elle est fille unique.
8. Sa mère, Annalise, était mannequin avant d'épouser Richard Cartwright.
9. Quoique Cecily ait passé pratiquement toute sa scolarité sur le campus de Westbridge, ses parents possèdent de superbes propriétés à Paris, Sydney, Los Angeles et Singapour.
10. Jennifer Forward, la policière qui l'a arrêtée, a dit à son sujet : « Elle a les yeux les plus froids que j'aie jamais vus. Il n'y avait rien à deviner derrière ces yeux-là. »

20

JOUR 6

05 : 32

Je me réveille avec le chant des oiseaux.

Je suis pratiquement nez à nez avec Nia, son haleine chaude contre ma joue. Quand elle dort, elle est encore plus belle. Dans son sommeil, elle a quelque chose de doux, de vulnérable, qu'elle cache d'habitude sous ses dehors de nana toujours en rogne et ses piques vachardes. Elle a les lèvres légèrement entrouvertes, des lèvres pulpeuses que j'ai bien envie d'embrasser. Je suis jalouse de la Méchante Cecily qui pouvait l'embrasser tout le temps. La Méchante Cecily qui a bazardé son amour parce qu'elle préférait préserver son anonymat.

Je ne peux même pas imaginer qu'il puisse y avoir quoi que ce soit de plus important pour moi que Nia.

Ses paupières s'ouvrent et… ouah ! j'en ai le souffle coupé. Nous restons allongées ainsi un moment, à nous regarder, les yeux dans les yeux, et je sais qu'elle le ressent aussi. Rien du reste (ce que nous avons fait avant, l'une et l'autre) ne compte. Rien d'autre ne compte que ce moment, ici et maintenant. Mon corps vibre tellement j'ai envie de la toucher, qu'elle me touche, et rester comme ça, si près d'elle, sans bouger, c'est de la torture. Une délicieuse torture.

Et puis il y a cet instant magique où je suis sûre que ça va arriver. Que nous allons franchir le pas, ces derniers petits centimètres qui nous séparent, et que ça va faire des étincelles.

Mais je me rappelle qu'Edwin est juste derrière moi. Je m'appuie sur mon coude pour regarder par-dessus mon épaule.

Edwin n'est pas juste derrière moi.

Je me redresse d'un bloc. Le feu est éteint et Edwin est parti.

Je lâche une bordée de jurons.

— Cette petite ordure est retournée au camp la retrouver !

Nia regarde tout autour d'elle.

— Cato Bell ? Tu crois ? Il est peut-être juste allé chercher du bois pour le feu.

— Non, il s'est tiré. Et il est déjà en train de lui vendre notre plan en échange de sa liberté.

— Il ne ferait jamais ça.

— Tu paries ?

Elle se traîne jusqu'à l'entrée de la grotte pour regarder au-dehors. Mais je sais qu'elle ne verra aucun signe d'Edwin. Notre pyromane préféré nous a bel et bien plantées.

— Il faut lui faire confiance, affirme-t-elle. Et puis, même s'il est retourné au camp, on peut pas vraiment lui en vouloir. Il a le bras cassé : il a besoin de se faire soigner. Je suis sûre qu'il ne nous trahira pas.

Je ne suis pas d'accord avec elle, mais je préfère changer de sujet.

— Alors, tu penses qu'on devrait continuer quand même ? Avec notre plan, je veux dire. On attend l'hélico, et puis on essaie de convaincre le pilote, ou on le force à nous aider ?

Nia acquiesce résolument.

— Je fais confiance à Edwin. On continue.

Je me méfie d'Edwin. Et je suis presque étonnée de constater que je fais en revanche confiance à Nia. C'est peut-être une erreur. Peut-être qu'elle va recommencer, peut-être qu'elle va me trahir une fois de plus.

Ou peut-être pas.

— Si seulement on pouvait se préparer un petit-déj !

Elle est déjà passée à autre chose.

Je grogne.

— Qu'est-ce que je ne donnerais pas pour un bol de muesli !

— Je me rappelle même pas quel goût ça a, le muesli. Mais je crois que je peux faire beaucoup mieux. Qu'est-ce que tu dirais de galettes de maïs tartinées de guacamole avec des champignons grillés ? En même temps, j'avoue que je me contenterais bien des sandwichs au pâté mystère de Cato Bell au point où j'en suis.

Je refoule le souvenir de Paxton et Riley se tapant dans la main en l'honneur de ces burritos dont ils imaginaient se régaler au petit-déjeuner. Je ne peux pas penser à eux aujourd'hui. J'aurai toujours le temps de décanter tout ça plus tard. Pour le moment, ce qui compte, c'est de partir d'ici.

Nia secoue son jean et fouille dans ses poches en fronçant les sourcils.

— Je crois qu'Edwin a pris le bracelet de Riley, annonce-t-elle, d'une voix de plus en plus étranglée par la déception. Tu avais raison, Cécé. Il va nous balancer.

Je la regarde remettre sa prothèse et se redresser avec raideur, portant tout son poids sur sa jambe amputée jusqu'à ce que l'air soit entièrement évacué de la cavité articulaire et que l'effet ventouse maintienne fermement l'ensemble en place.

— Tu es sûre que ça va ?

— Je vais très bien. (Ton cassant, agressif : l'ancienne Nia est de retour.) Mais merci d'avoir demandé, ajoute-t-elle plus doucement en me frôlant la main.

Ses doigts s'attardent quelques secondes sur les miens, avant qu'elle se retourne pour se diriger vers l'entrée de la grotte.

***

Avec le lever du soleil, le fleuve scintille, tout pailleté de rose et d'or, et, autour de nous, la forêt fume : de vaporeuses volutes blanches montent de la terre détrempée pour se fondre en un voile de brume diaphane.

— On devrait retourner se planquer dans la jungle, me dit Nia. Ici, on est trop exposées. On n'aura qu'à ne pas perdre le fleuve de vue.

J'acquiesce de la tête et nous ne tardons pas à pénétrer dans l'humidité encore fraîche de la forêt tropicale. Des rayons de soleil opalescents parviennent à s'infiltrer dans l'inextricable enchevêtrement végétal, donnant à l'endroit un côté intime et secret, tout en exaltant cette impression de majesté, cette grandeur monumentale propres aux plus illustres cathédrales. Les gouttelettes de pluie étincellent, les feuilles ployant sous leur parure de diamants, et l'air embaume, saturé par cette odeur prégnante de végétation luxuriante.

— J'avais pas remarqué comme c'était beau, hier, murmure Nia, en faisant courir ses doigts sur un tronc tapissé d'une mousse d'un vert émeraude éclatant.

— Moi non plus.

Sauf que ce n'est pas la mousse que je regarde.

Nia se retourne à moitié vers moi et pique un fard. Elle voile alors son regard de ses épais cils noirs et penche légèrement la tête comme si elle ne voulait pas que je la voie sourire.

Vivement que nous sortions d'ici pour commencer notre nouvelle vie !

Notre vie ensemble.

***

Nous avançons à travers la forêt tropicale en gardant constamment le scintillant ruban du fleuve sur notre gauche. De temps à autre, nous faisons une courte halte. Nia enlève régulièrement sa prothèse pour éviter l'échauffement et une prolifération des ampoules. Ça ne me gêne plus du tout, maintenant, quand elle la retire. Cette prothèse fait partie d'elle, alors je l'aime.

Puisque je l'aime, elle.

— Qu'est-ce qu'il y avait d'autre dans ton dossier ?

— Rien de passionnant, me répond-elle. Un délit mineur pour participation à une manifestation interdite. Une transcription de mon procès. Des avis de recouvrement de créances.

— Et sur ta famille, tu as appris des trucs ?

Elle secoue la tête.

— C'est vrai que ça me travaille pas mal. Carrément, même. J'aimerais bien savoir si j'ai des frères et sœurs, si on était proches, s'ils savent où je suis… (Elle se passe la main sur le front.) Et toi ? Ta famille ?

— Je crois que je ne rate pas grand-chose.

Nia éclate de rire. Il y a une sorte d'insouciance dans sa réaction : elle se laisse aller avec moi. Elle baisse la garde. Même si nous sommes affamées, et sans doute en danger de mort, j'ai l'impression de vivre une incroyable aventure, et je suis trop contente de la partager avec elle.

Nous nous arrêtons pour admirer un lichen argenté accroché à un arbre tombé, un scarabée avec ses élytres vert irisé, des champignons jaunes gros comme des assiettes. Oiseaux et papillons volettent et fendent l'espace autour de nous. C'est magique.

Par moments, dans l'élan de la marche, nos doigts se frôlent et, chaque fois, je tressaille. Ce simple contact provoque en moi comme de légères décharges électriques qui me parcourent de la tête aux pieds.

Je devrais plutôt m'inquiéter de ce qui nous attend. Je devrais me demander comment on s'y prend pour maîtriser un pilote d'hélicoptère. Pourtant, je ne pense qu'aux doigts de Nia et je suis sur un petit nuage.

— Je dirais bien Venise. (Je nous y voit déjà.) Ou Paris. Un appartement modeste. Je ferais le café sur le feu unique de notre minuscule cuisine et tu sortirais tous les matins nous acheter une baguette croustillante encore tiède.

— Y a que les millionnaires pour pouvoir se payer des placards à balai hors de prix à Venise ou à Paris, me fait gentiment observer Nia. Qu'est-ce que tu dirais d'un adorable village en Thaïlande ou au Vietnam ?

Je souris, des images déjà plein la tête.

— On traverserait les rizières à vélo pour aller donner des cours de langue dans les écoles locales.

Nia lève les yeux au ciel avec un air complice. Et ça en dit long sur notre relation neuve et étrange. Qu'elle ne fasse aucune remarque acerbe à propos de mon « attitude néocolonialiste », j'entends.

— On pourrait pas avoir un chat ? demande-t-elle plutôt.

— Je préférerais un chien.

— Ben, un de chaque, alors.

Je me fais un film : je rentre chez nous dans l'après-midi, remontant l'allée d'une maison nichée dans un écrin de fleurs champêtres. Le chien vient m'accueillir en remuant la queue. Le chat slalome autour de mes chevilles. Je cale mon vélo contre le mur à côté de la porte, avant de franchir le seuil en faisant la blague du traditionnel : « Chérie, je suis rentrée ! » et d'aller l'embrasser. Nous préparons le dîner à deux, puis regardons le soleil se coucher, pelotonnées sur la terrasse couverte donnant sur le jardin, sans personne pour nous dire comment nous devons nous comporter ou être.

Le paradis.

Quand nos doigts se frôlent une nouvelle fois, j'enroule les miens autour des siens. Elle ne les retire pas. Alors, nous continuons d'avancer main dans la main.

— En même temps, je vois pas trop comment on va aller là-bas, dit-elle au bout d'un moment. On va avoir besoin d'un minimum de fric, au départ. Peut-être qu'on pourrait bosser sur une île voisine. Comme serveuses ou une chose dans le genre.

J'hésite. Les doigts de Nia, tout chauds, sont noués aux miens. Il faut bien que je commence à faire confiance à quelqu'un un jour, non ?

— Du fric, j'en ai.

Elle s'arrête net, me forçant à m'immobiliser à côté d'elle.

— Comment ça ?

— Cato Bell m'a montré un autre fichier. C'était... ta déposition de témoin. Tu parlais de moi. De nous.

Nia a l'air hyper mal à l'aise, soudain, et je sens ses doigts se raidir. Elle essaie de retirer sa main. Je la retiens.

— Un des trucs que tu disais dans cette déposition, c'était que tu avais inventé un programme baptisé « CATCLOUD ».

Nia fronce les sourcils.

— Il y avait un fichier, dans le bus, qui s'appelait « CATCLOUD ».

Je hoche la tête.

— C'était une sorte de méthode de cryptage. Tu encodais n'importe quoi : des données, des images, des fichiers... tout ce que tu voulais. Dans une photo de chat. Personne n'aurait soupçonné qu'elle contenait des infos chiffrées. Aucun œil humain, en tout cas. Mais, avec le bon programme, et la bonne clef, tu peux les décrypter.

— Plutôt cool, on dirait.

— Carrément cool. Tu es cool. Le truc génial, c'est que tu peux encoder l'image avec l'appli, l'imprimer, et les données chiffrées sont encore lisibles avec CATCLOUD.

— Maligne, ta copine, non ?

— Trop. Et ça marche aussi, même si ce n'est pas une photo de chat.

— Évidemment.

Je la regarde fixement, attendant qu'elle fasse le rapprochement.

Elle secoue la tête.

— Y a quelque chose qui m'échappe.

— Ces textos qu'on s'est envoyés... J'ai dessiné ton tatouage, Nia. C'était une surprise pour ton anniversaire. Et je me suis servie du kiosque à tatouages numérique TATbot de mes parents. Pas besoin de tatoueur : tu télécharges ton fichier et le robot le recrée fidèlement sur ta peau, pixel par pixel.

Nia cligne des yeux.

— Attends, tu crois que tu as utilisé le programme CATCLOUD pour cacher ta clef de chiffrement dans mon tatouage ?

— C'est ça.

— Sans que je le sache ?

J'agite les doigts en arquant les sourcils.

— Surprise !

— Tu t'es servie de *ma propre technologie* pour cacher *ton* argent au vu et au su de tout le monde sur *mon* corps ?

— Je suis très perverse, comme fille.

Nia a un petit sourire en coin.

— Donc… on peut avoir accès au fric de la Fée Bleue en utilisant mon tatouage de la Fée Bleue.

— Bingo !

— Et ça fait dans les combien, à ton avis ?

Je hausse les épaules.

— Bell pensait qu'il y aurait dans les 5 millions. Peut-être plus.

— En cryptomonnaie, et donc intraçable.

— Tout à fait. On pourra taper dedans, chaque fois qu'on en aura besoin, et personne n'en saura jamais rien.

Le petit sourire en coin s'élargit.

— Je crois que ça devrait le faire.

La version « cabane rustique en bord de rizière » vient d'être revue et corrigée. Catégorie luxe. L'option « vue sur mer, accès direct à la plage » ne serait peut-être pas mal non plus…

***

Plus nous progressons à travers la jungle, plus la température grimpe. L'humidité est si forte qu'on pourrait presque essorer l'air ambiant comme une éponge. Nous nous faisons griffer par les branches, mordre et piquer par ce que j'espère ne pas être des insectes vecteurs du palu. Nos fringues sont maculées de boue, imprégnées de sueur. Nous nous arrêtons régulièrement pour boire l'eau du fleuve, et pour que Nia enlève sa prothèse et laisse sécher la transpiration, même si ce n'est pas évident de sécher quoi que ce soit dans cette soupe.

Nous nous rapprochons bientôt de la mer, les cocotiers commencent à faire leur apparition. Nia trouve une noix de coco par terre et nous ramassons des cailloux pour la débarrasser de sa bourre et fendre sa coque pour l'ouvrir – méchamment coriace, la coque. Nia est beaucoup plus douée que moi et je m'écarte pour la regarder, admirant la puissance de ses muscles et le scintillement de la sueur sur sa peau.

La noix de coco finit par céder et nous buvons goulûment son eau, avant de récupérer la pulpe. Je n'ai jamais rien mangé d'aussi bon. Même si la seule nourriture dont je me souvienne se limite au pâté mystère de nos sandwichs et à un vague ragoût micro-ondé.

Je trouve Nia bien silencieuse, tout à coup. Elle doit avoir un truc à dire. Mais elle attend d'avoir fini sa moitié de noix de coco pour cracher le morceau.

— C'est comment, d'être la Fée Bleue ?

J'hésite, le temps de formuler une réponse que je voudrais sincère.

— J'aimerais bien connaître les origines de l'histoire. J'aimerais savoir pourquoi j'ai commencé. Si c'était pour l'argent. Si j'avais de bonnes intentions au départ, ou si j'étais simplement jalouse de tous ceux de mon lycée qui étaient encore plus riches et qui réussissaient mieux que moi. Ou même si je voulais juste semer l'anarchie…

Nia fait crisser son ongle à l'intérieur la noix de coco vide.

— Tu veux savoir si tu es l'héroïne ou la méchante du film.

J'acquiesce en silence.

— Tu es sans doute un peu des deux. Foutre le bordel dans une pension réservée à l'élite, c'est quand même plutôt stylé. Tu as sans doute commencé avec de bonnes intentions : agir comme tu le pouvais pour rétablir l'équilibre, avec un peu de désobéissance civile pour faire bonne mesure. Mais ça a déraillé. C'est allé trop loin.

Je repense à Cato Bell. À sa soif dévorante de *kléos* : de passer à la postérité, de gloire éternelle. À sa foi inébranlable en ses propres convictions, sa certitude d'avoir raison même quand elle est confrontée à la preuve du contraire.

Est-ce que j'étais une Cato Bell ?

Est-ce que je *suis* toujours comme ça ?

— Je ne sais pas quoi penser de moi. Tout me paraît tellement virtuel. La Cecily qui a commis toutes ces choses, la Cecily qui a tué Paxton… est-ce que c'est moi ? Est-ce que je devrais me sentir coupable ? Comment je peux me sentir coupable de quelque chose dont je ne me souviens pas ?

— Tu n'es plus cette Cecily-là.

— Qu'est-ce que tu en sais ?

Nia me prend la main.

— Je le sais, c'est tout.

***

Encore une demi-heure de marche et nous apercevons le scintillement de l'océan entre les arbres. Le fleuve s'étale largement pour se jeter dans la mer et nous retrouvons la vieille route défoncée qui fait le tour de l'île. Nous franchissons le dernier rideau d'arbres, puis la chaussée en courant pour nous élancer sur le sable blanc.

Je me déchausse d'un coup de talon, tire mes chaussettes en vitesse et frétille des orteils dedans. C'est doux... et brûlant. Mais de plus en plus frais et humide à mesure que l'on s'enfonce. C'est trop bon ! La mer lèche le rivage, claire comme du cristal et d'un bleu à couper le souffle. Je me revois dans le bus, la dévorant des yeux en me disant que j'adorerais me jeter dedans.

— J'ai envie de piquer une tête, lance justement Nia, comme si elle avait lu dans mes pensées.

Je me marre.

— Vraiment ? Le petit plongeon dans le fleuve ne t'a pas suffi ? Tu veux encore te retrouver avec des fringues trempées ?

— Qui a parlé de fringues ? me rétorque-t-elle avec un sourire espiègle.

La perspective d'un « bain de midi » au paradis avec Nia... c'est presque trop pour moi. Je suis à deux doigts d'arracher jean et T-shirt pour me ruer vers le rivage. Mais je sais que c'est impossible. La plage est trop exposée. Nous nous ferions immanquablement repérer.

Je sais que Nia est d'accord avec moi parce qu'elle pousse un soupir lourd de regrets.

— La prochaine fois peut-être.

J'acquiesce.

— Je serai au rendez-vous.

— Et, maintenant, on va où ?

Nous parcourons la plage des yeux. D'un côté, je discerne la carcasse d'un avion. Elle me semble très loin de nous.

Après, la plage s'incurve pour s'achever sur une pointe rocheuse. Pas de falaise à l'horizon. Mais je me souviens de cette épave. Si seulement je savais où elle se situe par rapport au promontoire !

Je ferme les yeux et me revois dans le bus, la jungle d'un côté, l'océan de l'autre. Je viens de voir l'épave de l'avion. Qu'est-ce qui arrive après ? Est-ce que c'est là que le bus est monté en haut d'une falaise pour passer devant le cap en question ?

Puis, brusquement, ça me revient. Je me suis imaginée ouvrir un restaurant au sommet. Je m'y voyais dîner avec Nia. Même au tout début, je fantasmais déjà sur elle. Comment ai-je pu être aussi idiote, perdre mon temps avec Paxton, alors que Nia était juste à côté de moi ? Paxton, qui n'était même pas Paxton, en plus.

Je sens quelque chose me nouer la gorge : le chagrin ? La culpabilité ?

J'ouvre les yeux.

— C'est par là.

— Tu es sûre ?

— Certaine.

Nia hésite deux secondes, puis m'emboîte le pas.

Nous restons à couvert dans la jungle, mais sans nous éloigner de la route, qui nous sert de repère, comme le fleuve auparavant.

***

Je n'ai plus de flash-back. Je ne sais pas ce que ça veut dire. Peut-être n'étaient-ils qu'une conséquence de tous ces efforts que je faisais pour tenter de retrouver la mémoire. À moins qu'ils ne se produisent plus parce que, pour la première fois depuis que je me suis réveillée dans le bus, je me sens en paix.

Je sais que nous allons nous en sortir. Nia et moi, nous formons une bonne équipe. Notre plan est sans doute le plan le plus pourri de l'histoire des plans, mais nous sommes débrouillardes et coriaces – capables de réussir. Ce cauchemar sera bientôt terminé et nous pourrons enfin vivre en paix pour le restant de nos jours.

L'insatiable avidité qui devait consumer la Méchante Cecily a disparu. Sa soif de pouvoir, de réussite, ce besoin viscéral de gagner à tout prix. Je me demande pourquoi c'était si important pour elle. J'aspire à une seule chose, quant à moi : être heureuse. Et, pour la première fois de ma vie, peut-être, le bonheur est à portée de main.

J'ai envie d'embrasser Nia. J'ai bien conscience (atrocement conscience) que nous ne nous sommes encore jamais embrassées. Cette version de nous, en tout cas, ne l'a pas fait. Il ne s'est pas écoulé une seconde sans que j'aie eu envie de l'embrasser depuis que nous nous sommes réveillées dans la grotte. Si je suis parfaitement honnête, il ne s'est pas écoulé une seconde sans que j'aie eu envie de l'embrasser depuis que nous nous sommes réveillées dans le bus. Mais, pour une fois, je n'ai pas de plan stratégique.

Je n'ai qu'à marcher droit sur elle et me jeter à l'eau : l'attraper par les épaules et me lancer. Pourtant, j'hésite toujours. Je veux que ce soit parfait, que ça vienne naturellement, que ce soit spontané. Notre premier baiser. Ce n'est pas rien. C'est même hyper important. Une vraie deuxième chance. Je ne veux pas la prendre au dépourvu. Que ce soit forcé, réfléchi. Mais comment ce ne serait pas étudié, puisque je passe mon temps à me rejouer la scène en boucle sous tous les angles ?

Il faut que j'arrête. Que je laisse les choses venir toutes seules.

Sauf que Cecily Cartwright ne donne pas franchement dans le lâcher-prise. Alors, je continue à me torturer et à me prendre la tête sur le comment, le où, le quand…

Bientôt, nous atteignons la carcasse rouillée de l'avion. Il est à moitié enseveli sous le sable de la plage. Il y a un ponton pas loin. Ou ce qu'il en reste, du moins : quelques piquets de bois incrustés de berniques qui dépassent des eaux peu profondes du rivage. Deux de ces pilotis sont tombés l'un sur l'autre et un petit canot est resté coincé au milieu – une antiquité à demi immergée.

— Et si on s'enfuyait avec ? (Je ne plaisante qu'à moitié.) Et qu'on faisait l'impasse sur l'hélico ?

— On servirait de déjeuner aux poissons avant midi, s'esclaffe Nia.

Le soleil commence à baisser au-dessus de l'océan et nous décidons de dresser le camp pour la nuit. L'épave d'avion nous servira d'abri. Nous allons ramasser des berniques sur le ponton, utilisant mon couteau pour en décoller la chair et la manger crue, enveloppée d'algues fraîches.

— C'est dégueu, commente Nia, avant de se pincer le nez pour avaler sa bouchée visqueuse en grimaçant.

— Tu veux rire ? À New York ou à Paris, les gens paieraient une fortune pour déguster ce régal. Des sashimis d'une fraîcheur pareille ? Impossible d'en obtenir ailleurs.

— C'est tellement frais que ce truc est encore vivant, renchérit Nia avec un tressaillement de dégoût.

Nous partageons une autre noix de coco en dessert, puis nous nous asseyons, le dos calé contre la carlingue, pour regarder le soleil se coucher sur la mer.

— Comment il a atterri là, à ton avis ? me demande alors Nia. Tu crois qu'il s'est écrasé ?

— Peut-être. Cato Bell dit que les vents sont plutôt imprévisibles ici. C'est même pour ça que le pilote de l'hélico ne veut se poser que sur ce promontoire. C'est sans doute pour ça aussi qu'ils ont abandonné le camp d'Éléos.

Je remonte la côte des yeux jusqu'aux falaises qui dominent l'océan. J'espère que je ne me trompe pas sur la localisation du cap…

Nia enlève sa prothèse et mon cœur se serre. Les veinules violettes se sont multipliées et les cloques orange sont encore plus grosses. Nia détourne la tête comme si elle voulait me préserver de la douleur qui se lit sur son visage.

Elle ne pourra pas continuer comme ça encore très longtemps. Elle a besoin de repos et de désinfectant, et allez savoir de quoi d'autre.

Il faut que notre plan marche.

Je passe mon bras autour de ses épaules et la sens se blottir contre moi. Là, ça devrait être le moment. Le moment de l'attirer doucement, de tourner son visage vers le mien et de l'embrasser. Ça devrait être ce moment parfait dont nous nous souviendrons toutes les deux à jamais, la naissance de quelque chose de tout neuf dans la coque rouillée de quelque chose de très vieux.

Mais je suis trop fatiguée, et bouger me paraît déjà un effort insurmontable. Le temps que je réussisse à trouver assez de courage de me lancer, la respiration de Nia a pris le rythme profond du sommeil.

Ce n'était pas le bon moment, finalement.

Mes paupières deviennent de plus en plus lourdes et je glisse dans un oubli sans rêves.

TRANSCRIPTION

PREMIER ENTRETIEN, CECILY CARTWRIGHT & CATO BELL

LIEU : PRISON POUR FEMMES DE CREMLY

C.C. : Oh, je ne pensais pas que vous viendriez en personne. J'imaginais que vous enverriez un sous-fifre quelconque. Chaque participant potentiel à votre étude a-t-il droit à ce traitement de faveur ? Ou suis-je un cas particulier ?

C.B. : Nous savons l'une comme l'autre que tu es spéciale, Cecily. As-tu lu ma proposition ?

C.C. : Oui.

C.B. : Et qu'en penses-tu ?

C.C. : Je pense que vous êtes complètement mégalo.

C.B. : Puis-je compter sur ta participation ?

C.C. : À une condition : que vous inscriviez Nia aussi.

C.B. : Ta petite amie cachée ?

C.C. : Elle aura droit aux mêmes avantages que moi ? Une prison moins stricte, une cellule plus confortable ?

C.B. : Oui.

C.C. : Alors, c'est ma condition.

C.B. : Même si c'est elle qui t'a dénoncée ?

C.C. : [*Haussement d'épaules.*]

C.B. : Mais, Cecily, tu l'aimes encore ?

C.C. : [*Long silence.*] Je signe où ?

21

JOUR 7

05 : 54

Nous nous réveillons à l'aube, courbatues et frigorifiées. Nous entamons pourtant l'ascension jusqu'au promontoire sans tarder. Et ce n'est pas de tout repos : ça grimpe dur et ça donne chaud. Or nous n'avons rien à manger, ni à boire. Pour quoi faire, d'ailleurs ? Soit nous quittons l'île en hélico dans quelques heures, soit Cato Bell nous capture. Pas évident de se projeter dans le futur dans ces conditions.

Nous ne parlons pas beaucoup. Je ne parviens pas à fixer mes idées, fébriles et décousues, sautant constamment d'un scénario imaginaire à l'autre : et si le pilote est armé ? Et si Cato Bell nous attend de pied ferme ? Et si l'hélico ne vient jamais ? Trop d'inconnues et pas assez de possibilités.

Quoi qu'il en soit, ce qui doit arriver arrivera aujourd'hui. D'une façon ou d'une autre, bientôt, ce chapitre de mon histoire sera clos.

Le soleil est déjà haut quand nous atteignons enfin le sommet. D'après mon bracelet, il est dix heures et quart, ce qui nous laisse largement le temps de trouver un endroit où nous cacher – ce serait bête que le pilote de l'hélico nous repère d'emblée.

Le promontoire s'avance au-dessus de l'océan, haute falaise tapissée d'herbes folles façon savane, avec quelques rares arbres noueux pratiquement couchés et battus par les vents. Je me poste en surplomb pour surveiller la mer, cherchant des yeux tout ce qui serait susceptible de ressembler à un hélicoptère. Il y a effectivement une tache à l'horizon, mais ce pourrait aussi bien être une autre terre ou un nuage bas. À part ça, la mer s'étend à perte de vue. Du bleu, toujours du bleu, rien que du bleu. On sent toute la puissance du vent, ici. Les rafales nous malmènent, soulevant mes cheveux emmêlés pour me cingler le visage.

J'aperçois un sentier de terre qui émerge de la jungle, encore détrempé par l'averse tropicale. Je l'examine : pas de traces de pneus récentes dans la boue. Je note un genre de gros coffre-fort sur le bas-côté. C'est là que le pilote de l'hélico doit déposer le ravitaillement. Il y a donc une chance que Cato Bell ne vienne pas l'accueillir à chaque livraison. Nous n'avons plus qu'à croiser les doigts.

Nia et moi rampons dans un fourré, mélange de broussailles touffues et d'arbres grêles cramponnés au bord du promontoire, avant de nous enfouir sous un abri de feuilles et de branchages.

Je vérifie que je peux facilement sortir mon cran d'arrêt.

— Et maintenant ? chuchote Nia, bien qu'il n'y ait personne pour nous entendre.

— Maintenant, on attend.

Je consulte mon bracelet.

10 : 38

Peut-être que Cato Bell a modifié les horaires de livraison. Qu'elle a dit au pilote de ne pas venir.

Peut-être que c'est un piège…

Je compte jusqu'à mille dans ma tête. J'ai des bouts de bois qui me rentrent dans les bras, dans les jambes, partout. Il fait une chaleur de bête. Sans parler de cette maudite mouche qui me tourne autour en bourdonnant.

Et puis, enfin, je l'entends. Tout bas, au début, si faible que je me demande si ce ne serait pas le vent ou la mer qui me joue des tours. Mais, alors que le vrombissement enfle, je sens Nia se raidir à côté de moi.

J'ai bien envie de sortir la tête pour vérifier, mais je résiste à la tentation. Il faut rester à couvert. Je risque tout de même un coup d'œil à travers notre camouflage de branches et de feuilles pour inspecter le sentier de terre à l'orée de la forêt, au cas où Cato Bell rôderait dans les parages.

Le bruit devient assourdissant et un vent violent fait voler feuilles et brindilles autour de nous. L'appareil, noir et massif, apparaît. À travers la bulle de la verrière, j'aperçois le pilote. Son visage est masqué par un casque à visière.

L'hélico plonge vers le tapis d'herbes folles couchées par l'effet de souffle du rotor.

Je me tourne vers Nia.

— Prête ?

Elle m'étreint la main en réponse.

Mon cœur cogne dans ma poitrine, plus fort encore que le battement cadencé des pales.

Je tire le cran d'arrêt de ma poche et le serre fermement dans mon poing, sensation rassurante au creux de ma paume.

Je vais y arriver.

L'hélico n'est plus qu'à trois mètres du sol.

Deux.

Un.

Brusquement, il vire sur la gauche. Le vrombissement du rotor change de ton, remonte à plein régime. L'appareil reprend de l'altitude et file vers le large.

Je ne comprends pas.

Est-ce que c'était à cause du vent ? Va-t-il revenir ? Il était si près. Quelques foulées et j'aurais pu l'atteindre, m'agripper aux patins d'atterrissage pour me hisser à bord…

Le pilote nous aurait-il vues ?

Mais qu'est-ce qui s'est passé ?

Je perçois des mouvements à la limite de mon champ de vision. Un énorme poids me plombe l'estomac.

Cato Bell se tient à la lisière de la jungle. Elle a l'air crevée, ce qui me réjouit au plus haut point – je ne suis pas la seule à morfler, c'est déjà ça.

Elle arbore aussi un air goguenard, ce qui me réjouit nettement moins.

L'hélico s'est volatilisé.

Cato Bell s'avance sur le promontoire, une tablette dans la main gauche. Le bras en écharpe, Edwin la suit de près.

Il nous a bel et bien dénoncées. Je me demande ce qu'elle lui a promis en échange. Oh ! Et puis je m'en fiche, en fait. Elle va probablement l'éliminer aussi, de toute façon.

— Connais-tu l'histoire de Charybde et Scylla, Cecily ? me demande Cato Bell, comme si elle me faisait aimablement la conversation à table.

Nia tend lentement le bras pour poser sa main sur la mienne.

— À un certain moment, au cours de son long voyage, Ulysse se retrouve devant le détroit de Messine, entre la Sicile et l'Italie continentale. C'est une passe étroite gardée, de chaque côté, par une horrible créature. Sur la côte italienne se dresse Scylla. Autrefois nymphe gracile, elle a été métamorphosée en se baignant dans des eaux empoisonnées. Elle a désormais une queue de chat et, en guise de jambes, douze tentacules. Autour de sa taille, six têtes de molosse aboient sans relâche. Six serpents lui tiennent lieu de cou, chacun couronné par une hideuse gueule hérissée de dents de requin. Ces gueules terrifiantes s'emparent des marins sur les navires de passage pour les dévorer.

Edwin tire une tête de supplicié. Bien fait ! Qu'il souffre, il ne l'a pas volé.

— Gardant la côte sicilienne, se dresse Charybde, fille de Poséidon, poursuit Bell. Maudite par Zeus, elle n'est plus qu'un monstre repoussant, avec des nageoires en guise de mains et de jambes. Affligée d'une soif insatiable, elle boit constamment, des tonnes d'eau salée qu'elle vomit à peine avalées, créant ainsi un dangereux vortex.

Derrière moi, Nia laisse échapper un soupir.

— Tu vas cracher le morceau, espèce de vieille folle ? lâche-t-elle dans un souffle.

— Ulysse doit trancher : quel passage choisir ? Doit-il affronter Charybde ou Scylla ? Sacrifier quelques-uns de ses hommes ou risquer de perdre son navire et tout son équipage dans un tourbillon destructeur ? Il existe un dicton latin à ce propos : *Incidit in Scyllam cupiens vitare Charybdim.* Un marin, à notre époque, dirait plutôt : « Devoir choisir entre la peste et le choléra. » J'y ai toujours vu une certaine similarité avec le Dilemme du tramway.

— Assez ! (Je marmonne, serrant les dents pour ne pas hurler.) Je n'en peux plus d'entendre ces conneries.

Nia essaie de me faire taire.

— Arrête ! murmure-t-elle. Ça lui ferait trop plaisir.

Mais je suis déjà debout. Nia jure dans mon dos, et je sens qu'elle me retient par le T-shirt. Je m'arrache à son emprise et sors tant bien que mal du fourré.

Un sourire triomphant retrousse les lèvres de Bell quand elle m'aperçoit.

— Quelle voie vas-tu choisir, ma petite Ulysse ? Scylla ou Charybde ? Le démon ou les profondeurs de la mer ? Vas-tu tout sacrifier, ou préfères-tu te rendre et demander grâce ?

Je n'ai plus nulle part où aller, maintenant. Nous ne pouvons plus fuir. Je ne vais pas passer le restant de mes jours à courir devant Cato Bell autour de cette île, en me nourrissant exclusivement de berniques et de noix de coco !

Et Nia non plus. Elle a besoin de voir un médecin pour sa jambe. Je lui jette un coup d'œil par-dessus mon épaule. Une inflexible détermination se lit sur son visage.

Jamais elle ne cédera. Elle est si courageuse, si forte, si belle. Elle se battra jusqu'au bout.

Jamais elle ne me trahira. Pas cette fois. Jamais elle ne se rendra.

Alors, c'est à moi de le faire.

Je me retourne vers Cato Bell.

— Je vais vous suivre… si vous faites revenir l'hélicoptère et laissez Nia monter à bord. Envoyez-la n'importe où, pour peu qu'elle quitte cette île.

— Euh, pardon ? (Nia est ulcérée, ça s'entend.) Qu'est-ce qui te donne le droit de conclure un marché à ma place ? Je suis la seule à décider de ce que je fais. Moi, et personne d'autre.

Ah ! L'ancienne Nia (la Nia toujours en rogne) est de retour. Elle m'aurait presque manqué. Je l'ignore pourtant. Parce que je vais la faire partir de cette île, même si je dois y laisser la peau.

Et je vais probablement y laisser la peau, d'ailleurs.

— Cecily ! s'extasie Cato, en faisant un pas vers moi, portée par son élan. Tu vois, ça a marché ! Tu es prête à te sacrifier pour quelqu'un d'autre : tu as changé, pendant ton séjour ici. Tu es devenue altruiste. Quel progrès !

— Je sais. (Je relève la tête, bravache.) C'est bien pour ça que je ne vais pas vous laisser la tuer.

— Tu n'as qu'à te rendre. C'est ce qu'une personne altruiste ferait.

— Et c'est ce que je vais faire. Quand je l'aurai vue monter à bord de cet hélicoptère et décoller.

— Et sinon ? De quel moyen de pression disposes-tu ?

Je regarde tout autour de moi. Bell et Edwin barrent l'unique route qui permet de quitter le promontoire. Devant nous, la falaise tombe à pic dans la mer, et elle est au moins aussi haute que le pont qui enjambait le fleuve. Peut-être même plus haute. Rien que d'imaginer le fracas des vagues en contrebas, j'ai des nœuds à l'estomac.

Je déglutis. Nous n'avons aucune échappatoire.

Je repense aux Dilemmes du tramway. Avoir à choisir entre deux trucs aussi merdiques l'un que l'autre, ce n'est pas avoir le choix.

La peste ou le choléra.

Charybde ou Scylla.

Les profondeurs de l'océan ou le démon.

Pourquoi n'y a-t-il jamais de troisième option ?

Je me tourne vers Nia.

— Rien ne nous prouve qu'elle dit la vérité. Peut-être que Cecily, c'est toi, et que je suis Nia. Peut-être qu'on était amoureuses avant. Peut-être que c'est la première fois qu'on se rencontre. On pourrait être n'importe qui. Mais ce n'est pas si mal : on peut choisir qui on veut être.

Nia réfléchit.

— Un nouveau départ, conclut-elle.

— Un nouveau départ. Qui veux-tu être ?

Elle glisse sa main dans la mienne.

— Je ne veux pas te perdre, c'est tout.

Je me retourne vers Cato Bell.

— Et si on accepte de jouer le jeu quarante-huit heures ? On vous donne les résultats que vous attendez et vous nous laissez partir. On disparaît des radars. Vous avez votre *success story*, et nous, notre liberté. C'est gagnant-gagnant.

Cato Bell a un petit reniflement de dérision.

— La *success story* n'en est une que si vous retournez en prison à la fin. Comment expliquer à la presse que vous vous êtes subitement volatilisées ? De toute façon, je n'ai pas besoin que vous jouiez le jeu pendant quarante-huit heures. Soixante secondes me suffisent amplement.

Elle balaie sa tablette du doigt et la bande de silicone autour de mon poignet s'allume.

Non !

Elle a réactivé mon bracelet !

Je me tourne vers Nia, qui ferme les yeux, défaite.

Je me retourne vers Bell.

— Ne faites pas ça ! On peut négocier. Tout se négocie. Mais, surtout, ne nous réinitialisez pas. Pas encore une fois.

— Négocier ? s'esclaffe-t-elle. Avec quoi ? Tu n'as rien à me proposer, Cecily. Et, de toute façon, c'est déjà fait. Vos bracelets émettront bientôt une tonalité qui va désactiver certains neurones de votre lobe temporal médian. Dans trois minutes, votre mémoire sera effacée. Cette fois, cependant, vous serez séparées et maintenues en détention. N'ayez crainte, vous serez toutes les deux inconscientes.

— En détention ?

— Je travaille actuellement sur une optimisation des bracelets. Je vous réveillerai quand elle sera finalisée.

Les gardes au camp d'Éléos. Assis là, sans bouger, le visage totalement inexpressif. Ils ont été « débranchés ».

— Le contrôle mental. Vous pouvez déjà nous empêcher de bouger avec les bracelets. Mais, avec la mise à jour, vous pourrez tout contrôler.

Cato Bell sourit.

— Le parfait cas de test. Chaque mouvement orchestré.

— Combien de temps ça dure ? s'enquiert Nia.

— Éternellement.

C'est plié. Cato Bell a gagné. L'hélico ne reviendra pas. Elle va effacer nos souvenirs, nous laver le cerveau et annihiler notre volonté.

— C'est ça, votre conception de la justice ? (Je m'insurge, dégoûtée.) Transformer les criminels en zombies ?

Bell hausse les épaules.

— La fin justifie les moyens.

Edwin s'avance alors en deux enjambées.

— Je la veux aussi, déclare-t-il. La mise à jour.

Non mais quel idiot !

— Ton tour viendra, lui lance Cato Bell par-dessus son épaule.

— *Je la veux maintenant*, hurle Edwin, en agrippant de sa main valide le poignet de Bell pour la contraindre à lui faire face. Effacez ma mémoire *maintenant* ! Et laissez-moi déconnecté jusqu'à ce que la mise à jour soit prête. Sinon, je jure que je me jette de cette falaise. Je ne peux plus vivre comme ça. Je ne peux pas *le* supporter une seconde de plus.

Bell s'arrache à son emprise.

— Soit. Si ça peut te faire taire, lui répond-elle, en balayant une nouvelle fois l'écran de sa tablette du doigt.

Le bracelet d'Edwin s'allume. De même que celui de Nia.

Et que celui qu'Edwin vient de refermer sur le poignet de Cato Bell.

Le bracelet de Riley !

Bell le regarde fixement, comme si elle ne parvenait pas à comprendre comment il est arrivé là.

— Tout le monde a une ordure qui sommeille en lui, Bell, lui balance posément Edwin, en reculant d'un pas. C'est une femme d'une grande sagesse qui me l'a dit un jour.

Cato Bell réagit au quart de tour, balayant aussitôt son écran de l'index. Mais, manifestement, ce qu'elle essaie de faire ne fonctionne pas. Elle lâche alors sa tablette, dénoue le foulard de soie qui retient ses cheveux, l'enroule autour de son bras au niveau du biceps, puis tire dessus de toutes ses forces avec ses dents avant de le nouer en garrot. Elle effectue ensuite calmement les sept pas mesurés qui la séparent du couteau tombé dans l'herbe.

J'ai un mouvement de recul. Mais Cato Bell ne nous accorde même pas un regard. Elle tombe à genoux et pose son bras gauche sur l'herbe, de la main jusqu'au coude. Ensuite, d'un geste souple et parfaitement maîtrisé, elle libère la lame, la lève au-dessus de son bras et la plonge sans hésiter, juste à l'endroit où la main est rattachée au poignet.

Elle est aussi impassible que si elle découpait un poulet.

Le couteau entre dans les chairs comme dans du beurre. Bell laisse échapper un grognement sourd, animal, et commence à appliquer au couteau un mouvement de va-et-vient d'un bord à l'autre du poignet.

J'entends alors un bruit devenu familier : Edwin qui rend son petit-déjeuner, puis le claquement visqueux d'un truc qui se déboîte.

Je ne parviens pas à détacher les yeux du macabre spectacle.

Bell continue à scier méthodiquement, tandis que l'herbe s'englue de sang tout autour d'elle.

Je sens un froid glacial me remonter la nuque pour s'insinuer sous mon crâne : une douleur aiguë telle que je n'en ai jamais éprouvé, pire qu'en croquant des glaçons ou dans un esquimau congelé.

Cato s'assied sur ses talons et quelque chose tombe dans l'herbe.

Sa main.

Le bracelet suit le même chemin.

Bell lève alors les yeux vers moi. Elle est livide. Un rouge sombre suinte du moignon où se trouvait encore sa main il y a moins d'une minute.

— Je t'avais bien dit que je ne déconnais pas, lâche-t-elle d'une voix rauque étonnamment grave.

Je recule d'un pas.

En voyant Nia bouche bée, défigurée par l'horreur, j'éprouve un violent élan protecteur. Je veux la sauver. Je ne veux pas l'oublier. Je l'ai déjà perdue (je *nous* ai déjà perdues) une fois. Je ne peux pas revivre ça. Je ne veux pas revivre ça.

Elle me tend les bras pour agripper mes mains, se cramponnant désespérément à moi.

— On a un autre plan, hein ? Dis-moi qu'on a un autre plan.

Mais il est trop tard.

Déjà, le brouillard de l'oubli se lève. Je le sens monter en moi en vagues successives qui me submergent, m'engloutissant dans le néant.

— Je suis désolée.

J'arrive à peine à articuler, écrasée par ma propre impuissance.

Il faut que je m'accroche à Nia. Il le *faut.*

Je l'attire brusquement à moi et, là, pour la première fois, nous nous embrassons. Je mets tout ce que j'ai dans ce baiser, tout ce que je ressens, tout ce que j'ai espéré, tous ces projets que j'ai formés pour nous. Notre cabane au bord de la rizière. Notre chat et notre chien. Nos couchers de soleil. Chacun de ces moments que nous allions partager, chacune de ces blagues que nous ne ferons jamais. J'y mets même toutes ces prises de bec que nous avons eues dans le bus, chaque pique, chaque vacherie et chaque haussement de sourcils sarcastique. Nous deux côte à côte dans le poste d'observation, des étoiles plein les yeux. Sa main dans la mienne pendant la rando d'hier. Ma tête contre son épaule quand nous nous sommes endormies sur la plage. Notre réveil, nez à nez, ce regard-là, les yeux dans les yeux.

Et je *sais* que je n'oublierai pas, cette fois. Comment j'oublierais ça ? Et même si j'oublie, l'air vibrera de l'intensité de ces souvenirs. L'herbe sous nos pieds s'en souviendra. Ce baiser imprégnera la terre. Les vers le digéreront et les petits rongeurs l'enfouiront dans leurs terriers. Il se retrouvera dans les noyaux des graines, qui donneront les plus grands arbres qu'on ait jamais vus. Il se retrouvera dans le jabot des oiseaux et volera aux quatre coins du monde. Il restera suspendu, là-haut, dans les merveilleux nuages et tombera en gouttes de pluie scintillantes, puis s'évaporera pour être respiré par chaque être vivant de cette planète.

Je suis Cecily Cartwright et, même si je dois tout oublier de mon passé, je me souviendrai de ce moment à jamais.

Salut

Salut

J'ai adoré notre rencard hier.

…
Pardon ?
Parce que c'était un rencard ?
Oh, vous devez faire erreur.
Je suis affreusement désolée.
C'est très embarrassant.

Pas drôle.

C'est un petit peu drôle.

Je peux te revoir quand ?

Il vaudrait mieux que tu ne viennes pas
sur le campus au cas où on se ferait repérer.
Mes parents ont un appartement
à Hillsborough. On pourrait s'y retrouver ?
Ils ne seront pas là. Je crois qu'ils sont à Berlin.
Tu pourras t'asseoir sur le sofa le plus ridicule,
le plus cher et le plus inconfortable du monde.
On commandera des burgers
et on essaiera les émeraudes de ma mère.

Sans moi. Je suis déjà assez mal d'avoir des sentiments pour quelqu'un comme toi. On se retrouvera plutôt chez moi.

« D'avoir des sentiments pour quelqu'un comme toi » ??? Tu as des SENTIMENTS pour moi ?

Je n'ai pas dit ça.

J'ai bien peur que si. Relis-toi. « Laisse tomber. Alors, tu viens chez moi samedi, oui ou non ? » Évidemment que je viens.

Bon, OK.

Nia ?

Quoi ?

Moi aussi, j'ai des sentiments pour toi.

22

JOUR 1

11 : 22

Je suis debout, au bord d'une falaise, en train d'embrasser une inconnue.

Des odeurs me montent au nez : herbe écrasée, air marin et, peut-être, mais plus vague, kérosène. Avec le vent, mes cheveux me cinglent les joues. Mon corps est plaqué contre celui de l'inconnue. Ses bras m'enlacent étroitement. Je tiens son visage entre mes mains.

Ce baiser ne me semble pas particulièrement tendre ni romantique. Il ne m'en fait pas moins de l'effet, parce que je suis complètement électrisée. C'est un baiser important, ça se sent. Je n'ai pas envie d'arrêter, parce que, sinon, je vais être obligée d'affronter un tas de trucs que je ne comprends pas et je suis terrorisée.

Je ne veux pas qu'on sache que je suis terrorisée.

Je veux garder le contrôle de la situation et, là, pour l'instant, c'est le cas. Je contrôle ce baiser. L'inconnue aussi. Entre nous, c'est l'équilibre parfait.

Mais ça ne peut pas durer éternellement.

Nous finissons par nous séparer à regret. L'inconnue a des cheveux noirs très courts, qui repoussent sur son crâne rasé, et des pommettes à tomber. Elle a les yeux écarquillés, une expression de bête aux abois dans les prunelles. Je ne comprends pas trop ce qui se passe, mais, s'il y a une chose dont je suis sûre, c'est que nous sommes dans la même galère, elle et moi.

Nous avons toutes les deux perdu la mémoire.

L'inconnue est d'une beauté proprement stupéfiante. Des cils super épais ourlent des yeux noirs qui brillent du feu de mille soleils. La ligne parfaite de ses hautes pommettes se retrouve dans celle, résolue, de sa mâchoire. Elle n'est pas du tout maquillée, mais elle portait des piercings parce qu'elle a des petits trous dans les oreilles et dans la lèvre.

— Qu'est-ce qui se passe, là ?

Elle parle bas et d'une voix mal assurée.

Je ne sais pas qui est cette fille. Mais j'ai totalement confiance en elle.

C'est alors que je remarque mes mains. Fines. Blanches. Féminines. Jeunes. Mes ongles sont sales, incrustés de crasse marron et rouge foncé. Je ne m'arrache pas les cuticules, en revanche. C'est déjà ça.

Je jette un regard autour de moi. Derrière nous se trouve une femme âgée en tunique et pantalon noirs, à genoux dans une flaque de sang. Elle se tient le poignet. Il y a des trucs dans l'herbe. Une tablette. Un pistolet. Un couteau. Et autre chose…

Une main.

Mon estomac me remonte dans la gorge.

Sa main ?

Dans son dos, un garçon avec le bras en écharpe, penché au-dessus de ce qui ressemble à du vomi. J'essaie de lire dans son regard. Est-ce qu'il me connaît ? Est-ce que je le connais ?

Est-ce que c'est lui qui a coupé la main de cette femme ? Est-ce que c'est l'inconnue dans mes bras qui a fait ça ?

Se pourrait-il que ce soit *moi* ?

Je tente de fouiller l'endroit où résident d'habitude les souvenirs. Mais je ne trouve que du brouillard. Je refoule la panique que je sens monter.

— Revenez ici ! aboie la femme d'une voix fêlée. Tout de suite !

J'échange un coup d'œil avec la fille que je viens d'embrasser. Il n'en faut pas plus pour que nous tombions d'accord. Nous ne comprenons peut-être pas grand-chose à la situation, mais s'il y a bien un truc dont nous sommes certaines, c'est qu'il est hors de question d'approcher cette femme ne serait-ce que d'un millimètre.

Je balaye les environs du regard, pour tenter d'évaluer mes options. Nous nous tenons sur une sorte de promontoire qui surplombe la mer. Derrière la vieille femme et le garçon se dressent des collines pentues couvertes d'une épaisse forêt tropicale. Une plage de sable blanc parsemée de cocotiers et de rochers s'étire le long de la côte. À la perpendiculaire s'en détache ce qui ressemble à une ancienne jetée, avec un petit canot à moitié coulé, coincé entre deux de ses montants tombés l'un contre l'autre. Au loin, je crois apercevoir une légère tache noire dans l'océan, mais ce pourrait aussi bien être un effet de la lumière.

— Tout de suite ! répète la vieille femme.

Elle ramasse le pistolet et se relève en chancelant. Elle écarte largement les pieds, les plantant fermement dans le sol pour se stabiliser.

J'ai un mouvement de recul instinctif et avance d'un pas en direction de la falaise.

— Allez vous faire foutre ! braille la fille que je viens d'embrasser à l'intention de la vieille femme. Pourquoi on devrait vous faire confiance ?

La vieille femme hausse les épaules.

— Qui vous l'a demandé ? Obéissez, un point c'est tout.

— Et sinon ? Vous nous descendez ?

— Pas toutes les deux : une seule. Toi, pour être précise.

Le visage de la fille n'est plus qu'un masque de fureur entièrement dirigée contre la vieille dame. Je préfère que ce soit contre la vieille que contre moi.

Le garçon observe toujours fixement la scène. Il croise mon regard et tressaille. Est-ce que c'est à cause de lui que je me retrouve ici ? Est-ce qu'il m'a fait quelque chose ? Est-ce que c'est vraiment lui qui a coupé la main de cette femme ? Il n'a pas une tête à avoir le cran d'amputer quelqu'un.

La vieille femme pointe le pistolet sur la fille. Son bras ne paraît pas très solide.

— D'accord, d'accord. (Je fais un pas vers elle, les mains en l'air.) On a compris. On va venir.

— Non. (La fille campe fermement sur ses positions.) On va nulle part avec elle.

— Et vous irez où, sinon ? raille la vieille femme d'un ton sarcastique.

La fille jette un regard en direction du précipice.

— T'es sérieuse, là ?

J'ai marmonné entre mes dents pour qu'elle soit la seule à m'entendre. Pour toute réponse, elle me prend la main, et ça me fait un bien fou. Nous reculons d'un même pas vers le ravin.

— Ne soyez pas ridicules ! braille la vieille femme. Que comptez-vous faire ? Sauter ? Et après ?

Nous nous approchons du bord. Je risque un coup d'œil en bas et mon estomac fait un salto à la vue de la chute vertigineuse et des déferlantes au pied de la falaise.

La mer est d'un bleu incroyable, tel que je n'en ai jamais vu.

La main de la fille tient fermement la mienne. Elle ne me lâchera pas. Pour moi, c'est un peu comme une ancre. Je ne sais pas qui je suis, mais j'ai ça, déjà. J'ai sa main dans la mienne. Ce n'est pas rien. Mais j'en veux plus.

La fille regarde la mer en contrebas.

— Tu sais nager ?

La vieille femme nous incendie du regard. J'entends ses pas qui se rapprochent. J'entends la détonation. Des mottes de terre et des touffes d'herbes explosent en gerbes à nos pieds. Je ne me retourne pas. Je n'écoute pas. Je ne vois plus que l'eau en bas, les remous de cet incroyable bleu azur.

Je sens mes lèvres s'entrouvrir quand je prends ma respiration. L'air est chaud avec un fort goût de sel.

— Je ne m'en souviens pas.

Je ne sais pas si je sais nager. Je ne sais pas comment je m'appelle. Tout ce que je sais, c'est que je veux vivre assez longtemps pour pouvoir encore embrasser cette sublime fille en colère.

Alors, je saute, et elle saute avec moi.

LI ZHONG YO présentera demain soir, au Century Hall, son nouveau roman *L'Appel du vide*, récit autobiographique sans concession de ses éprouvantes mésaventures sur l'île d'Éléos, où il aurait été retenu prisonnier et torturé par la milliardaire Cato Bell. L'horrible histoire mêlant lavage de cerveau, corruption politique et meurtre a été largement contestée par Kore Rafal, directeur général du groupe Bell, ainsi que par un porte-parole de la sénatrice Sandra Yates, récemment rétablie dans ses fonctions. Personne n'a ni aperçu ni entendu parler de la toujours très discrète Cato Bell depuis des mois, mais Rafal affirme qu'elle reviendra bientôt à la vie publique. On attend toujours que les autres témoins susceptibles de corroborer la thèse de Yo se manifestent, en particulier la tristement célèbre Fée Bleue, Cecily Cartwright, et sa complice Nia Ongoco, toutes deux portées disparues. Nul ne sait, pour l'heure, ce que les deux détenues sont devenues.

REMERCIEMENTS

J'ai toujours l'impression que cette partie est la plus ennuyeuse de mes livres parce que je ne fais que remercier les mêmes personnes encore et encore. Mais je suppose que j'ai plutôt de la chance d'avoir des gens aussi incroyables toujours à mes côtés années après années.

Merci à :

Jodie Webster chez Allen & Unwin, pour m'avoir forcée à écrire un autre thriller, alors que je partais à la chasse aux papillons. Elle est incroyable. Et à Hilary Reynolds, pour son œil de lynx. Et à tous ceux chez A&U qui m'ont aidée à réaliser ce livre.

Mes amis auteurs, notamment l'équipe du Goosemoot/ House of Progress. Mention spéciale à C.S. Pacat pour son retour sur une toute première version du texte, à Paul Gartside pour m'avoir suggéré d'écrire la partie avec la main de CB et pour m'avoir poussée à regarder le documentaire d'Alex Gibney sur Elizabeth Holmes, à à Eliza Tiernan pour son aide sur les parties juridiques, et à Amie Kaufman et sa magie du brainstorming.

Mon époux, Michael Miller, pour ses conseils, ses retours, son assistance au brainstorming, son soutien et son amour.

Notre fils, Banjo, qui, en toute franchise, n'a absolument pas contribué à l'écriture de ce roman – à vrai dire, il a plutôt entravé sa création en sapant sans ciller mon éthique professionnelle, mais il reçoit des remerciements quand même parce qu'il a cinq ans et qu'il fait les plus beaux câlins du monde.

Le récit de David Stuart MacLean, *The Answer to the Riddle Is Me: A Memoir of Amnesia*, représente une mine d'information pour mieux comprendre la perte de mémoire épisodique ainsi que ses conséquences physiques et psychologiques.

Enfin, je voudrais adresser des remerciements tout particuliers à l'Alternative Limb Project et à Limbs 4 Kids, pour leurs conseils autour de la prothèse de Nia.